TESSA WEGERT

THOUSAND ISLANDS

DIE GEISTER VON SWANTON

KRIMINALROMAN

AUS DEM AMERIKANISCHEN ENGLISCH
ÜBERSETZT VON ANKE KREUTZER

WILHELM HEYNE VERLAG
MÜNCHEN

Die Originalausgabe *The dead Season*
erschien erstmals 2020 bei Berkley,
Penguin Random House, New York.

MIX
Papier aus verantwortungsvollen Quellen
FSC
www.fsc.org
FSC® C083411

Penguin Random House Verlagsgruppe FSC® N001967

Deutsche Erstausgabe 12/2021

Redaktion: Bettina Spangler
Printed in the Czech Republic
Umschlaggestaltung: ZERO Werbeagentur, München,
unter Verwendung von © Arcangel /
David Hall; finepic®, München
Satz: Leingärtner, Nabburg
Druck und Bindung: CPI books GmbH, Leck
ISBN: 978-3-453-42442-5

www.heyne.de

Karl, Leila und Karel,
in unendlicher Liebe

PROLOG

SWANTON, VERMONT, AUGUST 1995

SICHELFÖRMIG UMSCHLOSS DER WALD das John R. Raleigh Memorial Field mit seinem sonnenversengten Gras. Auf diesem schütteren Rasen spielte ich in der Little League, bevor ich damals in Swanton einen besseren Zeitvertreib fand.

Als wir an jenem Tag durch diese Wälder streunten, fand kein Spiel statt. Erst zwei Stunden zuvor waren Dutzende Kinder mit ihren Eltern über das Feld geschwärmt und Mütter durch den silbrigen Staub, der vom Kalksteinbruch am Ende der Straße herüberwehte, ihren Kleinsten hinterhergejagt; hatten nur geistesabwesend genickt, wenn die Großen am Baseballspiel das Interesse verloren und stattdessen um Erlaubnis baten, den Wald auszukundschaften. Deshalb war unser Fund so alarmierend. Derjenige, der das, was wir dort entdeckten, liegen gelassen hatte, legte es darauf an, dass Kinder wie wir es zu Gesicht bekämen.

»Ich sehe mal nach.«

Ich blieb stehen. Er war mir ein paar Schritte voraus, sodass er mir die Sicht versperrte, doch gleichzeitig drang mir ein neues Geräusch ins Ohr, das sich in das Grillenzirpen am Boden und in das Vogelzwitschern in den dichten, windzerzausten Baumkronen über uns mischte. Die Fliegen summten an einer Stelle direkt vor seinen Füßen. Ich lief zu ihm hinüber und senkte den Blick, zuerst auf meine Keds, Größe 34.5 – ziemlich verdreckt, Mom würde sauer sein –, und dann auf das in Plastik gewickelte, recht große Objekt. Bei seinem Anblick zog sich mir der Magen zusammen.

»Ih!«, sagte ich. Und drückte ihm das Kinn an die Schulter. Er roch verschwitzt, das war neu; mit neuneinhalb Jahren sechs Monate jünger als ich, doch groß für sein Alter, war er schon halb in der Pubertät. »Was ist das?«

»Ich glaube, eine Katze«, sagte er, ohne aufzublicken.

»Das ist doch krank.« Es war mehr als das. Das Tier steckte in einem durchsichtigen Plastikbeutel, am oberen Ende mit grünen Verschlussstreifen verschnürt, wie ich sie gerne im Lebensmittelgeschäft mitgehen ließ. Ein weiß befelltes Bein war nach oben gestreckt, sodass sich die rosafarbenen Zehenballen von innen an die Folie drückten. Mir wurde die Spucke zäh wie Leim. »Ist sie …«

»Tot?« Ich konnte seinen Herzschlag in seinem Rücken fühlen. »Da ist Blut.«

Ich schluckte und trat hinter ihm hervor. Durch das Plastik konnte ich sehen, dass das weiße Fell rings um das linke Ohr der Katze dunkel und blutverklebt war.

»Wenn die tot ist«, sagte er, »wurde sie umgebracht.«

»Scheiße.« Es tat irgendwie gut, das verbotene Wort auszusprechen, und er verzog den Mund zu einem Grinsen. Er sah mich fragend an.

»Hab da so was läuten gehört. Dieser alte Mann in der Stadt, wohnt drüben am Fluss. Hab's von Crissy gehört. Dass der Tiere quält und so.«

»Aber Crissy ist eine Lügnerin.«

Das war Fakt: Sie dachte sich ständig alles Mögliche aus, meistens, um sich aus dem Haus zu stehlen und mit ihren Freunden abzuhängen.

»In dem Fall hat sie nicht gelogen.«

»Unsere Nachbarin hat eine Katze«, hielt ich dagegen. »Die buddelt ständig in unseren Blumenbeeten und legt tote Mäuse vor die Haustür. Mom hasst das. Einmal war sie so wütend, dass sie sagte, sie könnte das Vieh erwürgen. Ich wette, dass viele Leute von Katzen genervt sind.« Um mein Argument zu unterstreichen, wedelte ich mit der Hand Richtung Kadaver und scheuchte dabei die Fliegen wie eine Wolke schwarzes Konfetti auf.

»Das hier ist was anderes.«

»Jedenfalls steckt *irgendjemand* dahinter. Wir müssen herausfinden, wer.« Das war mein erster Gedanke und nicht etwa *wir müssen es meinen Eltern erzählen* oder auch *melden wir es der Polizei.* Schon damals liebte ich einen guten Kriminalfall.

»Wir müssen uns nach Anhaltspunkten umsehen.« Auch bei ihm war die Freude nicht zu überhören. So ernst er tat, sah ich, dass er sich innerlich die Hände rieb. »Fußspuren und so was in der Art. Außerdem können wir uns umhören, ob ihn irgendjemand hier gesehen hat.«

Sollen wir was spielen? Das hier war von jetzt an unsere neue Lieblingsbeschäftigung. Die Spiele, die andere Viertklässler liebten – Four-Square, Räuber und Gendarm –, ließen uns kalt. Wir wollten mehr. Normalerweise mussten wir uns die zu lösenden Rätsel selber ausdenken, doch hier hatten wir einen echten Fall direkt vor den Füßen, und wir waren entschlossen, ihn zu knacken. Wir waren die geborenen Ermittler, er und ich. Davon war ich fest überzeugt.

»Ich sehe mich hier mal um. Übernimm du das Spielfeld.« Er grinste mir noch einmal zu, bevor er sich auf den Waldweg kauerte und eine Fliege vom Schienbein klatschte. Von der Sonne hatte er so braune Haut, dass seine Beine drei Schattierungen dunkler waren als der Streifen, der da, wo seine Socke am ausgeleierten Elastikbund heruntergerutscht war, zum Vorschein kam.

»Okay«, sagte ich und schaffte es, den Kopf nicht zu bewegen und mir nicht anmerken zu lassen, dass mir die grünen Verschlussbänder, die er sich an dem sonst verdeckten, blassen Streifen Haut ums Bein gebunden hatte, nicht entgangen waren.

EINS

»DU BLUFFST.«

»Nee.« Ich drehte die Karten auf dem Tisch zwischen uns um, und *tada!* Drei Asse gewinnen.

McIntyre stöhnte. »Ich hasse es, mit dir zu spielen. Du hast immer Glück.«

»Bin eben ein Glückskind«, sagte ich mit ungerührter Miene, während ich die Karten einsammelte und zu einem ordentlichen Stapel sortierte. McIntyre versuchte – ohne Erfolg –, Blickkontakt herzustellen. »Das muss aufhören, Shay.«

Sie meinte meine Stimmung. Die, zugegeben, in letzter Zeit rabenschwarz war. Seit meinem Neuanfang auf Thousand Islands waren vier Monate vergangen, und seit das alles den Bach runtergegangen war, drei Wochen. Tim hatte einmal behauptet, in der Gegend hier sei das Leben einfach, doch das war lange her, das war vor den Morden und bevor ich fast ertrunken wäre und bevor ich meinen Verlobten in die Wüste schickte. Wenn sie das in Upstate New York unter *einfach* verstanden, wollte ich lieber nicht wissen, wie es war, wenn es hier mal kompliziert wurde.

Ich griff hinter mich, zog eine Decke von der Rückenlehne meines Stuhls und legte sie mir über den Schoß und die Knie. Auf der überdachten Veranda von Nelly's Bistro lag vorsorglich für Claytons kalte Morgenstunden auf jedem Sitzplatz eine Decke bereit. Eigentlich fröstelte ich nur ein bisschen und hätte statt des Überwurfs eher einen dritten Becher Kaffee gebraucht, doch das Kartenspiel war vorbei, und ich stellte fest, dass ich die Hände nicht stillhalten konnte. »Ich weiß«, sagte ich zu Mac. »Ist eben nicht so leicht.«

»Wieso leicht, wenn man's schwierig haben kann? Du bist Shana Merchant, die taffe Polizistin, die den blutigsten Fall seit Jahren aufgeklärt hat.«

Feuertaufe, wie man so sagt – nur bei mir dann doch mit Wasser. »Gib den Startschuss für die Konfettiparade.«

»Gute Idee«, sagte sie. »Mit Konfetti aus diesen verdammten Korruptionsfällen, die sich auf meinem Schreibtisch stapeln, damit können wir die ganze Church Street zuschneien lassen. Lust auf eine Bärenkralle?«

Ich warf einen skeptischen Blick auf das Gebäckstück in ihrer Hand. »Nicht ein bisschen üppig nach dem Frühstück?«

»Hab schließlich Geburtstag.«

»Ncin, noch nicht.«

Sie pulte einen Mandelsplitter aus dem mit Zuckerguss überzogenen Teig und schlug nach mir, wie eine Katze mit der Pfote. »So gut wie – und wenn man erst mal fünfzig ist, kann man machen, was man will. Ich spiele mit dem Gedanken, mir zum Nachtisch auch noch diesen appetitlichen kanadischen Grenzschützer zu genehmigen.«

Ich prustete los. Ich wusste, welchen Grenzschützer sie meinte, und der war allerdings zum Anbeißen, knuspriger als alles Gebäck, das Nelly's zu bieten hatte. Was würde ich nur ohne Maureen McIntyre und ihren trockenen Humor anfangen? Manchmal konnte ich es immer noch nicht fassen, dass wir Freundinnen waren, besonders, wenn ich mir ihre Karriere vor Augen führte. Wenn es von Sheriff McIntyre Poster gäbe, hätte ich mir längst eins übers Bett gehängt – könnte ich nur eine entsprechende Wand mein Eigen nennen. Mac war nicht nur mein beruflliches Idol, sondern auch der Mensch, ohne den ich kein Dach über dem Kopf hätte. Die meisten meiner Sachen hatte ich eingelagert, doch dank McIntyre, Sheriff von Jefferson County, hatte ich eine La-Z-Boy-Couch zum Schlafen und die beste Gesellschaft, die sich jemand in meiner Situation nur wünschen konnte.

Als ich aus der gemeinsamen Wohnung mit meinem Ex-Verlobten zu McIntyre in die Nähe von Watertown zog, versicherte sie mir gleich am ersten Tag, sie habe nicht vor, in mich zu dringen. *Rede, wenn du so weit bist,* sagte sie, genauso wie damals im Juli, als ich es, noch ganz frisch in meinem neuen Job, vorgezogen hatte, meinem engsten Kollegen nichts von meiner wechselvollen Vergangenheit zu erzählen. Sie hatte mich nicht gezwungen, mit irgendwem über die Gespenster zu reden, die mich verfolgten. Wie damals so auch jetzt.

Die Kopf-hoch-Nummer, die Mac jetzt wieder einmal abzog, hatte mit meinem Ex zu tun und seinem Verrat. Doch wenn sie glaubte, Carson Gates drückte mir auf die Stimmung, lag sie gründlich daneben. Die dünne Linie, die sein Verlobungsring an meinem Finger hinterlassen hatte, war zwar Beweis dafür, dass ich ihn einmal geliebt hatte, doch schon bald wäre davon nichts mehr zu sehen.

Nein, dass ich – während McIntyre sich in einer Geschichte über ein Ehepaar erging, das sich in ihrem Büro eine Stunde lang für die Unschuld der vier des Amtsmissbrauchs verdächtigten Beamten von Watertown verbürgt hatte – zwanghaft jeden Mann im Bistro beäugte, hatte nichts mit Carson zu tun. *Der mit der Frau und den Kindern ist zu klein, andererseits hat er, seit er da sitzt, zweimal zu mir herübergesehen, und beim Bestellen klang seine Stimme für einen Samstagmorgen ziemlich angespannt. Der Typ, der gerade mit seiner Freundin hereingekommen ist, hätte die richtige Größe und den passenden Körperbau, aber nicht das Gesicht.*

Trotzdem konnte ich die Augen nicht von dem Fremden lassen. Mit einer prothetischen Nase und ein bisschen Flüssiglatex, wie man sie für schlappe zwanzig Dollar online kaufen konnte, wäre er überzeugend verfremdet.

Hinter der überdachten Terrasse, auf der wir saßen, blies vom Fluss der Wind herüber und rüttelte an den durchsichtigen Plastikplanen, die den Sitzbereich im Freien schützten. Als der Mann auf meinen unverwandten Blick aufmerksam wurde und beim Anblick meiner Narbe den Mund verzog, erstarrte ich unwillkürlich. Mein halbes Leben lang sehe ich nun schon die dünne weiße Linie im Spiegel, die vom Mundwinkel bis zum linken Ohr hinaufreicht, doch meistens vergesse ich sie, bis mich die Reaktion der Leute daran erinnert.

Ich wandte mich wieder meinem Teller zu und stellte fest, dass ich völlig geistesabwesend mein Frühstück aufgegessen hatte. Nach der Stress-Fressattacke ließ ich den Blick über den St. Lawrence River schweifen. Normalerweise war Nelly's um diese Jahreszeit nicht mehr geöffnet, doch angesichts der ungewöhnlich milden Temperaturen hatte sich die Eigentümerin entschlossen, noch ein paar Wochen dranzuhängen. Aber damit war es nun vorbei. Eine Kaltfront war im Anzug, und Nelly's würde bis zum nächsten Sommer die Plastikplanen gegen Spanplatten tauschen. Es war zwecklos, länger so zu tun, als sei noch Herbst. Die kraftlose Sonne und die eisige Brise ließen keinen Zweifel zu. Der Winter stand vor der Tür.

Ich schlürfte den restlichen Kaffee aus und sagte: »Das hier wird mir fehlen.«

»Ach ja«, seufzte Mac. »Ich vergesse immer wieder, dass du neu hier bist. Du kennst das noch nicht, aber so läuft es hier nun mal.«

»Ein Leben auf Zeit?«

»Ein Leben mit den Jahreszeiten. Wenn die Touristen ihre Sachen packen, sind wir unter uns. Wir sind zu wenige, um die hiesige Wirtschaft aufrechtzuerhalten, was leider auch für Coffeeshops und Restaurants wie dieses hier gilt. Aber irgendwann im Spätfrühling macht alles wieder auf. Neue Saison, neuer Anfang. Du wirst sehen.«

Ich nickte. Der Frühling war noch Monate hin. Stellte sich die Frage, wo ich dann wäre. Ich hatte keine Ahnung.

»Nicht hingucken«, sagte Mac, »aber wir bekommen Gesellschaft.«

Augenblicklich bekam ich an den sommersprossigen Unterarmen eine Gänsehaut, und es dauerte peinlich lange, bis bei mir der Groschen fiel und ich merkte, dass mir Mac grinsend über die Schulter blickte. Als ich mich umdrehte, sah ich den Mann durchs Restaurant herüberkommen, mit zwei Kaffeebechern von der Selbstbedienungstheke in der Nähe des Eingangs.

In den letzten Wochen hatte ich Tim Wellington kaum zu Gesicht bekommen, was nach meiner Suspendierung und angesichts der Psychotherapie, zu der sie mich verdonnert hatten, und der Tatsache, dass ich ihm absichtlich aus dem Weg ging, nicht weiter verwunderlich war. Wie er so daherkam und sich redliche Mühe gab, keinen Kaffee zu verschütten, brachte er mich unwillkürlich zum Lachen. Das mir jedoch schnell verging. Tim war nicht allein.

»Sheriff.« Er stellte die Becher ab und schüttelte McIntyre die Hand. Dann: »Lange nicht gesehen, Shane.«

Der Spitzname, eine Anspielung auf einen alten Western, wuchs mir allmählich ans Herz. Um alter Zeiten willen wollte ich mich trotzdem gerade darüber beschweren, als mein Blick auf die Frau an seiner Seite fiel. Ich konnte sie nicht unterbringen. Wie Tim war sie schätzungsweise Anfang dreißig und hatte ein kleines Gesicht mit runden Kulleraugen, die an diese unheimlichen viktorianischen Puppen erinnerten. Sie ließ sich von Tim einen der Becher reichen, und für einen Moment berührten sich ihre

Hände. *Acht Uhr an einem Samstagmorgen ist eine seltsame Zeit für ein Date,* ging es mir durch den Kopf. Tim hielt gebührenden Abstand, doch seine Wangen waren rosiger als sonst, und er hatte Stoppeln am Kinn. Dann wohl doch kein Date. Einfach nur ein Frühstück.

Schau an, schau an. Alle Achtung.

Sosehr ich mich freute, ihn zu sehen, so wenig passte es mir in diesem Moment. Ich hatte geplant, mich meinen Dämonen zu stellen und als die Ermittlerin aufs Revier zurückzukehren, die ich vor Tim, vor Carson und vor Blake Bram gewesen war. Ich wollte nicht, dass meine Kollegen mich fragten, wie es mir ging, am allerwenigsten dieser hier. Und schon gar nicht im Beisein einer Frau mit Puppengesicht und von Mac.

»Darf ich bekannt machen, Kelsea«, sagte Tim. Die Frau spulte einen Gruß und ein paar Floskeln über das ungewöhnlich warme Wetter ab. *Jemand von hier, so wie Tim.* Als sie geendet hatte, wandte sich Tim an mich. »Wie's aussieht, könntest du einen zweiten Kaffee vertragen. Ich komme mit.«

Ich beäugte seinen Becher, aus dem mir ein verlockender Duft in die Nase stieg, und die Frau, die er hier warten lassen würde. »Stimmt«, sagte ich und stand auf.

Wir vertrauten Kelsea Mac an und begaben uns zum Eingangsbereich, wo wir die Kaffeetheke für uns hatten. Tim hatte nicht daran gedacht, seinen randvollen Becher dazulassen, und fluchte leise, als ihm das heiße Gebräu nun doch über das Handgelenk schwappte.

»Schön, dich zu sehen«, sagte er, während er nach einem Stoß Papierservietten und ich an der Thermoskanne mit entkoffeiniertem vorbei nach dem anständigen Kaffee griff.

»Die sieht schon besser aus.«

Er meinte meine Hand. Die Verbrennungen, die ich im Zuge meines letzten Falls davongetragen hatte und einem Kessel kochendem Wasser sowie einem gestörten Teenager verdankte, heilten recht gut. Bevor ich einen Witz darüber machen konnte, für den Rest meines Lebens dem Kaffee abzuschwören, fragte Tim: »Und? Wie läuft's?«

»Gut. Läuft gut.«

Er zog die buschigen Augenbrauen hoch. »Und? Wann ist der Termin?«

Deshalb also wollte er mit mir reden. »Was, meine psychologische Diensttauglichkeitsprüfung? Das meinst du?« Ich rührte mir Sahne in den Kaffee und leckte den Strohhalm ab. »Nächste Woche.«

»Und fühlst du dich schon fit?«

»Ist ja kein Eignungstest.«

»Nein, schon klar, ich dachte nur – du hast es dir lange genug gemütlich gemacht, weiter nichts. Ich könnte im Revier wahrlich Verstärkung brauchen.«

Als leitende Ermittlerin bin ich die Vorgesetzte unserer Einheit, also der Boss. Alle anderen sind mir unterstellt. Aber die Zeit, die Tim und ich bei den Ermittlungen zum Fall Sinclair an deren Familiensitz auf Tern Island verbracht hatten, änderte die Dynamik zwischen uns, und mit einem Anflug von Bedauern wurde mir klar, wie sehr ich den eingespielten Schlagabtausch zwischen uns vermisste. »Alle Hände voll zu tun?«, fragte ich. Das sollte ein Witz sein – in A-Bay ist außerhalb der Saison ungefähr so viel los wie auf einem Universitäts-Campus in den Sommerferien –, doch Tims Gesicht hellte sich auf.

»Du machst dir keine Vorstellung. Letzten Donnerstag? Da war ein überhasteter Drogendeal danebengegangen, und dieses geschiedene Ehepaar fetzte sich darüber, wer von ihnen die Kunden behält. Der Mann zieht los und vertickt etwas von ihrem gemeinsamen Stash, und seine Frau verpfeift ihn bei mir und schnallt nicht, dass sie sich damit selbst belastet.«

»Du lieber Himmel.«

»Aber warte! Das ist noch nicht alles. Vom Campingplatz in der Swanbay – du weißt schon, drüben beim Price Chopper? Der schäbigste Rostkutter, den du dir vorstellen kannst, aber irgendjemand konnte dem Drang nicht widerstehen, sich den zu krallen, während die Eigentümerin gerade zum Einkaufen an Land gegangen war. Sie nennt sich Miss Betty, und sie ruft jetzt tagtäglich bei *mir* an und fragt, wieso ich den Kahn immer noch nicht gefunden habe. Findet, ich sei eine Schande für die hiesige Strafjustiz.«

Ich musste so lachen, dass ich Mühe hatte, meinen Becher gerade zu halten. »Hast du sie zart darauf hingewiesen, dass du kein Anwalt bist?«

»Noch nicht, aber wenn sie sich am Montag und am Dienstag und am Mittwoch wieder meldet, werde ich es wohl erwähnen. Aber ehrlich gesagt sind mir die Anrufe von Miss Betty allemal lieber als die von der Zeitung. Wie's aussieht, hat sich Cunningham nun doch endlich von der Sinclair-Story losgeeist. Es fühlte sich schon so an, als hätte ich einen Stalker.«

»Wir, wir beide.« Auf unserem Weg zum Troop-D-Hauptquartier, wo wir über unseren letzten Fall Bericht zu erstatten hatten, war uns der Feature-Schreiber der *Watertown Daily Times* den ganzen Weg bis nach Oneida gefolgt. Der anschließende Artikel führte zu immer weiteren Anrufen und Bitten um Stellungnahme, die ich konsequent ignorierte.

»Jedenfalls«, sagte Tim, »bin ich froh, dass du da bist.«

»Mac hat darauf bestanden, dass wir einen letzten Burrito verdrücken, bevor sie hier für den Winter dichtmachen.«

»Hier im County, meinte ich.« Plötzlich knisterte es zwischen uns.

»Wo sollte ich denn sonst sein?«, erwiderte ich in unbeschwertem Ton, doch Tim blieb ernst.

»Du weißt schon, wo. Ich musste immer wieder über unser Gespräch nachdenken. An dem Tag in Oneida.«

Das auch ich nie vergessen würde. Zwar war es uns gelungen, den Fall Sinclair abzuschließen, nur eher nicht auf die sauberste Art. Obwohl ich mir des Risikos bewusst gewesen war, hatte ich mich in die Ermittlungen gestürzt und dabei einigen Schaden angerichtet. Es wäre unseren Zeugen ein Leichtes gewesen, ein Verfahren wegen Amtsmissbrauchs gegen mich anzustrengen. Es war ein Wunder, dass sie es nicht getan hatten. Die Tatsache, dass ich den Fall auf Tern Island übernommen hatte, während ich noch mit meiner posttraumatischen Belastungsstörung kämpfte, war in mehr als einer Hinsicht unverantwortlich. Im Lauf der letzten Wochen war mir das Ausmaß meines Fehlverhaltens immer schmerzlicher bewusst geworden und saß mir jetzt wie Stacheldraht im Fleisch. Kein Wunder also, dass die da oben wissen wollten, wie und wodurch die Dinge aus dem Ruder gelaufen waren und ein Vermisstenfall in heilloses Chaos ausgeartet war.

Hinter uns stürmte ein lebhafter Trupp Teenager herein, um sich an der Kaffeebar breitzumachen. Tim fasste mich am Ellbogen und geleitete mich in eine Ecke mit leeren Tischen an der hinteren Wand.

»Du hattest in den letzten Wochen jede Menge Zeit.«

»Hätte ich dir eine Mütze stricken sollen?«

Nach Tims Gesichtsausdruck zu urteilen, war ihm nicht nach Witzen zumute. »Du suchst also nicht nach ihm?«

Ihm, nicht nötig, sich deutlicher auszudrücken. »Bram hat das Weite gesucht«, sagte ich.

»Mag sein.« Ich wurde aus Tims Ton nicht schlau und witterte eine Falle. »Nachdem er uns in New York entwischt war, hatte Blake Bram ja wohl jeden Grund, den Bundesstaat zu verlassen. Er könnte seinen Namen geändert haben. Wäre nicht das erste Mal. Oder er ist nach Hause gegangen. Nach Swanton zurück.«

»Ich glaube nicht.«

»Du glaubst es nicht, weil das untypisch für ihn wäre? Oder du glaubst es nicht, weil du etwas weißt?« Nicht weit von uns schnatterten die Jugendlichen, während sie sich ihre Becher füllten. Ich konnte sehen, wie Tim unter der Jacke und dem dicken Rollkragenpullover die Schultern anspannte. »Bram könnte abgetaucht sein«, sagte er, »oder noch hier sein. Ich hätte Cunningham die Hölle heißmachen sollen dafür, dass er in dem Artikel dein Bild abgedruckt hat. Wie in aller Welt haben die überhaupt Wind davon bekommen, dass wir nach Oneida wollten?«

»Keine Ahnung«, sagte ich mit einem Anflug von schlechtem Gewissen. »Der Mann ist gründlich, das muss man ihm lassen. Sieh mal, ich weiß nicht, wo Bram derzeit steckt oder wo er sich seit seiner Flucht aus New York aufgehalten hat. Es hat seitdem keine weiteren Morde mehr gegeben, die zu seinem Modus Operandi passen. Was aber nicht heißen muss, dass er damit fertig ist.«

»Aber du schon? Ich meine, mit ihm? Du hast nämlich immer noch nicht meine Frage beantwortet.«

Die Jugendlichen verteilten sich auf zwei Nachbartische links und rechts.

»Du solltest deine Freundin nicht warten lassen.«

Für mich waren Tims Augen immer grau gewesen, doch im Novemberlicht, das durch die Fenster an der Frontseite des Restaurants einfiel, zeigten sich darin Strahlenkränze aus Blau und Weiß. Er zwinkerte mir zu, nickte und ging zur Terrassentür voraus.

Als ich mich ihm anschloss, hörte ich eine der Kellnerinnen zu den Teenagern sagen: »Das sind für eine ganze Weile die letzten Bärenkrallen, schlägt euch noch mal den Bauch voll, solange ihr könnt.«

Nelly's letztes Wochenende. Die Sauregurkenzeit stand vor der Tür, und ich sah machtlos zu.

ZWEI

DAS FRÜHSTÜCK LAG MIR wie ein Stein im Magen, und dank meines Gesprächs mit Tim war ich auch noch spät dran. Ich schaffte die halbstündige Fahrt von Clayton nach Watertown in einundzwanzig Minuten und legte das letzte Stück auf der Arcade Street im Laufschritt zurück, bis ich Seitenstechen hatte.

Mein Ziel befand sich gut versteckt zwischen einer Pizzeria und einem Atelier an der Rückseite eines Innenhofs, doch bevor ich durch den gemauerten Bogeneingang trat, nahm ich mir einen Moment Zeit, um einen Blick in beide Richtungen der Straße zu werfen. An den Wänden des Gebäudes blätterte die Farbe ab, das Pflaster unter meinen Füßen strotzte vor Dreck, nichtsdestotrotz zog es mich magisch hinein. Ich war so gut darin geworden, nach Bedarf meine Wut anzufachen, dass meine Glieder, kaum hatte ich das Studio betreten, schussbereit waren wie ein Pfeil auf einem angelegten Bogen.

Das kleine Foyer, das zu dem Dojo führte, war sparsam eingerichtet und sauber. An einer Seite befand sich ein Anmeldeschalter, an der anderen waren ein Wasserspender und ein paar Bänke. An der Wand hingen Poster von Bruce Lee und Jet Li, und die Beleuchtung war so gedimmt, dass ich mich an eine unterirdische Höhle erinnert fühlte. Ich zwinkerte die Sonnenflecken weg, die mir noch vor den Augen tanzten, schlüpfte aus den Schuhen und kramte in meiner Sporttasche nach meinem Gürtel.

»Du bist spät dran«, sagte der Sensei, während ich den dicken gekräuselten Stoffstreifen herauszog und meine Tasche und Schuhe an die Wand schob. Der Gürtel war braun, nicht mehr weit von schwarz entfernt, aber ich hatte ihn nicht verdient. Bei meinem letzten Fall war ich angegriffen worden und hatte es nicht geschafft, auch nur die einfachsten Selbstverteidigungstechniken anzuwenden. Ich war nicht mehr in Übung; bis vor Kurzem hatte ich ein Jahr lang keinen Karatekurs mehr belegt. Mein neuer Sensei war ein stämmiger Bursche namens Sam, der keine Nachsicht mit mir walten ließ. »Zwanzig-zwanzig-zwanzig«, sagte er schon, bevor ich auch nur die Socken ausgezogen hatte. »Und zehn zusätzliche Liegestütze für die Verspätung.«

Ich kniete mich hin und schlang mir den Gürtel um die Taille, um ihn über dem Bauchnabel festzuzurren. »Tut mir leid«, sagte ich. »Was mit der Arbeit.«

Sensei Sam zog eine Augenbraue hoch. »Du arbeitest wieder?«

»Noch nicht. Aber bald.«

Er trat zur Seite, damit ich mich verbeugen und das Dojo betreten konnte. Dann schloss er die Tür hinter mir und sah mir dabei zu, wie ich Buße tat: Hampelmänner, Bauchpressen und Liegestütze. Die zusätzlichen zehn absolvierte ich doppelt so schnell, und als ich fertig war, brannten mir die Arme. Ich legte eine Pause ein und wischte mir den Schweiß von der Stirn, doch Sam schüttelte den Kopf.

»Roundhouse-Kicks, Side-Kicks, Back-Kicks, je vier Mal beide Seiten. Zweifingerknöchel-Fauststöße aus der Reiterstellung, bis ich *Stopp* sage.«

Ich endete mit einem Kick und begab mich zur hinteren Wand mit dem Spiegel. Ich hatte mich an Sams rauen Charme gewöhnt, sogar Geschmack daran gefunden. Sam verhätschelte mich nicht.

Seinerzeit in Manhattan waren meine Karatekurse eine Art Treff gewesen, von einem Dutzend bunt zusammengewürfelter Erwachsener, die ihre Kata, Blocks und Konterschläge übten. Ich verbrachte meine Zeit damit, Kombinationen zu trainieren, aber ebenso viel mit Palaver.

Manchmal gingen wir hinterher auch noch in der Bar um die Ecke einen trinken. Mein Privattraining in Watertown war das komplette Gegenteil. Hier ging es mir einzig und allein um meinen Fortschritt. Vorbereitet zu sein, wenn es so weit war.

»Schneller«, sagte Sam, als ich, mit dem Gesicht zur Spiegelwand, schnelle, scharfe Luftschläge übte. Gegen die pfirsichfarbene Haut am Hals und an den Unterarmen wirkte Sams Kampfsportuniform schwärzer als schwarz. Ich hatte ihn einmal gefragt, wieso er Shaolin-Kempo-Meister und nicht zum Beispiel professioneller Baumstammwerfer geworden sei. Er erzählte mir, er habe mit seinem Vater, bevor der an Krebs starb, Karatefilme gesehen. Sein Rang, die Krönung von anderthalb Jahrzehnten harter Arbeit, sei ein Tribut an seinen Dad. Seitdem habe ich mich mit Fragen zu seinem Privatleben zurückgehalten.

»Ist bald so weit, hm?«, bemerkte er, während er meine Form einschätzte. »Du scheinst dir ziemlich sicher zu sein, dass du bestehst.«

Ich verkniff mir ein Grinsen. Er war schon der Zweite an diesem Tag, der meine psychologische Tauglichkeitsprüfung zur Sprache brachte, und allmählich ging mir die Einmischung auf die Nerven. Sam wusste kaum etwas über meine Situation, nur so viel wie nötig, um zu verstehen, weshalb ich kam. *Entführung. Trauma. Genesung.* Letzteres war noch in Arbeit, doch ich hatte schon eine Menge bei ihm gelernt. In gewisser Weise brachten mir die Karatestunden mehr als die Therapie bei meinem staatlich zugewiesenen Therapeuten.

»Gasko ist … schwer zu … durchschauen«, keuchte ich, während ich zuschlug. »Aber er scheint mit meinem Fortschritt zufrieden zu sein.«

Schweigend begab sich Sam in die entgegengesetzte Ecke, wo die gepolsterten Pratzen gestapelt waren. Ich beobachtete ihn im Spiegel dabei, wie er ein Tretpolster aussuchte und damit zurückkam. Er blieb stehen und sah mich eindringlich an. »Und du?«

Ich drehte mich zu ihm um und schüttelte die Arme aus. Ich spürte meinen Puls bis in die Fingerspitzen und das Brennen in den Muskeln. »Ich habe nicht wirklich ein Problem. Die Flashbacks sind weg. Ich bin wieder normal. Den Umständen entsprechend.«

Sam reagierte mit einem unverbindlichen Grunzlaut und wies mich an, gegen den Trittschild zu treten.

Meine ersten paar Kicks waren kräftig, doch das Polster gab nicht nach. »Gasko tut so, als könnte ich in dem Moment, wo ich auf einen neuen Fall angesetzt bin, anfangen zu halluzinieren. Seiner Meinung nach wäre ich bei einem Mord- oder auch schon bei einem Entführungsfall am Arsch.«

»Tritt *durch* das Polster.«

Ich drehte mich auf den Ballen und kanalisierte alle Kraft, die ich zusammenkratzen konnte, in mein rechtes Bein. Sam stand wie ein Fels. »Frauen haben offenbar ein größeres Risiko, von einer traumatischen Erfahrung eine PTSD zurückzubehalten, und deshalb geht Gasko einfach davon aus, dass ich immer noch ein Wrack bin. Aber das stimmt nicht mehr. Ich kenne die Anzeichen.«

Sam kniff die Augen zusammen. »Hol jedes Mal mit dem Bein ganz weit aus.« Er runzelte die Stirn. »Demnach keine Schlafprobleme mehr.«

Kick. »Ich schlafe gut.«

»Keine schlimmen Erinnerungen, die du nicht unter Kontrolle hast.«

Kick. »Nicht eine.«

»Du gehst nicht Gesprächen aus dem Weg, die dir dein Trauma ins Gedächtnis rufen könnten. Du bist nicht misstrauisch gegenüber Fremden. Du hast keine Angstsymptome oder übertriebenen Schreckreaktionen.«

»Lass gut sein, Sam.« Ich trat dreimal in schneller Folge gegen den Schild, und diesmal geriet Sam für einen Augenblick aus dem Gleichgewicht. Meine Oberschenkel standen in Flammen – und was zum Teufel sollte das Ganze überhaupt? Ich hatte ihm die Sache mit meiner Entführung nicht anvertraut, damit er mir damit dumm kommt. Und ich hatte auch meine obligatorische Psychotherapie nicht erwähnt, damit er sich über mich lustig machen konnte. Noch jemand, der den Psychoanalytiker spielte, konnte ich wahrlich nicht brauchen. Als ich ihm das sagte, zuckte Sam nur mit den Achseln.

»Ich frage nur«, antwortete er, »weil es für das, was wir hier treiben, von Belang ist. Es ist wichtig, Shana. Du kannst nicht die Reaktionsfähigkeit deines Körpers trainieren und den Kopf auslassen.« Es ging blitzschnell. Mit einem gedämpften Laut ging der Schild zu Boden, und Sensei Sam wurde von einer steinernen Säule zum Zyklon. Mir blieb gerade genug Zeit, die Füße fest aufzustellen, bevor er hinter mir war und mir fest den rechten Arm um den Hals legte. Die Muskeln seines Unterarms drückten sich mir gegen das Brustbein und unters Kinn. Mit der Linken umfasste er sein rechtes Handgelenk, um seinen Klammergriff zu arretieren. Ich spürte seinen Atem im Ohr und seinen Schweiß an der Wange, während er sich der Länge nach an meinen Rücken presste.

Ich begriff augenblicklich, was er damit bezweckte: Es war ein Test. *Den kenne ich,* dachte ich. *Pack seinen Unterarm und dreh den Kopf in Richtung seiner Hände, um dich herauszuwinden. Tritt ihm seitlich in den Unterleib, versetz ihm einen Hammerschlag auf den Kopf und renn weg.* Wir hatten die Abfolge x-mal geübt – und doch gehorchte mir mein Körper nicht. *Misstrauen gegen Fremde. Diffuse Angst. Schreckreaktion.* Ich bekam plötzlich keine Luft mehr. Unter meinem zurückgebundenen Haar brannte mir die Kopfhaut, mir schlug das Herz bis zum Hals, mir rauschte das Blut in den Ohren. Wie ein sich windendes Kind wehrte ich mich gegen Sams Griff, meine Bewegungen waren nicht zielgerichtet, sondern aus der Verzweiflung geboren. *Box dich irgendwie frei. Schlag um dich und sieh zu, wo du hintriffst.*

Ich erhaschte einen Blick in den Spiegel und sah den Ausdruck von Sorge und Mitgefühl in Sams Gesicht. Da gab ich auf. Ich erschlaffte, und Sam ließ mich los. Als ich von ihm wegwirbelte und meine Hände sah, stellte ich fest, dass sie zitterten.

»Shana.« Er versuchte, mir die Hände auf die Schulter zu legen, eine unschuldige Geste, um mich zu trösten. Doch ich zuckte zurück. »Hör mal, du bist nicht die erste Frau, die hierherkommt. Auch nicht die erste Polizistin. Ich wünschte, ich könnte sagen, meine Schüler machten das hier als Vorsichtsmaßnahme, aber in Wirklichkeit geht es vielen von ihnen um Vergeltung. Oder darum, dass es nicht noch einmal passiert, weil es beim ersten Mal richtig schlimm war. Du bist stärker als die meisten. Aber das bringt dir nichts, solange du diesen Kerl nicht aus dem Kopf bekommst.«

Ich drehte mich um, damit er nicht sah, wie ich die Lippen zusammenpresste. *Du verstehst das nicht,* hätte ich ihm gern gesagt. *Ich wurde von einem Serienmörder gefangen gehalten, der drei Frauen und einen blutjungen Polizisten getötet hat.* Doch ich wusste, dass Sam richtiglag. Ich musste Blake Bram aus dem Kopf bekommen.

»Hey. Geht's wieder?«

»Ja.« Ich hielt die Tränen der Wut und Scham zurück. Es war unangenehm still im Raum. Ich wischte mir mit beiden Händen über die feuchte Stirn und wandte mich wieder zu ihm um, schüttelte die Handgelenke aus und streckte mich. »Ja, Sensei«, sagte ich. »Das Ganze noch mal.«

DREI

MOCHTE JA SEIN, dass es sträflicher Leichtsinn war, so einsam und allein in den Außenbezirken der Stadt herumzufahren, wo nur noch heruntergekommene Farmhäuser den flachen Horizont sprenkelten. Oder ohne Begleitung stundenlang am Flussufer spazieren zu gehen und sich den Wind um die Ohren pfeifen zu lassen. Es war mir zu einer lieben Gewohnheit geworden, die mir dabei half, die leeren, nicht enden wollenden Tage zu ertragen. Während ich beobachtete, wie der Himmel und der Fluss nahtlos zu einer perlgrauen Fläche verschmolzen, zwang ich mich, die Muskeln zu entspannen, und gegen das unablässige Geschwätz im Kopf versuchte ich möglichst viele Inseln aufzuzählen.

Ungefähr eintausendachthundert davon erhoben sich aus dem Wasser, viele mit Anwesen gekrönt, die noch aus dem neunzehnten Jahrhundert stammten, als gut situierte Herren aus Großstädten wie New York und Philadelphia mit dem Zug nach Norden reisten, um dort diese prächtigen Wochenendsitze zu errichten. Im Sommer wimmelte es auf dem St. Lawrence von Booten, und Flaggen mit dem jeweiligen Wappen der Inseleigentümer knatterten in der Brise. Jetzt im Winter war alles verwaist. Außer mir war hier meilenweit keine Menschenseele.

Natürlich war es nicht ungefährlich, so schutzlos im Freien herumzulaufen. Es hatte etwas von Immersionstherapie; der

Gedanke, Bram wiederzusehen, erfüllte mich im gleichen Maße mit Furcht wie mit dem sehnlichen Wunsch nach der unendlichen Entlastung, nachdem ich mich meiner schlimmsten Angst endlich gestellt hätte. Und so trotzte ich dem Novemberwind und hieß ihn mit ausgebreiteten Armen willkommen. *Na los, Arschloch, worauf wartest du? Da bin ich.*

Als ich zu Mac zurückkam, war es bereits später Nachmittag und folglich dunkel wie ein Grab. Am Himmel baumelte eine Neumondsichel, und auf meinem Weg vom Auto zum Haus tanzten feste, trockene Schneeflocken in der Luft.

Am selben Tag, an dem Mac mich eingeladen hatte, bei ihr zu wohnen, hatte sie mir einen Schlüssel gegeben, und wir hatten beide über den Meilenstein in unserer Beziehung gewitzelt. Jetzt war ich dankbar dafür, diesen Schlüssel zu haben. McIntyre war heute Abend bei Verwandten in der Nähe von Chippewa Bay zu Besuch und käme erst spät zurück, somit richtete sich die ungezügelte Euphorie ihres Maltipoos ganz auf mich. Mit schrillem Freudengebell stürzte er mir aus seinem Hundebett entgegen und warf sich mir an die Beine. »Hey, Whiskey«, sagte ich, während ich ihn hochhob und die Tür hinter mir verriegelte. Mac hatte die Heizung heruntergestellt, es war eiskalt im Haus. Ich gönnte dem winzigen Hund – der seinen Namen nicht der Spirituose, sondern einer der Inseln verdankte – eine Streicheleinheit, bevor ich meine Sporttasche fallen ließ und mich zum Kamin begab. Zwanzig Minuten später hatte ich es mir mit käseüberbackenen Makkaroni aus der Mikrowelle und einem Glas Cabernet sowie einem Fellknäuel im Schoß auf dem Sofa bequem gemacht.

Das Feuer hüllte das Zimmer in ein warmes goldenes Licht. Wenn künftig jeder Samstagabend für mich so ausfiel, hätte ich kein Problem damit. Irgendwo im Dorf feierte Carson jetzt Party. Ziemlich genau um diese Zeit war er zweifellos dabei, irgendein Mädchen mit dieser gut einstudierten Geschichte über einen

Jungen hier aus der Gegend zu beeindrucken, der als Polizeipsychologe in New York ganz groß rausgekommen und schließlich in seine geliebte Heimatstadt zurückgekehrt war. Er würde sie in die Wohnung mitbringen, die wir zwei Monate und sechsundzwanzig Tage lang miteinander geteilt hatten, so als hätte ich nie existiert. In der Stadt ging das Gerücht, Carson habe vor, eine kleine Insel zu erwerben; Sams Schwester arbeitete in einem kleinen Maklerbüro, und sie konnte die Aussicht auf einen so aufregenden Deal nicht für sich behalten. So viel also dazu, dass Carson Geld sparte, um seine eigene Praxis aufzumachen. Ich kannte seine Wohnträume und hätte mich nicht gewundert, wenn er ein historisches Gebäude abreißen würde, um an seiner Stelle eine moderne Monstrosität hochzuziehen. Vielleicht würde ja das Mädchen, das er heute Nacht ins Bett bekam, das brave Frauchen, das ihm zu seinem Bilderbuchleben noch fehlte. Ich konnte für die Arme nur hoffen, dass sich seine Wünsche nicht erfüllten. Carsons Kontrollsucht war noch lange nicht gestillt.

Ich hatte gerade mein Weinglas wieder aufgefüllt, als das beharrliche Dröhnen eines Handys das Knistern im Kamin übertönte. Ich hatte es seit Stunden außer Acht gelassen – einer der Vorzüge, suspendiert zu sein –, und so brauchte ich einen Moment, bis mir wieder einfiel, dass ich es noch in meiner Sporttasche hatte. Ich wühlte darin und fand es in meiner gefalteten Kampfsporthose. Als ich sah, von wem der Anruf kam, ging ich mit einem Lächeln ran.

»Hi, Mom, was gibt's?« Das Handy zwischen Ohr und Schulter geklemmt, kauerte ich mich hin, um meine Sportkluft wieder zusammenzufalten. Die militärisch strenge Ausbildung an der Akademie der New York State Police war mir zur zweiten Natur geworden. Auch wenn ich nicht mehr um halb fünf Uhr morgens aufstand und um zehn Uhr abends ins Bett ging, würde ich lieber sterben, als meine Sachen auf den Boden zu werfen.

»Shana.« Meine Mutter atmete auf, als hätte sie die Luft angehalten. »Bin ich froh, dich zu erreichen. Hast du einen Moment Zeit?«

Ihre Stimme klang irgendwie seltsam, eine Spur förmlich, was schlechte Neuigkeiten befürchten ließ. Ich kam hoch und setzte mich auf die Fersen. »Alles in Ordnung?«

Sie hatte wohl meinen Schrecken bemerkt, denn im nächsten Moment klang sie wieder normal. »Alles bestens, uns geht es gut. Du hast dir doch keine Sorgen gemacht? Dein Vater wollte, dass ich dich nicht damit behellige, aber – es geht ihr *gut,* Wally, um Himmels willen!« Im Hintergrund hörte ich meinen Dad etwas dazwischenquatschen, etwas, das verdächtig nach *Das Kind hat genug um die Ohren* klang. Während die beiden sich kabbelten, packte ich meine übrigen Kleider ordentlich in die Tasche, doch als ich nach dem T-Shirt griff, das ich beim Training getragen hatte, fiel etwas heraus und schlitterte über die Dielen. Verblüfft hob ich es auf und wendete es in der Hand. Es war eine Spielkarte, eine Herz-Drei. Die Rückseite zierte ein Foto von Heart Island, mit Boldt Castle, vom ursprünglichen Eigentümer der Insel erbaut, ein Märchenschloss, das aus den Baumkronen ragte. Ich war mir sicher, dass es sich bei dem Kartenspiel, das Mac und ich am Morgen verwendet hatten, um ein gewöhnliches Set von Bicycle handelte, andererseits hatten wir es uns aus dem Schrank des Bistros geliehen. Die hier war dann wohl irgendwo dazwischengeraten. Wie sie allerdings in meine Sachen kam, war mir schleierhaft.

»Hör zu, heute ist etwas passiert. Du kennst das Missisquoi-Naturschutzgebiet? Das Sumpfland auf Hog Island?«

»Sicher.« Ich steckte die Karte wieder in meine Tasche und ging zu Whiskey zurück. Della Merchant wusste alles über Swanton, was es zu wissen gab, und hielt sich grundsätzlich mit dem Dorfklatsch auf dem Laufenden. Ich vermutete, dass ihre Geschichte etwas mit einer Affäre zu tun hatte. Ein Schäferstündchen im Moor, dem eine Schlammschlacht folgte.

»Ich habe aus verlässlicher Quelle erfahren, dass die Polizei da draußen etwas gefunden hat. Menschenknochen«, sagte sie. Ich schluckte den Wein im Mund so schnell herunter, dass er mir in der Nase brannte. »Im Ernst?«

»Also, Shay, bevor du …«

»Wurde sie identifiziert? Was ist die Todesursache? Wurde sie …«

»Immer langsam. Ich weiß nur, dass die Polizei ermittelt, aber nicht viel in der Hand hat. Vor ein paar Tagen ist ein anonymer Anruf eingegangen, der hat sie dorthin geführt, und jetzt sag du mir, wieso jemand bei einem solchen Fund nicht den Anstand hat, seinen Namen zu hinterlassen.«

Mir schwirrte der Kopf bei der Vorstellung, wie sich die Nachricht in meiner Heimatstadt verbreitete. Jeder, der mit Entsetzen davon hörte, würde das Gerücht in schaudernder Sensationslust weiterverbreiten und darüber spekulieren, wer es war und wie und warum. »Ich könnte mir denken, dass derjenige einfach darüber gestolpert und panisch geworden ist und deshalb seinen Namen nicht genannt hat.«

»Du sagst, der Hinweis kam vor ein paar Tagen rein? Das wäre Mitte der Woche gewesen. Immerhin gehen selbst um diese Jahreszeit eine Menge Leute in der Gegend wandern. Gibt ja reichlich schöne Wege, und man kann mit dem Kanu oder dem Kajak rüberkommen, entweder auf dem Missisquoi River oder dem Lake Champlain. Könnte jemand aus der Stadt sein, der vom Weg abgekommen ist und sich verletzt hat. Der Wald ist schließlich ziemlich urwüchsig und naturbelassen. Wäre also gut möglich, dass kein Fremdverschulden im Spiel ist, aber halte mich bitte auf dem Laufenden«, sagte ich und kraulte dabei unablässig Whiskey hinter den Ohren. Der kleine Hund schnaubte verzückt. »Ich wette, so viel Aufregung hat es in Swanton nicht mehr gegeben, seit Mickey Bellington sein Haus schwarz angestrichen hat.«

Mom lachte. »Wahrscheinlich. Und ja, mache ich. Mary-Jo beim Friseur – die schneidet deinem Vater immer die Haare – hat einen Bruder bei der Polizei. Der hört so das eine oder andere auf dem Revier. Und du weißt ja, wie die Leute reden.«

»Und ob.« In meiner Kindheit fielen bei solchem Gerede nicht selten die Namen von Mitgliedern meiner Familie. *Knochen*. Ich nahm noch einen Schluck Wein. Um der Wahrheit die Ehre zu geben, musste ich für diese Nachricht dankbar sein, die mir für den Rest des Abends eine willkommene Ablenkung bescherte. Meine Begegnung mit Tim und das psychologische Gutachten gingen mir immer noch wie ein Mühlrad durch den Kopf. Wenn ich das alles für eine Weile vergessen konnte, bestand auch die Aussicht, ein paar Stunden Schlaf zu bekommen.

»Bevor ich auflege«, sagte meine Mutter, »wollte ich dich noch was fragen. Wie läuft es denn so mit deinem Therapeuten?«

McIntyre kam kurz vor Mitternacht nach Hause, nicht lange nachdem ich den Abwasch erledigt, Whiskey noch einmal Gassi geführt und mich zu Bett begeben hatte. Als ich hörte, wie sie die Tür verriegelte und zu ihrem Zimmer tappte, tat ich, als ob ich schon schliefe. Mein Bauch war in Aufruhr, was nichts mit dem kümmerlichen Abendessen und auch nichts mit zu viel Rotwein zu tun hatte, und ich wollte damit allein sein. Herausbekommen, was es zu bedeuten hatte.

Früher hatte ich einen gesegneten Schlaf, sobald ich lag, war ich weg. In letzter Zeit, besonders seit ich die Tabletten gestrichen hatte, die Carson mir verschrieben hatte, um mich »ins Traumland zu befördern«, verbrachte ich die meisten Nächte so wie diese: stocksteif wie in einem Sarg und mit Blick zur Decke. Als Mac die Tür zu ihrem Schlafzimmer schloss, riss ich die Augen wieder auf und beobachtete, wie das Licht vom Kamin Staubkörner in Spinnen und die Fugen zwischen den Rigipsplatten in Schluchten verwandelte. Diese Sinnestäuschungen waren eine treffende Metapher dafür, wie ich mich gefühlt hatte, als ich Mom dasselbe erzählte wie heute Sam. *Ich bin wieder so gut wie neu. Und schon bald zurück im Dienst.*

Die Behauptung war nicht ganz und gar gelogen. Abgesehen von diesem nervigen Moment mit meinem Sensei fühlte ich mich schon eine ganze Klasse besser. Ich hatte Sam versichert, die Flashbacks, die ich auf Tern Island gehabt hatte, seien verschwunden, sobald ich wieder auf dem Festland war, und das stimmte. Auch die Panikattacken hatte ich hinter mir gelassen. Zwar sah ich immer noch häufig Bram vor Augen, doch inzwischen fühlte es sich eher wie etwas an, das mir der Wind ins Auge weht, wie ein störendes Sandkorn und nicht wie der Atem eines mörderischen Monsters im Nacken. Immer wieder begab ich mich ungeschützt ins Freie und stellte fest, dass ich damit fertigwurde. Zieh dir das rein, Carson Gates.

Und doch wusste ich genau, dass ich meine PTSD nicht ganz überwinden konnte, ohne mich mit dem Mann zu konfrontieren, dem ich sie verdankte. Gil Gasko, mein Psychotherapeut, sagte, ich müsse die Tatsache akzeptieren, dass mein Entführer noch frei herumläuft, und lernen, nicht in ständiger Angst zu leben. Als ob das funktionieren würde. Blake Bram war der Grund dafür, dass ich bei dem Bullshit-Spiel mit Mac so geistesabwesend gewesen war, ebenso wie bei meinem Karatetraining mit Sam und bei allem dazwischen. Bram hatte mich acht Tage lang in einem Keller im East Village von New York gefangen gehalten, bevor er den Polizisten erschoss, der in sein Gruselkabinett hereingestolpert war, und die Gelegenheit zur Flucht ergriff. Auch wenn er mich zurückgelassen hatte, ließ er mich immer noch nicht los.

Monatelang hatte ich über dieses Rätsel gegrübelt und zu ergründen versucht, was Bram damit bezweckte. Seine drei anderen

Opfer hatte er sehr schnell, binnen drei Tagen nach ihrer Entführung, umgebracht, mich jedoch am Leben gelassen. Ausgerechnet mich, eine in der Identifizierung von Tatverdächtigen ausgebildete Polizistin, hatte er laufen gelassen – eine ständige Bedrohung für ihn.

Ich war immer wieder in der Hoffnung nach Swanton zurückgekehrt, ihn dort ausfindig zu machen. Er war zu clever, um sich so leicht schnappen zu lassen, doch mein Instinkt sagte mir, dass Bram auf der Lauer lag. Ich hatte keine Ahnung, wann er wieder auftauchen würde und wo oder wie er dann aussehen würde. Nur eines wusste ich mit Sicherheit: Ich würde alles daransetzen, diesen Flüchtigen hinter Gitter zu bringen. Irgendwie würde ich es schaffen. Mit jeder Faser drängte es mich, ihn unschädlich zu machen. Sicher, wir stammten aus derselben Stadt, doch es gab noch eine tiefere Verbindung zwischen ihm und mir, von der außer uns beiden niemand wusste.

Und das machte mir am meisten Angst.

VIER

ES WAR EIN WOLKENVERHANGENER, kalter Morgen. Im Laufe der Nacht war das Schneegestöber in Nieselregen übergegangen, und meine Fahrt von Watertown nach A-Bay zurück führte mich über schwarze, schimmernde Straßen. Thanksgiving stand vor der Tür, und ein städtischer Angestellter war bereits dabei, an den Lampenmasten in der James Street Kränze aufzuhängen. Ich fühlte mich versucht, anzuhalten, um den Tannennadelduft zu schnuppern, ließ den Blick jedoch stattdessen wie einen Suchscheinwerfer über die Straße schweifen. Mit einem flauen Gefühl spähte ich in jedes Schaufenster und jeden geparkten Wagen. Mein Leben war zu einer einzigen endlosen Übung in Gegenüberwachung geworden. Und das erforderte literweise Kaffee.

Im Lauf der drei Wochen, in denen ich jetzt schon bei Gil Gasko in Therapie war, hatten wir bereits jeden Coffeeshop in der Stadt unsicher gemacht. Er hatte keine Praxis so wie Carson seinerzeit; Gil wohnte in Syracuse und fuhr, wohin ihn die EAP-Beratung schickte – in diesem Moment ins Bean-In. Er saß an einem Zweiertisch und pustete den Dampf von einer Tasse schwarzem Tee, während ich meinen Kaffee orderte und mich zu ihm gesellte.

»Ungemütlich draußen«, sagte Gil. Der Blick, mit dem er meine dünne Canvas-Jacke beäugte, erinnerte mich an Dad. *Zieh dich warm an, Liebes,* trällerte mein Vater immer mit dick aufgetragenem britischem Akzent. Gil war zehn Jahre jünger als mein Dad, mit dunklem Haar, drahtigem Bart und einem auffälligen spitzen Haaransatz. Unter seinem Fleecepulli und der Jacke steckte ein Körper wie ein Mauerbrecher, und seine Finger erinnerten an Hotdog-Brötchen, doch hinter seinem koboldhaften Äußeren verbarg sich ein freundliches, sanftmütiges Naturell. Der Mann verströmte heitere Ausgeglichenheit, für mich inzwischen eine Voraussetzung für seinen Beruf.

Es gehörte zu unserer Routine, uns mit ein paar Minuten Small Talk aufzuwärmen, bevor wir uns den unangenehmen Dingen zuwandten, die uns hergeführt hatten. »Schon irgendwelche Pläne für Thanksgiving?«, fragte Gil.

Erst die Frage machte mir bewusst, dass ich keine hatte. Letztes Jahr hatte ich die Feiertage bei Carsons Familie in Sackets Harbor, westlich von Watertown verbracht. Zu der Zeit waren wir erst zwei Monate zusammen, doch er bestand darauf, mich seinen Eltern vorzustellen. Doch die hatten wenig Interesse daran gezeigt, mich kennenzulernen, und stattdessen den ganzen Tag lang nur mit Geschichten über ihren bemerkenswerten Sohn um sich geworfen.

Während ich mir Gils Frage durch den Kopf gehen ließ, zog ich ein Haargummi aus der Tasche und bändigte meinen widerspenstigen Schopf zu einem Pferdeschwanz, wobei mir ein Schmerz durch beide Arme schoss – Nachwirkungen der Karateeinheit.

»Schätze, ich fahre zu meinen Leuten«, sagte ich.

»In Swanton.«

»Genau.«

Gil nickte. »Schon 'ne Weile her, nicht wahr? Das letzte Mal haben Sie mir erzählt, Sie hätten Ihre Familie – warten Sie – seit drei Wochen nicht gesehen?«

»Seit meiner Suspendierung.«

»Und wieso?«

Womit wir bei der Geschäftsordnung wären. Gil sollte mich dazu ermuntern, über meine Gefühle, mein Verhalten und die Wechselwirkung zwischen beidem nachzudenken. Seine Einschätzung meines Zustands hatte Gewicht, da sich meine Vorgesetzten bei meiner psychologischen Diensttauglichkeitsprüfung, die ich bestehen musste, um wieder als leitende Ermittlerin des *Bureau of Criminal Investigation* arbeiten zu können, auf seine Empfehlungen stützten. Ich musste Gil also zeigen, dass ich die starke, gefestigte Kriminalistin war, auf die sie bei der New York Police bauten, und so hatte ich seine Empfehlungen gewissenhaft befolgt, vom Offensichtlichsten (eine Liste mit meinen Ängsten zu erstellen) bis zum Absurden (eine Meditations-App herunterzuladen und mir das aufmunternde Gesülze eines Gurus anzuhören). In den letzten einundzwanzig Tagen hatte ich mehr geredet als normalerweise in Monaten, hatte Fangfragen beantwortet, wie etwa *Können Sie Ihre Kernstressoren benennen?* Oder *Sind Sie bereit, positive Selbstgespräche in Ihren Alltag einzubauen?* Ich konnte nur hoffen, dass ihm das, was er von mir zu hören bekam, gefiel.

»Wieso ich länger nicht in Swanton gewesen bin?«, wiederholte ich seine Frage. Nachdem ich früher viel häufiger hingefahren war, leuchtete seine Frage ein. »Meine Eltern wissen, was auf Tern passiert ist. Das war mein erster Fall hier oben, und ich kann nicht gerade behaupten, er wäre glatt gelaufen. Nehmen Sie noch die Trennung dazu und was letztes Jahr in New York passiert ist und … na ja, meine Eltern machen sich Sorgen um mich.«

Gil tupfte sich mit einer Serviette den Tee vom Schnauzbart. »Klingt nach dem idealen Zeitpunkt, um mal wieder bei ihnen vorbeizuschauen. Kontakt zu halten. Sich ein bisschen auszusprechen.«

»Sollte man meinen«, sagte ich, »aber manchmal tut es ihnen nicht gut, mich zu sehen.«

»Wieso das?«

Ich machte den Mund auf und wieder zu. Gil hatte mich nie

gefragt, woher meine Narbe stammte. Normalerweise behielt ich die Geschichte für mich, und ich hatte auch jetzt nicht die Absicht, damit herauszurücken. Stattdessen hob ich die Hand. »Ich muss sie nicht mit der Nase darauf stoßen, wie gefährlich mein Job sein kann«, sagte ich und zeigte Gil, was an meiner Hand von der Verbrennung noch zu sehen war. »Diese Arbeit, das ist mein Leben. Ich bin jetzt zweiunddreißig Jahre alt und mache genau das, was ich schon mit fünf Jahren machen wollte. Ich habe ganz bestimmt nicht vor, beruflich umzusatteln. Meine Leute werden das leichter akzeptieren können, wenn meine Hand verheilt ist. Wird es ihnen leichter machen, die Schattenseiten des Jobs zu vergessen.«

Gil stellte seinen Becher ab und verdrehte die Augen. »Wenn Sie sich erst mal von akutem psychologischem Stress erholt haben, werden Sie unbedingt ein gutes Unterstützungsumfeld brauchen.«

»Ist ja nicht so, als würden sie mich nicht unterstützen«, entgegnete ich. »Aber ich bin nun mal ihre einzige Tochter und das Küken in der Familie. Natürlich wäre ihnen wohler, wenn ich einen netten, sicheren Job in der Werbebranche hätte, so wie mein Bruder, oder auch irgendwo in der Verwaltung gelandet wäre wie die Hälfte meiner Klassenkameraden an der Highschool. Aber das bin ich nicht. Meine Familie hat das schon begriffen.«

»Das ist gut. Und ich kenne zumindest noch eine weitere Person, die Sie in Ihrer Karriere unterstützt.« Ich sah ihn verdutzt an. »Tatsächlich?«

»Ja. Tim Wellington.«

Ich hatte unerwähnt gelassen, dass ich Tim am Vortag über den Weg gelaufen war. Genauer gesagt erwähnte ich ihn so gut wie nie. »Sie haben mit Tim gesprochen?«, fragte ich.

»Vor ein paar Tagen. Von Lieutenant Henderson wusste ich, inwieweit Tim in den Fall involviert war, und ich dachte mir, es könnte nicht schaden, mich mit ihm in Verbindung zu setzen. Und ich muss schon sagen, Shana, er ist ein Fan.«

»Wovon?«

»Von *Ihnen*. Er respektiert Sie als Ermittlerin und schätzt Ihren Beitrag, seit Sie zur Truppe dazugestoßen sind. Das hat er sehr deutlich zum Ausdruck gebracht.«

Tim hat mit Gasko gesprochen und mir nichts davon gesagt? Wir waren bei Nelly's allein gewesen und hatten sogar über meine Psychotherapie gesprochen. Wieso hatte Tim dann nichts davon erwähnt, dass Gil ihn kontaktiert hatte?

»Wenn es nach Tim ginge, wären Sie schon wieder im Dienst. Nur eins macht ihm zu schaffen.« Gil rollte den Rührstab zwischen den plumpen Fingern. »Er wollte, dass ich Sie nach der Verbindung zwischen Blake Bram und Ihrer Heimatstadt frage.«

Dieses Schlitzohr. Vor Wut bekam ich heiße Ohrenspitzen. Da gebe ich mir redliche Mühe, mit persönlichen Dingen hinterm Berg zu halten, und Tim kommt daher und versucht, es aus mir herauszuquetschen? Das war ein idiotischer Schachzug, aber irgendwie auch wieder clever. Tim hatte sich vermutlich gedacht, wenn mich jemand zur Vernunft bringen konnte, dann mein Psychotherapeut. Tim nahm mir nicht ab, dass ich mit Bram fertig war, und er wollte meine Ausflüchte nicht einfach so schlucken.

Von einem Ermittlerkollegen hätte ich eigentlich nichts anderes erwarten sollen. Auf Tern Island hatte ich mir anhören müssen, wie abfällig die Sinclairs über die örtliche Polizei sprachen und sie als Kleinstadt-Stümper abtaten, und dabei staunend zugesehen, wie Tim ihren Erwartungen zum Schein entsprach. Es gehörte schon einiges Geschick dazu, Zeugen und Tatverdächtigen den leutseligen, gutmütigen Cop vorzugaukeln. Anfänglich hatte ich Tim nicht richtig durchschaut, inzwischen wusste ich es besser. Er beherrschte die Taktik, sich die Leute zum Freund zu machen, sich dann aber, wenn es dem Fall zugutekam, nicht davor zu scheuen, das, was sie ihm anvertrauten, gegen sie zu verwenden. Tim war um einiges cleverer, als man auf den ersten Blick meinte.

»Die Sache ist die«, erklärte ich Gil. »Anhand der Daten von Brams Dating-App, mit der er seine Opfer angelockt hat, sowie übereinstimmender Zeugenaussagen sind meine ehemaligen Kolleginnen und Kollegen bei der New Yorker Polizei zu dem Schluss gekommen, dass Bram sich, so wie ich, schon mal in Swanton aufgehalten haben muss. Ob er dort aufgewachsen ist oder nur eine Zeit lang gewohnt hat, wissen sie nicht.« *Wissen sie nicht und werden sie auch nie erfahren.* Die Detectives vom siebten Bezirk in New York hatten Blake Bram zu den Akten gelegt. Natürlich hofften sie immer noch, ihn zu schnappen, aber seit dem ersten Mord und meiner Entführung war bereits mehr als ein Jahr vergangen. Ohne neue Erkenntnisse kühlte der Fall immer weiter ab. »Ob es mir zu schaffen macht, dass Bram dort eine Vergangenheit hat? Selbstverständlich. Swanton ist meine Heimatstadt, deshalb fühlt es sich für mich wie ein Übergriff an. Wahrscheinlich glaubt Tim deshalb, ich sei von Bram besessen. Ich meine, davon, ihn zu finden.«

Gil musterte mich mit einem langen, abschätzigen Blick. »Ich bin beeindruckt von Ihrer Selbstreflexion, Shana«, sagte er. »Aber sind Sie das? Besessen?«

Ich blickte mich zum Fenster um. Auf der anderen Straßenseite stieg ein Mann aus seinem Wagen und sah mir, als er sich in unsere Richtung umdrehte, direkt ins Gesicht. *Das ist er nicht,* skandierte ich im Kopf, als er mich beim Überqueren der Straße nicht aus den Augen ließ. Trotzdem behielt ich ihn so lange im Auge, bis er im Restaurant nebenan verschwand. »Ich will, dass er geschnappt wird«, erklärte ich Gil. »Er ist ein gewalttätiger, gefährlicher Verbrecher. Aber das heißt nicht, dass ich ihn jage.«

Nach dieser Auskunft entspannten sich die Züge meines Therapeuten ein wenig. *Gut,* dachte ich, doch mein Gefühl sagte etwas anderes. Ich hatte Tim und Gil zwar nicht direkt angelogen, aber ihnen auch nicht die Wahrheit gesagt.

»Also«, sagte er. »Am Donnerstag ist es so weit.«

In weniger als einer Woche. »Genau. Ich werde da sein.«

Gil bescheinigte mir noch einmal, dass er mit meinen Fortschritten zufrieden sei, bevor er unsere leeren Becher abräumte. Nachdem wir uns draußen verabschiedet hatten, schob ich die Hände in die Taschen und tat so, als ob ich nach meinen Schlüsseln kramte, während mir der Regen die Schultern durchnässte. Ein weiteres Mal suchte ich die Straße nach irgendwelchen Alarmzeichen ab, um eine Bedrohung schon im Vorfeld zu erahnen. Ich war sogar kurz davor, die Nase in die Luft zu halten, um nach Pheromonen zu schnuppern und mich in die Niederfrequenzschwingungen zwischen Raub- und Beutetier einzustimmen. Als ich mich davon überzeugt hatte, dass ich in Sicherheit war, kam mir Tim wieder in den Sinn. Er kannte mich besser, als ich gedacht hatte. Aber er wusste nicht alles.

Zum Beispiel hatte er keine Ahnung, dass der Tipp an die *Watertown Daily Times* zu unserem Termin bei der Polizeidirektion von *mir* gekommen war. Die Geschichte mit Jasper Sinclair und seiner Familie beherrschte die Nachrichten, und Jared Cunningham gierte nach Informationen über die neuesten Entwicklungen. Ein Termin mit meinem Vorgesetzten war die perfekte Gelegenheit, mich für die Öffentlichkeit ins Blickfeld zu rücken. *Sagen Sie Ihrem Fotografen, dass er inkognito arbeiten muss,* hatte ich ihm eingeschärft, weil ich wusste, dass Tim mitkommen würde. *Sorgen Sie für eine scharfe Aufnahme von mir, und nennen Sie mich mit vollem Namen.* Ich hatte es dem Reporter leicht gemacht, ein großes Feature für das Blatt zu schreiben und mein Gesicht auf die obere Hälfte der Titelseite zu packen.

Nein, Jungs, dachte ich auf dem Weg zu meinem Wagen. *Ich jage nicht Bram.*

Bram jagt mich.

FÜNF

»FANTASTISCHER BLICK, NICHT WAHR?«

Die Hausverwalterin beugte sich an mir vorbei zum Fenster, und als sie dabei ihren Zopf – grau und dünn wie ein Rattenschwanz – über die Schulter warf, strich er mir übers Gesicht. Ich zwang mich, durch den Mund zu atmen. Der Gestank nach abgestandenem Zigarettenrauch in den Kleidern der Frau war nicht auszuhalten. »Chaumont Bay?«, fragte ich. »Sehe ich nicht.«

Sie lachte. Es klang wie nasser Kies. »Zu dem Preis können Sie keine Sicht aufs Wasser erwarten. Aber nur einen Steinwurf von hier sind Bäume – und zwei Kirchen. Lage ist alles, wie man so sagt.«

Ich ließ den Blick durchs Wohnzimmer wandern. Die echten alten Türknäufe waren von mehreren Schichten abblätternder Farbe bedeckt und der Teppichboden gefleckt wie ein Leopardenmuster. *Verdammt,* dachte ich. Der Gestank kam nicht von der Frau, sondern von der Wohnung.

»Neunhundertfünfzig im Monat plus Nebenkosten.« Sie musterte mich, ohne mit der Wimper zu zucken, offensichtlich um einzuschätzen, ob ich mir die Miete leisten konnte. Allem Anschein nach bestand ich die Probe, denn am Ende zuckte sie mit den Achseln und sagte: »Wenn Sie die haben wollen, sollten Sie zugreifen.«

Es war die vierte Wohnung innerhalb nur eines Tages, die ich mir ansah, eine unterirdischer als die andere und jede mindestens vierzig Minuten Fahrt von der Arbeit entfernt. Mietwohnungen waren in A-Bay rar, zumindest in vertretbarer Nähe zum Revier. Auch das hatte mit der Jahreszeit zu tun. Als ich McIntyre um ihre Meinung zur spärlichen Ausbeute in Evans Mills, Black River und La Fargeville fragte, tröstete sie mich damit, dass im Frühling mehr auf den Markt kommen würden. Ich dachte nur: zu wenig und zu spät.

Die Wohngemeinschaft mit Mac fühlte sich überraschend zwanglos an, und ich glaubte ihr, als sie mir versicherte, sie würde sich freuen, wenn ich bliebe, was in unserem Alter natürlich nur eine vorübergehende Lösung sein konnte. Früher oder später käme der Tag, an dem Sheriff McIntyre – mit ihrem Job verheiratete, eingefleischte Junggesellin, aber klug und attraktiv – merkte, dass man bei dem Neuen im Standesamt ruhig zweimal hinsehen konnte. Und was meine Wenigkeit betrifft, war nicht auszuschließen, dass ich jemanden im River Boat Pub kennenlernte und beschloss, ihn mit nach Hause zu nehmen. Auch wenn es mir nach Carson fast undenkbar schien, meine Zeit an eine romantische Beziehung zu verschwenden, war mir, nachdem ich Tim mit Kelsea gesehen hatte, doch klar geworden, dass ich mir so etwas eines Tages auch wieder wünschen würde. Den Morgen danach, Frühstück mit zerzaustem Haar und verlegenen Blicken. Die Lust davor. Das Vertrauen. Für all das würde ich meine eigene Wohnung brauchen.

Resigniert und ratlos dankte ich der Hausverwalterin und machte mich eilig aus dem Staub. Draußen wurde es mit jeder Minute kälter, und als ich die Straße überquerte und zu dem gebrauchten SUV lief, den ich mir nach der Trennung gekauft hatte, drang mir eisiges Wasser in die Stiefel. Nachdem ich die Türen verriegelt hatte, griff ich zu meinem Handy. Das einzig Gute an der Suspendierung war jede Menge Freizeit. Ich hatte sie dazu genutzt, einige Unstimmigkeiten auszubügeln.

Eine posttraumatische Belastungsstörung geht häufig mit Selbstvorwürfen einher, jedenfalls definitiv bei mir. Meine Schuldgefühle, sowohl wegen der Entführung als solcher, wie auch dafür, Bram nicht verhaftet zu haben, als sich die Chance dazu bot, erdrückten mich. Mein Weg zur Selbsterkenntnis unter Gils Führung hatte noch weitere Quellen unterschwelliger Reue zutage gefördert, und wenn ich hoffte, wieder gesund zu werden, musste ich mich ihnen wohl oder übel stellen. Zu diesem Zweck loggte ich mich in meinen Facebook-Account ein, der schon lange im Dornröschenschlaf lag, und nahm mit Suzuka Weppler Kontakt auf.

Meine einstige beste Freundin hatte ich im Rahmen eines Projekts in der sechsten Klasse kennengelernt, zu dem mich meine Kunstlehrerin beschwatzt hatte. Suze war neu an der Schule, aus Washington, D.C., zugezogen, weshalb in ihrem Fall der Druck von den Eltern ausging. An drei Wochenenden und in sechs weiteren Treffen nach der Schule arbeiteten Suze und ich mit ein paar handverlesenen weiteren Schülerinnen und Schülern an farbenfrohen Wandgemälden, welche die Flure unserer Middle- und Highschool schmücken sollten. Suze ließ sich bei der Aktion von derselben Motivation leiten wie ich – alles, nur nicht Mannschaftssport –, und wir brauchten nicht lange, um zu merken, wie gut wir uns verstanden. Soweit ich weiß, befindet sich unser Meisterwerk mit dem legendären Seemonster des Lake Champlain immer noch an Ort und Stelle.

Unsere Freundschaft hielt nicht ganz so lange, und ich erinnerte mich an unsere gemeinsame Zeit mit einer Mischung aus Nostalgie und Scham. Vor dem Ende der achten Klasse hatte Suze ihre wilde Phase und fing mit gerade mal vierzehn an, regelmäßig die Schule zu schwänzen und im Dorf Ladendiebstahl zu begehen. Im selben Jahr machte sie ihre erste Bekanntschaft mit weichen Drogen. So manche Nacht war ich ihr zu einer Lagerfeuerparty in den Wald gefolgt, wo es sich einige von uns auf einer Lichtung mit Möbeln vom Sperrmüll und alten Matratzen gemütlich gemacht hatten, inmitten von leeren Bierdosen, die im weiteren Verlauf der Nacht immer mehr wurden. Aus einem tragbaren CD-Ghettoblaster dröhnten Led Zeppelin und Jamiroquai, die Jugendlichen grölten zu Beastie Boys und Fatboy Slim mit, in Spiralen stiegen Funken und Asche in den dunkelblauen Himmel zwischen den Bäumen auf, während Suze unablässig versuchte, mich in ihre fragwürdige Lebensweise einzuführen.

Bei diesen Partys tat ich so einiges, worauf ich nicht stolz bin, während Suze einem der geilen Jungen auf dem Schoß saß und mich anfeuerte. Alles in allem behielt ich einen kühlen Kopf, was ich jedoch nicht von meiner Freundin sagen konnte. Im ersten Jahr an der Highschool kursierten in der Cafeteria entsprechend bissige Gerüchte: *Suze experimentiert gerade in einem flotten Dreier. Suze hat es einmal mit einem Mann Mitte dreißig getrieben. Suze kann dir Hasch, Mushrooms und alles, was du dir sonst noch wünschst, besorgen.* In unserer kleinen Gemeinde herrschte unter jungen Leuten häufig eine gewisse Rastlosigkeit, und Drogen boten eine gängige Abwechslung, doch Suzes Lebensweise wurde immer risikofreudiger. Ich hatte Angst, von ihr da mit hineingezogen zu werden, Angst, Schaden zu nehmen. Als ich nach dem Schulabschluss wegging, um in Albany meine Ausbildung als Polizeibeamte zu beginnen, ließ ich Suze und das, was von unserer Freundschaft noch übrig war, hinter mir.

Über die Jahre hatte ich allerdings über meine Eltern gehört, wie es mit ihr weitergegangen war – von ihrer Heirat, der Geburt ihrer Tochter, dem Tod ihres Vaters. Die Nachricht war ein Schlag in die Magengrube. Mike Weppler war ein großartiger Mensch gewesen. Witzig und verständnisvoll, auch dann noch, als seine Tochter von der Spur abkam. Er fing etwa zur selben Zeit als Lehrer an der Highschool an, als mein Vater eine Stellung beim Schulamt bekam. Selbst die abgebrühtesten Schüler hatten Mr. Weppler gemocht. Natürlich hatte ich eine Beileidskarte geschickt, aber das war's auch schon mit unserem Kontakt. Nachdem fünfzehn Jahre lang mehr oder weniger Funkstille zwischen uns geherrscht hatte, hatte ich mich bei meiner alten Freundin gemeldet und mir wenig Illusionen gemacht, von ihr zurückzuhören. Doch jetzt fand ich eine neue Nachricht auf meinem Handy.

Sie bestand zu gleichen Teilen aus Emojis und Ausrufungszeichen. Wenn Suze sauer auf mich war, weil ich mich nicht früher einmal gemeldet hatte, zeigte sie es nicht. Natürlich ging die Vernachlässigung in beide Richtungen. Ich bekam von ihr die Kurzfassung ihres Lebens, bevor sie das Mikro an mich weitergab. Ich revanchierte mich mit einer flüchtigen Skizze meiner eigenen jüngeren Vergangenheit: College, Polizeischule, NYPD, Kriminalpolizei in Upstate New York. Ich zog es vor, die Entführung und die gescheiterte Verlobung unerwähnt zu lassen, auch wenn sie dieser Teil meiner Geschichte sicherlich am meisten interessiert hätte.

Während ich meine Antwort tippte, hatte ich das überwältigende Gefühl, beobachtet zu werden. Auf dem Bürgersteig waren mit eingezogenen Schultern Jogger im Regen unterwegs. In einem Radius von wenigen Metern um meinen Wagen kamen ein halbes Dutzend Männer vorbei, das Gesicht von einem Schal oder unter einem Schirm verborgen. Keiner würdigte mich eines Blickes.

Ich konzentrierte mich wieder auf das Display.

Nicht die Möglichkeit, dass Bram in der Nähe lauern könnte, machte mir diesmal Angst, sondern der Gedanke an das Risiko, den Kontakt zu Suze wieder aufzunehmen. Meine Vergangenheit war ein gefährliches Terrain, ein tückischer Morast emotionaler Befindlichkeiten; ein falscher Schritt, und ich lief Gefahr, bis zum Hals einzusinken. Mit Ausnahme meiner Eltern hatte ich in voller

Absicht alle Bewohner von Swanton gemieden. Schon bei dem Gedanken, mit jemandem dort Kontakt zu pflegen, der nicht zu meiner Familie gehörte, bekam ich feuchte Hände. Jeder in der Stadt kannte unsere Geschichte, und ähnlich wie bei den Flashbacks zu den schrecklichen Erlebnissen im East Village konnte es mich schon in Panik versetzen, wenn von den Verwandten meiner Mutter die Rede war. Brachte irgendjemand das Gespräch auf die Skiltons – meine Tante, meinen Onkel oder meinen Cousin und meine Cousine –, flatterten mir die Nerven, und ich war kurz davor, mich zu übergeben.

Suze erwähnte meine Verwandtschaft in ihrer Facebook-Nachricht mit keinem Wort, und falls es mir gelang, unseren Austausch weiterhin so oberflächlich zu gestalten, käme ich wohl klar. Ich schickte meine relativ unbeschwerte Antwort ab, steckte mein Handy in die Tasche und dachte ans Mittagessen.

Kaum hatte ich den Motor angeworfen, klingelte mein Handy. Moms Anruf am Abend war überraschend gekommen; ihren Namen jetzt schon wieder auf dem Display zu sehen verblüffte mich. Ich saß nun schon seit einer Viertelstunde im kalten SUV – was hätte ich jetzt um Gils warmen Lagenlook gegeben –, doch sosehr ich es hasste, den Motor im Leerlauf zu lassen, machte ich eine Ausnahme und warf, während ich mich meldete, die Heizung an.

»Wir haben dich auf Lautsprecher«, sagte meine Mutter. »Kannst du uns hören?«

»Hi, Kleines.« Die Stimme meines Vaters klang ungewohnt angespannt.

»Dad? Du bist nicht auf der Arbeit?«

»Ähm«, sagte er. »Das Schulamt bestand darauf, dass ich mir ein paar Tage freinehme.«

»Freinehmen?«, wiederholte ich verwirrt. »Wozu? Was ist los? Ihr beide macht mir Angst.«

Es trat kurzes Schweigen ein, bevor sich Mom wieder meldete.

»Ich weiß nicht, wie ich es dir sagen soll, Liebes. Da liegt sicher ein Irrtum vor. Nach all den Jahren … und er ist doch *weggezogen!* Er kann es gar nicht sein.«

»*Della*«, ging Dad ungewohnt gereizt dazwischen. Aus seinem Seufzen klang eine Mischung aus Frustration und Trauer heraus. »Die Knochen, die sie gefunden haben«, sagte er, »diese Leiche. Das ist Brett.«

Die Heizungsschlitze an meinem Armaturenbrett wärmten mich wie eine warme Decke, trotzdem zitterte ich plötzlich am ganzen Leib. Ich schaltete den Motor aus, sodass im Wagen vollkommene Stille herrschte. »Was?«

»Brett«, sagte mein Vater. »Er ist … also, er ist tot, Kleines. Offenbar schon seit langer Zeit, sie glauben, seit zwanzig Jahren. Deine Tante hat heute Morgen diesen Anruf bekommen, und sie hat es deiner Mom erzählt.«

»Aber die irren sich«, meldete sich Mom in sachlichem Ton. »Das kommt zeitlich einfach nicht hin.«

»Ich verstehe rein gar nichts.« Uncle Brett, mit der Schwester meiner Mutter verheiratet, war schon lange vor dieser Nachricht nicht viel mehr als ein Geist. Als Kind hatte ich ihn nur selten zu sehen bekommen, auch wenn sein Name häufig fiel, gewöhnlich im Zusammenhang mit Verhaltensweisen, die meine Eltern vergeblich vor meinem Bruder und mir verklausulierten. *Brett handelte sich Ärger mit einem Kollegen auf der Arbeit ein. Brett benahm sich beim Straßenfest von Franklin County daneben.* Nicht lange nachdem er und Aunt Fee sich getrennt hatten, ging Brett aus Swanton weg und kam nie zurück. Dad hatte erwähnt, seine sterblichen Überreste seien möglicherweise zwanzig Jahre alt. Dies führte uns in die späten Neunziger zurück. Da war ich gerade mal dreizehn.

»Sie wollen DNA-Tests machen, um ihre Annahme zu überprüfen«, sagte Dad, »sie haben ein Taschenmesser in der Nähe der

Knochen gefunden. Es war schrecklich verrostet, aber sein Vorname war da eingraviert. Felicia sagt, dieses Messer hätte sie Brett zu seinem fünfundzwanzigsten Geburtstag geschenkt, und er habe sich nie davon getrennt. Theoretisch könnte es natürlich jemand gestohlen haben, aber so lange, wie Brett nun schon verschwunden ist und kein Mensch je von ihm gehört hat, nun ja. Kann gut sein, dass er es ist.«

Ich schüttelte den Kopf, während ich versuchte, die Neuigkeiten zu verdauen. »Aber Mom hat recht«, sagte ich. »Brett ist in den Neunzigern von Swanton weggezogen. Ist er doch, oder?«

»Na ja, die Sache ist ein bisschen komplizierter.«

»Da ist gar nichts kompliziert. Er ist weggezogen«, sagte Mom. »Hat sich wie ein Dieb in der Nacht davongemacht und seine Familie im Stich gelassen, um nach Philadelphia zu ziehen. Du erinnerst dich doch – Brett hat damals seine Stelle gekündigt, Felicia erklärt, er wolle weg, und binnen achtundvierzig Stunden war er auf und davon. Hat ihr noch gesagt, er würde Geld schicken, sobald er könne, hat er natürlich nie gemacht. Du siehst also, Brett kann gar nicht vor zwanzig Jahren gestorben sein. Er war in Pennsylvania.«

»Und genau da liegt das Problem«, warf Dad ein. »Die Polizei hat ein bisschen nachgehakt, und demnach ist Brett, als er abhaute, buchstäblich verschwunden. Sie fanden keine Personendaten und keine Steuerbescheide. Und soviel ich weiß, herrschte seitdem Funkstille zwischen deiner Tante und ihm.«

»Dann habt ihr Brett zum letzten Mal wann gesehen?«

»1998«, antwortete Dad.

»Ende Juni«, fügte Mom hinzu.

SECHS

EIN PICKNICK AM UFER des Lake Champlain, bei dem Felicia über den Picknicktisch hinweg Brett anschrie.

Brett, tagelang vermisst, während meine Tante in der Küche Schranktüren zuknallte.

Crissy, die ihm den Stinkefinger zeigte, wenn er versuchte, den verantwortungsvollen Vater zu spielen und ihr vorzuschreiben, bis wann sie abends zu Hause sein musste.

Diese Erinnerungsfetzen drängten sich mir bei der vertrauten Fahrt den St. Lawrence River entlang nach Norden und von dort in östlicher Richtung weiter nach Swanton, Vermont, immer wieder auf. Bevor er und Felicia sich trennten, hatte er uns zu den unpassendsten Gelegenheiten immer mal wieder mit seltsamen Dingen zwangsbeglückt, wie etwa mit lauwarmer Cherry-Coke für die Kinder, während er sich ein Bier aus einem eisgekühlten Sixpack gönnte. Er war auch der Dad, der bei mehr als einer Gelegenheit in seinen Sachen auf der Verandaschaukel schlief und keine Gelegenheit ausließ, Crissys Freundinnen anzuquatschen. Es war mühselig, mich durch die bruchstückhaften Erinnerungen an ihn zu wühlen, aber aus dem Sommer 1998 fiel mir noch das eine oder andere ein. Hätte ich geahnt, dass er ermordet würde, wäre ich achtsamer gewesen.

So gleichgültig mir Onkel Brett im Prinzip war, wurde mir bei der Nachricht von seinem Tod richtig übel. Meine Cousins und Cousinen hatten geglaubt, er hätte sie im Stich gelassen, was schlimm genug war; die Vorstellung, dass Brett in Wahrheit nie über Swanton hinausgekommen sein könnte, war die Hölle. Verwesung ist nie ein schöner Anblick, aber ein Tod im Wald bedeutete, dass Bretts Leichnam von Aasfressern und Insekten zerpflückt worden war. Den Elementen ausgesetzt, musste sein Fleisch aufgeplatzt sein und bei seiner Metamorphose im Zeitraffertempo sämtliche Körperflüssigkeiten verloren haben, bis nur noch Knorpel und Knochen übrig blieben. Niemand hatte es verdient, mit einem solchen Bild vom eigenen Vater leben zu müssen.

Während ich fuhr und dabei meinen Nachmittagskaffee trank, versuchte ich, einzuordnen, was ich bis dato wusste. Falls der dortige Forensiker mit dem Alter der Knochen richtiglag, musste Brett kurz nachdem er angekündigt hatte, Swanton zu verlassen, den Tod gefunden haben. Die Probleme meiner Mutter, die zeitliche Abfolge der damaligen Ereignisse auf die Reihe zu bekommen, waren verständlich. Wir hatten alle geglaubt, Brett sei aus freien Stücken gegangen, weil er nicht länger willens war, sich mit seiner Noch-Ehefrau herumzuschlagen. Die Erkenntnis, dass er tatsächlich die Stadt nie verlassen hatte und nur wenige Meilen von unserem Haus entfernt im Missisquoi-Naturschutzgebiet vor sich hin gefault war, lag einem schwer im Magen.

Nun stellte sich natürlich die große Frage, wer ihn dort so liegen gelassen hatte.

Manche Städte kündigen sich mit großem Tamtam an, mit einem vergoldeten *WILLKOMMEN*-Schild, auf dem das Gründungsjahr prangt; manchmal sogar mit einem Slogan wie *Tor zu diesem, Wohnsitz von jenem*. Swanton dagegen kam ganz allmählich in Sicht, wie ein Rinnsal Regenwasser nach einem Gewitter. Zuerst ein Sammelsurium aus Bungalows und Farmhäusern, manche mit dreierlei verschiedenen Wandverkleidungen, andere mit jahrhundertealten Farben, die unter dem abblätternden Anstrich zum Vorschein kamen. Wochen nach Halloween hingen Gespenster aus weißen Laken immer noch über kahlen Büschen, während sich zwei Häuser schon jetzt mit aufblasbaren Weihnachtsmännern schmückten, einer im Tarnanzug, der andere auf einer Harley-Davidson. Der Shop für Farmausrüstung, der Laden mit Süßigkeiten aus Ahornsirup und der Waschsalon mit Pizzeria hinter den Dünen mit welkem Gras standen alle noch am selben Fleck. Das hier war kein herausgeputztes New-England-Dorf, das vor Charme nur so triefte, aber es war meins.

Als ich langsam in die Einfahrt meines Elternhauses einbog, hing die Sonne schon tief am blass orangefarbenen Himmel. Für Swantoner Verhältnisse war der in den Fünfzigern auf einem Doppelgrundstück errichtete Bau im Kolonialstil schon ein Herrenhaus. An der Tür hing ein Thanksgiving-Kranz, wie jedes Jahr aus dem Karton im Keller hervorgeholt, den er sich, wie ich wusste, mit dem Zierrat für Weihnachten, den Valentinstag, Ostern und Halloween teilte. Dads Wagen funkelte frisch gewaschen auf der asphaltierten Einfahrt, die der Gartenschlauch mit einem gewellten Eismuster überzogen hatte.

Sie hatten sich ins Zeug gelegt, meine Eltern. Von ihrem Bedürfnis, sich von der schockierenden Nachricht über Bretts Tod abzulenken, zeugte auch das Festmahl, das sie zubereitet hatten. Ich hatte mich sehr kurzfristig zu meinem Besuch angekündigt, doch sie hatten trotzdem ein üppiges Sonntagsessen mit Lasagne und mit Dads berühmter Biskuitrolle mit Vanilleeis zum Nachtisch gezaubert. Beim Anblick meiner Eltern und der Köstlichkeiten, die sie mir so liebevoll vorgesetzt hatten, ging mir das Herz auf.

Doch die Freude verflog.

Ich hatte das Gesicht meines Vaters geerbt, dreieckig, mit vollen Wangen und Stupsnase, wie bei einer Comicfigur. Ich hatte

Moms Züge immer femininer gefunden als meine, doch jetzt sah sie mit ihren hohen Wangenknochen und den zarten Lippen, um die ich sie immer beneidet hatte, so hager aus, dass es mir einen tiefen Stich gab. Dad schien es nicht viel besser zu gehen. Sein Kopf – riesig im Verhältnis zum Körper und mit buschigem Haar – kam mir weißer vor als sonst. Irgendwann im Lauf des Tages hatte er offenbar ein farbverkleckstes Hemd angezogen, um den Wagen zu waschen, und es nicht für nötig gehalten, sich fürs Essen umzuziehen. Ihre trostlose Stimmung ging über gewöhnlichen Trübsinn weit hinaus. Was mir jetzt entgegenschlug, war nicht nur betrübt, sondern untröstlich.

»Das ist köstlich, Mom«, sagte ich und langte ein zweites Mal zu. In unserer Beziehung hatte sich Carson ums Kochen gekümmert, und davor hatte ich mehr oder weniger von Kantinengebäck und Sandwiches mit Erdnussbutter und Marmelade gelebt.

Während ich aß, sah meine Mutter mich lächelnd an. »Wie geht's Tim?«

»Gut. Wir haben uns gestern zufällig getroffen.« Auch wenn sie ihn noch nicht persönlich kannten, liebten meine Eltern Tim. Er stand sinnbildlich für mein Überleben auf Tern Island, was mir nur recht sein konnte, weil es sie von dem Debakel mit Carson ablenkte. Wie ich schon gegenüber Gil erwähnt hatte, waren Mom und Dad von meinem Beruf nicht gerade begeistert. Zwar stellten sie sich hinter meine Entscheidung, meinen Verlobten zu verlassen, erst recht, seit sie wussten, wie er meinen verletzlichen Zustand ausgenutzt und manipuliert hatte, andererseits hatten sie insgeheim gehofft, er würde mir die Anstellung als leitende Ermittlerin in A-Bay ausreden. Und wer wollte es ihnen verübeln? Nur wenige Monate nach meinem Umzug aus New York hatte ich mich, von jeder Verstärkung abgeschnitten, mit einem Killer auf einer Insel wiedergefunden, war von einem Mordverdächtigen attackiert worden und wäre um ein Haar ertrunken. Mom scherzte darüber, dass sie einmal die Woche zum Friseur musste, weil sie so viele graue Haare bekam.

»Wie schön«, sagte sie jetzt. »Grüß ihn von uns.«

»Mein Gott«, entfuhr es Dad, »wie lange wollen wir den Elefanten im Raum noch ignorieren?«

Ich hatte gehofft, das Thema zu umschiffen, bis ich mich ein bisschen eingewöhnt und ein paar Kalorien als Treibstoff für die grauen Zellen intus hatte, doch meine Eltern saßen schon vor ihren leer gegessenen Tellern. Es war also Zeit. Ich warf meiner Mutter einen vielsagenden Blick zu. Sie stand langsam auf, um etwas von der Küchentheke zu holen. Die neueste Ausgabe des *St. Albans Messenger.*

»Titelseite«, sagte sie mit grimmiger Miene. »Klingt so, als ob sich die Polizei im Kreis dreht.« Womit sie sagen wollte: *Wir brauchen einen langen Atem, ob es uns passt oder nicht.* Sie beäugte den *Messenger* mit einem Blick, als könne er auf sie losgehen, und so schob ich den Rest meines Essens weg und breitete die Zeitung auf dem Tisch aus. Da war es, das Foto eines lächelnden Brett unter einer schreierischen Schlagzeile. LEICHE EINES ANWOHNERS IM MISSISQUOI-NATURSCHUTZGEBIET GEFUNDEN, POLIZEI NENNT TODESUMSTÄNDE VERDÄCHTIG.

Der Artikel wartete auch mit neuen Informationen auf, und hungrig beugte ich mich über die Zeitung.

Leider fiel er magerer aus als erhofft. Die State Police von Vermont, so las ich, hatte einen anonymen Anruf von einem Mann erhalten, der sie auf die Vermont Route 78 verwies, in der Stadt als River Street bekannt. Die Leiche war mitten im Wildtierschutzgebiet entdeckt worden. Dank persönlicher Gegenstände, die sich bei den sterblichen Überresten befanden, hatte die örtliche Polizei das Opfer binnen weniger Tage identifizieren können. Was die Todesursache betraf, so mussten sie über unstrittige Indizien verfügen, um dezidiert von einem Tötungsdelikt zu sprechen.

Für sachdienliche Hinweise zu dem Leichenfund oder zu dem Fall allgemein wurde auf eine polizeiliche Hotline verwiesen. Ich sah erst wieder auf, nachdem ich den Bericht zweimal gelesen und mir insbesondere den Fundort eingeprägt hatte.

»Mein Gott«, sagte ich schließlich. »Das ist so surreal.«

»Es ist schrecklich«, sagte Mom. »Aber von allen Menschen, die ich je gekannt habe, verwundert es mich ehrlich gesagt nicht, dass es gerade Brett erwischt hat. Der Mann hat immer Probleme gemacht. Habe ich Felicia auch von Anfang an gesagt. Stimmt doch, Wally, oder?«

»Ist zwar über dreißig Jahre her«, sagte Dad achselzuckend, »aber es klingt nach dir.«

»Meine Schwester hätte wahrlich etwas anderes als so einen Kindskopf zum Mann brauchen können«, fuhr Mom fort. »Sie hätte Hilfe nötig gehabt, von ihm hat sie die jedenfalls nicht bekommen. Stattdessen hat er sie mit zwei Kindern, die sie in ihrer Verfassung unmöglich allein großziehen konnte, sitzen gelassen. Sie hätte ihn niemals heiraten dürfen. Ich hätte es nicht zulassen dürfen.«

Mein Vater und ich tauschten einen heimlichen, blitzschnellen Blick. Moms Reaktion auf Bretts Tod war nichts Ungewöhnliches. Mit einem Mord konfrontiert, richtet sich die Wut der Angehörigen nicht selten fälschlicherweise auf das Opfer, was manchmal so weit gehen kann, dass sie dem Verstorbenen die Schuld für das Verbrechen geben. Sie fühlen sich von ihm im Stich gelassen und geben sich keine Rechenschaft darüber, wer tatsächlich verantwortlich ist.

Doch es steckte noch mehr hinter Moms Reaktion auf Bretts Ermordung. Dads vielsagendem Blick zufolge war meine Mutter ein klassischer Fall chronischer Selbstvorwürfe. Bretts Tod rief ihr schmerzlich die gescheiterte Ehe ihrer Schwester in Erinnerung, eine Ehe, für die Mom sich verantwortlich zu fühlen schien.

»Die beiden haben kurz nach euch geheiratet«, sagte ich. »Stimmt doch, oder?«

Sie nickte. »Wir waren beide über zwanzig, aber Fee kam mir noch so jung vor. Sie wirkte wie ein kleines Mädchen, das Vater-Mutter-Kind spielt, als sie zum Altar ging.«

Ich hatte Felicias und Bretts Hochzeitsfoto gesehen und kramte das Bild jetzt aus irgendeinem hinteren Winkel meiner Erinnerungen hervor. Auch mir waren sie wie aufgebrezelte Teenager erschienen.

»Er war der typische Schwerenöter«, sagte Mom. »Ich war nicht einverstanden, ganz und gar nicht. Ich hätte deutlicher protestieren sollen.«

»Und wieso hast du es nicht?«, fragte ich. Aus ihrem Seufzer sprachen Resignation und ein wenig Scham. »Ehrlich gesagt konnte ich es nicht erwarten, von zu Hause wegzukommen. Es war schrecklich ermüdend, auf Fee aufzupassen, und das ging ja nun schon, seit ich klein war.«

Diese Geschichte kannte ich nur zu gut. Felicia machte sich notorisch Sorgen, aber bei ihr waren es nicht nur die nagenden Zweifel und Bedenken, mit denen wir alle uns herumschlagen, sondern Ängste, die sie mit Haut und Haaren zu verschlingen drohten. Meine Großeltern hatten nichts unversucht gelassen, von kognitiver Verhaltenstherapie bis zu Biofeedback, Yoga und Tiefenatmung, damit sie ihre Emotionen in den Griff bekam. Doch nichts half.

»Ich dachte, es täte ihr vielleicht gut, einmal auf sich gestellt zu sein, ohne dass ich mich um alles kümmerte. Ich hoffte, es würde sie robuster machen. Aber in dem Jahr, nachdem dein Vater und ich geheiratet hatten, ging es ihr so schlecht wie eh und je. Und dann begegnete sie Brett.«

»Anfangs mochte ich ihn.« Dad zuckte ungerührt mit den Schultern. »Sehr umgänglicher Bursche. Ich dachte, er wäre ein guter Ausgleich zu Felicias Stimmungsschwankungen. Brachte einen immer zum Lachen.«

»Genau das mochte Fee so an ihm«, sagte Mom in bedauerndem Ton. »Er war immer so positiv und traute sich ehrlich zu, ihre Störung besiegen zu können. Er war bestimmt voll des guten Willens, nur dass er seine Vorsätze leider nicht umgesetzt hat. Fee wurde viel zu schnell mit Crissy schwanger, und es wurde alles nur noch schlimmer mit ihr. Brett kam damit nicht klar. Je bedürftiger Felicia war, desto mehr ging er auf Distanz. Ganz offensichtlich trauerte er dem unbeschwerten Junggesellenleben nach, das er für sie aufgegeben hatte. Und als Crissy heranwuchs, wurde die Situation nicht besser. Du weißt ja, wie sie war.«

Dad lachte leise. »Blonder Wuschelkopf und bockig bis zum Gehtnichtmehr. Ganz der Vater, wenn ihr mich fragt.«

»Als hätte Fee nicht auch so schon genug am Hals gehabt«, pflichtete Mom ihm bei.

»Wie nimmt sie es auf?«, fragte ich. »Auch wenn Aunt Felicia Uncle Brett eine Ewigkeit nicht mehr gesehen hat, muss das ein ziemlicher Schock für sie sein.«

Meine Eltern tauschten einen Blick. »Sie hält sich ganz wacker«, antwortete meine Mutter. »Vor ein paar Jahren noch hätte sie das hier völlig aus der Bahn geworfen, aber sie ist inzwischen stabiler, hat sich besser im Griff. Crissy habe ich gestern eine Nachricht hinterlassen. Sie hat noch nicht zurückgerufen.«

»Brett ist schon so lange aus ihrem Leben verschwunden, aber irgendwann einmal haben die beiden ihn schließlich geliebt«, sagte Dad.

Während ich nach der Zeitung griff und sie wieder zusammenfaltete, sodass der Falz Bretts strahlendes Gesicht in der Mitte durchschnitt, ließ ich das Verhalten meiner Eltern noch einmal auf mich wirken. Sie waren fix und fertig, am Boden. Brett hatte seine Fehler gehabt, aber auch vielen Menschen etwas bedeutet, und er war immer noch der Schwager meiner Mom und meines Dads. Wir hatten auf die brutalste Weise einen Angehörigen verloren. Die ganze Stadt redete davon. Es tat uns nicht gut, unsererseits endlos um das Thema zu kreisen.

»Hey«, sagte ich. »Die Agatha-Christie-Neuverfilmung ist gerade in die Kinos gekommen. Ich wette, die läuft auch in St. Albans.«

Dad wurde sofort munter. »Die wollte ich unbedingt sehen. Toll besetzt.«

»Brett liebte das Kino.« So wie Mom jetzt missbilligend in die Runde blickte, sah ich fast vor mir, wie Brett ihr, ein kühles Bier in der Hand, ein schiefes Grinsen zuwarf und versuchte, sie mit einem anzüglichen Witz herumzukriegen.

»Komm schon«, sagte ich. »Ich lad euch ein.«

Sie schloss die Augen. Als sie wieder aufsah, sagte sie: »Unter einer Bedingung. Ich bekomme eine eigene Tüte Popcorn.«

Ich lächelte. »Abgemacht. Wir gehen ins Kino.« Wären doch nur alle unsere Familienprobleme so leicht zu lösen.

SIEBEN

ZUHAUSE. ICH HÄTTE MICH darin einkuscheln sollen wie in ein warmes Handtuch frisch aus dem Wäschetrockner. Wieso wurde ich dann das Gefühl nicht los, dass unter diesem Dach überall Gespenster lauerten? Wohin ich auch sah, hatte ich Bretts Gesicht vor Augen, mit dem feinen weißblonden Haar, das ihm in die nordisch hellen Augen fiel. Es wollte mir nicht in den Kopf, dass der quietschfidele Partylöwe erster Güte nur noch ein Häufchen Knochen war.

Als endlich die blutleere Wintersonne durch mein Schlafzimmerfenster fiel, war ich hibbelig und angespannt. Ich nahm schnell eine Dusche, schlüpfte in eine alte Jeans und den erstbesten Pullover und band mir das nasse Haar am Hinterkopf mit einem Gummi zusammen. Es war noch niemand in der Küche, als ich mir meinen Morgenkaffee machte, doch meine Mutter hatte mir einen Zettel hinterlassen: Sie und Dad waren auf dem Weg zu einer Yogastunde in St. Albans und wollten anschließend noch ein paar Erledigungen machen. Es freute mich, dass sie versuchten, sich körperlich fit zu halten. Der Film am Vorabend war für uns alle eine willkommene Abwechslung gewesen.

Die Fahrt zur Maquam Bay war kürzer als erhofft, selbst mit dem Zwischenstopp, den ich unterwegs einlegte. Als ich in Crissys Straße einbog, kam ich an einem Schulbus mit grinsenden kleinen Gesichtern vorbei. Auch an Felicias Haus. Ich hatte mich bewusst von den Skiltons ferngehalten, und Crissy hatte dasselbe mit ihrer Mutter versucht, doch obwohl sie keinen Kontakt mehr hatten, wohnten sie nur wenige Schritte voneinander entfernt in derselben Straße.

Crissy hatte sich dauerhaft in einem Wohnwagen mit Blick übers Wasser eingerichtet. Im Westen konnte ich bis zum North Hero State Park sehen. Im Norden hatte meine Cousine freie Sicht auf die Ausläufer des Tierschutzgebiets, in dem Bretts Leiche sich von Fleisch zu Gelee und zuletzt in einen Haufen Knochen verwandelt hatte. Wenn man mit einem Boot hinüberfuhr, wie zum Beispiel dem, das an ihrem Steg vertäut lag, wäre man im Nu an der Stelle, an der die Polizei ihren Vater gefunden hatte.

Ich hatte mich nicht telefonisch angekündigt und war mir nicht einmal sicher, ob ich tatsächlich hinfahren würde, bis ich hinterm Lenkrad saß und das Grundstück meiner Eltern verließ. Mein Bedürfnis, mit Bretts Familie zu sprechen, war stark. Meine Angst davor, was mich im Haus meiner Tante erwarten würde, war stärker.

Als Crissy mich auf ihren Eingangsstufen stehen sah, machte sie ein verblüfftes Gesicht. »Hey, Cousine«, sagte sie. »Mischst du dich mal wieder unters gemeine Volk?«

Ich brachte ein Lächeln zustande. »Wohl kaum, bei dieser prächtigen Lage.« Ich deutete auf den See, der hinter ihr durch die Fenster zu sehen war. »Du hast dir hier ein tolles Fleckchen ausgesucht. Hast du einen Moment Zeit?«

Crissy biss sich auf die Unterlippe. »Bin eigentlich gerade auf dem Sprung zur Arbeit.«

»Ich hatte gehofft, wir könnten reden. Nur für eine Minute.«

Ihr Gesichtsausdruck verhärtete sich, als sie mich von oben bis unten musterte und einen Tick zu lange bei meiner Narbe verweilte. »Meinetwegen«, sagte sie schließlich wenig begeistert, und schon war ich drinnen.

Crissy war die Art Mädchen, das es nicht hatte abwarten können, erwachsen zu werden. Ich hatte noch im Ohr, wie Felicia sie damals zur Vorsicht mahnte, doch Jungs waren nun einmal Crissys bevorzugte Schmusepuppen, und sie fand schnell Gefallen daran, sie sich nach Lust und Laune gefügig zu machen. Meine Cousine wusste, was sie wollte, sie war cool und hübsch. Ich glaubte, mich an ihr Geständnis zu erinnern, ihr Ziel im Leben sei es, die ideale Geliebte zu sein, der Typ Frau, nach der die Männer schmachten und mit der sie vor ihren Freunden angeben. Da musste sie etwa zwölf gewesen sein.

Mit der Frau, die jetzt vor mir stand, hatte das Mädchen von damals nur noch wenig gemein. Ihre Stupsnase und markant geschwungenen Augenbrauen waren ihr geblieben, erinnerten mich in Verbindung mit ihrer teigigen Haut und dem auftoupierten blonden Haar aber eher an eine Malibu-Barbiepuppe auf Sauftour. Die Pfunde, die sie im Lauf der Jahre zugelegt hatte, schienen sich maßgeblich an ihrem Busen angesammelt zu haben, der schon ans Obszöne grenzte. Sie trug ein weißes T-Shirt mit tiefem V-Ausschnitt zur Pyjamahose mit Donut-Muster, und in ihrem Wohnzimmer mit Küchennische roch es nach billigem Parfum und Instantkaffee. Crissy hielt einen Becher in der Hand, bot mir jedoch keinen an. Ebenso wenig forderte sie mich auf, mich zu setzen.

»Und wie geht's so?« Während ich an der Tür stehen blieb, tropfte mir kaltes Wasser aus dem feuchten Haar und rann mir den Hals herunter. »Und die Jungs, die müssen jetzt – so sieben und neun sein?«

»Acht und zehn.«

»Wie die Zeit vergeht.« Hinter meiner Cousine sah ich die Zutaten zu Lunchpaketen für die Schule auf der Küchentheke. »Ich hab ihnen etwas mitgebracht. Hab sie wohl gerade verpasst, oder?« Ich reichte ihr eine schwere Tüte mit zwei großen Schachteln Ahornsirup-Konfekt. Ohne sie eines Blickes zu würdigen, ließ Crissy die Tüte auf den Sofatisch fallen.

»Crissy«, sagte ich, »das mit deinem Dad tut mir furchtbar leid.«

Eine Umarmung zwischen uns war undenkbar. Sie nahm mich auch nicht bei den Händen, und ich neigte nicht den Kopf, um meine Stirn an ihre zu legen. Vielmehr machte Crissy einfach nur den Mund so weit auf, dass ich darin ihren Zungenstecker silbern glitzern sah, und verzog die Lippen dann zu einem ironischen Grinsen. Diesen Ausdruck hatte ich am meisten gefürchtet, als ich mit mir kämpfte, meiner Cousine einen Besuch abzustatten, diese Art, wie sie so süffisant den einen Mundwinkel hochzog; von Brett hatte ich dasselbe Grinsen in Erinnerung.

Sie ging zum Sofa und ließ sich seufzend daraufplumpsen. Ihre Einrichtung war ein Mischmasch aus billigem Mobiliar und fadenscheinigen Teppichen, nur die Rahmen um die Schulfotos ihrer Jungen sahen neu, vielleicht sogar teuer aus. Nirgends, stellte ich fest, hing ein Bild von ihrem Vater, ihrem Bruder oder von Aunt Fee.

»Muss ja aufregend für dich sein«, sagte Crissy, »ein Mord direkt hier in Swanton.«

»Aufregend?«, fragte ich verwirrt.

»Oder bist du nicht deshalb hier? Jahrelang hast du es nicht für nötig gehalten, mal vorbeizukommen, obwohl ich wusste, dass du Wally und Della besuchst, aber sobald du Blut riechst, bist du da und streifst wie eine Hyäne um mein Haus.«

Crissy und ich hatten uns nie nahegestanden. Trotz der drei Jahre, die uns trennten, lag es nicht am Altersunterschied, sondern daran, dass uns wenig verband. Ich war schon immer ein halber Junge gewesen und hatte ihr nicht zur Verfügung gestanden, wenn sie mir ein Make-up verpassen oder mir zeigen wollte, wie man sich die Beine rasiert. Wenn sie mir überhaupt einmal Aufmerksamkeit schenkte, dann als Prügelknabe für ihre eigenen Vergehen. Als wir klein waren, klaute sie oft die zuckerstrotzenden Müslisorten – unser spezielles Sonntagmorgen-Frühstück – aus der Speisekammer meiner Eltern und schwärzte mich an. Später dann dienten ihr die Übernachtungen bei uns als Ausrede, um sich heimlich wegzuschleichen und mit Jungs zu treffen.

Wenn ich ehrlich war, hatte mich Crissy schon immer ein wenig nervös gemacht. Mit fünfzehn war sie volle zwei Tage lang verschwunden, bis ein Suchtrupp, zu dem auch mein Vater gehörte, sie tief im Wald fand. Die Geschichte diente den Eltern in der Stadt seither abends als warnendes Beispiel. Crissy war wild und rebellisch gewesen, ohne Rücksicht auf Verluste. Manche behaupteten damals, sie sei von zu Hause weggelaufen; andere beharrten darauf, jemand habe sie entführt. Nach meiner Theorie lief es auf eine Sauftour epischen Ausmaßes hinaus, und falls meine Eltern es besser wussten, verrieten sie es nicht.

»Ich kann's dir nicht verübeln«, sagte ich halbherzig. *Wie eine Hyäne? Ich muss doch sehr bitten.* Ich schlüpfte aus meinen Winterstiefeln, ging zu ihr hinüber und nahm ungebeten Platz. Sie zog die Beine unters Gesäß, und ich sah, dass ich das Muster ihrer Hose fehlgedeutet hatte. Es waren keine Donuts, sondern pinkfarbene und gelbe Diamantringe.

»Was denn sonst?«, sagte sie. »Du meinst doch, die hiesigen Cops könnten einer großen Nummer wie dir nicht das Wasser reichen, oder? Sie wären nicht gut genug, so wie dir Swanton nicht gut genug war?«

Ich senkte den Kopf. Meine Beziehung zu Crissy ließ zwar zu wünschen übrig, war deswegen aber noch lange nicht feindselig gewesen. Sie war eine Frau in Trauer, zusätzlich durch ihre prekäre Beziehung zu Felicia belastet, aber weshalb ließ sie das alles an mir aus? Ich konnte nicht ergründen, wie tief ihre Aggressionen gingen.

»Es tut mir leid, dass ich mich so lange nicht gemeldet habe. Ich hätte in Verbindung bleiben und vorbeikommen sollen, wenn ich zu Hause war.« Ich hielt beschwichtigend die offenen Hände hoch, sodass sie die deutlichen Spuren der Verbrühung sehen konnte. Mehr konnte ich nicht tun. Bis zu diesem Tag wäre ich lieber im Januar nackt im Lake Champlain baden gegangen, als meine Cousine Crissy zu besuchen. Zu viele schlechte Erinnerungen. Zu viel psychologisches Gepäck.

»Es ist nur so: Ich will es gar nicht wissen«, fing Crissy an, als hätte ich nichts gesagt. »Was ihm passiert ist, wer es war und so. Ändert ja nichts. Er verschwand, und wir mussten uns mit ihr rumschlagen.« Sie schlürfte, absichtlich laut, ihren Kaffee. Dieses *ihr* bezog sich auf Felicia.

»Hat sich die Polizei schon mal bei dir gemeldet?« Es gefiel mir nicht, wie Crissy redete. Diese unverhohlene Gleichgültigkeit gegenüber der Ermordung ihres Vaters käme bei Ermittlern nicht gut an.

Und da war es wieder, dieses aalglatte Grinsen. »Ich fasse es einfach nicht«, sagte sie mit der Hand am Herzen und trug die Betroffenheit dick auf. »Wer *tut* denn so etwas? *Wieso gerade wir?«* Damit war die Vorstellung der zartfühlenden Maid auch schon beendet. »Ich bin nicht blöd, Shana. Ich hab vor denen Rotz und Wasser geheult und ihnen gesagt, was ich weiß, nämlich praktisch nichts.«

Du liebe Zeit. Abgesehen von ihrem Äußeren hatte sich meine Cousine kein bisschen verändert. »Crissy«, sagte ich, »das hier ist ernst. Dir ist doch hoffentlich klar, dass die Polizei keine Sekunde zögern wird, dir eine Klage wegen Justizbehinderung anzuhängen, und zwar schlicht und ergreifend, weil sie es hier in der Gegend mehr mit Verkehrssündern als mit Verbrechern zu tun bekommen. Sie ordnen Bretts Tod als verdächtig ein. Es gibt sehr triftige Gründe dafür, alles daranzusetzen, seinen Mörder zu finden, ganz abgesehen davon, dass auch deine Familie ein paar Fragen geklärt haben möchte. Vor zwanzig Jahren war jemand so wütend und so darauf erpicht, ihn unschädlich zu machen, dass ihm nichts anderes einfiel, als ihm das Leben zu nehmen. Und jetzt sucht die Polizei nach genau dieser Person. Hast du schon mal darüber nachgedacht, wo du in dieser Geschichte vorkommst?«

Meine Cousine starrte mich begriffsstutzig an.

»Du bist Bretts Tochter«, sagte ich, »und ja, du magst tatsächlich keine sachdienlichen Hinweise für sie haben. Aber Bretts Mörder weiß das nicht. Die Entdeckung seiner Leiche dagegen ist eine Sensationsmeldung, und jeder Kriminelle mit ein bisschen Grips würde versuchen, herauszubekommen, was die Cops wissen. Also schaut sich derjenige die Leute an, die Brett damals nahestanden. Verstehst du jetzt, was ich meine? Wer auch immer seinen Tod auf dem Gewissen hat, könnte wieder zurück sein – falls er überhaupt je weg war –, und er liegt auf der Lauer. Hast du kein Problem damit, dass derjenige sich in derselben Stadt aufhalten könnte, in der du arbeitest, in der deine Kinder zur Schule gehen, jetzt, wo du weißt, was passiert ist?« Wir saßen uns so dicht gegenüber, dass ich sah, wie sich ihr Busen hob und senkte; es weckte Assoziationen mit dem nackten Bauch eines Welpen. Sie wendete den Blick ab und machte dicht, doch eine Sekunde lang sah ich, was ihr durch den Sinn ging. Wie ihre Jungen aus dem Bus steigen und sehen, dass die Tür zu Hause offen steht. Wie sie ein Fremder statt ihrer Mutter begrüßt, mit Crissys Lieblingsbecher in der Hand, während er die Kinder hereinlockt.

»Soll ich dir sagen, weshalb ich hier bin?«, fuhr ich fort. »Ich komme, um dich zu warnen. Unabhängig davon, wie du zu Brett stehst, hat ihn jemand in die Hände gekriegt, dessen Motiv wir nicht kennen. Du solltest dich also nicht zu weit von zu Hause entfernen, okay? Und die Jungs immer im Blick behalten.«

Sie sah mich unbeeindruckt an. »Ich habe mir schon jede Menge Grapscher vom Hals gehalten. Ich komme klar.«

Mir lag bereits die Bemerkung auf der Zunge, hier gehe es nicht um einen Jungen von der Highschool, der seine Pfoten nicht bei sich halten konnte. Doch ich sagte nur: »Umso besser. Dann will ich dich nicht länger von der Arbeit abhalten. Wirklich nett, dich wiederzusehen, Crissy. Ich finde alleine raus.«

ACHT

ALS ICH AUS CRISSYS WOHNWAGEN TRAT, stand die Sonne schon hoch am Winterhimmel, und mir knurrte der Magen. Wie ich Mom kannte, wäre bald ein Topf Suppe auf dem Herd, dazu vielleicht ein paar frisch gebackene Brötchen, doch ich saß kaum im Wagen und hatte die Heizung angeworfen, als mein Handy mit einem Ping eine eingehende Nachricht meldete. Sie war von Suze. *OMG du bist in der Stadt? Ich unterrichte den ganzen Tag im Tanzstudio in der Merchants Row. Komm doch bitte vorbei, wär TOLL, dich wiederzusehen!*

Ich starrte auf die Nachricht. Woher wusste Suze, dass ich in Swanton war? Ich sah von ihrem winzigen Profilbild auf und blickte in meine eigene Atemwolke. Auf der anderen Seite der Windschutzscheibe kräuselte sich schimmernd das Wasser in der Bucht, doch in Crissys und Felicias Straße regte sich nichts. So klein die Stadt war, oder auch gerade deshalb, sprachen sich die Dinge schnell herum.

Nachdem ich so lange konsequent darauf geachtet hatte, meine Kontakte in Swanton oberflächlich zu halten, wurde dieser Ausflug schnell zu einem Sprung ins tiefe Wasser; wenn man bedachte, was meinem Onkel passiert war, wohl auch kein Wunder. Jahrelang hatte ich um meine Cousine einen Bogen gemacht und sie diesmal gleich am ersten Morgen besucht. Auch ein

Plausch mit meiner ehemaligen besten Freundin würde wohl nicht schaden.

Komme gleich vorbei, tippte ich, und Suze antwortete mit einem Emoji, einem kirschroten Lippenstiftkuss.

Suze hatte mir keine Adresse genannt, weil sie wusste, dass ich keine brauchte. Die Merchants Row war eine nicht besonders attraktive Ladenzeile im Zentrum, und über der Tür zum allerletzten Geschäft und dem hintersten in der Reihe beigefarbener Gebäude flatterte eine weiße Fahne im Wind, auf der die Silhouette einer Tänzerin prangte. Ich konnte es nicht abwarten, ins Warme zu kommen. Drinnen im Studio herrschte eine so hohe Luftfeuchtigkeit, dass das Kondenswasser am Fenster, das auf die Straße hinausging, herabrann. In der Garderobe drängten sich Frauen mit strahlenden, verschwitzten Gesichtern, die plappernd und lachend nach ihren schweren Winterjacken und Stiefeln griffen. Im nächsten Moment sah ich Suze aus dem hell erleuchteten Studio kommen.

Sie war im selben Alter wie die meisten Frauen, die nach draußen strebten, doch das Mädchen, das mir einmal so nahegestanden hatte, erkannte ich mühelos wieder. Halbjapanerin, stets mit einem Lächeln auf den Lippen, mit kohlschwarzen Augen und cappuccinofarbenen Sommersprossen auf den schimmernden Wangen hatte sie schon immer die Blicke auf sich gezogen, erst recht in Trägertop und eng anliegender Jeans. Früher hatte ihr das Haar bis zum unteren Rücken gereicht, wo sie, falls die Gerüchte im letzten Schuljahr stimmten, ein Schmetterlings-Arschgeweih trug. Dieses Haar war inzwischen auf Kinnlänge gestutzt und wurde mit einem Stirnband aus dem Gesicht gehalten; obwohl sie Sportkleidung trug, wurde ich bei ihrem Anblick wegen meines Pullovers und der hässlichen Jeans ein wenig verlegen.

Suze entdeckte mich und hüpfte vor Freude. »Shana«, brachte sie nur heraus und fiel mir in die Arme. »Wow. Du bist es wirklich.«

»Toll, dich zu sehen.« Ihr Körper fühlte sich so warm wie ein Backofen an. Als sie mich losließ, zog ich erst einmal die Jacke aus.

»Tut mir leid. Höllisch heiß hier drinnen; diese Damen leisten wirklich Schwerstarbeit.« Ihr breites Lächeln tat gut, so wie Crissys, bevor sie erwachsen wurde.

»Ist das Studio neu?« Ich konnte mich jedenfalls nicht daran erinnern. Vielleicht hatte ich es bei meinen früheren Fahrten durch die Stadt auch nur übersehen. Schließlich hatte ich nach einem Serienmörder Ausschau gehalten und nicht nach einem Fitnesskurs.

»Sind schon bald drei Jahre, kaum zu glauben. Echt! Und es läuft gut. Besser als anfänglich erhofft.«

»Der Laden gehört dir?«

Sie zuckte nur bescheiden mit einer Schulter. »Davon hatte ich schon immer geträumt, ich wollte das Beste aus dem Collegestudium machen. Und du weißt ja, Tanzen ist meine Leidenschaft. Ich glaube, so was hier ist mir in die Wiege gelegt. Und als ich das Studio einrichtete, lief ich Robbie über den Weg. Er arbeitet jetzt bei der Handelskammer – er hat mich damals in Marketingfragen beraten und wenige Monate später um meine Hand angehalten. Wie hätte ich seinen veilchenblauen Augen widerstehen sollen?«

»Ach ja, Robbie«, sagte ich. Robbie Copely war in derselben Klasse wie mein Bruder und an der Highschool für kurze Zeit mit Crissy zusammen gewesen. Sein Markenzeichen waren diese Augen, strahlend blau, mit einem dunklen, geschwungenen Wimpernkranz. »Dann hast du also deinen Traumberuf ergriffen. Freut mich wirklich für dich«, sagte ich und meinte es auch so. Es fühlte sich seltsam an, Suze plötzlich wieder gegenüberzustehen. Wir waren einmal wie Schwestern füreinander gewesen; ihre Kleider und der leicht süßliche Duft ihrer Duschlotion waren mir noch so lebhaft in Erinnerung wie meine eigenen. Ungeachtet der Pagenfrisur sah ich nach wie vor das Mädchen vor mir, das einmal meine engste Vertraute gewesen war. Hätten wir uns damals nicht zerstritten, stünden wir uns wahrscheinlich immer noch nahe. »Hör mal, es tut mir leid, dass ich nicht in Kontakt geblieben bin«, sagte ich, und es kam von Herzen.

»Geht mir genauso. Ich hab natürlich mit mir gekämpft, dich anzurufen, aber eine Zeit lang war ich ziemlich sauer auf dich.«

»*Du* warst sauer auf *mich?*« Ich konnte nichts dagegen machen: Wenn ich sie so ansah, kam wieder das Bild hoch, wie Suze rittlings auf einem der Boisselle-Zwillinge sitzt und mit der flachen Hand zwischen sich und dem anderen Bruder auf das Sofapolster klopft. Einen ganzen Sommer lang war sie immer wieder um zwei Uhr morgens in meinem Zimmer aus dem Fenster gestiegen und hatte mir gedroht, in den Tod zu springen, wenn ich nicht zu einer Party mitkäme.

»Na klar«, sagte sie und sah mich erstaunt an. »Du hast mich im Stich gelassen, als ich dich am meisten brauchte. An der Highschool war ich total durch den Wind. Streng genommen schon an der Middle-School. Die Drogen und der Alkohol waren eine Zeit lang ein echtes Problem, und statt dass du zu mir hältst, während ich versuche, aus dem ganzen Scheiß herauszukommen, hast du mich total fallen gelassen. Ich fasste es einfach nicht, als du mich nicht zurückgepfiffen hast. Du warst immer die Vernünftige von uns beiden, Shana. Wenn du geglaubt hast, ich hätte schlechte Entscheidungen getroffen, als wir noch dick befreundet waren, hättest du erst mal sehen sollen, wie ich drauf war, als du mir die kalte Schulter gezeigt hast. Und schließlich warst du auch nicht perfekt. Du hattest genauso deine Fehler.«

Ich war sprachlos. Was hatte ich mir von Suze erwartet? Eine Standpauke jedenfalls nicht. Aber ihr Tanzstudio und ihre aufgekratzten Kundinnen waren Beweis genug, dass sie mit ihrer Einschätzung richtiglag. Das Verhalten, das mich damals dazu brachte, auf Abstand zu ihr zu gehen, war nur eine vorübergehende Phase gewesen. Jeder machte so eine Zeit durch. Wie konnte ich so kurzsichtig sein? Statt zu versuchen, meiner Freundin aus ihren Schwierigkeiten herauszuhelfen, hatte ich mein eigenes Wohlergehen an die erste Stelle gesetzt und sie als hoffnungslosen Fall abgeschrieben. All die Jahre hatte ich Suzuka Weppler innerlich geschmäht, in der festen Überzeugung, sie sei an meinen eigenen viel zahmeren Ausschweifungen schuld. Sie war kein Unmensch, und sie hatte mich ja zu nichts gezwungen, trotzdem hatte ich sie vor den Kopf gestoßen. Und mich auch noch für moralisch überlegen gehalten – aus heutiger Sicht beschämend.

»Das tut mir leid«, stammelte ich nur, »ich wollte nicht …«

»Hey.« Sie legte mir die Hand auf den Arm. »Alles gut, wirklich! Wir waren Kinder. Wir hatten doch keine Ahnung – sonst wäre ich jedenfalls wählerischer darin gewesen, wen ich küsse. Ich kann dir gar nicht sagen, wie peinlich es ist, heute all diesen Jungs in der Stadt über den Weg zu laufen. Was manche von denen inzwischen für Wampen vor sich herschieben, mein *Gott!*«

Ich lachte, sie fiel ein, sodass wir unisono kicherten. Zum ersten Mal, seit ich denken konnte, war ich aufrichtig froh, einmal wieder zu Hause zu sein.

»Hör zu, mein nächster Kurs ist erst um drei. Hast du schon zu Mittag gegessen? Ich hab einen Bärenhunger.«

Ehe ich michs versah, hatte sich Suze bei mir untergehakt, und wir waren wieder die kleinen Mädchen und besten Freundinnen von damals.

Die Auswahl an Restaurants in Swanton war überschaubar; Suze wollte keine wertvolle Zeit damit verschwenden, bis nach St. Albans zu fahren, und so entschieden wir uns für die Pizzeria fünf Häuserblocks Richtung Osten. Drinnen spielte Musik, eine Indie-Hymne, die ich in den Neunzigern geliebt hatte, als mein Leben noch einfach gewesen war. Das Angebot bestand aus mehreren

Variationen matschigem Eisbergsalat und Hauptspeisen aus der Fritteuse. Ich bestellte zwei Stücke Pizza Hawaii, Suze eine Veggie-Calzone so groß wie ein Laib Brot, und während wir über unsere Mahlzeit herfielen, tauchten wir in die Vergangenheit ein.

Mir wurde schnell klar, dass sich die Erinnerungen meiner Freundin längst nicht immer mit meinen deckten. Genauer gesagt lag ich bedenklich oft daneben. Partys, die mir als wahre Orgien haften geblieben waren, beschrieb Suze als ganz und gar lahm. Wenn sie von Ben Bradley und Cody Brown sprach, Jungen aus unserer Klasse, die wir damals offenbar beide echt heiß gefunden hatten, kam es mir so vor, als hörte ich ihre Namen zum ersten Mal.

In manchen Fällen war meine Version unserer Geschichte augenscheinlich völlig falsch. So war ich mir sicher, dass Suze und ich einmal im Park in der Nähe des Platzes, an dem sie jetzt ihr Studio hatte, um ein Haar wegen Alkoholkonsums unter achtzehn verhaftet worden wären. Auch mein Cousin Abe war an dem Abend dabei gewesen und hatte uns geistesgegenwärtig ins Gebüsch gezogen, bevor die Streife vorbeigefahren kam. Suze sah die Sache vollkommen anders. In ihrer Version war statt eines Cops nur einer ihrer Nachbarn auf der Bildfläche erschienen, der Dad eines Jungen aus unserer Klasse. Glaubte ich Suze, so hatte der Mann zum Spaß so getan, als sei er enttäuscht, dass wir ihm keine Flasche aufgehoben hatten, und eine halbherzige Mahnung hinterhergeschickt, uns möglichst nicht in Schwierigkeiten zu bringen.

Das Gedächtnis, wurde mir während der Unterhaltung einmal wieder klar, ist eine höchst unzuverlässige Angelegenheit und der Wahrheitsgehalt unserer Erinnerungen oft nicht mehr als ein hauchdünner Faden in einem Spinnengewebe. Doch wie viel ich tatsächlich vergessen hatte, machte mich betroffen. Während Suze an ihrer Kruste knusperte, versuchte sie, mich zu beruhigen.

»Ich bin zufällig Spezialistin darin, mir nutzlose Sachen von früher zu merken«, erklärte sie. »Wir hatten damals viel am Laufen, und du musstest in deinem Kopf für wichtigere Dinge Platz schaffen. Das ist sowieso alles nicht wichtig. Es macht mich schon müde, nur an das alles zurückzudenken, aber das mag auch an den Hormonen liegen.« Sie fasste sich an den Bauch. »Ich tanze für zwei.«

»Du bist schwanger? Meinen Glückwunsch!«

Suze lachte, und es wärmte mir genauso das Herz wie der Duft der Butter-Pecan-Cookies meiner Mutter, wenn ich ihn nach Jahren wieder in der Nase hatte. »Danke. Kommt zwar genau wie beim letzten Mal ein bisschen schneller als geplant, aber Erynn ist von der Vorstellung, bald große Schwester zu sein, mächtig angetan. Ende Mai ist es so weit.«

»Hast du ja gut getroffen. Kein dicker Bauch in der Sommerbrut.«

Suze lachte, doch ich hielt klugerweise den Mund. Meine spärliche Sachkenntnis über Schwangerschaft bezog ich einzig und allein von meiner Schwägerin, doch meine Nichte war inzwischen schon dreizehn. Falls Suze danach war, über morgendliche Übelkeit und geschwollene Füße zu reden, hätte ich nichts beizusteuern, und es wäre abzusehen, dass wir bald auf mich zu sprechen kämen. Ich konnte zwar versuchen, meine gescheiterte Verlobung für mich zu behalten, doch wenn ich ihren Fragen auswich, würde ich vielleicht nur ihr Misstrauen erregen. Mit jeder Minute, die ich in Swanton verbrachte, fühlte ich mich weniger wie eine Ermittlerin, die gewieft Tatverdächtige dahin bekommt, wo sie sie haben will, sondern eher wie der unsichere Teenager, der ich damals an Suzes Seite gewesen war.

Sie stellte mir keine persönlichen Fragen, doch die Erleichterung darüber sollte nicht lange währen. »Deine Narbe«, sagte sie, »sieht gut aus. Ich meine besser. Wenn ich nicht wüsste, dass sie da ist, wäre sie mir kaum aufgefallen.« Ich lächelte und merkte, wie die zu straff gespannte Haut an meinem Kinn zuckte. »Die Zeit heilt alle Wunden, nicht wahr?«

»Üble Sache, was er dir da angetan hat.«

Ihr Blick wanderte, während sie sprach, durch das ganze Restaurant. Es war nicht ihre Art, heiklen Themen auszuweichen, und so war ich über ihr Unbehagen fast erschrocken. Als ich damals mit genähter Wunde und bandagiert aus dem Krankenhaus kam, hatte ich beschlossen, Suze endgültig aus meinem Leben zu streichen. Und so war sie in den Wochen, in denen ich mich zu Hause erholte, nicht da, um mir stapelweise *Seventeen* vorbeizubringen oder mich über den neuesten Schulklatsch auf dem Laufenden zu halten. Aber das war meine Entscheidung gewesen und nicht ihre.

Ich griff nach einem Stück Ananaspizza und furchte die Stirn. Bei meiner Pizza war bereits die Leichenstarre eingetreten, der Käse war steinhart, und überhaupt war mir der Appetit vergangen. Ich legte das Stück weg und wischte mir die Hände ab.

»Der Junge hat mir immer Angst gemacht«, sagte sie und starrte auf den eigenen Teller. »Die Art, wie er dich ansah. Einmal hat er mir übrigens gedroht, hab ich dir das eigentlich je erzählt?«

»Nein«, sagte ich hastig. »Wie denn? Und wann?«

»Im ersten Jahr an der Highschool. Ich wusste nicht mal, wer das ist, aber eines Tages kam er zu mir und sagte, es sei nicht gut, dass wir beide Freundinnen wären. Er behauptete, du hättest einen allzu beschützenden großen Bruder, der zu Gewalttätigkeit neigt.«

»Doug?« Mein verblüfftes Lachen klang wie das Bellen einer Robbe, peinlich laut. »Aber das ist absurd.«

»Das weiß ich inzwischen auch, aber damals hatte ich eine Zeit lang richtig Angst. Als ich Doug dann kennenlernte und sah, was für ein ganz und gar netter, harmloser Mensch er ist, wurde mir klar, dass er dieses dämliche Gerücht nur verbreitete, um einen Keil zwischen uns beide zu treiben. Inzwischen glaube ich, es ging ihm darum, dir wehzutun.«

Ich konnte nur stumm nicken, weil ich wusste, dass sie das wahrscheinlich genau richtig sah.

Kaum hatte sie den letzten Bissen hinuntergeschluckt, räumte ich unser Geschirr ab und griff nach meiner Jacke. Als sich Suze nach ihrer Handtasche bückte, rutschte ihr hinten das T-Shirt hoch, und ich erhaschte einen Blick auf ein farbenfrohes Tattoo. Die Gerüchte stimmten also. An der Tür blieben wir stehen.

»Wie geht es deinen Eltern?«, fragte sie, während wir uns noch einmal umarmten. Diesmal bemerkte ich die feste kleine Rundung an ihrem Bauch.

»Den Umständen entsprechend, wenn man bedenkt, dass die ganze Stadt über meine Familie redet. Irgendwelche Theorien?«

»Du bist die Ermittlerin.« Eine mikroskopisch feine Falte bildete sich zwischen ihren Augen. »Bist du denn nicht deshalb hier?«

»Du meinst, um zu ermitteln?« Wieder lachte ich. »Du liebe Zeit, nein. Ich wollte nur für meine Eltern da sein.« Ich zog den Reißverschluss hoch, und wir traten in den Wind. »Laut der hiesigen Polizei ist Brett vor fast zwanzig Jahren ums Leben gekommen. Wir wussten nur bis jetzt nichts davon. Der Fall ist so kalt, kälter geht's nicht. Ich kann von Glück sagen, dass ich nicht dafür zuständig bin, ihn wieder aufzuwärmen.«

»Ist schon irgendwie verrückt. Ich kannte ihn natürlich nicht besonders gut, aber zu mir war er wirklich nett.« Für einen Moment senkte sie den Blick. »Er war höchstens eine Randfigur in meinem Leben, irgendwo im Hintergrund. Erinnerst du dich noch an das Familienpicknick, zu dem du mich eingeladen hast? Und zu dem Brett schon ziemlich angesäuselt erschien? Felicia war stinksauer.«

Klumpen von Kartoffelsalat im Gras. Spucke an Felicias Kinn. »Solche Tage gab es viele«, antwortete ich. Und das war noch eine der harmloseren Begebenheiten. Brett hatte sich mehr als einmal im polizeilichen Wachbuch verewigt, wegen Autounfällen, Ruhestörung oder Gott weiß was.«

»Der arme Wally war so verlegen, dass er sich, als er mich nach Hause fuhr, tausendmal entschuldigt hat«, erinnerte sich Suze. »Andererseits hatte Brett sich an demselben Nachmittag, bevor Felicia ausflippte, eine gefühlte Ewigkeit lang mein Gejammer darüber angehört, einen Lehrer zum Vater zu haben. Mein Vater und ich kamen damals nicht miteinander klar – er lag mir ständig damit in den Ohren, mich in der Schule vorbildlich zu benehmen und auf seine Kollegen einen guten Eindruck zu machen –, und Brett war wirklich verständnisvoll.« Mit einem Schauder fügte sie hinzu: »Meinst du, der Mörder läuft immer noch hier in der Gegend herum?«

»Schon möglich, aber du brauchst dir, glaube ich, keine Sorgen zu machen. Die Polizei hat sich da voll reingehängt.«

»Aber glaubst du, die finden ihn wirklich? Nach so langer Zeit?«

Ich dachte an Crissys Tirade in ihrem Wohnwagen. An meine Eltern, die zum Einkaufen lieber in die nächste Stadt fuhren. »Das kann ich im Interesse aller hier nur hoffen.«

NEUN

DIE AUSBILDUNG ZUM polizeilichen Ermittler unterscheidet sich nicht sonderlich von jedem anderen Fachbereich: Es werden einem Fakten und Verfahrensweisen eingetrichtert und zwar so, dass man sie nie wieder vergisst. Mit der entsprechenden Übung werden sie einem schließlich zur zweiten Natur. Wohl aus diesem Grund ertappte ich mich, kurz nachdem ich mich von Suze verabschiedet hatte, dabei, wie ich gründlich über Bretts Tod nachdachte.

Ich wollte nichts mit seinem Fall zu schaffen haben, ungelogen. Ich hatte keinen Grund zu der Annahme, die hiesige Polizei sei mit der Lösung des Falls überfordert. Sehr wohl aber hatte ich ein persönliches Interesse daran, Bretts Mörder hinter Gittern zu sehen. Alles an seinem Tod bereitete mir Unbehagen. Zu den Dingen, die ich bei meiner Ausbildung gelernt hatte, gehörte der Fakt, dass etwa vierzig Prozent aller Mordopfer von jemandem umgebracht werden, den sie kennen, und davon wiederum zwölf Prozent von jemandem aus der eigenen Familie. Bei einem Verbrechen wie dem an meinem Onkel kam ein Fremder als Täter kaum infrage. Wir sehen uns immer zuerst einmal nahestehende Personen an. Und die meisten Leute, die Brett nahestanden, waren nun mal seine und damit auch meine Angehörigen.

Ich hatte es nicht geplant, aber statt mich auf den Weg zu meinem Elternhaus zu machen, wendete ich und fuhr in die First

Street zurück. Und bevor ich recht wusste, was ich tat, fand ich mich an meiner alten Schule wieder.

Ich ließ den Blick über das weitläufige, niedrige Gebäude schweifen, das sowohl die Middle- als auch die Highschool beherbergte, während ich nicht weit von der zweiflügeligen Fenstertür entfernt anhielt. Hatte die Schule schon immer wie eine Jugendstrafanstalt ausgesehen? Zumindest fühlte es sich jetzt so an. Als ich damals verwundet wurde, stand ich unmittelbar vor meinem letzten Jahr. Zu keinem Zeitpunkt hingen in meinem Elternhaus Fotos von meiner Abschlussfeier. Obwohl sie schon eine Weile abgeheilt war, präsentierte sich die Narbe an meiner Wange noch rosa und glänzend wie ein Stück rohes Huhn, als ich mich in den Talar warf und das Barett aufsetzte.

Als ich eine Lücke fand und die Schaltung in Parkposition brachte, konnte ich an nichts anderes mehr denken als an Bram. Wo mochte er jetzt sein? Schon den ganzen Tag hatte ich dieses Kribbeln gespürt, genauso, wie es mir im Bistro mit McIntyre eiskalt den Rücken hinuntergelaufen war. War er jetzt irgendwo in der Nähe? Versteckte er sich vielleicht in diesem Moment zwischen oder in einem der vielen Wagen von Lehrern und Schülern hier auf dem Platz, um die Institution, die er damals verlassen musste, zu verhöhnen? Weil er mir nachspionierte?

Und die entscheidendere Frage: Konnte er etwas mit Bretts Tod zu tun haben?

Ich blickte in sämtliche Spiegel und drehte mich zuletzt auf meinem Sitz herum, um auch den blinden Fleck abzudecken. Doch auch wenn der Platz zugeparkt war und es auf die Mittagspause zuging, konnte ich niemanden entdecken. Ich fühlte mich schon ein wenig besser. Beim Anblick meiner Schule wirbelten mir aus der Zeit mit Suze, bevor wir uns voneinander entfernten, lebhafte Erinnerungen durch den Kopf. Wir hatten wirklich viel Spaß miteinander gehabt. Ich hätte mir nicht so viel Zeit damit lassen sollen, mich wieder bei ihr zu melden. Mir wurde immer schmerzlicher bewusst, dass es mit nichts zu rechtfertigen gewesen war, ihr jahrelang die kalte Schulter zu zeigen.

Als ich am frühen Nachmittag wieder zu Hause eintraf, waren meine Eltern von ihrem Tagesausflug zurück. Die fröhlichen Kochgeräusche in der Küche wurden von saxofonlastigem weichem Jazz untermalt. Während sie kochte, schwang meine Mutter ein wenig übertrieben die Hüften. Nach unserem Kinoabend hatte Dad damit geprahlt, den Lotussitz schneller zu beherrschen als sie, was meine yogabesessene, jedoch mit steifen Hüften geplagte Mutter nicht auf sich sitzen lassen wollte. Ihre kleine Darbietung sagte ihrem gelenkigeren Mann, der gerade dabei war, auf dem Küchentisch einen Teig auszurollen, *du kannst mich mal,* wenn auch liebevoll.

»Ah, du bist zurück!«, sagte sie, als sie mich sah. Es war schön, dass sie wieder lächeln konnte. »Gerade rechtzeitig, um mir beim Hacken des Röstgemüses zu helfen. Es gibt Hühnchenpastete.«

Mir lief die Spucke im Mund zusammen. Sie tänzelte zum Kühlschrank, machte mir ein Bier auf und stieß grinsend mit ihrer eigenen Flasche an.

»Ich war bei Crissy!«, platzte ich heraus.

Moms Gesicht verdüsterte sich. »Und wie war sie?«

»Ehrliche Antwort? Kalt wie Hundeschnauze.«

Meine Eltern wechselten einen Blick. So lange, wie sie schon zusammen waren, tauschten sie Gedanken wie einen Schnupfen im Winter, automatisch, unbewusst. »Na ja«, warf Dad vom Tisch aus ein, »die beiden hatten es nicht leicht miteinander.«

»Ich kann ihre Verbitterung ja verstehen«, sagte ich. »Brett hat die Familie verlassen. Und selbst an den besten Tagen war er nicht allzu präsent. Aber sie hat immerhin gerade erfahren, dass ihr Dad ermordet wurde. Da hätte ich schon mit ein bisschen mehr Trauer gerechnet.«

Während sie in gleichmäßigen Schnitten Karotten hackte,

sagte Mom: »Crissy war alt genug, um ihn zu durchschauen, mehr gibt's dazu wohl nicht zu sagen. Man soll ja nicht schlecht über die Toten reden, aber … wie man sich bettet …«

Dad nickte. »Ich muss zugeben, als Brett fort war, habe ich hinter dem Mann drei Kreuze gemacht. Schätze mal, Crissy ging es nicht anders. Er hat schließlich nicht nur als Vater versagt, Liebling. Du warst noch ein Kind, wahrscheinlich zu klein, um dich zu erinnern. Mit dem, was Brett verdiente, konnte er kaum seine Familie ernähren, aber als wäre das nicht schlimm genug, hat er auch noch ihr gemeinsames Bankkonto geschröpft, um seiner Spielleidenschaft zu frönen und zu picheln.« Dad nahm einen Schluck von seinem eigenen Bier und bestäubte den Teig mit Mehl. »Nachdem er und Felicia sich getrennt hatten – sie haben sich nie scheiden lassen, musst du wissen, dafür fehlte ihnen schlicht das Geld –, hat deine Tante erwartet, dass er sich am Unterhalt der Kinder beteiligt. Zwar hat Brett ihr immer mal wieder Geld zukommen lassen, wenn er gerade flüssig war, aber sein Beitrag war höchst bescheiden. Mit ihrem Job als Verkäuferin verdiente Felicia selber nicht genug, ganz zu schweigen von ihren ständigen gesundheitlichen Problemen.«

»Sie hatte Schlafstörungen«, fügte Mom hinzu. »Sie schaffte es nicht immer pünktlich zur Arbeit. Und wenn sie Geld brauchte, war dank Brett keins da. Diese Jahre waren für deine Tante die Hölle. Oft hat sie mitten in der Nacht angerufen. Sie hat die Kinder zu uns gebracht, weil sie wusste, dass sie hier sicher waren. Nur so konnte sie sich ein paar Stunden Ruhe verschaffen.«

Leises Gekicher. Schlafsäcke und flauschige gestreifte Häkeldecken auf dem Wohnzimmerboden verstreut. »Daran erinnere ich mich noch«, sagte ich.

Dad kratzte sich am Kinn und hinterließ dabei an der Stelle einen Streifen Mehl.

»Deine Mutter hat ihr immer geholfen, Gott sei Dank. Die einzige Möglichkeit, dafür zu sorgen, dass die Kinder ihre Dusche bekamen und ihre Hausaufgaben erledigten, war es, sie hierherzubringen. Aber Crissy machte es uns nicht leicht. Schon da konnte sie manchmal ein richtiges Miststück sein; aber später, nachdem Brett von zu Hause ausgezogen war, um sich eine eigene Wohnung zu nehmen, drehte das Mädel richtig durch. Das Schuleschwänzen, die Drogen – und das alles in so jungen Jahren! Wir wussten alle ganz genau, was sie so trieb; sie gab sich nicht mal viel Mühe, es zu verheimlichen. Wir waren besorgt, dass sie am Ende auch auf dich und Doug einen schlechten Einfluss ausüben könnte.«

»Dein Vater hat immerhin versucht, sie zur Vernunft zu bringen«, warf Mom ein.

»Nicht, dass es viel gebracht hätte. Am Ende hat deine Mutter Crissy nicht mehr zu uns eingeladen. Was blieb uns auch anderes übrig?«

»Brett hat ihnen ein schlechtes Beispiel gegeben, so viel steht mal fest. Während Crissy sich herumtrieb und einen draufmachte, tat ihr Dad genau dasselbe. Ich wundere mich ein wenig, dass sich ihre Wege nicht irgendwo auf einer Party kreuzten. Wer weiß, vielleicht ja doch.«

Sie stieß einen tiefen Seufzer aus. »Jedenfalls war Crissy stinksauer auf ihn, weil er ausgezogen ist.«

»Damals«, nahm Dad den Faden wieder auf, während er hingebungsvoll eine zweite Teigkugel formte, »damals dachten wir, dass Brett sich nach Philadelphia absetzte, sei für alle das Beste. Wenn überhaupt Hoffnung bestand, dass er sich noch einmal fing, dann gewiss nicht, solange er mit Freunden von der Sorte eines Russell Loming herumhing. Loming war noch ein schlimmerer Drückeberger als Brett.«

»Russell Loming?«, fragte ich. Den Namen kannte ich nicht.

»Sein bester Kumpel. Der ist mir im Baumarkt noch mal über den Weg gelaufen, ja, das muss letztes Jahr gewesen sein. Arbeitet immer noch in der Fabrik, inzwischen bei dem Hersteller für Geräte zur Verarbeitung von Ahornsirup.«

»Natürlich war auch Fee außer sich, als sie hörte, dass Brett weggehen wollte«, sagte Mom, »auch wenn sie ihm das Leben weiß Gott nicht leicht gemacht hat und ich es ihm nicht verübeln kann, dass er sich nach einem normalen Leben gesehnt hat. Aber was ist das für ein Mensch, der einfach so abhaut und in einen anderen Bundesstaat zieht, ohne sich von seinen eigenen Kindern zu verabschieden?«

»Brett hat also seinen Job gekündigt und ist gegangen«, sagte ich, »da könnte es passiert sein. Immerhin möglich, dass er sich noch verabschieden wollte, aber umgebracht wurde, bevor es dazu kam.«

»Ja, vermutlich«, räumte Dad ein. Ganz offensichtlich hoffte er, dass es so war, um seinen toten Schwager in seiner Erinnerung doch noch irgendwie in Ehren zu halten. Mein Vater hasste es, einen Menschen vorschnell zu verurteilen, und Brett hatte es ihm nicht gerade leicht gemacht.

In meiner Tasche summte mein Handy.

Als ich McIntyres Namen auf dem Display sah, eine jähe Erinnerung an das Leben in A-Bay, das ich für den Augenblick vergessen hatte, zuckte ich ein wenig zusammen. Ich wischte mir die Hände an einem Geschirrtuch ab, entschuldigte mich und eilte in den Flur.

»Hättest du vielleicht Lust auf ein paar Tage in Vermont?«, fragte ich Mac, während ich, zwei Stufen auf einmal, die Treppe hochsauste und mich in mein altes Zimmer verdrückte. Die Wände waren immer noch gelb, und die Gardinen, die Mom vor Jahrzehnten genäht hatte, in Ballettrosa gestreift. »Ich könnte eine Abwechslung gebrauchen.«

»Damit kann ich dienen«, sagte McIntyre in ihrem besten Sheriff-Ton. »Ich rufe in einer dienstlichen Sache an. Wir haben hier ein Problem.«

»Muss ernst sein, wenn ich auf deiner Anrufliste stehe.« McIntyre hatte mich während meiner gesamten Suspendierung zu den laufenden Ermittlungsfällen ins Bild gesetzt, aber immer nur gesprächshalber beim Abendessen oder wenn wir uns in dem Flur ihrer Wohnung über den Weg liefen. Ich war gerührt, dass sie mich zu einem neuen Fall eigens anrief. Gerührt und ein wenig besorgt.

»Tim arbeitet daran«, versicherte mir Mac, »aber du bist immer noch meine diensthöchste Ermittlerin, deshalb wollte ich auch deine Einschätzung hören. Denn du hast recht. Es ist ernst. Ein Kind wird vermisst, ein neunjähriger Junge namens Trey Hayes.« Sie holte Luft und ratterte die Einzelheiten herunter. Ortsansässig. Afroamerikaner. Braunes Haar, braune Augen. Klein für sein Alter. »Süßer Fratz«, sagte sie traurig. »Das letzte Mal vor zwei Stunden bei einer Exkursion zum Boldt Castle gesehen.«

»Im November?« Ich wusste, dass das Schloss auf Heart Island stand, also nur auf dem Wasserweg zu erreichen war. Die Schulkinder mussten somit von A-Bay aus mit der Fähre hinübergefahren sein. Schon im Oktober, als Tim und ich den Fall auf Tern Island bearbeiteten, war es auf dem Fluss ungemütlich kalt gewesen.

»Das Wetter«, sagte Mac zur Erklärung. »Eigentlich sollten die Ausflüge schon vor drei Wochen enden, aber der Winter ist hier nun mal lang, und jeder sieht zu, dass er vorher noch ein paar Tickets verkaufen kann …«

»Oder auch Bärenkrallen.«

»Genau.« Als sie mir die ganze Geschichte von Treys Verschwinden darlegte, wurde ich genauso deprimiert wie sie.

Um neun Uhr morgens waren neunundreißig Viertklässler, zwei Lehrer und vier Eltern als Begleiter in ein paar örtlichen Schulbussen zum städtischen Hafen von Alexandria Bay aufgebrochen. Ein Schiff der River Rat Boat Tours setzte die Passagiere in zwei Fuhren auf Heart Island ab. Auch wenn Boldt Castle normalerweise auf eigene Faust zu besichtigen war, hatte die Schule vorab jemanden engagiert, um die Gruppe durch das Schloss und über das Gelände zu führen. Tim hatte die Bestätigung eingeholt, dass Trey zu dem Ausflug mitgekommen war, der um zehn Uhr begann.

Um elf Uhr zwanzig sammelte sich die Gruppe an der Anlegestelle für die Überfahrt zurück zum Festland. Beim Abzählen der Kinder wurde festgestellt, dass eines fehlte. Treys Eltern, mit denen Tim bereits gesprochen hatte, beschrieben ihren Sohn als lebhaft, aber gut erzogen, kein Kind, das zu Aufsässigkeit neigte oder dazu, sich von der Gruppe zu entfernen. Er ging gerne zur Schule und hatte sich auf die Exkursion gefreut. Nichts deutete auf psychische oder physische Gewalt seitens der Eltern hin, und beide hatten Alibis; die Anrufe der Schule erreichten sie bei der Arbeit.

»Tim ist noch da draußen bei der Befragung der Lehrer und begleitenden Eltern. Natürlich auch der Kinder«, sagte Mac. »Ich bin auf dem Sprung, um ihm zu helfen.« So viele Befragungen kosteten natürlich wertvolle Zeit. Ich trommelte mit den Fingern auf der Kommode, und das Handy an meinem Ohr fühlte sich heiß an. Irgendwie schien ich Vermisstenfälle magisch anzuziehen. Was bedauerlich war, wenn man bedachte, dass die letzten beiden, in denen ich ermittelt hatte, tragisch endeten.

»Die Angestellten«, sagte ich. »Bei denen schon irgendwie weitergekommen?« Bisher hatte ich noch keine Gelegenheit zu einem Abstecher nach Boldt Castle gehabt, doch Tim hatte mir eine Besichtigung wiederholt ans Herz gelegt. Ich wusste nur, dass es ein richtiges Schloss war: sechs Stockwerke mit um die hundertzwanzig Zimmern, Türmen im mittelalterlichen Stil und einer echten Zugbrücke. Ich dachte an meine eigene Schulzeit zurück und die Klagen meines Vaters über Ausflugsziele, die für große Besucherzahlen nicht ausgelegt waren. Als derjenige, der im Schuldistrikt für die Überprüfung und Genehmigung von Exkursionen zuständig war, pflegte Dad immer zu sagen, unkonventionelle Ziele brächten ihn noch einmal ins Grab.

Thousand Islands hingegen war touristentauglich. »Selbst außerhalb der Hochsaison müssen sie Angestellte vor Ort gehabt haben, das heißt, möglicherweise hat es Schichtwechsel gegeben. Jemand von denen könnte etwas gesehen und die Insel verlassen haben, bevor Tim dort war.«

»Das werde ich weitergeben. Tim würde dich natürlich selbst anrufen, wenn er nicht bis über beide Ohren beschäftigt wäre.«

Meine Gedanken wanderten zum Fluss, zum Ufer, bei winterlichem Wetter. »Das Wasser«, sagte ich. Das müsste inzwischen eisig sein. »Du denkst doch nicht …«

»Wenn ich das wüsste. Ein Neunjähriger, der hier in der Gegend aufgewachsen ist, sollte ein ordentlicher Schwimmer sein. Falls er allerdings irgendwie verletzt war …« Sie brachte den Satz nicht zu Ende. »Wir haben die örtlichen Medien eingeschaltet, und wie's aussieht, sind bei der Hotline schon ein paar Anrufe eingegangen. Aber dieses Wasser ist tödlich. Tim sollte sich besser beeilen.«

Während Maureen McIntyre sprach, trat ich ans Fenster und drückte das Gesicht an die Scheibe. Die Kälte war schon nach innen gedrungen und hatte das Glas mit Reif überzogen. *Tim ist nicht allein,* versuchte ich mich zu beruhigen, während ich mit dem Fingernagel eine Linie in die dünne Eisschicht kratzte. Es gab noch andere Ermittler im Revier von A-Bay, die ihm bei der Suche auf Heart Island helfen konnten, nicht zuletzt auch McIntyre selbst. Zweifellos waren sie in diesem Moment schon alle hundertprozentig im Katastrophenmodus. Bei dem Gedanken an die gebotene Eile, den Wettlauf meines Teams gegen die Uhr, um ein vermisstes Kind zu finden, kam mir glatt die Pizza, die ich gegessen hatte, wieder hoch.

Ich hatte erst eine Nacht in Swanton verbracht und vermisste A-Bay schon. Ich wollte zu Mac und Tim zurück, um ihnen bei diesem dringlichen Fall zu helfen.

Andererseits durfte ich die Warnung, die ich Crissy gegenüber ausgesprochen hatte, nicht vergessen. Derjenige, der Brett auf dem Gewissen hatte, könnte noch in der Stadt sein. *Die hiesige Polizei arbeitet schon daran,* rief ich mir ins Gedächtnis. *Das fällt nicht in deine Zuständigkeit.* Wenn überhaupt, so wurde ich jetzt in Upstate New York gebraucht. In so vielerlei Hinsicht war Swanton Vergangenheit, während drüben in meiner neuen Heimat in A-Bay ein Kind meine Hilfe benötigte. So gesehen wäre es egoistisch von mir, in Vermont zu bleiben. Meinen Eltern ging es einigermaßen gut, sie würden ein paar Tage ohne mich klarkommen, oder?

»Mac?«, sagte ich in die Stille hinein.

»Ja?«

»Ich komme zurück.«

»Was, schon?«

»Ich weiß, dass meine Beurteilung erst am Donnerstag ansteht und ich bis dahin noch suspendiert bin. Ich weiß, dass ich nicht die Leitung übernehmen darf. Aber ich möchte mich nützlich machen.« Ich schwieg und holte Luft. »Bitte lass mich helfen.«

Mac war kein Mensch, der viele Fragen stellte, weder als sie erfuhr, dass ich nach Swanton wollte, noch jetzt. Ich hoffte, dass sie froh war, mich mit an Bord zu haben, doch als sie wieder das Wort ergriff, hörte ich eine Spur Unbehagen heraus.

»Ich brauch dir wohl nicht zu sagen, wie zeitkritisch dieser Fall ist.«

»Nein«, antwortete ich, »brauchst du nicht.«

»Wir können mit der Suche nicht warten, bis du hier eintriffst.«

»Natürlich nicht.«

»Also gut«, sagte Mac. »Deine Entscheidung.« Ich hoffte einfach, dass es die richtige war.

ZEHN

ALS ICH IHNEN ERKLÄRTE, ich müsse schon wieder weg, versuchten meine Eltern nicht, mich umzustimmen. »Die Arbeit hat Vorrang«, sagte Dad, auch wenn ich wusste, dass meine Mutter diese Maxime nicht teilte. Bei ihr stand die Familie an erster Stelle, grundsätzlich. Sie hatte mich nicht gebeten zu kommen, dennoch machte es mir ein schlechtes Gewissen, sie zu verlassen, und ich versprach ihnen, bald wiederzukommen.

Die ganze Wegstrecke bis nach Chateau Gay nahe der kanadischen Grenze ging mir Bretts unverantwortliches Verhalten und Felicias Kampf, alleine zwei Kinder großzuziehen, durch den Kopf. Erst in Massena, New York, als bis nach A-Bay noch eine Stunde und zwanzig Minuten vor mir lagen, gelang es mir, Swanton endlich hinter mir zu lassen und mich auf den Fall Trey Hayes zu konzentrieren. Ein irgendwo auf den Inseln verschwundener Junge, ausgerechnet jetzt, wo das Wetter umschlug. Ein Junge, der hoffentlich noch am Leben war.

Bei der Suche nach Jasper Sinclair auf Tern hatte mich der Gedanke an den leblosen Körper des vermissten Mannes auf Trab gehalten. Die Vorstellung, dass er sich in akuter physischer Gefahr befand, hatte meine Sinne geschärft und meine müden Beine vorangetrieben. Bei Trey funktionierte die Methode nicht, denn ich brachte es nicht über mich, mir ein Kind vor Augen zu führen, das leblos im Ufergestrüpp liegt. Oder im Wasser. Oder in den Schlingpflanzen hängt.

Stattdessen überließ ich mich dem schauerlichen Nervenkitzel der bevorstehenden Suche und befahl meinen grauen Zellen, auf Hochtouren zu kommen. Während ich die flachen Hände gegen das Lenkrad stemmte, pochte mir das Herz im Hals. Es fiel mir schwer stillzusitzen.

Eine rostbraune Landschaft rauschte an den Fenstern vorbei, als ich mit meinem SUV Vollgas gab, und ehe ich mich versah, war ich wieder in A-Bay. Ich hatte versucht, Tim unterwegs über Bluetooth anzurufen, ihn aber nicht erreicht. Auch bei McIntyre waren meine Versuche fehlgeschlagen. Es war nicht hundertprozentig sicher, dass sie noch auf Boldt Castle waren. Schließlich mussten sie auch Leute im Dorf, Freunde und Angehörige sowie weitere Trey nahestehende Personen befragen und die Küste absuchen. Ich setzte darauf, mich auf dem Festland mit ihnen zu treffen. Falsch gedacht. Auf dem Revier erfuhr ich, die Befragungen in der Stadt hätten Jeremy Solomon und Don Bogle, die anderen beiden Ermittler aus meinem Team, übernommen, und Tim und Mac seien noch nicht wieder von Heart Island zurück.

Ich war auf einer Woge Adrenalin nach Thousand Islands zurückgekommen, doch ohne Zugang zu einem Boot, geschweige denn die Fähigkeit, eins zu fahren, kam ich plötzlich nicht weiter. Ich war noch nicht wieder im Dienst zurück und konnte Sol oder Bogle nicht drängen, von meiner Anwesenheit Gebrauch zu machen. In den gesamten drei Wochen seit meiner Suspendierung hatte ich mich nicht so nutzlos gefühlt wie jetzt auf dem Parkplatz der Station.

Mir fiel nur eine einzige Möglichkeit ein, meine nervöse Energie zu entladen, während ich darauf wartete, von Tim und Mac zu hören.

Ich wendete und fuhr zum Highway zurück.

Ich hatte erst relativ spät im Leben Karate für mich entdeckt und mit ungefähr Mitte zwanzig damit angefangen, weil ich glaubte, dass mir die Kampfkunst bei meiner Arbeit zugutekommen würde. Inzwischen weiß ich, dass sich nur selten eine Gelegenheit ergibt, einem Verbrecher einen Sicheltritt ins Gesicht zu verpassen. Wenn ich am Tatort erscheine, sind die Bösen normalerweise längst auf und davon, aber der Kampfsport gibt mir mehr Selbstsicherheit, und wenn ich mich auf die Reaktionsfähigkeit meines Körpers verlassen kann, kommt das auch meiner Konzentration zugute. Außerdem haben die Regeln und die Präzision der Bewegungen etwas Beruhigendes. Sie stehen für Ordnung und Zuverlässigkeit.

Mein Privatunterricht bei Sensei Sam war sonntags, doch er unterrichtete an allen Wochentagen, und so hoffte ich, mich auch ohne Termin dazugesellen zu können. Ich war bereit, zu nehmen, was ich kriegen konnte.

Als ich das Studio erreichte, sah ich mich wie gewohnt vorsichtig um, bevor ich zur Tür hineinging. War es sonst immer sehr ruhig im Foyer, dröhnte an diesem Nachmittag elektronische Tanzmusik aus den Lautsprechern. Kaum war ich eingetreten, kamen vier Schüler aus dem Studio, verbeugten sich vor ihrem Sensei und gingen auf ein Knie, um ihre Gürtel aufzuknoten. Die Jugendlichen kamen nach der Schule her, alle mit vom Sport geröteten, strahlenden Gesichtern. Ich dachte wieder an Trey. Diese zufriedenen Kinder konnten jetzt zu ihren Eltern zurück, die ihnen dankbar auf die Schulter klopfen oder sie kurz an sich drücken würden, während sie ihnen von dem armen verschwundenen Jungen erzählten und sie zu Wachsamkeit mahnten. Sam freute sich offensichtlich, als er mich sah. Heute trug er einen roten Gi, und die Farbe kleidete ihn.

»Schon wieder da?«, fragte er, während seine Schüler ihre Sachen zusammensuchten. »Du nimmst das hier wirklich ernst, oder?«

»Hat mir mehr gefehlt, als mir klar war. Hör mal, ich hab zwar meinen Gi nicht dabei oder sonst was. Ich hatte nur auf eine Extrarunde gehofft. Würde es zeitlich passen?«

»Nicht so gut.« Er deutete mit dem Kopf auf die Jugendlichen. »Das war mein letzter Unterricht für heute.«

»Ach so«, sagte ich und versuchte, mir die Enttäuschung nicht anmerken zu lassen. »Macht nichts. Ich versuche nur, die Zeit totzuschlagen.«

Sam lachte und sagte: »Autsch.«

»So war das nicht gemeint. Ich wollte sagen, ich nehme jede Gelegenheit wahr, herzukommen.«

»Tatsächlich?« Es zuckte um Sams Mund. »Weißt du was? Ich helfe dir auf andere Art, die Zeit totzuschlagen. Kann ich dich auf drei oder vier Becher Kaffee einladen?«

Ich sah die Farbe in Sams hohen, festen Wangen und den Schimmer in seinen Augen und dachte, *hoppla*. Schon seltsam, wie sich die Dynamik zwischen zwei Menschen binnen einer Sekunde von unschuldig zu kompliziert entwickeln kann. Hatte ich das ausgelöst? Ich ging im Geist noch einmal meine letzten Worte durch und fluchte. Ich hatte Sam nie für eine romantische Beziehung in Betracht gezogen und zwar nicht etwa nur, weil ich nicht wusste, ob er Single war, sondern weil ich selbst bis auf Weiteres kein Interesse daran hatte. Meine Verlobung war zwar Schnee von gestern, aber noch nicht lange her. War ich überhaupt schon so weit, wieder mit jemandem auszugehen? Bei allem, was ich derzeit um die Ohren hatte, sagte mir mein Bauchgefühl: *keine gute Idee*.

Als die letzten Jugendlichen gerade zur Tür hinausdrängten, trat ein kräftiger Mann in Baseballkappe ein.

»Kleinen Moment«, sagte Sam beschwingt, während er davonspazierte, um sich dem Kunden zu widmen. Er rechnete mit einem Ja von mir. Während er zur Theke ging, um einen Stundenplan hervorzukramen, zermarterte ich mir das Hirn nach einer

Exit-Strategie. Ich wollte Sams Gefühle nicht verletzen. Der Kerl war mir wirklich ans Herz gewachsen, und diesen Unterricht brauchte ich mit jeder Muskelfaser im Leib und jeder grauen Zelle.

»Das finden Sie alles auch auf der Website«, sagte Sam, »und wenn Sie mögen, können Sie Ihren Namen und Ihre E-Mail hinterlassen, dann setze ich Sie auf die Mailingliste.« Der Mann mit Baseballkappe schrieb, und Sam kam wieder zu mir herüber.

»Also«, sagte er, »warst du schon mal im Bean-In? Die machen diesen fantastischen ...«

»Danke für das Angebot, aber ...«

»Ach so.« Sam machte die Schotten dicht. »Hey, ist schon in Ordnung. Du brauchst nichts zu erklären.«

»Nein, ich muss nur ... ich muss noch ein paar Besorgungen machen. Eine Freundin von mir wird am Freitag fünfzig, und ich muss noch die perfekte Karte für sie finden.« Der Teil war nicht gelogen. Mac tat alles, um aus dem Meilenstein, wenn daran schon nichts zu ändern war, das Beste zu machen, und ich hatte vor, sie zu einem opulenten Fisch-Abendessen einzuladen, doch der Anlass war eine witzige Grußkarte wert, irgendwas über Seniorenrabatte oder auch den Eintritt ins prähistorische Alter. »Ein andermal?«, fragte ich.

Sam forschte einen Moment in meinem Gesicht, bevor er sagte: »Klar. Ich hab ja deine Nummer von der Anmeldung. Ich schicke dir eine Nachricht mit meiner. Zu deiner Information, Smuggler's Cargo führt tolle Karten für jeden Anlass, und wenn du Lust hast, bin ich morgen um zehn wieder hier.«

»Danke. Kann allerdings nicht versprechen, ob ich es schaffe«, antwortete ich zerknirscht, »aber ich versuch's.« Der Mann an der Theke legte den Stift weg, murmelte ein Dankeschön und ging.

»Der kommt nicht wieder«, bemerkte Sam.

»Woher willst du das wissen?«

»Nur so eine Vermutung, aufs Karatewohl.«

Ich stöhnte, doch Sam wusste, dass der Witz saß. Wir grinsten einander an. Sein Lächeln war toll.

»Hör mal«, sagte ich und wechselte in einen ernsten Ton. »Als ich neulich … du weißt schon.«

»Dichtgemacht hast? Kann passieren, besonders bei Leuten, die so etwas erlebt haben wie du.«

»Du scheinst von PTSD ganz schön Ahnung zu haben.«

Sam straffte die Schultern.

»Meine Schwester. Ist bei einem Date passiert.«

O Gott. »Das tut mir furchtbar leid. Und? Ist sie okay?«

»Anfänglich nicht. Inzwischen schon. Zumindest meistens.«

»Meistens«, wiederholte ich und musste an meine schlaflosen Nächte auf McIntyres Sofa denken. »Das ist also normal.«

»Ist ein weiter Weg zurück nach so einem Trauma.«

»Allerdings.« Ich schwieg. »Aber ich sag dir eins. So wie ich da im Unterricht reagiert habe? Das passiert mir nicht noch einmal.«

»Ich habe gesehen, wozu du in der Lage bist, Shana, und du bist näher am Ziel, als du denkst. Komm weiter her, und du schaffst das letzte Stück. Bestimmt.«

Ich glaubte ihm, nicht nur wegen seiner Fähigkeiten als Trainer, sondern wegen seiner Schwester. Wenn ich einem Menschen zutraute, mich so zu trainieren, wie ich es brauchte, dann Sam.

Ich kehrte zu meinem SUV zurück, der kaum abgekühlt war, und überprüfte meine Nachrichten. Auf meinem Display erschien eine Nachricht mit Sams Nummer, dagegen immer noch nichts von Tim und Mac. Es trieb mich in den Wahnsinn, nicht zu wissen, was sie gerade machten, was sie in Erfahrung gebracht hatten und ob sie schon irgendeinen Hinweis darauf hatten, was Trey zugestoßen war.

A-Bay verfügte über unverhältnismäßig viele Souvenir- und Geschenkläden, doch ich folgte Sams Rat und fand mich zehn

Minuten später im kitschigen Smuggler's Cargo wieder, wo ein riesiger verrosteter Anker die Besucher an der Tür begrüßte. Das Geschäft war ein Labyrinth aus engen Gängen und Regalen, bis obenhin voll mit einem Warenangebot, das von ausgestopften Tieren über Schnapsgläser und Henkelbecher bis zu T-Shirts reichte, das meiste davon mit Piraten-Motiven. Mitte des neunzehnten Jahrhunderts hatte ein berühmter Schmuggler namens Bill Johnston auf dem St. Lawrence River Versorgungsschiffe und den einen oder anderen Passagierdampfer geplündert und war so im Dorf zur Ikone geworden. Wie mir bei meiner Ankunft in A-Bay nicht entgangen war, wurde der Pirat alljährlich mit einem zehntägigen Sommerfest geehrt, ein Spaß für die ganze Familie, samt Kniehose, Wams und allem Drum und Dran.

Es war niemand im Laden außer der Besitzerin, einer eleganten älteren Dame, die sich als Annette vorstellte und über meinen Anblick außer sich vor Freude schien. Es war November, in einer Stadt, die für Sommertouristen wie gemacht war; die arme Frau musste sich zu Tode langweilen. Ich ließ mir von ihr die Geburtstagskarten zeigen, obwohl sie keine drei Schritte von der Tür entfernt auslagen und man fast darüber stolperte.

»Ist das nicht schrecklich?«, fragte Annette, während ich das Angebot durchging. »Das mit dem Jungen.«

Falls Mac die Lokalreporter bereits informiert hatte, wurde die Nachricht von Treys Verschwinden jetzt bereits im ganzen County gesendet. An diesem Abend würde kein Kind unbegleitet draußen herumlaufen.

»Furchtbar«, stimmte ich zu. »Ich weiß, alle hoffen, dass sie ihn bald finden.«

Ich hatte mir auf dem Ständer schnell eine Karte ausgesucht. Bevor ich zur Kasse ging, beschloss ich, einmal durch die Gänge zu schlendern. Mac hatte mir zwar verboten, ihr ein Geschenk zu kaufen, aber vielleicht fand ich ja eine symbolische Kleinigkeit, etwas so Banales, dass sie es mir nicht abschlagen konnte. Ein Glas Meerjungfrauen-Badesalz vielleicht oder eine Tüte handgeschöpften Quark. Den liebten hier alle.

Ich überlegte mir gerade, wie ich weiter vorgehen sollte – mich gegen Bezahlung von einem Anwohner mit einem Grundstück am Wasser nach Heart Island hinüberbringen lassen? Mir die Nägel bis aufs Blut abkauen? –, als mir der Anschlag nahe der Kasse ins Auge sprang.

Er hing an einem Brett für allgemeine Bekanntmachungen, wie üblich gespickt mit selbst gemachten Werbezetteln für jugendliche Babysitter und verbeulte Autos direkt vom Eigentümer. Sie waren schichtenweise übereinandergeheftet, doch offensichtlich hatte erst vor Kurzem jemand einen neuen Anschlag über dieser bunten Mischung angebracht. In makellosem, blütenweißem Karton prangte er genau in der Mitte, sodass er die anderen verdeckte. Es waren zwei Fotos darauf zu sehen, nebeneinander.

»Alles in Ordnung?« Ohne es zu merken, hatte ich einen Schritt zurück gemacht und war in einen Ständer mit Thousand-Islands-T-Shirts gekracht. Die Kleiderbügel klapperten, als ich mich daraus befreite. »Dieser Aushang«, brachte ich mit schwacher Stimme heraus. »Wo haben Sie den her?«

Von der Kasse aus reckte Annette den Hals. »Den hat ein Mann da angebracht, kurz bevor Sie reinkamen. Das ist er, der vermisste Junge.« Sie schüttelte den Kopf. »Wohin soll das alles noch führen?«

Ich hatte zwar noch kein Bild von Trey gesehen, hegte aber nach der Beschreibung, die mir Mac gegeben hatte, keinen Zweifel, dass Annette richtiglag. Der Junge lächelte, aber so verhalten, als würde er von jemandem dazu gezwungen. Aus seinen Augen sprach die pure Angst. Neben ihm prangte ein anderes Gesicht, ein anderes Lächeln, das von Uncle Brett. Über ihnen beiden stand in dunkler Tinte das Wort *VERMISST.*

Mit zitternden Händen zog ich die Reißzwecken an den Ecken des Anschlags heraus und holte ihn von der Wand.

Vielleicht täusche ich mich ja, dachte ich, als ich das feste Papier in der Hand hielt. *Vielleicht ist das ja nur ein schlechter Witz, den sich irgendjemand ausgedacht hat.* Aber was ich vor mir sah, war nicht zu leugnen. Und auf der Rückseite fand sich noch eine handschriftliche Notiz, die mir wie das Echo eines Schreis im Kopf widerhallte.

Sollen wir was spielen?

Nein, dachte ich. *Bitte, alles, nur das nicht.* »Wie sah der Mann aus?«, platzte ich heraus. »Sagen Sie mir alles, woran Sie sich erinnern!«

Als sie die Panik in meiner Stimme hörte, wechselte Annettes Ausdruck von höflich zu besorgt. Sie war jetzt auf der Hut, und ich wusste, was sie dachte. Einer von uns war verrückt. Fragte sich nur, ob die Person mit dem Aushang oder ich. »Hören Sie, Ma'am, ich bin bei der örtlichen Polizei. Ich muss den Mann finden, der das hier aufgehängt hat.«

Diese Auskunft entlockte ihr ein zaghaftes Nicken. Annettes Beschreibung blieb vage: Er war relativ groß, dunkelblond, eher jung. *Sein Gesicht,* flehte ich sie an, doch sie erinnerte sich nicht. Nur seine Kappe war ihr haften geblieben. Mit dem Logo *Purple Pirates* an der Vorderseite. Diesen Namen trugen die örtlichen Grundschul-Sportmannschaften.

Ich rannte an ihr vorbei und riss die Tür auf.

Draußen rauschte mir jeder Atemzug wie kaltes Wasser durch die Lungen. Ich suchte die Straße in beide Richtungen ab. Auf dem Bürgersteig vor dem Ramschladen und dem Süßwarengeschäft wie auch dem gegenüber vor der Reihe Boutiquen war keine Menschenseele zu sehen. Dasselbe links, wo die James Street zum Fluss hinabführte. Am unteren Ende der Straße war das schwarze Wasser zu sehen und in der Ferne dahinter Heart Island. Dies war die Hauptgeschäftsstraße von A-Bay, in der sich kleine Einzelhandelsfilialen dicht an dicht aneinanderreihten, nur durch versteckte Gässchen voneinander getrennt. Jede Menge gute Verstecke.

Ich ging wieder hinein und suchte in der Hoffnung auf einen greifbaren Beweis Wände und Decke nach einer Überwachungskamera ab. Nichts.

Die Kappe.

Ich holte mein Handy heraus und rief Sam an.

»Hast du es dir mit dem Kaffee anders überlegt?« Sein Ton klang optimistisch.

»Bitte sag, dass du noch im Studio bist.«

»Bin eben weg. Wieso?«

»Kannst du noch mal zurück? Ich würde dich nicht bitten, wenn es nicht wichtig wäre.«

Er zögerte nur eine Sekunde, bevor er antwortete: »Klar, wieso nicht. Hast du was liegen gelassen?«

»Nicht direkt.« Ich erklärte ihm, was ich benötigte, und bat ihn, mir so schnell wie möglich eine Nachricht zu schicken, sobald er es hatte.

Als Nächstes rief ich Tim an. Als ich ihm eine mit Kraftausdrücken gespickte Nachricht aufsprach, senkte die Ladenbesitzerin den Blick nervös auf ihre Hände. »Sobald du das hier abhörst, ruf mich augenblicklich zurück«, sagte ich und schickte noch eine Nachricht mit drei Ziffern hinterher, um ihm klarzumachen, wie ernst es war. *911* – die Notrufnummer.

An irgendeinem Punkt in den letzten zwei Minuten hatte ich instinktiv angefangen, durch die Nase zu atmen. Es war eine Stressbewältigungstechnik, die mir Carson in der Therapie eingedrillt hatte, und sosehr mir gegen den Strich ging, von wem ich sie hatte, musste ich zugeben, dass sie half. Bis zu meiner Diensttauglichkeitsprüfung waren es noch drei Tage. Ich konnte und wollte es mir nicht leisten, jetzt die Nerven zu verlieren.

Endlich klingelte mein Handy.

»Shane, was zum …«

»Tim, Gott sei Dank. Trey Hayes, was hatte er bei dem Ausflug an?«

Es trat eine Pause ein. »Du meinst, du hast ihn gefunden?« Tim klang verhalten; die Dringlichkeit meiner Frage konnte ihm kaum entgangen sein. Ein vermisstes Kind zu finden ist nicht immer ein Grund zur Erleichterung, erst recht nicht, wenn man nah am Wasser lebt.

»Das ist es nicht«, sagte ich. »Aber ich muss es wissen.«

»Er wurde zuletzt in Jeans und einer leichten blauen Jacke gesehen. Schwarze Winterstiefel.«

»Hatte er …«

»Und einer Baseballkappe. Lila und schwarz.«

Ich holte Luft. »Purple Pirates.«

»Stimmt.« Tim klang zunehmend besorgt. »Was ist los?«

Mein Handy summte. Sam hatte das Studio erreicht.

Also, ja, lautete seine Nachricht. *Der Typ mit der Kappe hat einen Namen hinterlassen. Abraham Skilton. Wieso fragst du?*

»Tim«, sagte ich mit dünner Stimme, während ich durchs Schaufenster auf die Straße hinausstarrte. »Ich glaube, ich weiß, wer Trey entführt hat.«

ELF

DIE KATZE WAR NUR DER ANFANG.

Wir suchen nach Hinweisen, pflegte Abe zu sagen, *na, wie wär's, Shay?* Während er auf meine Antwort wartete, wippte er gespannt auf den Füßen, obwohl sie immer gleich lautete.

Als Kind verwandte mein Cousin seine ganze Energie darauf, sich rätselhafte Fälle auszudenken, wo es keine gab. Swanton war ein Kaff, und obwohl es seinen Anteil an echten Problemen hatte, gingen Einbrüche und treulose Ehepartner über unseren Horizont hinaus. Es gab wenig, was zwei Kinderdetektive hätte reizen können. Und dann eines Tages doch.

Ich war in der fünften Klasse, als aus Mrs. Dooleys Lacklederhandtasche siebenundvierzig Dollar verschwanden. Unsere Lehrerin hatte die Tasche so wie immer unter ihrem Pult verstaut, und bei Schulschluss war das Geld nicht mehr da. Die ganze Klasse wurde befragt, doch Abe und ich stellten parallel zu unserer Direktorin unsere eigenen Nachforschungen an. In der festen Überzeugung, den Fall lösen zu können, hielt ich Augen und Ohren offen.

Wochen vergingen, und das Geld war immer noch nicht wieder aufgetaucht, doch inzwischen hatten wir das Verhalten unserer Klassenkameraden analysiert und waren uns ziemlich sicher, in einem schwierigen Jungen namens Will Thompson unseren Dieb gefunden zu haben. Abe fing an, nur noch von Willy the Weasel zu reden, womit er sich irgendwann einen Schlag auf die Nase einhandelte. Erst da fand unsere Direktorin den gestohlenen Betrag. Er befand sich in Will Thompsons Rucksack.

Dann war da noch der Fall mit Laurie Calvos nagelneuem Baumhaus. Liebevoll von ihren Eltern gebaut, weckte es den Neid eines jeden Kindes in der Stadt. Nur wenige Wochen nach seiner Fertigstellung wachten die Calvos mitten in der Nacht davon auf, dass ihr Werk in Flammen stand. Die angestrichenen Bretter waren bereits schwarz verkohlt. Meiner Theorie nach steckte ein eifersüchtiges Kind aus unserer Klasse dahinter. Auch wenn ich es nie beweisen konnte, fand ich schließlich heraus, dass ich richtiggelegen hatte.

Ein paar der zu lösenden Fälle betrafen uns direkt. Wie zum Beispiel, als jemand *Abe + Shay = intime Verwandte* an meine Spindtür geschrieben hatte. Ich war zwar nie beliebt gewesen, aber auch kein Paria. Ich hielt das komfortable Mittelfeld, wo mir die meisten Klassenkameraden nicht dumm kamen, und so sollte es, wenn es nach mir ging, auch bleiben – weshalb ich, als der Spruch die Runde machte, dazu überging, Abe in der Schule zu meiden. Schon längst wegen seiner Haare, seiner Kleider und seiner übergeschnappten Mutter geschmäht, wurde er jetzt mehr denn je ausgegrenzt. Nachts lagen mir die Schuldgefühle für mein Benehmen wie ein Klumpen im Magen.

Das ging so über Wochen, bis ähnliche Graffiti an den Spinden anderer Kinder auftauchten. Das allgemeine Interesse fand andere Zielscheiben, und Abe und ich waren fein raus. Doch bei mir hinterließ das Ganze einen üblen Nachgeschmack. Abe hatte den Spruch, wie er erklärte, nicht ernst genommen. *Intime Verwandte.* Das bedeute doch nichts anderes, sagte er, als dass wir uns nahestanden, was schließlich stimme. Es dauerte viel zu lange, bis bei mir der Groschen fiel, dass abgesehen von meinen Eltern und meinem Bruder Abe der Einzige war, der Shay zu mir sagte.

Sämtliche Geschichten, die mir mein Entführer in dem Keller unter einem Mietshaus im East Village erzählt hatte, drehten sich um seine Kindheit. Und um mich. Ich brauchte keine alten Jahrbücher auszugraben, um zu wissen, wer er war. Ebenso wenig mein Gedächtnis zu durchforsten. Der Mann, der drei Frauen und einen jungen Polizisten ermordet und der mich in einem irischen Pub unter Drogen gesetzt hatte, war einer von uns. Wir stammten aus derselben Stadt, teilten Kindheitserlebnisse und sogar DNA. Bis ins Mark hätte ich mir gewünscht, es wäre nicht so, doch das änderte nichts an den Fakten, und Leugnen hatte noch niemanden weitergebracht. Er war das gestörte Kind in der Familie mütterlicherseits, der mit sechzehn von zu Hause weggelaufen war. Blake Bram war Abe, mein Spielkamerad aus Kindertagen.

Mein Cousin.

Mein Freund.

ZWÖLF

MEIN PLAN WAR EINFACH GEWESEN: Ich würde Flagge zeigen, es Bram leicht machen, mich zu finden, und dafür sorgen, dass er sich ganz auf mich konzentrierte. Zwar ging es mir gegen den Strich, sowohl wegen meiner Prinzipien als Ermittlerin als auch wegen meiner Ausbildung bei der Polizei, doch seit nunmehr über einem Jahr hielt ich seine Identität vor allen geheim. Ich tat es nicht für Abe. Ich war angewidert und bis ins Mark beschämt, andererseits wusste ich, dass sich meine Familie, wenn ich ihr eröffnete, was aus ihm geworden war, mit quälenden Fragen herumschlagen würde, auf die ich bislang selbst noch keine Antwort wusste. Und was Mac und Tim betraf, machte ich mir keine Illusionen, dass ich, je mehr sie über Bram wussten, im selben Maße bei meinen Ermittlungen die Kontrolle verlieren würde. Ich musste als Erste an ihn herankommen.

Damals im Keller hatte er mir gesagt, was ich zu tun hätte: *Du musst meinen Fall lösen, Shay. Warum ich das mit den Mädchen getan habe. Das ist die einzige Möglichkeit, mich künftig aufzuhalten.* Also beschloss ich, den Köder zu spielen. Wenn ich ihn mir an die Fersen heftete, so meine Hoffnung, würden andere Menschen verschont.

Doch jetzt war ein Junge verschwunden, was die Spielregeln grundlegend änderte.

Im Deckenlicht des Vernehmungszimmers hatte Tim ein aschfahles Gesicht. Seine Haut war vom eisigen Wind spröde, seine dichten Augenbrauen spannten sich schnurgerade über seinen geröteten Augen. Seit er im Revier zur Tür hereingekommen war, schnäuzte er sich unentwegt die Nase. Nachdem er sechs Stunden lang auf Heart Island Befragungen durchgeführt, die Suche geleitet und mit leeren Händen zurückgekommen war, sah Tim nicht nur müde, sondern krank aus.

»Bram«, sagte Tim. Als er den Namen aussprach, verzog er das Gesicht, als hätte er etwas Verdorbenes gegessen. »Du glaubst also, das hier hätte etwas mit Bram zu tun.«

Nach der Entdeckung des Anschlags hatte ich mir von Annette Winterhandschuhe geborgt, um etwaige Fingerabdrücke zu schützen. Jetzt steckte das Blatt in einem Asservatenbeutel und lag zwischen uns auf dem Tisch. »McIntyre hat dir gesagt, dass ich in Swanton war?«, fragte ich.

Tim nickte. Ich tippte durch den Beutel auf das Foto neben Treys.

»Wegen diesem Mann. Er heißt Brett Skilton, und seine sterblichen Überreste wurden dort gerade im Wald gefunden. Wie's aussieht, ist er schon seit etwa zwanzig Jahren tot. Es besteht kein Zweifel daran, dass es Mord war. Er war mein Onkel.«

»Mist. Tut mir leid.«

»Danke. Wir standen uns nicht nahe. Aber wie du weißt, stammt auch Bram aus Swanton.« Ich rang die Hände. »Er muss in den Nachrichten von seinem Tod erfahren haben. Er wusste, wie ich auf diesen Anschlag reagieren würde. Das ist seine Methode, meine Aufmerksamkeit zu erringen.«

Tim nickte. »Auf dem Blatt hier steht *vermisst.* Aber du sagst, dein Onkel ist tot?«

»Er ging von Swanton weg, als ich dreizehn war – das dachten wir zumindest alle. Soweit ich weiß, hatte in meiner Familie danach niemand mehr Kontakt zu ihm. Allem Anschein nach hat er es nie lebendig aus der Stadt geschafft.«

»Und du meinst, Bram hat das hier für dich dort angebracht?«

»Ja.«

»Aber woher wusste er, dass du in A-Bay bist?«

Ich schwieg und wartete darauf, dass Tim selbst zu der unweigerlichen Schlussfolgerung kam. Nach einer Minute verfinsterte sich sein Gesicht. »Es war dein Foto in der Zeitung, stimmt's?«, sagte er. »Mist. Na schön, sagen wir, er weiß, dass du hier lebst. Aber wie konnte er sicherstellen, dass du diesen Anschlag findest?«

Ich sah den Mann mit der Kappe jetzt deutlich vor mir, das heißt, seine Rückenansicht, und mir kam die Wut hoch. Er war da gewesen, so nah, und ich hatte nicht einmal ein Kribbeln gespürt. Ich war die Einzige, die Bram in einer Menschenmenge hätte erkennen können, und ich hatte versagt, als er zum Greifen nahe war. Da hatte ich unzählige Tage lang an Zapfsäulen über die Schulter gesehen und auf dem Parkplatz von Kinney Drugs angestrengt durch Windschutzscheiben vorbeifahrender Autos gespäht und mich im entscheidenden Moment von Sam ablenken lassen und ihn verpasst.

Ich erzählte Tim von dem Karatetraining und von meiner Unterhaltung mit Sam über den Kauf einer Geburtstagskarte. »Bram muss sofort zu Smuggler's Cargo gegangen sein. Wer sonst hätte diesen Anschlag aufhängen sollen? Wer sonst würde eine solche Spöttelei auf die Rückseite schreiben?« Tim schien immer noch nicht ganz überzeugt zu sein, doch er starrte auf das Blatt und sagte: »Jedenfalls ist das Trey. Ich zeig das seinen Eltern.«

»Was hast du heute auf der Insel rausbekommen?«, fragte ich.

Er stieß ein rasselndes Seufzen aus. »Ich hatte auf Überwachungsfilmmaterial gehofft. Bei einem solchen historischen Haus auf einer Insel, das mehrere Monate im Jahr dichtgemacht wird, sollte man annehmen, dass es da Überwachungskameras gibt. Die wenigen, die sie haben, sind auf die Anlegestelle und auf den Haupteingang gerichtet, wo wir auch Zeugen hatten. Was uns lediglich bestätigt, dass Trey nicht mit der Fähre zurückgekommen ist, mit der er hingefahren ist.«

»Weil er vorher entführt wurde. Überleg doch mal«, sagte ich. »Annette, die Ladenbesitzerin, ist sicher, dass der Mann, der den Anschlag angeheftet hat, eine Purple-Pirates-Kappe trug.«

»Die tragen hier in der Gegend jede Menge Leute.«

»Einschließlich unseres vermissten Jungen. Trey ist nicht in den Fluss gefallen, während seine Klassenkameraden und Lehrer Däumchen drehten. Jemand hat ihn entführt, Tim, jemand, der wusste, was er tut. Der das nicht zum ersten Mal macht.«

Tim lehnte sich zurück und rieb sich die entzündeten Augen. »Du solltest erfahren, dass die Sache möglicherweise auch eine innerfamiliäre Angelegenheit sein könnte. Wie sich rausstellt, wurde Trey adoptiert, und die Eltern glauben, die Sache könnte etwas mit seiner leiblichen Mutter zu tun haben. Sie lebt in Syracuse, aber offenbar hat sie die Familie letztes Frühjahr aufgespürt und bedrängt seitdem die Eltern, ihr Zeit mit Trey zu geben.«

Auf diese Version hoffte Tim vermutlich. Er wollte nicht glauben, dass unter seinen Freunden und Nachbarn jemand zu einem so verachtungswürdigen Verbrechen imstande war, und er würde seine Heimatstadt bis zum bitteren Ende verteidigen. Die biologische Mutter bot eine brauchbare Theorie. Andererseits dieser Anschlag, diese Kappe. »Ich glaube nicht, dass es das ist.«

»Bei weniger als einem Prozent vermisster Kinder handelt es sich um Entführungen außerhalb der Familie«, sagte Tim. »Und ich weise darauf hin, dass Blake Bram das letzte Mal dreihundertfünfzig Meilen von hier gesichtet wurde.«

Wir hatten bis jetzt erst einen Fall zusammen bearbeitet, dabei aber jeder auf unseren eigenen Methoden bestanden. Bei seiner Ermittlungsarbeit hatte sich Tim als gut organisiert und pragmatisch erwiesen, während ich den kreativen Part übernahm – den Blickwinkel wechselte, andere Möglichkeiten ins Auge fasste.

»Dann erklär mir dieses Blatt. Das seltsame Foto von Trey. Die Nachricht auf der Rückseite.«

Tim biss sich auf die Unterlippe. »Das ist seltsam, zugegeben.«

»Bram will, dass ich diesen Fall bearbeite«, sagte ich. »Für ihn ist das alles ein Spiel, und er will, dass ich mitspiele.«

Aus dem Nebenzimmer dröhnten zwei laute tiefe Stimmen herüber, und wir drehten die Köpfe in die Richtung. Durch das Fenster in der Tür konnte ich sehen, wie Sol und Bogle auf dem Whiteboard eine Timeline von Treys Verschwinden markierten und eine Liste möglicher Verdächtiger erstellten. Wobei Letztere leider dürftig ausfiel.

»Das hier ist nur so vollkommen anders«, wandte Tim ein. »Brams bisherige Verbrechen richten sich gegen Frauen.«

»Die Verbrechen, von denen wir wissen.«

»Zugegeben«, sagte er, »aber wieso ein Kind entführen? Und wieso das hier hinterlassen?« Er griff erneut zu dem Blatt und drehte es zu der rückseitigen Nachricht herum. »›Sollen wir was spielen?‹ Das kann alles Mögliche bedeuten. Das könnte jeder geschrieben haben. Wenn ich mich darauf einlasse und wir damit völlig danebenliegen, haben wir am Ende wertvolle Zeit vergeudet. Wie kannst du dir sicher sein, dass er unser Mann ist?«

Tim war frustriert, und er hatte jedes Recht dazu. Er war im Fall Trey der leitende Ermittler, und da kam ich daher und bat ihn, aufs Geratewohl einer wilden Vermutung zu folgen. Ich hatte ihm nicht genügend Informationen gegeben, um eine Theorie zu unterfüttern, die jedem Detective, der die Bezeichnung wert war, unausgegoren erscheinen musste. Doch wenn ich ihm diese Botschaft so erklären würde, wie ich sie verstand, müsste ich mit weit mehr herausrücken, und ich war nicht willens, die Tür zu jenem Teil meines Lebens aufzustoßen.

»Weil«, fing ich verzweifelt an. *Weil es nun mal so zwischen uns läuft, schon immer gelaufen ist. Trey Hayes ist nichts weiter als einer der rätselhaften Fälle, die Bram ausheckt.* »Er versucht, mich aus der Reserve zu locken. Du weißt, was in New York passiert ist. Er war nicht bereit, mich laufen zu lassen.« Ich fuhr mir mit den Händen durchs Haar und fuhr fort: »Ich weiß zwar nicht, was er letzten Endes beabsichtigt, aber mit dieser Sache will er mich überhaupt wieder in sein Spiel zurückholen. Diese Botschaft ist eine Einladung. Der Eröffnungszug. Er hat Trey entführt, und ich glaube, ich soll jetzt rausbekommen, wieso.«

Noch ein Seufzen. »Nehmen wir mal an, du hättest recht. Wie soll's dann weitergehen?«

»Ich weiß inzwischen einiges über Bram, über die Swanton-Verbindung hinaus. All diese Geschichten, die er mir erzählt hat, während er mich gefangen hielt. Da könnte irgendwo ein Hinweis sein.«

Tim ließ sich mit seiner Antwort Zeit. Nach einer Weile richtete er sich kerzengerade auf und griff nach seinem iPhone. »Sieh dir das an«, sagte er einfach und schob mir das Handy hin. In mir kroch eine böse Ahnung hoch. Er hatte das aktuellste Schulfoto von Trey geöffnet, doch darauf war das Lächeln des Jungen echt. »Ich war den ganzen Tag dort draußen. Ich habe mit Mac, Sol und Bogle und den Schlossangestellten überall gesucht. Wir haben mit Treys Eltern, Großeltern, Onkel und Tanten, seinen besten Schulfreunden und seinem schlimmsten Feind gesprochen, einem Fiesling, etwa so groß wie Trey, der ihm das Leben schwer macht. Keiner weiß etwas.« Nachdem er die grausame Realität der Situation ausgesprochen hatte, warf Tim den Kopf zurück und schloss die Augen. »Trey ist jetzt schon seit fast acht Stunden verschwunden. Heute Nacht kriegen wir ungefähr vier Grad minus.« Als er sich wieder aufrichtete, schüttelte er nur müde den Kopf. »Sag mir einfach nur, was wir deiner Meinung nach tun sollten.«

Das gehörte für mich zu den erstaunlichsten Qualitäten an Tim, einem Mann, den ich erst seit wenigen Monaten kannte. Trotz meiner Geheimniskrämerei, trotz des Schutzwalls, den ich zwischen uns aufgerichtet hatte, war er stets bereit, mich vorbehaltlos anzuhören. Schon bei früheren Gelegenheiten hatte mich diese Haltung bei ihm überrascht. Jetzt war ich mehr als verblüfft.

Ich hatte mir meine Antwort auf dem ganzen Weg vom Souvenirladen hierher sorgfältig zurechtgelegt und bei meinem Plan ein gutes Gefühl. »Keller«, sagte ich. »Durchsucht noch mal den in Boldt Castle und auch die in der Stadt – Mietshäuser, Geschäftshäuser, so was in der Art. In New York hat er seine Opfer in einem Keller versteckt. Möglicherweise ist das seine Komfortzone.«

Tim nickte und machte sich eine Notiz.

»Und wen können wir in der Zwischenzeit für ein Phantombild zum Smuggler's Cargo schicken?«

»In Albany haben wir eine Zeichnerin. Arbeitet zwar nur Teilzeit, aber meistens kann sie uns dazwischenschieben, und sie arbeitet auch über Skype und mit Bildgebungs-Software, um die Sache zu beschleunigen. Ich sorge dafür, dass sie sich per Video-Chat mit der Ladenbesitzerin in Verbindung setzt.«

»Perfekt.«

»Was noch?«, fragte er.

Mein Blick wanderte zu seinem Notizbuch. »Ich könnte mir ansehen, was du bis jetzt hast, und schauen, ob mir irgendein Licht aufgeht.«

Tim brachte ein verhaltenes Lächeln zustande. »Bedien dich.«

Ich griff nach dem Notizbuch in Tims Hand. Er ließ es nicht los. »Ich hätte mich nicht über die Fälle beklagen sollen, die wir bis jetzt reinbekommen haben«, sagte er, und ich erinnerte mich an den Arbeitsbericht, den er mir bei Nelly's gegeben hatte, an die Witze, die wir beide über Miss Betty und ihr gestohlenes

Motorboot gerissen hatten. »Dieser kleine Junge ist immer noch da draußen. Verängstigt. Wenn nicht schlimmer.«

»Ja, stimmt«, sagte ich und sah ihm eindringlich in die Augen. »Also los, finden wir ihn.«

DREIZEHN

TIM VERLIESS DEN RAUM, um seine Kontaktperson anzurufen, während ich in seinen Notizen blätterte und das Gefühl genoss, endlich wieder in Aktion zu treten. Es war aufregend, beflügelnd, Informationen in Händen zu halten, die uns möglicherweise dabei halfen, ein Leben zu retten. Wenn wir diesen Fall lösten, stünde zwar nicht mein Name auf dem Bericht, aber das machte mir nichts aus. Und was meinen Vorgesetzten in Oneida betraf: Was er nicht weiß, macht ihn nicht heiß.

Auch wenn heutzutage die überwältigende Mehrzahl der Daten digital ist, teilen Tim und ich die Liebe zum Papier. Ich hatte bis jetzt noch nie Einblick in sein Notizbuch bekommen, und so kam ich mir zuerst wie ein Eindringling vor, als ich sein Verständnis der bisherigen Faktenlage überflog, von verbalen und nonverbalen Reaktionen bis hin zu assoziativen Überlegungen, die er in seiner ordentlichen Handschrift festgehalten hatte. Meine ersten Hemmungen waren schnell verflogen. Für solche Empfindsamkeiten war keine Zeit.

So verging eine halbe Stunde, bis Tim mit zwei Flaschen Wasser und der Meldung wieder hereinkam, die Phantombildzeichnerin habe versprochen, die Ladenbesitzerin schnellstmöglich anzurufen. »Irgendwas gefunden?«, fragte er hoffnungsvoll und deutete mit dem Kopf auf das Buch. Ich hatte mir inzwischen selbst einige Notizen gemacht, zumeist allerdings Fragen oder Bemerkungen zu den klaffenden Lücken in unserem Fall. Ich schüttelte den Kopf.

»Die Eltern drängen auf eine Pressekonferenz«, sagte Tim. »Sie wollen sich an die Öffentlichkeit um Hilfe wenden. Mir wäre es lieber, vorher eine breit angelegte Suche zu organisieren, auch ein paar Taucher ins Wasser zu schicken, aber in einer Stunde ist es stockdunkel, und ich schätze mal, eine Pressekonferenz kann nicht schaden. Ich denke, gleich morgen früh.«

Ich sah auf die Uhr und fasste es kaum, dass es schon fast halb acht war. *Eine Pressekonferenz*. Ich stellte mir vor, wie Mr. und Mrs. Hayes mit hängenden Schultern vor den Kameras saßen und um die sichere Rückkehr ihres Sohnes flehten, und spürte, wie Tim ähnliche Bilder durch den Kopf gingen. Wir tauschten einen vielsagenden Blick. Straftäter können der Versuchung nicht widerstehen, die Ermittlungen zu ihren Verbrechen genauestens im Auge zu behalten. Ich stelle mir das so vor, wie ein Gespräch zwischen Lehrer und Eltern zu belauschen, nachdem man mit Absicht gegen die Schulvorschriften verstoßen hat: eine Vorschau auf das, was auf einen zukommt.

Ich hämmerte mir mit einem Stift gegen die Zähne. »Eine Pressekonferenz könnte uns dabei helfen, ihn aufzuscheuchen, und ich kann bei der Observierung helfen.«

»Solltest du mit der Entführung recht haben, dann ja, allerdings«, sagte Tim. »Klingt ja alles ganz schön und gut. Aber falls es sich bei dem Kerl, den wir aufscheuchen wollen, tatsächlich um denselben Mann handelt, der dich acht Tage lang in einem dreckigen Keller gefangen gehalten hat, in dem er vorher drei andere Frauen ermordet hatte, dann darfst du nicht dabei sein, Shane.«

Seitdem waren Wochen vergangen, doch ich erinnerte mich noch lebhaft an Tims wütende Reaktion, als ich ihm eröffnete, was Bram mir angetan hatte. Daran und an seinen Appell, die

Sache nicht weiter zu verfolgen. »Ich muss dabei sein«, sagte ich. »Sollte er es sein, dann ist niemand besser in der Lage als ich, ihn sicher zu identifizieren.«

»Und was, wenn er sich an dich anschleicht? Was, wenn er versucht …«

»Wird er nicht. Jedenfalls nicht in der Öffentlichkeit. Du kennst ihn nicht, Tim.«

»Aber du schon? Du warst eine Woche lang mit ihm zusammen, ein paar Stunden pro Tag, und du hast von ihm nur gehört, was er dich wissen lassen wollte. Schon möglich, dass es reicht, einen Eindruck von seiner Persönlichkeit zu bekommen, aber du bist keine Kriminalpsychologin. Du wurdest unter Drogen gesetzt, traumatisiert und standst wahrscheinlich unter Schock. Da warst du ja wohl kaum in der Lage, von ihm ein psychologisches Profil zu erstellen. Das würde auch niemand von dir erwarten.« Tim atmete durch die Zähne ein. »Du glaubst, du hättest irgendeine besondere Beziehung zu ihm, aber da kommt dir der ganze Mist über Stockholm-Syndrom in die Quere, den dir Carson eingeredet hat. Ich weiß, dass du dir die Schuld dafür gibst, ihn nicht dingfest gemacht zu haben, als du die Chance dazu hattest, aber ich sag dir was: Du hattest recht. Was für kranke Pläne er da unten mit dir auch hatte, sie wurden vereitelt. Das heißt, er könnte versuchen, sein Vorhaben zu Ende zu bringen. Da können wir es nicht brauchen, dich unnötig zu exponieren, dich irgendwo in die Menge zu schleusen, wo dieser Irre zum Zuge kommt und uns unbemerkt entwischen kann. Wir haben schon mit *einer* vermissten Person alle Hände voll zu tun.«

Ich konnte Tim seine Sicht der Dinge nicht verübeln. Er konnte nicht wissen, dass Brams Botschaft auf dem Foto eine jahrzehntelange Geschichte hatte. »Was hältst du von einem Kompromiss?«, fragte ich. »Ihr haltet die Pressekonferenz heute Abend ab.«

»Heute Abend? Du bist verrückt. Und was soll daran ein Kompromiss sein?«

»Hör mir zu. Das kommt der Berichterstattung zugute und bringt Treys Foto schneller in den Nachbarstädten in Umlauf, und wir kriegen entsprechend mehr sachdienliche Hinweise rein. Es wird unserem Mann klarmachen, wie ernsthaft wir daran arbeiten, Trey wiederzubekommen. Und es wird dunkel sein. Stockdunkel, wie du richtig sagtest. Ich kann mich also unsichtbar machen.«

Aber deine Narbe. Ich wusste, dass Tim der Gedanke durch den Kopf ging, und ich wollte nicht, dass er ihn laut aussprach. »Ich kann mein Gesicht verdecken«, kam ich ihm zuvor. »Es ist kalt draußen; alle sind warm eingepackt. Er wird nicht einmal wissen, dass ich da bin, während ich die Menge die ganze Zeit im Auge behalte.«

Bei einem Fall, der bereits ins Stocken geraten war, meine Hilfe akzeptieren oder mich nach Hause schicken und riskieren, unsere Zielperson zu verlieren, falls ich mit meinem Verdacht gegen Bram richtiglag? Aus meiner Sicht war es eine leichte Entscheidung. Tim musste wissen, dass ich mich sowieso nicht abwimmeln lassen würde, und tatsächlich dauerte es nicht lange, bis er die Schultern sacken ließ und sich fügte. »Dann also bis neun, hier am Revier«, sagte er.

Während ich ein abgepacktes Sandwich vom Price Chopper ein Stück die Straße rauf verschlang, eine weitere Flasche Wasser austrank und kurz bei Mac vorbeifuhr, um mir wetterfeste Klamotten zu holen, brachte es Tim fertig, ein Medienereignis mit allem, was dazugehört, aus dem Boden zu stampfen. Als ich zum Revier zurückkam, waren auf dem Parkplatz schon eine ganze Menge Zuschauer zusammengeströmt und starrten erwartungsvoll auf ein aus Sperrholz zusammengeschustertes Podium sowie ein Plakat mit einem vergrößerten Ausdruck von Treys letztem Schulfoto und der Nummer zu unserem Hinweistelefon. Es war längst Nacht geworden über A-Bay, doch die Ausrüstung der Kamerateams schnitt eine helle Schneise in die tintenschwarze Dunkelheit. Das Podium und Treys Foto erstrahlten wie ein Leuchtturm auf einer Meeresklippe. Ich konnte nur inständig hoffen, dass die Vorstellung ihren Zweck erfüllte und den Jungen nach Hause brachte.

Der erste Mensch, dem ich über den Weg lief, war Don Bogle, der mir, während er auf die Schnelle eine Zigarette rauchte, erzählte, er werde das Ereignis filmen und auf Twitter streamen. Mit seiner stattlichen Größe von zwei Metern hätte er über die Köpfe der Zivilisten das Podium gut im Blick. Als ich ihm für die Idee ein Kompliment machte, räumte er ein, sie sei auf Tims Mist gewachsen. Ich war beeindruckt.

In McIntyres alter Skijacke und Kosakenmütze und mit einem Flanellschal ums Gesicht gewickelt, mischte ich mich unter die ähnlich gekleideten Leute, die gekommen waren, um sich das Spektakel nicht entgehen zu lassen. So wie Unfälle auf dem Highway weckten solche Begebenheiten jede Menge Neugier. Ich wollte glauben, dass diese unbeteiligten Menschen das Mitgefühl mit der Familie hertrieb, und konnte nur vermuten, dass ebenso viele einfach nur erschienen waren, um ihr Inneres darauf abzuklopfen, ob sich da noch etwas Menschlichkeit regte.

Ich hatte noch nicht lange gewartet, als Tim zusammen mit Richard und Virginia Hayes aus dem Revier trat. Sie nahmen hinter dem Podium Platz, wo sie zum einen von Jeremy Solomon, dessen graues Haar im Wind flatterte und im Scheinwerferlicht glitzerte, zum anderen von Mac flankiert wurden, die mit ihrer Präsenz die geballte Unterstützung der Polizeikräfte demonstrierte. Mit einem ernsten Nicken in ihre Richtung trat Tim ans Mikro.

Eigentlich hätte ich jetzt dort oben stehen müssen. Dies fiel eigentlich in meine Zuständigkeit. Doch in dieser Nacht war mein Platz in der Menge. Zwischen meiner Mütze und dem Schal atmete ich die eisige Luft ein und ließ den Blick langsam durch die Menschenmenge schweifen.

»Guten Abend«, sagte Tim ins Mikrofon. »Ich bin BCI-Ermittler Tim Wellington bei der New York State Police hier in Alexandria Bay. Mit der Hilfe der Ermittler Solomon und Bogle sowie der Unterstützung von Sheriff McIntyre vom Jefferson County und unseren Partnern bei der örtlichen Polizei leite ich die Ermittlungen zum Verschwinden des neunjährigen, hier ansässigen Trey Hayes.«

Mein Blick wanderte zu Treys Eltern. Normalerweise war dies der Moment, der Angehörige aus ihrer Betäubung riss und ihnen die Realität ihres Albtraums zu Bewusstsein brachte. Richard und Virginia Hayes saßen zwar reglos, doch gefasst da und starrten mit leerem Blick in die Fernsehkameras. Tims Ausdruck war nicht viel anders. Er machte sich gut. Bis ich in A-Bay aufgetaucht war, hatte man in dem kleinen Ort von Mord und Entführungen praktisch noch nie gehört, und wenn es nach Tim ging, hätte es auch so bleiben dürfen. Ich wusste, wie tief ihn das Schicksal dieses Jungen berührte, der aus seiner Familie gerissen worden war und jetzt irgendwo da draußen in der Kälte festgehalten wurde.

Mir ging es nicht anders. Wenn ich mit meiner Annahme richtiglag, dass Bram dahintersteckte, traf mich an dem, was geschehen war, eine persönliche Mitschuld. Meine Geschichte mit meinem Cousin war kompliziert, aber welche Rolle ich bei seinem Verschwinden aus Swanton gespielt und was es mit ihm gemacht hatte, seine Familie und mich zu verlieren, die Frage konnte ich nicht beiseiteschieben.

»Dies ist eine laufende Ermittlung«, fuhr Tim fort. »Zur Stunde sind bei uns bereits Hunderte Hinweise eingegangen, und wir ermuntern jeden von Ihnen, der glaubt, irgendetwas über Treys Verschwinden oder gegenwärtigen Aufenthaltsort zu wissen, uns anzurufen. Jedes noch so unscheinbare Detail könnte uns weiterhelfen. Wir bitten auch alle um einen Anruf, die heute Morgen zwischen neun und zwölf Uhr an der Anlegestelle gewesen sind. Wenn Sie glauben, Trey gesehen zu haben« – Tim zeigte auf das Plakat –, »dessen Foto auch auf dem Twitter-Account der New York State Police sowie auf Facebook hochgeladen wurde, bitten wir Sie dringend, sich unverzüglich mit uns in Verbindung zu setzen.«

Nach einer kurzen Pause räusperte sich Tim. »Ich möchte der Gemeinde bei dieser Gelegenheit für ihre bisherige Unterstützung danken. Wir tun alles in unserer Macht Stehende, um sicherzustellen, dass Trey so bald wie möglich mit seiner Familie wiedervereint wird, und wir wissen die Hilfe und Unterstützung von Einzelpersonen wie auch Firmen hier in der Stadt und der Umgebung bei unseren Ermittlungen sehr zu schätzen. Jetzt möchte ich das Mikrofon an Richard und Virginia Hayes, Treys Eltern, zu einer kurzen Erklärung weiterreichen.«

Ist der Beginn einer Pressekonferenz der Augenblick, in dem die Realität einer kriminalistischen Ermittlung die Angehörigen des Opfers mit aller Härte trifft, so geschieht dasselbe bei der Gemeinde, wenn die Eltern eine Erklärung abgeben. Als Tim das Mikro mit Treys Mom und Dad tauschte, ging leises Gemurmel durch die Menge. Links von mir sah ich, wie Bogle sein iPhone gut zwei Meter vierzig hoch in die Luft hielt. Mir ging die Gedächtnisstütze durch den Kopf, die ich mir bei unserer Begegnung ausgedacht hatte, um meine beiden Ermittler auseinanderzuhalten: *Struwwelsolomon und Big Bogle.* Als er meinen Blick spürte, quittierte er ihn mit einem ausdruckslosen Lächeln. Ich schob mir Macs Schal über die Nase.

Meine Augen schossen von einem männlichen Zuschauer zum

anderen. Zu alt, zu jung, zu klein, zu groß. Als Richard Hayes das Wort ergriff und Tims dringende Bitte wiederholte, jede sachdienliche Information mit der Polizei zu teilen, merkte ich, wie Tim mich ins Visier nahm. Unauffällig. Für jeden Unbeteiligten musste es so aussehen, als starrte er zum frostigen Horizont. Doch unter seinen schweren Augenbrauen suchte er meine Umgebung ab, um sicherzugehen, dass mir niemand zu nahe kam. Erst als ich merkte, wie er meinen Posten überwachte, lief mir ein kalter Schauer den Rücken herunter.

Wenn die Sache hier nun wirklich ein Fehler war?

Als ich so zwischen den besorgten Bürgern von A-Bay stand und mir die flehentliche Bitte einer Mutter anhörte, ihr Sohn möge wohlbehalten zurückkehren, erinnerte ich mich plötzlich daran, dass man bei Brams Spielen leicht den Kürzeren zog. Schon an der Grundschule hatte er es immer so gedeichselt, dass er mich in dem Moment aus der Bahn warf, wenn ich glaubte, den Durchblick zu haben. Wie zum Beispiel bei dem Geld, das meiner Lehrerin gestohlen worden war. Der Fall hatte mir wochenlang keine Ruhe gelassen, bis er hinter einem neuen Skandal verblasste. Mrs. Dooleys Original von unserem bevorstehenden Mathetest inklusive Lösungen wurde aus dem Kopierer geklaut. Kurz nachdem sich dies auf dem Schulplatz herumsprach, hörte ich zufällig eine Bemerkung meiner Lehrerin gegenüber dem Direktor über das seltsame zeitliche Zusammenspiel. Der Diebstahl ihres Geldes hatte nur als Ablenkungsmanöver gedient. In Wirklichkeit war es von Anfang an um den Test gegangen.

So wie Tim jetzt zu blinzeln begann, hegte ich den Verdacht, dass ihm in Bezug auf die Idee, die Pressekonferenz im Dunkeln abzuhalten, inzwischen Zweifel kamen. Auf dem Podium verlor Virginia Hayes jetzt die Fassung. Als sie Treys Lieblingsstofftier hochhielt und ihrem Sohn versprach, dass er bald wieder zu Hause sei, liefen ihr die Tränen über die Wangen. Ich merkte, wie ich die rot gefrorenen Hände zu Fäusten ballte. *Wie konnte er es wagen!* Die Entführung dieser Frauen war wahrlich schlimm genug, aber das hier? Das hier war der Gipfel an Zynismus und einfach nur erbärmlich.

Denk nach, Shay. Wo könnte er sein? Wie könnte es weitergehen? Sollte das Ganze hier tatsächlich auf mich abzielen, würde mich Bram eher nicht benachteiligen. Das Spiel machte ihm keinen Spaß, wenn nicht beide Spieler auf Augenhöhe kämpften. Ich musste daran denken, wie damals in der fünften Klasse die anderen Lehrer Mrs. Dooley bei der Suche nach ihrem Geld geholfen hatten und der Direktor eine Ansprache über Unehrlichkeit hielt, während sich ein Stockwerk tiefer ein verschlagener Junge mit ungewaschenem Haar unbemerkt in den Kopierraum schlich. Und bei mir fiel der Groschen. Während sich die Bürger von A-Bay in der Kälte versammelten, um für den kleinen Trey Hayes zu beten, hielt niemand nach Bram Ausschau.

Die Erkenntnis traf mich mit der Wucht eines vom Sturm herunterkrachenden Astes. *Er ist nicht hier, und er kommt auch nicht.* Egal, wo er Trey bis zu diesem Moment versteckt gehalten hatte, nutzte er die Gelegenheit für seinen nächsten Zug.

»Danke, Richard und Virginia, für das, was Sie mit uns geteilt haben.« Tim war für seine abschließenden Worte wieder ans Podium getreten. Die Verbrennung an meiner Hand war noch zu empfindlich, um Handschuhe zu tragen, und so tastete ich mit steif gefrorenen Fingern nach meinem Handy und ging auf Google Maps. Sekunden später hatte ich eine Karte von A-Bay vor mir.

Wenn Bram einen Ort suchte, an dem er ein Kind verstecken konnte, würde er sich zuallererst darum kümmern. Als Nächstes würde er nach einem Ort suchen, der mir etwas sagte.

Heart Island lag mitten im St. Lawrence River. Auf der einen Seite befand sich A-Bay, auf der anderen, im Norden, schlossen sich Wellesley Island und der Thousand Islands Country Club an. Auf dem Festland machten der Keewaydin State Park, das Otter Creek Preserve und das Wildtierschutzgebiet den größten Teil der beweideten Fläche aus. *Die Katze im Wald.* Die Kindheitserinnerung rieselte mir kalt durchs Bewusstsein. Zwar hatten wir bis jetzt keinerlei Hinweis darauf bekommen, dass sich auch Trey im Wald befinden könnte, doch in jedem Fall war ein solches Gelände für Verbrecher attraktiv. Die Abgeschiedenheit und das dichte Laub erleichterten es, seine Opfer zu verstecken. Brett war der hinlängliche Beweis. Außerdem hatte der Wald in unserer Kindheit und Jugend eine große Rolle gespielt. Ich konnte mir also gut vorstellen, dass Bram dies in seinen Spielplan einbezog.

Ich kam erst auf den zweiten Blick darauf, doch als ich sie sah, sprang sie mir förmlich in die Augen. Es gab eine Straße, die sich bis nach Alexandria Bay schlängelte, und da, wo sie sich mit dem Cranberry Creek kreuzte, zeigte eine grüne Stelle Wald an. Auf der Karte hatte sie die Form eines Vogels mit geöffnetem Schnabel. Ein wie ein Schwan geformter Wald. Die Stelle lag nur sechs Minuten vom Stadtzentrum entfernt und gerade mal zehn Minuten von den umliegenden Anlegestellen und Steinstränden den Fluss entlang. Die Straße hieß Swan Hollow.

»Nicht aufgetaucht?«

Als ich hochsah, stand Tim vor mir; sein Schal flatterte im Wind.

»Nein«, sagte ich. »Aber ich glaube, ich hab da etwas.« Ich zeigte ihm die Karte.

»Swan Hollow. Swanton.« Er sah es sich an. Außerhalb der von der Presse aufgestellten Scheinwerfer rings ums Podium waren seine Pupillen so dunkel wie das Gefieder einer Krähe. »Ziemlich weit hergeholt.«

»Hast du eine bessere Idee?«

Tim schwieg einen Moment, bevor er sagte: »Die biologische

Mutter in Syracuse können wir offenbar auch ausschließen. Sol hat herumtelefoniert, sie hat für den Tatzeitpunkt ein Alibi. Sie arbeitet in einem Nagelstudio, und Angestellte wie Kundschaft bestätigen, dass sie dort war.«

Die Tatsache, dass Tim bei dem Fall auch noch andere Ansätze verfolgte, gab mir einen Stich, aber hatte ich ihm denn eine Wahl gelassen? Solange ich ihm meine Geschichte mit Bram vorenthielt, war für ihn mein Verdacht nicht zwingend. »Ich glaube, wir müssen eine Suche organisieren«, sagte ich.

»Wie, jetzt?« Er blickte zum bewölkten Himmel, an dem kein Mond zu sehen war. »Eine nächtliche Suche bei Minustemperaturen würde schon sehr danach aussehen, als suchten wir nach einer Leiche.«

Obwohl ich bei der Bemerkung innerlich zusammenzuckte, sagte ich nur: »Wir suchen nach einer Hütte, einem Ort, an dem Bram Trey versteckt haben könnte. Falls er den Jungen entführt hat, als Köder, um an mich ranzukommen, braucht Bram ihn lebendig.« *Aber die jungen Frauen.* Ich versuchte, die Stimme in meinem Kopf, die seit Monaten ihre Namen wie ein Mantra wiederholte, zum Schweigen zu bringen. *Becca. Lanie. Jess.* Die hatte Bram offenbar nicht lebendig gebraucht. Ich konnte nur hoffen, dass es diesmal anders war.

Kriminalistische Ermittlungsarbeit vollzieht sich in kleinen Schritten, wie bei einem Kind, das bei den ersten Schritten einen Fuß vor den anderen setzt, hinfällt, aufsteht und es wieder versucht. Ob nun wegen Swan Hollow oder meiner Erfahrung aus der fünften Klasse oder einer instinktiven Einsicht in die verqueren Gedankengänge meines Cousins, hatte ich das Gefühl, auf der richtigen Fährte zu sein.

Vorerst blieb uns gar nichts anderes übrig, als solchen unsicheren Spuren nachzugehen.

VIERZEHN

SPÄT IN DER NACHT von Montag auf Dienstag machten sich Ermittler vom Suchtrupp *D* sowie eine Handvoll anderer Polizisten mit ein paar Dutzend freiwilligen Helfern auf und schwärmten ins Cranberry-Creek-Wildschutzgebiet am Rande von A-Bay aus. Die Strahlen ihrer Taschenlampen schweiften kreuz und quer über das Gelände, während von allen Seiten Treys Name durch den Wald schallte. Mit seiner Mischung aus Feuchtgebiet und Sumpf, aus Ahornbäumen, Birken und Buchen, kerzengerade wie Flaggenmasten, hatte die Gegend eine solche Ähnlichkeit mit dem Schutzgebiet von Swanton, dass ich immer wieder vergaß, wo ich war. Ich fühlte mich desorientiert, so wie man sich fühlt, wenn man in einer anderen Zeitzone aufwacht und am Geruch in der Luft oder an der Farbe des Himmels erkennt, dass etwas nicht stimmt.

Als ich klein war, hatte es auch in meiner Stadt einmal eine solche Suche gegeben. Damals war Crissy verschwunden. Der Suchtrupp fand sie schließlich, bewusstlos und verletzt. Dort draußen im Wald war ihr etwas zugestoßen, auch wenn sie nie darüber gesprochen hatte, was.

Komm schon, Trey, dachte ich. *Bitte sei hier irgendwo.*

Der Boden gab unter dem Gewicht meiner Stiefel nicht nach, die frische Laubschicht war hauchdünn, und die Gebirgsbäche waren halb zugefroren. Falls Trey hier irgendwo steckte, würden wir ihn auf Anhieb sehen. Wir durchkämmten das Unterholz rings um die Waldwege auf der Suche nach einem Unterstand oder nach Farbe oder irgendeinem anderen Lebenszeichen. Dabei blieb der Suchtrupp die meiste Zeit zusammen – Tim an einem Ende der Reihe und ich am anderen –, doch nach anderthalb Stunden drosselte er sein Tempo, machte kehrt und lief neben mir weiter. Unauffällig scherten wir aus der Gruppe aus, bis wir außer Hörweite reden konnten.

Die Blätter auf dem Boden raschelten und gerieten in Bewegung. Der Wind wurde stärker, und die Kälte tat mir an den Zähnen weh. Tim hustete in seinen Ärmel und wischte sich die Nase am Handschuh ab. »Wie lange sollen wir weitermachen?«, fragte er.

»Will sagen: *Wann meldet sich dein sechster Sinn?*«

»Solange du der Meinung bist, wir sollten dranbleiben, bin ich dabei.«

»Selbst wenn nichts darauf hindeutet, dass Trey hier in diesem Wald gewesen ist oder sich noch irgendwo hier befindet?«

»Selbst dann.«

Während ich seinen Vertrauensbeweis zu schätzen wusste, wünschte ich mir irgendwo im Hinterkopf, dass er jeden Zug von mir hinterfragte. Wenn ich nun ganz und gar danebenlag und wir Zeit vergeudeten, die wir nicht hatten?

Ich wollte mich auf meine Intuition, auf mein Bauchgefühl verlassen. Ich konnte mich an vieles aus der Zeit mit Abe erinnern, aber genauso viel schien mir durch die Finger zu gleiten, wenn ich versuchte, es aus den Tiefen meines Unterbewusstseins hervorzuholen. In letzter Zeit beschlich mich oft das Gefühl, als irrte ich wie ein Geist durch das Brachland meiner Erinnerungen. Wenn ich an meine Kindheit in Swanton dachte, stieß ich dabei oftmals nur auf Hintergrundrauschen. Es war, als hätte jemand ein Kabel durchtrennt, das Bild wurde verwackelt, und ich sah nur noch das Flackern atmosphärischer Störungen. Die einzige Erklärung, die ich dafür fand, war der Verdacht, dass Bram meine Erinnerungen irgendwie generalüberholt hatte. Seine Geschichten waren auch meine Geschichten, doch wenn ich meine Vergangenheit wieder hervorholte und nacherzählte, kamen mir Zweifel daran, was ich wirklich wusste. Ich konnte mir nicht mehr sicher sein, ob es überhaupt noch meine eigenen Erinnerungen waren.

»Wenn ich das alles nur erklären könnte«, sagte ich zu Tim.

»Ich vertraue dir«, antwortete er. Dann: »Diese Botschaft auf der Rückseite des Anschlags. Klingt nach einer persönlichen Nachricht an dich. Bist du schon irgendwie damit weitergekommen, wer Bram ist?«

Scheiße. »Ich glaube, wir sind zusammen zur Schule gegangen«, sagte ich ruhig. »Ist schließlich keine große Stadt.«

Im schwachen Mondlicht, das sich zwischen den Wolken zeigte, sah ich, wie Tim nickte. »Meinst du, ihr wart Freunde?«

Verflucht noch mal, Shay. Schon bei früherer Gelegenheit war es mir schlecht bekommen, Tim etwas vorzuenthalten. Die Reue, die ich empfand – wegen Abe, wegen der Menschen, die Bram ermordet hatte, und wegen des Geheimnisses, das ich gegenüber dem Mann bewahrte, der mein Partner war –, fraß an meinen Eingeweiden wie eine ätzende Säure.

Wir müssen einander vertrauen, Shane. Das hatte Tim auf Tern Island zu mir gesagt. Als ich ihm das erste Mal Bram verschwieg, hatte es daran gelegen, dass ich vor ihm keine Schwäche zeigen wollte. Inzwischen kannte er mich und schätzte meine Fähigkeiten trotz der Fehler, die mir unterlaufen waren. Ich konnte es ihm also sagen. Ich konnte ihm hier und jetzt eröffnen, dass Bram Abe war, und zusehen, wie Tim und Mac jedes Fitzelchen an Informationen, das sie aus mir herausbekommen konnten, an die NYPD und die Neurokriminologen weitergaben, die sich auf die

Anatomie der Gewalt spezialisierten. Aber diese Informationen waren nicht nur mit meinem Leben verwoben, sondern auch mit dem meiner Familie, und welchen Schaden würde ich damit anrichten? War Blake Brams Identität erst einmal aufgedeckt, wüsste bald das ganze Land, in welcher Verbindung sie zu ihm stand. Sie alle, meine Eltern, Felicia, Crissy und Doug würden bis in alle Ewigkeit mit Brams sadistischen Verbrechen in Verbindung gebracht.

Vielleicht wünschte sich Bram ja genau das. Vielleicht war das hier ein Test. Ich war Kriminalistin; Bram wusste, wie sehr ich mich für unsere Beziehung schämte. Ich hatte Angst davor, was meine Ehrlichkeit heraufbeschwören könnte. Andererseits konnte es nur von Vorteil sein, die Hilfe meiner Kollegen anzunehmen, und war ich nicht, wenn wir Trey lebendig finden wollten, auf jede tatkräftige Unterstützung angewiesen?

Ja, Tim, dachte ich. Wir standen uns als Kinder so nahe, wie es nur geht. Ich wusste, dass Abe Skilton Power Rangers liebte und später Grunge-Rock und dass er lieber Dreck als Mayonnaise gegessen hätte. Ich habe ihn getröstet, wenn er mich fragte, wieso seine Familie nicht ein bisschen mehr wie meine sein konnte, habe ihm Mut gemacht, als er beschloss, seine Eltern zu überreden, sich zu versöhnen. Wir sind zusammen den weiten Weg zu der Fabrik gegangen, in der Brett arbeitete, um Abes Dad zu überreden, wieder heimzukommen. Im Guten wie im Schlechten haben wir alles miteinander geteilt.

Denk nicht zu lange nach, sagte ich mir. *Tu, was sich richtig anfühlt.*

»Tim …«

»Tut mir leid.« Er schüttelte den Kopf. »Du liebe Güte, das hätte ich nicht sagen sollen. Natürlich wart ihr keine Freunde. Der Bursche ist ein Monster und ist es wahrscheinlich schon immer gewesen.«

Tim blieb plötzlich stehen und starrte, ohne sich zu rühren, geradeaus. Während ich stolpernd anhielt und das tote Laub unter meinen Schritten nicht mehr knisterte, hörte auch ich die Stimmen. Sie kamen von einer Stelle ungefähr hundert Meter voraus. Die Leute riefen einander etwas zu. Es klang aufgeregt. Tim und ich tauschten einen Blick und rannten los.

Nicht weit von uns endete der Wald abrupt an einer kleinen Lichtung. Ein Informationsschild wie die, an denen wir schon auf anderen Waldwegen vorbeigekommen waren, stand inmitten eines Maschendrahtzauns mit niedrigen Pfosten. »Was ist das hier für ein Platz?«, fragte ich und reckte den Hals, um über die Köpfe des Suchtrupps hinweg etwas zu sehen.

»Es ist ein Denkmal für Soldaten, die im Krieg von 1812 gefallen sind. Die Schlacht von Cranberry Creek«, sagte Tim. »Es ist eine Grabstätte.«

Bogle, dem seine Körpergröße einmal wieder zum Vorteil gereichte, hatte sich bis zu dem Schild durchgekämpft und mahnte jetzt die freiwilligen Helfer zurückzutreten. Tim und ich bahnten uns einen Weg zu ihm und nahmen Mac mit. Ich hatte schon die üblichen Anweisungen auf der Zunge – *Aus dem Weg, weiträumig sichern* –, doch Tim war der Boss, und so überließ ich das Reden ihm und hielt mich zurück. Als er nach vorne stürmte, rauschte mir das Blut in den Ohren.

»Don«, sagte Tim, als er zu unserem Team stieß, »was haben wir?«

Bogles Gesicht war kreidebleich. Mit seinem breiten Rücken blockierte er das Schild, und sosehr ich mich bemühte, sah auch ich nicht an ihm vorbei. Ich leuchtete mit meiner Taschenlampe die Szene aus. In den gelben Lichtstrahl nahmen die Gesichter eine unwirkliche Farbe an. Die Helfer drängten jetzt voran, um über unsere Köpfe hinweg etwas zu erkennen, und wir spürten eine fieberhafte Energie in unserem Rücken. McIntyre löste sich aus unserer Runde und half dabei, die Zivilisten in Schach zu halten; als sie mein Gesicht erkannte, winkte sie mich nach vorne.

»Du meine Güte«, sagte Sol in dem Moment, als ich das Knäuel der Kollegen erreichte. Seine tiefliegenden Augen, die ich gar nicht anders als mit dunklen Ringen kannte, schienen noch tiefer in seinen Schädel gesunken zu sein. Endlich war Bogle zur Seite getreten und hatte die Sicht auf das Schild freigegeben. Hinter ihm waren Eltern, Großeltern, Lehrer und Freunde plötzlich stumm.

Der Anblick von Blut hätte mir eigentlich nichts ausmachen sollen. Wir sind ihm so häufig ausgesetzt, dass wir dagegen immun sein müssten. Wir können uns auch nicht erlauben, uns von der anstehenden Aufgabe ablenken zu lassen, und so ignorieren wir die instinktive Reaktion, bei der uns die Galle hochkommt, und blenden den Gestank und den widerlichen Schimmer von Blut aus. Ich sollte also darüberstehen.

Aber als ich endlich freie Sicht hatte, musste ich mir den Mund zuhalten, um mich nicht ins Gras zu übergeben.

»Einen Beweisbeutel«, sagte Tim in eisigem Ton, während er nach der blutverschmierten Purple-Pirates-Baseballkappe griff.

Ich brachte es nicht über mich, mit ihnen ins Revier zurückzukehren. Obwohl ich wollte, und wie! In den nächsten Stunden würde jemand diese blutige Kappe zu unserem Gerichtsmediziner bringen, um die Bestätigung für das zu bekommen, was wir alle befürchteten: Es war das Blut von unserem vermissten Jungen und nicht zu knapp. Tim würde noch heute Nacht eine Nachbesprechung anberaumen, meine Kollegen würden sich um einen Tisch mit Kaffeebechern und zerknüllten Chipstüten aus dem Automaten versammeln, ihr Wissen zusammentragen und einen Plan ausarbeiten. Mit meiner Anwesenheit bei der Pressekonferenz und draußen im Wald hatte ich mein Glück schon genügend strapaziert. Wenn mein Vorgesetzter davon Wind bekam, dass ich bei dem Fall Trey mitgemischt hatte, konnte ich vergessen, von ihm für meine Wiederaufnahme in den Dienst grünes Licht zu bekommen. Mir blieb also nichts weiter übrig, als allein zu Macs Haus in Watertown zurückzufahren, während Tim, Mac, Sol und Bogle sich zum Revier begaben.

Als wir wenige Minuten zuvor den Suchtrupp aufgelöst hatten und die guten Helfer von A-Bay stumm und betroffen wieder zu ihren Fahrzeugen strebten, hatte ich ein paar Gesprächsfetzen zwischen ihnen belauscht. Sie alle glaubten, die Sache liege klar auf der Hand. Die Kappe, sagten sie, sei ein gutes Zeichen, viel besser, als wenn sie eine Leiche gefunden hätten. Trotz des Bluts könne man hoffen, dass Trey immer noch eine Chance hatte. Und auch Sol und Bogle waren schon bald davon überzeugt, dass mit einer Lösegeldforderung zu rechnen sei. Ich war mir da nicht so sicher. Auf dem Weg zurück zu der Landstraße, an der wir parkten, versprach mir Tim, mich jederzeit auf dem Laufenden zu halten, doch während ich ihren Autos hinterhersah, kam ich gegen das bange Gefühl nicht an.

Als ich meinen SUV entriegelte und auf der Fahrerseite einstieg, wich dieses Gefühl dem blanken Schrecken. Durch die Windschutzscheibe starrte mir in der Dunkelheit das blasse Gesicht eines Mannes entgegen. Mit Herzklopfen stieg ich aus und griff nach dem Blatt, das unter meinem Scheibenwischer klemmte. Es war der Artikel über Brett, dieselbe Titelgeschichte aus dem *St. Albans Messenger,* die ich in der Küche meiner Eltern gesehen hatte, mit Bretts lächelndem Konterfei in der Mitte der Seite. Und jetzt klemmte ebendieser Artikel hier in Alexandria Bay an meinem Wagen.

Ich hielt ihn wie eine Dynamitstange, als ich wieder in den SUV kroch und mit dem spitzen Finger auf den Verriegelungsknopf einstieß. Mit zitternden Händen wendete ich die Seite mit dem Artikel zu der Nachricht, die ich dort erwartete. Sie befand sich genau auf der Rückseite von Bretts Gesicht, in derselben schwarzen Tinte wie bei dem Aushang in diesem Laden. Diesmal gab er mir noch eine zweite Zeile zum Grübeln auf.

Sollen wir was spielen?
Fahr nach Hause.

In der Kälte der stockdunklen Novembernacht versuchte ich, die Botschaft im Kontext zweier Fälle zu entschlüsseln. Einem in Swanton, einem in A-Bay, und mit einem Mal begriff ich, welches Spiel Bram spielte und wo ich in sein Schema passte. Das hier war ein Tauschgeschäft. Zeig du mir deins, und ich zeig dir meins. Ein Geheimnis im Tausch gegen ein anderes.

Niemand würde diesen vermissten Jungen finden.

Jedenfalls so lange nicht, bis ich das Rätsel eines ermordeten Mannes gelöst hatte.

FÜNFZEHN

DIE LANDSCHAFT WAR ein diffuses Einerlei in Schwarz-Weiß. Durch das Fenster, das ich einen Spalt geöffnet hatte, um mich wach zu halten, drang würziger Holzrauch herein und der saubere Ozonduft, der Schneefall ankündigte. Auf der ganzen Fahrt nach Vermont dachte ich pausenlos an Bram – natürlich fuhr ich nach Swanton zurück, was denn sonst. Es waren noch wenige Tage bis zu meiner Evaluation, die über meine Zukunft bei der New York State Police entscheiden würde, möglicherweise dem wichtigsten Termin meines Lebens. Doch ebenso wie die Kappe war der Zettel an meiner Windschutzscheibe eine Warnung, die ich nicht ignorieren durfte.

Die Nachricht war eindeutig. *Fahr nach Hause, sonst ist Trey der nächste Name auf der Liste von Brams Opfern.* Von dieser Warnung wie vom Schlag gerührt, hatte ich den Zeitungsausschnitt weggesteckt, meine Angst heruntergeschluckt und Tim sowie Mac eine Nachricht geschickt, um sie wissen zu lassen, dass ich zu meinen Eltern zurückfahren und mich bei ihnen melden würde. Selbstverständlich würde mein plötzlicher Abgang Tim einigermaßen ratlos machen, aber für Erklärungen blieb mir keine Zeit. Streng genommen verstieß ich gegen meine Suspendierungsauflage, wenn ich jetzt auch noch in zwei statt einem Fall Ermittlungen anstellte.

Unterwegs ging ich alles haarklein durch, was ich bis dato über Bretts Tod wusste. Nachdem er zwei Jahrzehnte lang in seinem Versteck gelegen hatte, war seine Leiche aus einem einzigen Grund jetzt aufgetaucht: Die Polizei in Swanton hatte einen anonymen Hinweis bekommen. Je mehr ich darüber nachgrübelte, desto plausibler erschien es mir, dass kein anderer als Bram die Kollegen über den Verbleib der sterblichen Überreste seines Vaters informiert hatte. Wenn das stimmte, wusste Bram also, dass sein Dad tot war, doch etwas in mir sträubte sich gegen diese Vorstellung. Vor zwanzig Jahren hatten mein Cousin und ich uns so nahegestanden, wie es Kinder nur können. Warum hätte er es mir also nicht sagen sollen, wenn er davon wusste?

Die einzige Antwort, die mir darauf einfiel, war so unaussprechlich, dass ich, als ich schließlich um zwei Uhr morgens in die Straße zu meinem Elternhaus einbog, am liebsten vorbeigefahren wäre und diese Verirrung in meinem früheren Leben hinter mir gelassen hätte.

In der Einfahrt stand ein Wagen, der vorher noch nicht da gewesen war, und durch das Wohnzimmerfenster sah ich, dass irgendwo weiter hinten im Haus Licht brannte. Ich hatte vorher angerufen, um ihnen Bescheid zu geben, dass ich wiederkomme, und sie hatten einen Schlüssel für mich versteckt. Auf diese Weise konnte ich mich lautlos ins Haus schleichen. Ich war noch nicht in die Diele getreten, als mir klar war, was mich erwartete. Wetten, dass Doug mit eingezogenen Schultern am Küchentisch saß, eine hellgrüne Flasche von Dads schottischem Whiskey neben sich.

Als er das Knarren der Dielen unter meinen Schritten hörte, drehte sich mein Bruder um und verzog den Mund zu einem Grinsen. Die Schwerkraft hatte mit den Jahren sein Gewicht in der Taille konzentriert, und sein blondes Haar ergraute an den Schläfen, doch mir sprangen aus Dougs Gesicht lebenslange

Erinnerungen an gemeinsame Weihnachtsfeste und Familienreisen entgegen. Als er sich erhob, fiel ich ihm in die Arme.

»Ganz schön spät«, flüsterte er mir ins Haar.

»Tut mir leid, dass ich mich nicht an den Zapfenstreich gehalten habe, soll nicht wieder vorkommen, Ehrenwort.« Dougs Hemd hatte diesen frischen Waschmittelduft an sich, der mir schmerzlich ins Bewusstsein rief, welche Gerüche ich wahrscheinlich verströmte – eine Mischung aus Schweiß, sumpfiger Fäulnis und Bogles Zigaretten.

»So leicht kommst du mir nicht davon«, sagte er streng und spielte mein Spielchen mit. »Du kriegst Hausarrest – und diese Pyjamaparty bei Suze kannst du auch vergessen.«

Kichernd lösten wir uns aus der Umarmung. »Die hab ich übrigens getroffen. Suze ist jetzt stolze Besitzerin eines Tanzstudios in der Merchant Row, sie ist verheiratet, und das zweite Kind ist unterwegs.«

»Klingt, als hätte sie die Kurve gekriegt.«

»Ja, das hat sie wohl«, bekräftigte ich gerührt. Ich rieb mir die Augen und merkte, wie mich die geballte Müdigkeit überkam. Dieser Tag war ein ernsthafter Anwärter darauf, der längste in meinem Leben zu sein. Ich hatte Crissy und Suze und Sam und Tim gesehen, die Suche nach einem vermissten Jungen durchgeführt und war vier Stunden von Swanton nach A-Bay und wieder zurück gefahren. Dabei hatten sich unversehens meine Vergangenheit und Gegenwart überlappt, und nach alledem konnte ich mich kaum noch auf den Beinen halten. Liebend gern wäre ich dem Lockruf meines weichen, warmen Betts die Treppe hinauf gefolgt, doch ich erteilte ihm eine Abfuhr und sank auf einen Küchenstuhl. »Josie schläft wohl schon?«

»Sie ist bei Hen zu Hause geblieben.« Doug setzte sich neben mich. »Morgen wartet die Arbeit und die Schule.«

»Aha.« Ich hatte Henrietta eine Ewigkeit nicht mehr gesehen

und fürchtete, dass meine Nichte mit dreizehn kurz davor war, Auntie Shana abzuschreiben. »Und dich ruft nicht die Pflicht?«

»Hab mir ein paar Tage freigenommen.« Er warf den Kopf zurück. »Tu nicht so, als wüsstest du nicht, weshalb ich hier bin.«

Mein Bruder und ich haben uns nicht immer nahegestanden. Als wir kleiner waren, hatten sich die dreieinhalb Jahre, die wir auseinander sind, wie zehn angefühlt; mein großer Bruder hatte nicht die geringste Lust verspürt, ein quengeliges Kind zwischen neun und zwölf mit sich herumzuschleppen. Das änderte sich, als wir älter wurden. Als Doug ans College ging und ich mich durch das letzte Jahr an der Highschool quälte, hatten wir eine völlig neue Beziehung kultiviert. Sie beruhte weniger auf gemeinsamen Interessen oder auch nur geschwisterlichem Zusammenhalt, sondern vielmehr auf der gemeinsamen Erkenntnis, dass unsere Familie ziemlich verkorkst war, und dem sicheren Instinkt, dass es in unserem Leben vielleicht nie jemanden geben würde, der das so gut verstand wie er und ich.

Doug ging zum Küchenschrank, um ein Glas herauszuholen, und goss mir zwei Fingerbreit Scotch ein. »River Street, hä?«, sagte er tief in Gedanken. Ich wusste, dass ihm dasselbe durch den Kopf ging wie mir: Brett war all die Jahre lang direkt vor unserer Nase verrottet. Sein Ausdruck verdüsterte sich. »Also, Schwesterherz, was meinst du? Plaudern wir ein bisschen über den guten alten Uncle Brett?«

»Wieso nicht«, sagte ich und stieß mit ihm auf einen Toten an.

Niemand, den ich kenne, hat ein so gutes Gedächtnis wie mein Bruder. Bis heute, Mitte dreißig, kann er auf Anhieb sagen, welche Farbe das Tischtuch zu seiner sechsten Geburtstagsfeier hatte, oder auch die Namen seiner sämtlichen Lehrer, Trainer und Babysitter aufzählen. Wenn ich meinen Erinnerungen aus der fernen Vergangenheit nicht traue, was mir in letzter Zeit häufig passiert, habe ich mich immer auf Doug verlassen, der die winzigsten Kleinigkeiten bis ins letzte Detail zuverlässig abgespeichert hatte.

Wie schon bei Suze wurde mir auch jetzt wieder bewusst, dass ich Probleme damit hatte, mir frühere Ereignisse ins Gedächtnis zu rufen. Einige der Geschichten, die mir Doug über Brett erzählte, waren mir vertraut. Der Mann konnte einen köstlichen Zwiebel-Dip zaubern und sah immer darüber hinweg, wenn wir die Hälfte davon schon verschlungen hatten, bevor die Erwachsenen ihren ersten geriffelten Chip darin eintunken konnten. Uncle Brett hatte uns *Akte X – Die unheimlichen Fälle des FBI* nahegebracht. Ungelöste Fälle, bei denen übernatürliche Kräfte im Spiel waren, auf so etwas fuhr ich ab, und damals ging ich drei Halloweens hintereinander als FBI-Agentin Dana Scully. Doch jedes Mal, wenn Bram, Klarname Abe, in der Erzählung auftauchte, gingen meine Chancen, irgendwelche Einzelheiten behalten zu haben, steil nach unten. Dennoch hatte es eine kathartische, ja tröstliche Wirkung, mit Doug über unseren Onkel zu reden – bis er mit der Frage herausrückte, wieso ich zwischen meiner neuen und meiner alten Heimat hin und her pendelte. »Jetzt sag bloß nicht, du spielst mit dem Gedanken, dich da reinziehen zu lassen«, sagte er.

»Ich stecke da schon mittendrin. Wie wir alle. Als Bretts Familie.«

»Er gehörte zur Familie, bis er Felicia und Crissy verließ. Bis er abgehauen ist und, wie wir jetzt wissen, ermordet wurde.«

Einmal Familie, immer Familie. Das war das Motto von Mom. Ich sagte nur: »Jemand hat ihn ermordet, allerdings. Das heißt nicht, er war selber schuld.«

»Sieh mal, Brett war ein netter Typ, aber deswegen noch lange kein Engel. Du warst vielleicht noch zu jung, um es zu merken, aber ich habe ihn realistischer eingeschätzt. Zum einen war da seine Spielsucht. Als damals in den frühen Neunzigern dieses Casino in Montreal eröffnete, fuhr er jede Woche, die Gott werden ließ, eine Stunde hin und eine Stunde zurück, um da seinen Lohnscheck zu verprassen. Dad hatte damals diesen Spruch, das einzige Französisch, das Brett verstünde, wäre: *Encore une carte.*«

Ich wusste nicht, ob ich darüber lachen oder weinen sollte.

»Hast du gewusst«, fuhr Doug fort, »dass er mal eben so aufhörte, die Hypothek zu bedienen? Stattdessen hat er jeden Cent Lohn für Gin und Pokerchips rausgeschmissen, während seine Familie von billigen Hotdogs lebte. Ein paarmal musste sich Felicia bei Mom und Dad Geld borgen, das sie natürlich nie zurückgezahlt hat. Wie denn auch, wenn er ihr nichts übrig ließ?«

»Du brauchst mich nicht erst davon zu überzeugen, dass er zu Lebzeiten ein Mistkerl war, aber deshalb hat ihm schließlich nicht die Bank einen Killer auf den Hals gejagt.«

»Ich wollte damit nur sagen, er wurde ermordet – und zwar hier in der Stadt –, und du solltest dich besser da raushalten. Und überhaupt, es gibt doch bestimmt irgendwelche Vorschriften, dass man nicht gegen eigene Angehörige ermitteln darf? Mit anderen Worten: Lass die Finger davon.«

Doug leerte seinen Drink und drehte das Glas in der sommersprossigen Hand; ich fragte mich, ob es sein erstes oder viertes war. Er blinzelte langsamer, und der Alkohol würde sich bald auf seine Konzentration auswirken. Ich redete schnell und konnte nur hoffen, dass er es mir gleichtat.

»Was ist mit Abe?«

»Was soll mit ihm sein?«

»Du sagst, Brett hat Felicia und Crissy verlassen. Aber nicht nur sie, sondern auch Abe.«

»Klar doch«, sagte Doug in verächtlichem Ton, »und sieh nur, was dabei rausgekommen ist.«

Das war das Letzte, worüber ich mit meinem Bruder sprechen wollte, doch auf der Fahrt hierher hatte sich in meinem Kopf ein Gedanke eingenistet, über jene unaussprechliche Vorstellung, die mich fast dazu gebracht hätte, die Flucht zu ergreifen. So schrecklich sie war, musste ich die Theorie auf Eis legen, und ich hoffte, die Erinnerungen meines Bruders kämen mir dabei zu Hilfe.

»Doug«, sagte ich – mit Rücksicht auf Mom und Dad oben im Bett im Flüsterton. »Glaubst du, er könnte etwas damit zu tun haben?«

Doug starrte auf das leere Glas in seiner Hand. »Du meinst, ob ich glaube, dass unser Cousin seinen Vater ermordet hat?«

Mich erfasste eine Woge der Übelkeit. In diesem Fall wäre Abe schon damals ein Mörder gewesen. Und meine Kinderfreundschaft wäre reine Illusion gewesen.

Ich weiß nicht mehr, wann genau meine Mutter uns eröffnete, dass Felicia an einer Angststörung litt. Ob sie nun meinen Bruder und mich dadurch beschützen oder nach und nach für die Unzulänglichkeiten unserer Familie wappnen wollte, jedenfalls brachte sie uns die dunklen Wahrheiten über Crissys und Abes Leben scheibchenweise bei. Jedes Fitzelchen an neuen Informationen fügte sich in das psychologische Muster ein, das Doug und ich benötigen würden, um uns durch die tückischen Gewässer unserer Familiengeschichte zu navigieren.

Als meine Cousine und mein Cousin noch klein waren, wusch Tante Fee ihre Kleider erst, wenn sie vor eingetrockneten Essensresten und Schweiß stanken. Die Haare schnitt sie ihnen zu Hause mit einer stumpfen Schere und schimpfte sie aus, wenn sie versuchten, den Schaden hinterher zu korrigieren. Mehr als einmal hatte ich mit eigenen Augen gesehen, wie sie Abes Spielzeug zerbrach, um ihn an ihre verzerrte Weltsicht zu gewöhnen, wonach man wegen seiner Fehler ausgegrenzt wurde, gerade dies einen jedoch vor Schlimmerem bewahrte.

Ihre Lebensphilosophie war mehr als fehlerbehaftet. Als Abe um die zehn Jahre alt war, hatte er einen schrecklichen Überbiss, und trotz seiner flehentlichen Bitten weigerte sich Felicia, mit ihm zum Kieferorthopäden zu gehen. Sein Schönheitsfehler bewahrte ihn damals keineswegs vor Schlimmerem, sondern setzte ihn nur dem gnadenlosen Gespött der anderen Kinder aus.

Jedem außer ihr selbst erschienen Felicias Maximen unlogisch und grausam. Crissy wehrte sich gegen die Forderungen ihrer Mutter wie ein tollwütiges Opossum. Abe hingegen tat, was man ihm sagte, und trug für seinen Gehorsam den Schaden davon. Wäre ich nicht gewesen, hätte er wohl keinen einzigen Freund gehabt.

»Abe hatte eine echt versaute Kindheit, keine Frage.« Doug schwieg eine Weile, bevor er sagte: »Falls Brett tatsächlich 1998 ermordet wurde, wäre Abe gerade mal zwölf gewesen. Fast genauso alt wie jetzt Hen.« Er schüttelte kummervoll den Kopf, doch in dem warmen, walnussfarbenen Licht der Lampe, die über dem Küchentisch hing, konnte ich auch einen Anflug von Wut in seinem Gesicht erkennen.

»Ein paar Kinder in Hens Schule sind schrecklich«, erzählte mir Doug. »Dieses eine Mädchen. Die Lügen kommen ihr selbst gegenüber Erwachsenen so leicht über die Lippen, dass wir ihr wahrhaftig abgenommen haben, sie hätte ein Schwesterchen bekommen; hat uns sogar ein Geburtsdatum und einen Namen genannt. Erstunken und erlogen, jedes Wort. Du kannst dir vorstellen, was los war, als Josie der Mutter gratuliert hat.«

Ich starrte ihn ungläubig an. Doug war noch nicht fertig.

»So krank, wie dieses Mädchen auch ist, Abe war schlimmer. Mit dem stimmte etwas nicht. Da fehlte was. Unschuld vielleicht? Keine Ahnung. Aber nachdem Brett abgehauen ist – oder auch tot war –, wurde es nur noch schlimmer.«

Nach meinem Geschmack hatte er für den Abend genug Alkohol intus. Doch als Dougs Blick auf meiner Narbe landete, griff er erneut nach der Flasche.

Es passierte drüben bei Abe, in dem kleinen Schuppen am hinteren Ende des Gartens. Der Schuppen hätte richtig schön sein können, um dort Saatgut zu ziehen und Pflanzen zu beschneiden, doch stattdessen türmten sich darin Farbdosen und verrostete Gartenmöbel und stapelweise wurmbefallenes Holz. Abe hatte mich hinübergebeten. Er wollte mit mir reden. Wir hatten uns schon lange nicht mehr getroffen, und ich wusste, dass er es mir übel nahm. Selbst Mom fiel die Veränderung auf, und sie machte mir Vorhaltungen deswegen. Ich tat die Sache ab und hoffte, auch sie würde sich nichts weiter dabei denken. Zur Antwort versicherte sie mir, eine so starke, enge Freundschaft wie die unsere würde alles überdauern. Als ich an jenem Tag auf Abe zuging, kam mir für einen Moment der Gedanke, Mom hätte vielleicht recht. Überraschenderweise schien der Geist der alten Beziehung zwischen uns wieder aufzuleben. Vielleicht bestand ja doch die Möglichkeit, den Bruch zu kitten. Wenn irgendjemand Abraham Skilton ändern konnte, dachte ich, dann ich.

Nein, Shay. Das hier kannst du nicht ändern.

Für unsere kleine Zusammenkunft hatte er zwei alte Gartenstühle aus Aluminium aufgestellt, mit schwarzen Schimmelflecken auf dem grün-weißen Streifenmuster der Sitze. Abe saß in einem davon und hatte die Arme über der Brust verschränkt. Ich ließ mich auf dem anderen nieder, um zu hören, was er zu sagen hatte.

Die Fragen kamen wie aus der Pistole geschossen. *Wieso willst du nichts mehr mit mir zu tun haben? Was habe ich dir getan? Früher warst du doch immer dabei. Wieso auf einmal nicht mehr?* Ich versuchte, ihm zu erklären, er hätte den Bogen überspannt. Ich wollte ihm begreiflich machen, dass ich kein naives Kind mehr sei, sondern wisse, was es mit der Katze damals auf sich hatte und mit dem abgefackelten Baumhaus und dem gestohlenen Geld. Ich war inzwischen siebzehn und fasste eine Laufbahn im Polizeidienst ins Auge. In der Schule hatte ich einen Psychologiekurs belegt und beschäftigte mich mit kriminellem Verhalten. Mit dem geschärften Blick der zeitlichen Distanz sah ich unsere Kindheit mit anderen Augen und mit jeder Menge Warnsignalen. Abe hatte mich getäuscht. Er hatte schrecklich brutale Dinge getan. Fazit? Ich traute ihm nicht. Und ich hatte Angst.

Meinerseits war dieses Treffen im Schuppen eine Gefälligkeit. Ich war auf dem Sprung ans College und wollte, trotz allem, dass wir im Frieden auseinandergingen. Abe sah nicht ein, wieso wir uns überhaupt trennen sollten. Er wollte mich beschwatzen, in Swanton zu bleiben. *Wir können uns als Bürokräfte beim hiesigen Revier bewerben,* schlug er vor. *Du musst nicht hier weg.* Aber ich musste weg, denn wenn ich ihn mir jetzt so ansah, hatte ich einen jugendlichen Straftäter vor mir und eine böse Vorahnung, die mir bis ins Mark ging. Wie Doug richtig sagte, war seine Kindheit verpfuscht gewesen, und nachdem Brett nicht mehr da war und Crissy sich nur selten zu Hause blicken ließ, musste sich Abe ganz allein mit Aunt Fee herumschlagen. Das war nicht in Ordnung, ebenso wenig wie dieser stechende Blick in seinen Augen. Ich hielt ihn nicht länger aus. Ich musste raus.

Es war niemand in der Nähe, der hätte sehen können, wie ich aufsprang und mein Fuß im Aluminiumrahmen dieses Stuhls hängen blieb, und niemand, der hätte bezeugen können, wie ich stürzte. Und auch niemand außer mir sah den langen rostigen Nagel, den mein Cousin die ganze Zeit in der Hand versteckt gehalten hatte. Das war das letzte Mal, dass ich mit Abe gesprochen hatte. In dem Moment warf ich all das spätabendliche Gekicher und vertrauliche Geflüster und die tröstlichen Worte auf einen Scheiterhaufen, zündete das Streichholz an und beobachtete, wie all das in Flammen aufging.

Mein Bruder leerte seinen restlichen warmen Scotch in einem einzigen Schluck. Schließlich stellte er sein Glas ab und schob es weg. »Abe war zwölf«, sagte er. »Verfluchte zwölf Jahre alt. Aber er war schon damals ein Psychopath. Also sag du mir, ob du glaubst, unser Cousin könnte auf seinen Vater losgegangen sein und ihn tot liegen gelassen haben.«

SECHZEHN

DAS GESPRÄCH MIT DOUG ging mir noch nach, als wir längst unsere Gläser in den Geschirrspüler gestellt und uns oben im Flur Gute Nacht gesagt hatten. Draußen tauchte der Mond die Straße in Silber, und im Haus war nichts mehr zu hören als das metallische Klirren der Heizung und das Säuseln des Windes an meinem Fenster. Zu meinen aufgewühlten Gedanken kamen noch Kopfschmerzen hinzu und eine leichte Benommenheit vom Scotch, was mich jedoch nicht daran hinderte, zum Handy zu greifen und das Internet nach Meldungen zu Trey Hayes zu durchforsten.

Mit der Ladenbesitzerin als Zeugin und Treys Kappe als Indizienbeweis hatte mein Revier eine Meldung über ein vermisstes Kind an die Medien herausgegeben. Dazu gehörte auch ein Foto von Trey, während noch kein Bild von Bram zur Verfügung stand, bis Tims Phantomzeichnerin mit ihrer Skizze fertig war. Die meisten Fernsehnachrichten und Zeitungen hatten die Meldung gebracht, einschließlich der Telefonnummern der gemeinnützigen Verbrechensbekämpfer und der New York State Police. Das alles reichte nicht. Es war kaum anzunehmen, dass Bram mit dem Jungen durch die Stadt stolzieren würde, und außer der Ladenbesitzerin, Sam und mir wusste niemand, wie Treys Entführer aussah. Wenn wir einen von beiden zu finden hofften, dann entweder durch einen bisher noch nicht hinzugezogenen Zeugen oder dank unermüdlicher Lauferei.

Immer wieder sah ich im Geist Treys Gesicht neben Abes, so wie Abe mit zwölf Jahren ausgesehen hatte. War es denkbar, dass zu Brams Vorgeschichte Vatermord gehörte? Natürlich wäre es nicht der erste Fall eines Kindes, das ein abscheuliches Verbrechen begeht. In Großbritannien hatte eine Vierzehnjährige mit der Hilfe einer gleichaltrigen Komplizin ihre Mutter und ihre Schwester umgebracht. Erst in jüngerer Zeit hatten zwei Dreizehnjährige in Dublin eine Schülerin ermordet. Bei der Vorstellung, mich in die psychologischen Abgründe solcher Verbrechen hineinzuwühlen, vergrub ich mich nur noch tiefer in meinen Decken.

Die Steppdecke bis unters Kinn gezogen, schrieb ich Tim eine Nachricht. Ich bat ihn, in und um A-Bay nach Gartenschuppen zu suchen, einem weiteren bedeutungsträchtigen Ort aus unserer gemeinsamen Vergangenheit, den Bram vielleicht replizieren würde. Sah ich vielleicht Verbindungen, die es nicht gab? Durchaus möglich. Aber es wäre unverzeihlich gewesen, nicht alles zu versuchen.

Über Nacht gab es einen Temperatursturz, und als ich am nächsten Morgen zu meinem SUV lief, knirschten meine Schritte über reifbedecktes Gras. Die Straßen waren dafür schwarz und staubtrocken, sodass mich die Fahrt in die Innenstadt nur fünf Minuten kostete.

Auf meinem früheren Posten beim NYPD hatte ich einige Detectives erlebt, die sich ungelöste Fälle vornahmen. Sie wühlten sich durch Stapel von Papieren und brüteten über uralten Daten, in der Hoffnung, mit einem unvoreingenommenen Blick und frischem Schwung sowie neuen forensischen Untersuchungsmethoden etwas zu entdecken, was früheren Kollegen entgangen war. Es war ein Kraftakt. Sie arbeiteten nicht nur mit Indizien, die bis dahin niemand entschlüsselt hatte, sondern auch mit Zeugen, die ihre Aussagen längst mit ins Grab genommen hatten.

Mir waren meine Fälle dagegen bis jetzt immer zugewiesen worden. Ich war typischerweise diejenige, die Zeugenaussagen sammelte. Daher war ich mir nicht sicher, wo ich im Fall Brett anfangen sollte. Es gab keine früheren gerichtlichen Untersuchungen zu seinem Tod, folglich keine entsprechenden Akten oder Zeugen. Ebenso wenig eine Vermisstenanzeige oder eine Zeitachse, die sich rekonstruieren ließ. So viele Jahre nach dem Geschehen wäre es äußerst schwierig, an Alibis zu kommen, geschweige denn, sie zu überprüfen oder irgendetwas anderes Belastbares auszugraben. Ich stand am Abgrund eines Verbrechens, so meisterhaft ausgeführt, dass über Jahrzehnte niemand auch nur gemerkt hatte, dass es stattgefunden hatte.

Wie stellte ich die Sache nur an? *Mit dem Vorwissen, das niemand außer dir hat.* Immerhin war ich hier in Swanton und hatte unmittelbaren Zugang zu Bretts Angehörigen und Freunden. Meine Mutter hatte die Neuigkeit von seiner Ermordung nicht allzu sehr überrascht. Das heißt, möglicherweise gab es etwas in der Vergangenheit des Mannes, das mich zu seinem Mörder führen konnte. Auch wenn ich nicht mit den Ermittlungen zu Bretts Ermordung beauftragt oder im Bundesstaat Vermont überhaupt zu Ermittlungen autorisiert war, begriff ich andererseits meines Wissens als Einzige, dass es zwischen Bretts Tod und dem aktuellen Vermisstenfall in A-Bay eine Verbindung gab. Ich war es meinem Onkel schuldig, jeder denkbaren Spur nachzugehen.

Andererseits wären die hiesigen Kollegen wohl wenig begeistert von der Idee, dass eine Außenseiterin sie nach Informationen ausquetscht, und so hatte ich den Duft nach Toast und Spiegeleiern, der aus der Küche meiner Eltern kam, ebenso ignoriert wie meine Sehnsucht, mich zu meiner Familie zu gesellen. Es lag Arbeit an.

Die Polizei von Swanton teilte sich ein städtisches Gebäude mit zahlreichen anderen Behörden, doch der Mann, nach dem ich suchte, war schnell gefunden. Das gehört zu den Vorzügen eines Kaffs wie diesem: Die gebieterische Dame mit der Hakennase in der Kfz-Behörde verwies mich an den Feuerwehr- und Rettungsdienst, wo ich von einem drahtigen Mann mit Ohrringen und rotem Ziegenbart den benötigten Namen erfuhr. Police Chief Fraser Harmison hatte ein Kinngrübchen und einen buschigen weißen Schnauzbart und das schüttere Haar straff aus dem Gesicht gestriegelt. Während ich mich ihm vorstellte und ihm erklärte, das Opfer sei mein Onkel, fing er an, nach links und rechts zu spähen.

»Ich komme nicht in dienstlicher Funktion«, beteuerte ich, »oder um mich etwa einzumischen. Allerdings hätte ich ein paar Fragen, und Sie sollten wissen, wer ich bin.«

»Damit nicht die Fremde, die in unserem Mordfall herumschnüffelt, unsere nächste Tatverdächtige wird?« Als Harmison in Lachen ausbrach, wackelten seine Hängebäckchen. »Vernünftige Vorsichtsmaßnahme.«

»*Nächste Verdächtige?* Haben Sie denn schon jemanden im Auge?«

»Wir sehen uns gerade einige Leute an, mit denen Skilton damals Umgang hatte. Alte Freunde und so. Die Jungs in St. Albans gehen uns dabei zur Hand, aber ich will ehrlich mit Ihnen sein, dieser Fall ist eiskalt.«

»Ich nehme an, Felicia und Crissy Skilton haben Ihnen schon berichtet, wann und wie sie Brett das letzte Mal gesehen haben?«

»Ich habe beide gestern Morgen befragt. Wir wissen, dass er plante, im Juni '98 nach Philadelphia zu ziehen. Wir rekonstruieren gerade den zeitlichen Ablauf seiner letzten Tage hier in der Stadt.«

»Also, was auch immer ich herausfinde, ich werde es Sie wissen lassen.«

»Das wäre nett.« Er zögerte einen Moment. »Ich vermute mal, Sie erhoffen sich dasselbe umgekehrt von mir.«

Ich schenkte ihm ein Lächeln. »Wenn es Ihnen nichts ausmacht. Zum Beispiel die Todesursache?«

Harmison reagierte mit einem anerkennenden Nicken. »Wieso nicht? Steht ja sowieso bald in der Zeitung. Die Knochen sind stark verwittert, aber wir haben eine sternförmige Fraktur am Hinterhauptbein gefunden, die auf Gewalteinwirkung mit einem stumpfen Gegenstand schließen lässt.«

Hinterhauptbein. Brett wurde demnach von hinten angegriffen. »Schon irgendeine Idee zur Mordwaffe?«

»Soll ich raten? Ein Ast oder Holzscheit. Sie können sich also unsere Erfolgsaussichten bei unserer Suche danach rings um die Grabstelle ausrechnen.«

»Er wurde im Wald verscharrt, wie ich höre. Irgendwas über die Fundstelle, das nicht in den Nachrichten kam?«

»Lassen Sie mich überlegen«, sagte er. »Sie kennen die Hook Road, die von der Route 78 abgeht? Parallel zum Missisquoi River?«

Ich nickte.

»Da gibt es einen Zugang für Fischer, eine kleine Bootsrampe mit einem Parkplatz für fünf, sechs Fahrzeuge. Wir fanden ihn zwischen den Bäumen nicht weit von dieser Stelle. Verscharrt ist allerdings nicht das richtige Wort. Wir glauben, der Mörder hat ihn so liegen lassen, wie er fiel.«

»Fund- und Tatort fallen also zusammen. Interessant. Wie weit genau war das von der Straße entfernt?«

»Nicht weit. Ungefähr fünfundzwanzig Meter.«

»Du liebe Güte«, erwiderte ich, »ganz schön riskant. Im Sommer ist der Wald da zwar dicht belaubt, aber ich wette, diese Bootsrampe wird viel benutzt, und im Winter sind die Bäume kahl. Grenzt an ein Wunder, dass seine sterblichen Überreste nicht früher gefunden wurden.« Seit 1998 war ich schon hundert Mal diese Straße entlanggefahren, ohne es zu ahnen, an der Leiche meines Onkels vorbei. »Was habe ich mir unter Grab vorzustellen?«

»Eine halbherzige Angelegenheit. Der Mörder hat einfach nur ein bisschen Laub und Zweige über die Leiche geworfen, und das war's. Er muss wohl ziemlich in Eile gewesen sein.«

Oder in Panik. »Wie viel konnten Sie bergen? Wenn das Grab so flach war, kamen die Tiere leicht an ihn ran.«

Harmison griff sich an die Nase. »Bingo. Die Knochen lagen verstreut, aber wir hatten Glück mit diesem Taschenmesser. War ein Kinderspiel, ihn daran zu identifizieren.«

»Schön für Sie, nicht so schön für seinen Mörder. Blut an dem Messer, seins oder das von jemand anderem?«

»Fehlanzeige.«

Ich kaute auf meiner Lippe. »Der Täter hat offensichtlich nicht gewusst, dass Brett eine Waffe bei sich trug, was vielleicht darauf schließen lässt, dass die Person ihn nicht besonders gut kannte.« Mom zufolge glaubte Felicia, Brett hätte dieses Messer immer bei sich gehabt. Natürlich konnte niemand sagen, ob das auch noch für die Zeit nach ihrer Trennung galt, jedenfalls hatte er es in der Nacht, in der er ermordet wurde, dabei.

»Andererseits«, fuhr ich fort, »trug Brett eine Waffe bei sich und machte keinen Gebrauch davon. Gut möglich, dass er den Angreifer nicht rechtzeitig bemerkte. Könnte aber auch sein, dass es sich bei dem Täter um jemanden handelte, den er kannte. Ich weiß, das ist weit hergeholt, aber haben Sie irgendeine Spur zum Mörder gefunden? Irgendwelche Gegenstände vielleicht, die er am Tatort verloren hat? Ich könnte mal rüberfahren und einen Blick drauf werfen …«

»Hören Sie, Merchant, so war doch Ihr Name?« Der Ausdruck in Harmisons faltigem Gesicht gab mir zu verstehen, dass ich eine Linie überschritten hatte. »Sie machen ja einen recht netten Eindruck, aber ich kann nicht zulassen, dass Sie meinen Leuten auf die Zehen treten.«

»Versteh schon«, gab ich klein bei. »Aber darf ich Sie was zu diesem anonymen Anrufer fragen?«

Der Chief seufzte. »Ja, also, das war schon seltsam.«

»Inwiefern?«

»Na ja, er schien nicht genau zu wissen, wo sich das Opfer befand. Als Erstes sagte er, im Wald unweit der River Street, oben im Schutzgebiet, läge eine Leiche. Er erwähnte den Zugang für die Fischer und sagte, da in der Nähe würden wir den Toten finden, aber als mein Officer ihn bat, die Stelle einzugrenzen – schließlich sind das endlose Wälder, und ohne präzise Ortsangabe hätten wir ewig suchen können –, hat er ausweichend reagiert. Ich frage mich also, wie er wissen konnte, dass sich dort eine Leiche befand, wenn er uns nicht genau angeben konnte, wo?«

Gute Frage. »Wie ich höre, wollte er anonym bleiben, aber haben Sie da irgendetwas, was einen weiterbringen könnte?«

»Schön wär's. Wir würden uns gern mit ihm unterhalten, das können Sie mir glauben. Der Officer, der den Anruf entgegengenommen hat, meint, er sei relativ jung, Ende zwanzig oder Anfang dreißig. Kein erkennbarer Akzent, auch wenn mein Mitarbeiter glaubt, er hätte sich nach jemandem aus dieser Gegend angehört.«

Ich legte den Kopf schief. »Woraus schließt er das?« Manche Vermonter haben tatsächlich einen Akzent, aber dieser volkstümliche Singsang im Tonfall ist unter jüngeren Leuten eher selten anzutreffen.

»Er sprach von River Street«, sagte Harmison. »Auswärtige sprechen eher von Route 78.«

Ich nickte. »Was auch immer es bringen mag, schätze ich mal, Skiltons Freundes- und Bekanntenkreis wäre ein guter Anfang. Die könnten uns sicher bei der Rekonstruktion seiner letzten Tage helfen.«

»Uns?« Noch ein Seufzer. »Wie gesagt, kann ich Ihnen nicht gestatten …«

»Nein, selbstverständlich nicht«, warf ich hastig ein. »Aber seine Familie ist meine Familie. Ich kann also mit einem anderen Blickwinkel helfen. Und wer weiß, wozu das noch gut ist.«

Harmison räumte ein, dass er mich nicht daran hindern konnte, mit meiner Cousine und Tante zu reden. Dass ich vorhatte, auch Bretts Freunde zu befragen, ließ ich unerwähnt.

Bevor ich ging, tauschten wir Visitenkarten aus und versicherten einander, in Verbindung zu bleiben. Unterm Strich sagte mir der Besuch, dass Mom richtiglag. Wenn es darum ging, Bretts Mörder zu finden, trat die hiesige Polizei auf der Stelle.

Während meiner Zeit in New York gehörte die Anonymität, die mir eine so große Einwohnerzahl bot, zu den Dingen, die ich am meisten genoss. Jeden Morgen mischte ich mich in den pulsierenden Menschenstrom wie ein Fisch in einem großen Schwarm. Sich in einer Kleinstadt bedeckt zu halten ist kein leichtes Unterfangen – Pech für Bretts einstigen besten Freund. Ich fuhr zur Fabrik am Jonergin Drive hinüber und stand im Nullkommanichts Russell Loming gegenüber. Der Mann war gerade im Begriff, Pause zu machen, als ich im Büro auf der Matte stand, und sein Vorgesetzter war so nett, für unser Gespräch den Aufenthaltsraum der Mitarbeiter zur Verfügung zu stellen. Er hatte die Größe einer Zelle, und in der Luft lag der abgestandene Geruch von Schweißfüßen und Donuts mit Puderzucker.

Es verwunderte mich nicht, dass Loming immer noch in der Fabrikation tätig war; gewerbliche Jobs waren in Swanton ein rares Gut. Wie Brett war auch Loming hier aufgewachsen; an der Schule hatten sich meine und die Wege seines jüngsten Sohns gekreuzt, eines Großmauls namens Max, doch an Loming selbst konnte ich mich nicht erinnern. Schon nach dreißig Sekunden wusste ich, wieso er und Brett so unzertrennlich gewesen waren. Selbst in seinem blauen Overall legte Loming dasselbe grinsende, angeberische Gehabe an den Tag, und sollte er in seinen besseren Jahren einmal als attraktiv durchgegangen sein, so sah er jetzt mit seiner gewölbten Körpermitte um einiges schwangerer aus als Suze.

Loming hielt sich nicht mit Höflichkeiten auf, auch wenn er mir die Hand schüttelte. »Ich hab schon diesem fetten alten Cop gesagt, dass ich keine Ahnung habe, was Brett zugestoßen ist, aber ich kann's gerne wiederholen. Gut, dass ich meinen Ausgehanzug anhabe«, sagte er. Sein Handschlag hatte eine unverhohlen sexuelle Note. Ich zog die Hand zurück und widerstand der Versuchung, sie mir an der Hose abzuwischen. Ich sparte mir die Mühe, aufzuklären, dass ich nicht zur örtlichen Polizei gehöre, sondern klappte einfach nur mein Notizbuch auf und fragte ihn, ob ich mitschreiben dürfe. Loming beantwortete die Bitte mit einem vernichtenden Blick, schlug sie mir aber nicht ab.

»Was glauben Sie, weshalb ich interessiert bin, Ihnen Fragen zu stellen, Mr. Loming?«

Loming hatte eine fortgeschrittene Glatze und sich das graue Haar auf knapp über einen Zentimeter lange Stoppeln geschoren. Während er sprach, strich er sich darüber. »Brett und ich waren Kumpel. Ist lange her.«

»Mein Beileid. Wie erklären Sie sich das alles? Irgendeine Idee, was Ihrem Freund passiert sein könnte?«

»Ex-Freund. Wie ich Ihren Kollegen schon sagte, muss Brett jemanden auf dem falschen Fuß erwischt haben.«

»Und wodurch?«

»Indem er demjenigen zum Beispiel Geld schuldete und es nicht zurückzahlte.«

Geld. Die meisten Verbrechen liefen irgendwie darauf hinaus, doch man biss sich erst einmal an den Lügen die Zähne aus, bis man zum Kern der Sache vordrang. Geld – benötigt, geschuldet, vermeintlich ungerecht verteilt – brachte das Schlimmste in den Menschen hervor, Gier und Verzweiflung, Neid und Stolz. So kurze Zeit nach einem Fall, bei dem Tim und ich einen Mörder geschnappt hatten, indem wir dem Geld folgten, wusste ich das aus eigener Erfahrung. Falls Loming richtiglag und Brett tatsächlich jemandem Geld schuldete, war dies vielleicht ein Fall von gleichem Kaliber.

»Irgendeine Idee, wem er was schuldete?«

Ohne mich aus den Augen zu lassen, sagte Loming: »Sie kommen mir reichlich jung vor für eine Ermittlerin.« Er schnalzte mit der Zunge. »Muss 'ne ziemlich gefährliche Arbeit sein.«

Ich kann es nicht erklären, aber immer, wenn jemand auf meine Narbe starrt, spüre ich seinen Blick wie eine Nadel, die mir über die Haut gezogen wird. »Beantworten Sie die Frage, Mr. Loming.«

»Wenn Sie Bretts Schuldscheine aufeinandergestapelt hätten, hätten sie mich um Kopfeslänge überragt.«

»Und schuldete er auch *Ihnen* Geld?«

»Kann schon sein. Aber keine größere Summe.«

»Wussten Sie damals, dass Brett plante, die Stadt zu verlassen?«

»Hat er mir gesagt, ja. Ich konnte es ihm nicht verübeln. Seine Frau war ein übergeschnapptes Miststück, wenn Sie mir meine Ausdrucksweise verzeihen. Sie hatten sich ja schon getrennt, aber sie lag ihm immer noch in den Ohren. Schätze mal, um diese Frau endgültig loszuwerden, blieb ihm nichts anderes übrig, als Swanton zu verlassen.«

»Und standen Sie, nachdem er weggegangen war, noch mit ihm in Verbindung?«

»Klar, wir waren Brieffreunde. Ich hatte eine Vorliebe für parfümiertes Papier und purpurrote Tinte.«

»Mr. Loming …«

»Nein«, sagte er widerstrebend, »wir sind nicht in Verbindung geblieben.«

»Nicht mal ein Anruf oder so? Waren Sie nicht neugierig, wo es ihn hinverschlagen würde?«

»Brett hat mich damals beschwatzt, meine Lohnschecks in diesem gottverdammten Casino in Montreal zu lassen. Er war ein schlechter Einfluss.«

Ich musterte ihn. »Sie kommen mir eigentlich nicht wie jemand vor, der sich so leicht beeinflussen lässt«, sagte ich und dachte: *Und auch nicht wie ein Ausbund an Tugend.*

Lomings Achselzucken war schlaff. »Na schön, vielleicht war es auch gegenseitig.«

Etwas an Russell Lomings Haltung erinnerte mich an Crissy. Das hier war kein gewöhnlicher Todesfall, so viel stand fest. Brett war schon eine Ewigkeit tot, bevor wir davon erfuhren, was es natürlich erschwerte, herauszubekommen, welcher Art seine Beziehungen zu anderen Menschen gewesen waren. Wie nahe sich zum Beispiel diese Männer wirklich gestanden hatten. Loming wusste über Bretts Probleme mit Felicia Bescheid, aber das hätte auch dem Klatsch geschuldet sein können. Die halbe Stadt wusste von ihrem Ehekrieg. Verband diese beiden Männer im Wesentlichen ihre Liebe zum Glücksspiel? Ich hatte keine Ahnung. »Können Sie sich noch erinnern, was Sie im Juni 1998 gemacht haben?«

»Und *Sie?*«

»Gab es vielleicht noch jemanden, mit dem Brett eng befreundet war, bevor er die Stadt verließ?«, machte ich ungerührt mit der nächsten Frage weiter.

»Ich war damals ein verheirateter Mann mit zwei Söhnen. Ich hatte Wichtigeres zu tun, als Bretts Liebesleben hinterherzuschnüffeln.«

Moment mal, was? »Von Liebesleben habe ich nichts gesagt. War Brett damals mit jemandem zusammen, Mr. Loming? Sie sind zwar nicht verpflichtet, meine Fragen zu beantworten, aber wenn Sie es nicht tun und ich rausbekomme, dass Sie etwas wissen, sorge ich dafür, dass Ihnen dieses Grinsen schnell vergeht.«

»Ach so«, sagte Loming, als sei ihm eine plötzliche Eingebung gekommen. »Sie fragen nach Cheryl.«

»Cheryl?«

»Bretts Freundin.«

Mein Frontalhirn schaltete in den Schnellgang. Soweit ich wusste, hatte Brett Felicia nicht wegen einer anderen Frau verlassen. Andererseits war es durchaus möglich, dass er vor seinem Tod in einer neuen Beziehung lebte. »Hat die Dame auch einen Nachnamen?«, fragte ich.

»Ah, Mist, der fällt mir nicht ein.«

»Und wann genau waren die beiden zusammen?«

In einer trägen Geste hob er den Blick zur schäbigen Decke. »Keine Ahnung, wann das anfing, aber ich kann Ihnen sagen, wann es endete.«

Ich auch, dachte ich und stellte mir Bretts Leiche unter den Bäumen vor.

Loming starrte in die Ferne. Auch er schien fieberhaft zu überlegen. »Wenn ich jetzt so drüber nachdenke«, sagte er, »also, wenn Sie rausfinden wollen, wer das war, sollten Sie mit Cheryl reden. Eine Zeit lang war das eine heiße Nummer mit den beiden. Die war sicher nicht begeistert, als er sich aus dem Staub machte.«

»Danke, dass Sie sich die Zeit genommen haben, Mr. Loming«, sagte ich und riss ein Blatt aus meinem Notizbuch. »Ich bräuchte dann noch Ihre Telefonnummer und Adresse, wenn Sie bitte so nett sind.«

»Für Sie Russ.« Er kritzelte eine Nummer hin und drängte mir seine verschwitzte Hand auf. »Und rufen Sie mich an. Jederzeit.«

SIEBZEHN

AUF DEM PARKPLATZ der Fabrik schickte ich Tim eine Nachricht. Auf meine letzte hatte er mit einem Daumen-hoch-Emoji geantwortet und keine Fragen gestellt, doch jetzt hatte er schlechte Nachrichten. *Hab eine Flurkarte von Häusern in der Stadt mit separaten Nebengelassen und Gartenschuppen. Sol und Bogle haben die wenigen durchsucht, die wir finden konnten. Leider nichts, auch nicht in den Kellern.* Ich ließ die Schultern hängen. Ich hätte nie gedacht, der Gedanke an meine Narbe könnte ein Grund zur Hoffnung sein, aber die Idee, Bram hätte vielleicht Episoden aus unserer gemeinsamen Vergangenheit in sein Spiel eingebaut, war mir logisch erschienen. Ich hatte ein bisschen damit gerechnet, die Anspielung auf den »Schwan« in den Ortsnamen sei erst der Anfang gewesen. In dem Fall hätte ich zumindest eine Chance gehabt.

Nach meinem enttäuschenden Austausch mit Tim wandte ich mich wieder Brett zu. Ich verwandte zehn Minuten darauf, meine Notizen zu Russell Loming zu sichten und festzuhalten, was ich von Chief Harmison erfahren hatte. Wenn Loming nicht gelogen hatte und immer vorausgesetzt, ich spürte sie auf, könnte Cheryl tatsächlich wertvolle Erkenntnisse beizusteuern haben. Harmisons Autopsiebericht machte mich verhalten optimistisch. *Stumpfes Trauma. Der Mörder ließ ihn liegen, wo er fiel.* Damit weitete sich der Kreis möglicher Tatverdächtiger aus. Jeder hätte ihn von hinten angreifen können.

Ein Mann.

Eine Frau.

Ein Jugendlicher oder eine Jugendliche.

Es fühlte sich gut an, endlich einmal wieder über einem Fall zu brüten. Zudem war es eine willkommene Vermeidungstaktik. Zwar kehrte die Angst, hilflos in meiner Vergangenheit zu versinken, wieder, aber ewig hätte ich sie sowieso nicht verdrängen können. An diesem Tag ging es nun darum, mit Angehörigen wieder in Kontakt zu treten, die ich lange aus den Augen verloren hatte, im Klartext: Es war an der Zeit, Aunt Fee einen Besuch abzustatten.

Das Haus war nur einen Steinwurf von Crissys Heim entfernt, und ich fuhr im Schneckentempo die Straße entlang, einmal mehr fassungslos darüber, dass Mutter und Tochter verbittert und einander entfremdet dieselbe Straße miteinander teilten. Meine Erinnerungen an die Familie Skilton führten mich in ein Terrassenhaus aus den Sechzigerjahren zurück, dem sein Alter auf den ersten Blick anzusehen war – außen halb verfaulte Holzverschalung und seit Ewigkeiten von feuchten, grünen Algen bedeckte Verandageländer, drinnen stinkende Teppiche. Felicias neues Domizil war ganz anders. Die weiße Holzverkleidung war nicht wie bei Crissy vergilbt, und die Einfahrt, in die ich einbog, offensichtlich neu gepflastert.

Nachdem ich ausgestiegen war, blieb ich einen Moment an der Tür stehen und stieß weiße Atemwolken aus, während ich übers Wasser blickte. Felicia genoss dieselbe spektakuläre Aussicht über die Bucht und wohnte ebenso nah am Wildtierschutzgebiet wie Crissy, und an ihrem Steg war kein Motorboot vertäut. Meiner Erinnerung nach waren weder meine Tante noch meine Cousine jemals Boot gefahren. Obwohl wir seit jeher so nah am Lake Champlain gewohnt hatten, hatte meine Familie schon immer lieber festen Boden unter den Füßen.

»Shana, mein Gott«, sagte Felicia, als sie mir die Tür aufmachte und den Blick ebenso schnell von meiner Narbe wieder abwandte, wie er darauffiel. »Ist eine Ewigkeit her.«

Als sie mich hereinbat, fand ich mich in einer zaghaften Umarmung wieder, bei der ich ihre Rippen unter der schlaffen Haut spüren konnte. Sie stand in Schichten von Schals, einer langen Bluse und einer selleriegrünen Strickjacke vor mir, die ihren hellblauen Augen einen irritierend gelben Stich verlieh. Auch das unterschied die Mutter von der Tochter: Felicia hatte ein paar Pfund abgenommen. Ihr feines, offen getragenes Haar war vollständig ergraut und so lang, dass sie die Spitzen an den Ellbogen kitzelten. Ich fand ihr neues Erscheinungsbild verblüffend. Hatte sie ihre mystische Ader entdeckt? Hatte meine Tante sich mit Herz und Seele selbst gemachtem Joghurt und transzendentaler Meditation verschrieben? Sie war dünn, sah aber gesund aus. Und auch fröhlicher, als ich sie in Erinnerung hatte.

Zu fröhlich für jemanden, der trauerte.

Es war absolut bizarr, Felicia wiederzusehen, nachdem ich wusste, welche Gräueltaten ihr Sohn begangen hatte, Verbrechen, von denen sie keine Ahnung hatte. Ich verwende einen guten Teil meiner Arbeitszeit darauf, die Verbrecher zu ihren Angehörigen zurückzuverfolgen, nicht nur, weil ich einer Spur nachgehe, sondern weil ich etwas über ihr früheres Leben erfahren muss. Mein Weg führt mich vom Straftäter zum harmlosen Kind zurück. Die Unbeständigkeit, in der Bram aufgewachsen war, kannte ich aus erster Hand, und sosehr ich mich um eine unvoreingenommene Haltung bemühte, wurde mir jetzt, als ich Felicia vor mir hatte, bewusst, dass ich meiner Tante ganz selbstverständlich einen Teil der Schuld zugewiesen hatte.

Felicia lud mich ein, mich mit ihr ins Wohnzimmer zu setzen, das zu ihrem Outfit passte, und bot mir einen heißen Pfefferminztee an. Während sie ihn zubereitete, redete sie – ein gänzlich inhaltsleerer Monolog. Sie erklärte mir, es sei für die Jahreszeit zu kalt, als hätte ich nicht drei Viertel meines Lebens um die Ecke gewohnt, und erzählte von dem weihnachtlichen Lichterwettbewerb, der von einer Jury der Handelskammer Swanton bewertet würde. Felicia hatte sich noch nie daran beteiligt, obwohl sie es immer wollte. Doch dieses Jahr sei es so weit. Als der Tee lange genug gezogen hatte und wir auf dem Sofa zusammensaßen, hatte sie so ziemlich jedes denkbare Thema abgehakt, außer den Tod ihres Mannes.

Ich trank aus einem schwarz-gelb gestreiften Henkelbecher mit dem Spruch *Don't worry bee happy* und sagte: »Ich würde gerne mit dir über Brett sprechen.«

Felicia wärmte sich die Hände an ihrem eigenen Becher und seufzte. »Der Mann war noch nie so gefragt.«

Ich brachte ihr mein Beileid zum Ausdruck und fügte hinzu: »Ist sicher nicht leicht für dich.«

»Ich habe immer noch hin und wieder an ihn gedacht. Mich gefragt, wo es ihn wohl hinverschlagen hat.« Ihr Lachen, ein pointiertes *Ha,* erschreckte mich.

Das pastellfarbene Zimmer, der Tee, der die Nasenhöhlen frei machte, meine lächelnde Tante – das alles gab mir ein flaues Gefühl, doch ich machte unverdrossen weiter. »Wie du weißt, hat die Polizei Ermittlungen aufgenommen, um herauszufinden, was genau passiert ist. Ich bin zwar nicht daran beteiligt, aber …«

»Du möchtest ihnen helfen.« Beim letzten Wort – *helfen* – schwang ein etwas abfälliger Unterton mit. Ich bekam das Gefühl, dass sie meinem unverhofften Besuch keine ganz und gar selbstlosen Motive zuschrieb.

»Deine Mutter hat angerufen«, erklärte sie. »Sie erzählte mir, du seist in der Stadt. Den Rest habe ich mir selber zusammengereimt.«

Crissy war demnach nicht die Einzige, die mir eine perverse Obsession für Verbrechen unterstellte. Felicias Pfefferminztee trug wenig dazu bei, meine Nerven zu glätten. »Ich weiß, dass die Polizei schon bei dir war, tut mir also leid, wenn dir meine Fragen überflüssig erscheinen. Wir sind nur alle gerade bemüht, nachzuvollziehen, was Brett um die Zeit herum, zu der er damals weggegangen ist, gemacht hat und wo, um schlussendlich herauszubekommen, wie und wann er wieder in Swanton landete.«

»Das mit seiner Abreise ist einfach«, sagte sie. »Er hat seinen Job am 19. Juni 1998 gekündigt.«

Also am selben Tag, an dem wir zu Bretts Arbeitsstelle gingen. Als Abe und ich zufällig Wind davon bekamen, dass er sich aus dem Staub machen wollte. Die Empfangsdame in der Fabrik hatte Mitleid mit Abe und verplapperte sich. *Ach, Schätzchen, hat dir dein Daddy nichts davon erzählt? Er zieht nach Philly. Heute war sein letzter Tag.* Abe war am Boden zerstört. Von dem Moment an, als Brett Felicia verließ und seine Levi's und seine Kronkorkensammlung packte – Abe durfte sie nach Farben sortieren –, klammerte sich Abe an die Hoffnung, eines Tages käme er nach Hause zu seinen Kindern zurück. Was nicht geschah.

Wenn Brett tatsächlich am 19. Juni wegging, dann war der 19. ein Freitag. Ich war mir sicher, weil wir an dem Abend Pizza zum Essen hatten. Bei mir zu Hause gab es jeden Freitag mein Lieblingsessen. Meins und Abes. Aber an *dem* Freitag kam Abe nicht zum Essen herüber. Er war daheim und fühlte sich von seinen beiden Eltern gedemütigt und verraten.

War es tatsächlich so? Oder war meine eigene Erinnerung von dem überlagert, was mir Bram letztes Jahr in diesem verdammten Keller eingeflüstert hatte?

»Du hast ein gutes Gedächtnis«, sagte ich zu Felicia, unbeeindruckt von der Ironie, die darin lag. Es war zwar albern, doch es wurmte mich, nicht die erste Ermittlerin zu sein, die mit ihr sprach. Das Datum, an dem ihr Mann weggegangen war, konnte sie wie aus der Pistole geschossen nennen, und ich musste herausfinden, ob sie sich all die Jahre daran geklammert oder es für Harmison erst irgendwo hervorgekramt hatte.

Ich bekam meine Antwort. »Er ist auf den Tag genau eine Woche vor Crissys sechzehntem Geburtstag weggegangen«, sagte sie.

»Und hattest du nach dem Wochenende noch mal irgendwann Kontakt zu Brett?«

Felicia schürzte die Lippen. »Was hätte es da noch zu sagen gegeben? Er machte mir unmissverständlich klar, dass er uns nicht finanziell unterstützen würde. Als er das Weite suchte, schuldete er der halben Stadt Geld, und ich wollte da nicht hineingezogen werden. Ich hoffte einfach immer nur, er würde es irgendwie zusammenbekommen und wieder nach Hause zurückkehren – nicht, um zu bleiben, aber wenigstens der Kinder wegen. Um ihnen ein Vater zu sein. Abe war gerade mal zwölf, als sein Dad abhaute, und Brett vergaß sogar Crissys sechzehnten Geburtstag und rief nicht mal an.«

Sie hatte meine Frage nicht beantwortet, und die Ausflüchte schienen beabsichtigt zu sein. »Also nach diesem Wochenende keinerlei Kontakt? Nie wieder?«

»Nur der Brief, und das ist eine Ewigkeit her.«

Ich runzelte die Stirn. »Was für ein Brief?«

»Der Brief über Abe. Er kam ein paar Jahre, nachdem Brett weggegangen war, direkt nachdem Abe …«

Dir die Narbe beigebracht hat.

Weggelaufen ist.

Felicia hätte alles Mögliche sagen können. Ich spürte, wie mir der Blutdruck einen Tick anstieg, während sie mich musterte, doch sie schwieg.

Ich fragte sie nach dem Brief.

»Es stand darin, Abe sei in Philadelphia angekommen. Es stand keine Telefonnummer dabei, nicht einmal ein Absender. Keine Möglichkeit, sie zu erreichen. Es war ein Schlag ins Gesicht, wie

Brett einfach so Anspruch auf unseren Sohn erhob. Ich hatte nicht einmal gewusst, dass sie all die Jahre in Kontakt gestanden hatten, muss aber so gewesen sein, sonst hätte Abe ja nicht gewusst, wo er ihn findet.«

Mir zuckte das Knie, als mir Moms Bemerkung wieder einfiel, das Alter der Knochen haute irgendwie nicht hin. Der Brief schien zu beweisen, dass Brett Swanton wie geplant verlassen hatte. Ich wusste, dass sein Sohn 2002 weggerannt war. Falls Abe sich zu dem Zeitpunkt mit Brett in Philly getroffen hatte, konnte Brett nicht Jahre davor in Swanton gestorben sein. Lag der Gerichtsmediziner irgendwie falsch? Das ergab keinen Sinn.

»Wann hast du Brett eigentlich das letzte Mal gesehen?«, fragte ich. »Du, Crissy und Abe?«

Felicia zog sich eine dünne Strähne ihres langen Silberhaars hinters Ohr und verfing sich dabei mit dem kleinen Finger an ihrer Creole. »Du liebe Zeit, woher soll ich das noch wissen? Er kam, wie du weißt, nicht regelmäßig.«

Ich nickte. Hatte ich nicht gewusst. »Du hast diesen Brief nicht zufällig noch?«

Ich rechnete nicht mit einem Ja. Felicia war aus ihrem letzten Haus umgezogen und hatte die schlechten Erinnerungen dort gelassen, doch zu meinem Staunen war sie mit wenigen Schritten an einem Wäscheschrank im Flur. Sie kehrte mit einem Schuhkarton zurück, und als sie den Deckel hob, sah ich, dass sich darin bis oben hin Familienfotos stapelten. Zuoberst lag, zweifach gefaltet, ein einziger Brief.

Sie reichte ihn mir, und ich sah ihn mir im Tageslicht des Wohnzimmerfensters an. Der Brief war auf den 4. September 2002 datiert. Die einzige schriftliche Kommunikation, die meine Tante aus all den Ehejahren von ihrem Mann besaß, bestand aus ein paar dürren Zeilen:

Tut mir leid, dass ich so plötzlich weggegangen bin. Ich hoffe, du und Crissy, ihr seid wohlauf. Ich wollte dir nur Bescheid geben, dass Abe wohlbehalten hier in Philadelphia ist und von jetzt an bei mir leben wird. Ich denke, du weißt, dass es so zu seinem Besten ist.

»Hast du den der Polizei gezeigt?«

»Nein«, sagte Felicia erschrocken. »Hätte ich das tun sollen?«

Der Brief war ein entscheidendes Indiz für die zeitliche Rekonstruktion. Felicia musste das klar sein. Ich hatte nicht den Eindruck, dass sie sich überschlug, um den örtlichen Cops zu helfen. Diesen Brief gegenüber Harmison nicht zu erwähnen könnte ihr sogar als Justizbehinderung ausgelegt werden.

Ich fragte sie, ob ich den Brief behalten könne, und Felicia sagte, sie habe nichts dagegen. Als wir uns wieder setzten, senkte sie den Blick. »Ich war meinen Kindern keine gute Mutter, Shana.«

O Gott, was sollte ich darauf sagen? »Du hast bestimmt dein Bestes gegeben.«

»Ich wollte sie immer nur beschützen, aber ich wusste nicht wie, nicht, ohne ihnen wehzutun. Ich hatte solche Angst.«

»Wovor?« Ich musste versuchen, sie zu verstehen. »Wovor hattest du Angst, Aunt Fee?«

Sie legte den Kopf schief und sagte: »Davor, sie zu verlieren.«

Ich hätte meiner Tante nie eine prophetische Gabe attestiert, doch das, was sie als ihre größte Sorge beschrieb, war am Ende eingetreten. Sie hatte beide Kinder verloren, und es sollte noch viel schlimmer kommen.

»Du musst ziemlich üble Geschichten über mich gehört haben«, sagte Felicia.

Mein ganzes Gesicht stand in Flammen. Allerdings hatte ich Geschichten gehört, doch das Schlimmste, was Felicia definitiv getan hatte, das hatte ich mit eigenen Augen gesehen. Abe wollte ihr nicht sagen, was wir an dem Tag, als wir zu Bretts Arbeitsstelle gingen, erfahren hatten. Er wusste, wie sehr sich seine Mutter aufregen würde. Schließlich war Felicia immer noch wütend darüber, wie er sie das erste Mal sitzen gelassen hatte, doch Abe war fest entschlossen, seinen Vater umzustimmen. Als es ihm nicht gelang, machte es alles nur noch viel schlimmer.

Als wir an jenem Freitag zu ihnen nach Hause zurückkamen, war Felicia außer sich vor Sorge und stellte uns zur Rede, wo wir gewesen seien. Abe bat mich, draußen auf dem Rasen zu warten, während sie miteinander sprachen, doch ich sah sie zwischen den Gardinen, die in der Sommerbrise flatterten, durchs Küchenfenster.

Als er ihr schließlich eröffnete, Brett habe vor, in einen anderen Bundesstaat zu ziehen, griff Felicia nach einem Krug Milch und holte damit gegen den Kopf ihres Sohnes aus. Tagelang war danach eine Seite seines Gesichts blau angelaufen. Hinterher weinte Felicia mehr als Abe, doch der Schaden war nicht mehr aus der Welt zu schaffen.

»Ich hätte damals Hilfe gebraucht«, fuhr Felicia fort, »aber ich war zu überspannt, um darum zu bitten, und Bretts Alkoholproblem und Spielsucht machten mich nur noch paranoider. Ich lebte immer nur in der Angst, all die Probleme, die er anzuziehen schien, würden auf die Kinder zurückfallen. Aber in Wahrheit kamen die Probleme von mir. Allein, was Abe dir angetan hat, der Gedanke ist unerträglich. Soll ich dir was beichten, Shana?«, fragte sie. »Ich *wusste* es. Ich wollte es nicht glauben, und ich habe es nie über mich gebracht, es Della zu sagen, aber ich habe immer gewusst, dass es kein Unfall war.«

Felicia spreizte die Finger und streckte sie nach meinem Gesicht aus. Ich konnte nicht anders, ich zuckte wie vor einer Ohrfeige zurück, sie zog die Hand weg und starrte auf ihren Schoß. »Der Gedanke, dass du bald ans College gehen und ihn zurücklassen würdest, hat bei Abe das Fass zum Überlaufen gebracht. Er kam damit nicht klar, erst recht nicht, nachdem Brett ihn im Stich gelassen hatte.«

Im Stich gelassen, fasste das zusammen, wie Bram sich fühlte?

»Ich wollte es dir gegenüber irgendwie wiedergutmachen«, sagte meine Tante. »Ich wollte ihm den Kopf zurechtrücken. Ich habe ihm erklärt, er brauche Hilfe. Psychotherapie, vielleicht sogar Medikamente. Er fand das nur scheinheilig von mir. Er warf mir alles Mögliche an den Kopf. Alle glauben, er wäre weggelaufen, aber an dem Tag haben wir uns endlos gestritten, bis ich ihm schließlich sagte, er soll gehen. Ich habe ihn rausgeschmissen. Dabei wollte ich nicht, dass er für immer geht, ich hätte nie gedacht, dass er nicht wiederkommt. Er war schließlich erst sechzehn.«

Es lief mir eiskalt den Rücken herunter. Mit sechzehn aus dem Haus geworfen – durchaus denkbar, dass Bram glaubte, auch seine Mutter hätte ihn im Stich gelassen. Was immer Felicia über ihren Streit sagte, musste sie letztlich wohl auch erleichtert gewesen sein, als er weg war. Wie hätte sie sonst, nach dem, was er mir angetan hatte, ihrer Schwester noch in die Augen sehen können?

Mir lagen noch ein paar Fragen auf der Zunge, doch es verschlug mir die Sprache. Genau darauf hatte ich gehofft, darauf, aus erster Hand Einblicke in Brams kranke geistige Verfassung zu bekommen, doch Felicia war nicht die Einzige, die Reue empfand.

Als ich damals im East Village Bram von Angesicht zu Angesicht vor mir hatte und versuchte, den Mann zu identifizieren, der behauptete, aus meiner Heimatstadt zu stammen, hatte ich ihn gefragt, aus welchem Grund er Swanton verlassen habe. *»Ich musste«,* sagte er. *»Meine Mutter hat mir nicht erlaubt zu bleiben.«* Aber hätte ich es damals nicht so eilig gehabt, von Swanton wegzukommen, hätte er mich nicht angegriffen. Hätte er mich nicht angegriffen, hätte Felicia ihn nicht vor die Tür gesetzt. Und nun stellte sich die Frage: Hätte sie ihn nicht rausgeschmissen, wäre dann trotzdem Blake Bram aus ihm geworden?

Felicia griff zu unseren leeren Henkelbechern und brachte sie in die Küche, wo ihr Blick auf die digitale Ofenuhr fiel.

»O«, sagte sie. »Shana, Liebes, tut mir leid, ich hab gar nicht gemerkt, wie spät es schon ist. Ich hab in zwanzig Minuten in der Stadt einen Yogakurs.«

»Kein Problem.« Ich hatte nur noch den Wunsch rauszukommen. Das Haus und unsere gemeinsame Geschichte verschlugen mir den Atem. Ich war schon fast an der Tür, als mir das mit Cheryl wieder einfiel. »Felicia«, sagte ich. »Ich habe mit Bretts Freund Russell Loming gesprochen, er erwähnte etwas davon, Brett hätte in der Zeit, als er verschwand, eine Freundin gehabt. Eine Frau namens Cheryl.«

Ich forschte im Gesicht meiner Tante nach einer Reaktion. Von einer Freundin hatte sie nichts erzählt, doch jetzt verzog sie den Mund zu einer hochmütigen Miene, die mich an Crissy erinnerte, aber doch anders war. Düsterer. »Die einzige Cheryl, die ich kenne, ist Cheryl Copely.«

»Cheryl Copely«, wiederholte ich betroffen. »Du meinst Robbie Copelys Mutter?«

Sie nickte. »Brett und ich haben sie kennengelernt, als Robbie und Crissy ihre ersten Dates hatten.«

Gott, bitte lass nicht Suzes Schwiegermutter Bretts Mörderin sein. »Aber du weißt nichts von einer Beziehung zwischen den beiden damals?«, hakte ich hoffnungsvoll nach.

Sie schwieg einen Moment und zog sich die Strickjacke enger, als habe sie sich plötzlich erkältet. »Nein. Brett und ich haben uns Ende '97 getrennt. Was er danach getan hat, hat mich nicht interessiert.«

Das nahm ich ihr nicht ab; dieses *Nein* war erstunken und erlogen. Auf dem Papier waren Felicia und Brett zu der Zeit immer noch verheiratet. Sie hatte sich gewünscht, dass er sich mehr um die Kinder kümmert. Wetten, dass sie im Auge behielt, was sich in seinem Leben tat.

»Brett hat nicht nur dich verlassen«, sagte ich. »Er ließ damals seine Kinder zurück, gab seinen Job auf, seine Freunde und eine Freundin, und das alles von heute auf morgen. Warum, Felicia?«

Wieder dieses Lächeln. Sie hatte dieselben dünnen Lippen wie meine Mom, und jetzt waren sie über ihren kleinen Zähnen zu einem Strich gespannt. Das war kein Lächeln mehr, sondern eine Grimasse.

»Wenn ich das wüsste«, sagte sie, »wärst du nicht hier, um es herauszufinden.«

ACHTZEHN

MEIN PLAN SAH VOR, Crissy zu Cheryl Copely zu befragen. Nach Lomings Andeutung, Cheryl habe etwas mit Bretts Ermordung zu tun, und Felicias seltsamer Reaktion auf die Erwähnung einer Freundin brauchte ich eine dritte Meinung. Ich hatte das Gefühl, Loming wollte mit Cheryl von etwas anderem ablenken, aber falls sie und Brett tatsächlich etwas miteinander gehabt hatten, war auch Cheryl eine Befragung wert; vorher wollte ich allerdings Crissys Meinung zu einer solchen Romanze ihres Vaters hören.

Auf dem Weg zu dem Bürogebäude, in dem Crissy arbeitete, musste ich an ihrem Haus vorbei, und ein Blick hinüber genügte, um mit quietschenden Reifen anzuhalten.

Es war schon fast elf Uhr, doch Crissys Wagen stand noch in der Einfahrt – und zwar nicht alleine. Von der gegenüberliegenden Straßenseite aus beobachtete ich, wie die Haustür aufging und eine kleine Frau heraustrat. Sie hielt den dunklen Kopf gesenkt, ihr Gesicht war schmerzverzogen. Als ich den Motor abstellte und aus meinem SUV stieg, klappte mir die Kinnlade herunter. »Suze?«, rief ich hinüber. »Was machst du denn hier?«

»Shana! Hi!« Vor Überraschung fielen meiner Freundin bald die Augen aus dem Kopf, doch als ich zu ihr ging, begrüßte sie mich mit einer Umarmung, und ihre offene Jacke flatterte im Wind. »Tut mir leid«, sagte sie, »hab mich immer noch nicht dran gewöhnt, dass du wieder da bist. Du hast mich erschreckt.«

»Ähm, du mich auch. Du triffst dich mit Crissy?«

»Ach so«, sagte sie. »Ja. Wir besuchen uns manchmal. Sie ist meine Anlaufstelle, wenn ich Fragen zur Schule habe.«

»Ich wusste gar nicht, dass ihr beiden noch miteinander redet.« *Noch* war nicht das richtige Wort, denn meines Wissens hatten Crissy und Suze nie miteinander geredet. Als Kinder machten wir um meine Cousine immer einen großen Bogen, wenngleich Suze von deren skandalumwittertem Lebenswandel von Anfang an fasziniert gewesen war. Als die Stimme der Vernunft war es an mir, Suze immer einmal wieder in Erinnerung zu rufen, wie schnell ein Wochenendspaß mit Sex und Drogen zu Sucht, Schulverweis und Knast führen konnte.

Ich konnte mir nicht vorstellen, wie aus Suze und Crissy, nachdem sie erwachsen waren, Freundinnen geworden sein sollten, schon gar nicht, nachdem Crissy etwas mit Robbie gehabt hatte, der jetzt mit Suze verheiratet war – aber was wusste ich schon über das Leben der beiden. In einer Sechstausendfünfhundert-Seelen-Gemeinde ist die Auswahl für Freundschaften überschaubar. Als mir diese Gedanken noch durch den Kopf gingen, begriff ich plötzlich, woher Suze gewusst hatte, dass ich in der Stadt bin. Ich hatte Crissy am Montagmorgen besucht, und Crissy hatte postwendend Suze angerufen.

»Wie lange seid ihr schon befreundet?«, fragte ich.

»Wir sind seit ein paar Jahren wieder in Kontakt – Gott sei Dank! Ein paar von den anderen Müttern, die ich kenne, sind echte Zicken.« Dem Gesicht nach, mit dem Suze einen Blick auf die Straße warf, hätte ich dort Heerscharen von hinterhältigen Frauen in Yogakluft erwartet, die pausbäckigen Kleinkinder an die Hüfte gestemmt. »Ich bin Crissy ein paar Monate vor meiner

Hochzeit im Nagelstudio über den Weg gelaufen, und wir haben uns auf Anhieb verstanden.«

»Aber jetzt schon Fragen zur Schule? Erynn ist doch fast noch ein Baby.«

»Sie wird nächsten Monat drei.« Suze verlagerte das Gewicht. »Du ahnst nicht, was da dranhängt, das alles zu deichseln.«

Hatte ich da gerade einen scharfen Ton herausgehört? »Du hast sicher recht«, antwortete ich. »Crissy arbeitet heute nicht?«

»Dienstags und donnerstags muss sie nur nachmittags ins Büro; so viel haben die nicht zu tun. Was führt dich eigentlich hierher?«

»Dasselbe wie dich, abzüglich der Grundschulfibel.«

Suze zuckte mit den Achseln. »Also, ich zieh dann mal los. Hab noch ein paar Erledigungen, bevor ich Erynn abhole.«

»Aus der Kita?«

»Sie ist bei meiner Schwiegermutter.«

»Du meinst Cheryl?« Die Worte und mein Ton fühlten sich unaufrichtig an. Suze und ich versuchten gerade, eine Freundschaft wiederzubeleben, die jahrelang am Tropf gehangen hatte. Was mir die nächste Frage nicht gerade leichter machte.

Suze kniff die Augen zusammen. »Du kennst Cheryl?«

Ich holte Luft. »Nicht wirklich. Aber hör mal, weißt du irgendetwas darüber, dass Cheryl damals was mit Brett gehabt hat?«

Wieder dieses überraschte Gesicht. »Im Ernst? Stimmt das?«

»Ich bin mir nicht sicher«, sagte ich. »Aber ich habe so was läuten gehört.«

Suze grub das Kinn in den mehrfach um den Hals geschlungenen Fleece-Schal. »Wenn das stimmt, hätte mir Crissy glaube ich was davon gesagt. Andererseits reden wir nicht viel über Robbie.«

»Jedenfalls würde ich mich darüber gern mit Cheryl unterhalten. Nur für den Fall, dass sie uns bei den Ermittlungen weiterhelfen kann.«

Falls die Neuigkeit Suze einen Schrecken eingejagt hatte, ließ sie sich nichts anmerken. »Cheryl ist eine tolle Frau, sie ist Erynn eine wundervolle Großmutter und mir eine echte Stütze. Ich bin sicher, dass sie dir deine Fragen gerne beantworten wird.« Sie zückte ihr Handy und schickte mir per AirDrop Cheryls Telefonnummer und Adresse. Schließlich sagte sie: »Ich muss jetzt wirklich los«, und nach einer zweiten flüchtigen Umarmung war sie weg.

Kaum hatte Suze den Wagen angeworfen, klopfte ich an Crissys Tür. An diesem Tag erschien meine Cousine nicht im saloppen Hausanzug. Vielmehr trug sie lässige Business-Kleidung und recht sittsam, mit Ausnahme der scharfen pinkfarbenen Hemdbluse, an der die Knöpfe über der Brust aufgesprungen waren. Crissy triefte vor Sarkasmus, als sie sagte: »Wie immer perfektes Timing, Cousine«, doch nachdem ich unbeeindruckt einen Moment lang auf der Türschwelle in der Sonne gestanden hatte, ließ sie mich herein. Heute war der penetrante Duft ihres Parfums noch stärker, und ich glaubte, die herbe Note von abgestandenem Zigarettengestank darin auszumachen.

»Cheryl Copely«, sagte ich, während wir uns auf der Couch niederließen. »Was weißt du über ihre Beziehung zu Brett?«

»Cheryl?« Crissys Ton war schroff. »Du kannst hier nicht einfach so in die Stadt hereinschneien und den Leuten in ihrem Leben herumschnüffeln, Shana.«

Die Gespräche mit Felicia hatten mir deutlich gemacht, wie ich Crissys schon lange schwelende Wut auf mich zu deuten hatte. Während ihre Mutter die Wahrheit darüber akzeptiert hatte, wie es zu meiner Narbe kam, galt das noch lange nicht für Crissy. Für diese Sekunden im Schuppen, in denen ich stolperte, gab es keine Zeugen; es stand mein Wort gegen Abes. Nach seiner Version des Vorfalls war ich auf eine Kiste mit alten Gartengeräten gestürzt. Als ich mir schreiend ans blutverschmierte Gesicht fasste, eilte mir mein ach so liebevoller Cousin zu Hilfe. Crissy und ich hatten nie darüber gesprochen, doch falls sie dieser Fassung Glauben schenkte und mir die Schuld dafür gab, dass er weggerannt war, durfte ich mich nicht wundern, wenn sie sauer war.

»Ich versuche, herauszufinden, wer deinen Vater ermordet hat«, sagte ich, indem ich meinen Ärger unterdrückte. »Bretts Freundin bietet sich da logischerweise an.«

»Du solltest dich mal selber hören! Wieso sollte ihm seine Freundin was antun?«

Und damit hatte ich, mal eben so, die Bestätigung dafür, dass Russell Loming die Wahrheit sagte. Brett und Cheryl hatten einmal etwas miteinander gehabt. Dabei bereitete es mir Kopfschmerzen, dass Crissy davon wusste.

»Was läuft hier eigentlich?«, fragte ich weiter. »Ich komme gerade von deiner Mom, und die behauptet, sie hätte von Bretts und Cheryls Beziehung keine Ahnung gehabt. Wieso hast du es vor Felicia geheim gehalten, wenn du davon wusstest?«

Sie lachte verächtlich. »Hätte sie von den beiden Wind bekommen, hätte sie Brett ermordet.«

Bei ihrer Wortwahl zuckte ich zusammen. Sprach Crissy eigentlich jemals noch von ihm als Dad? Vielleicht, überlegte ich, war das ihre Art, sich emotional zu dem Horror seiner Todesumstände Distanz zu verschaffen. Falls ja, schien es nicht zu funktionieren.

»Falls Felicia nichts von Cheryl wusste«, fuhr ich fort, »wie bist du ihnen dann draufgekommen?« Nach meiner Erinnerung hatte Abe mir gegenüber nie etwas von einer Freundin seines Vaters erwähnt, und er vertraute mir so ziemlich alles an. Crissy ließ meine Frage lange in der Luft hängen, bevor sie antwortete.

»Sie haben es nicht herumposaunt. Ich habe es von Robbie erfahren.«

Seit ich mich hingesetzt hatte, versank ich immer tiefer in das viel zu weiche Sofa meiner Cousine, sodass ich, als ich vor Überraschung senkrecht saß, mir fast die Nase an den Knien anstieß. Es war keine professionelle Sitzordnung, doch ich zog die physische Nähe zu Crissy in der Hoffnung vor, sie auf diese Weise besser zu verstehen. »Moment mal«, sagte ich. Im Geist ging ich die verschlungenen Bande durch, die Brett mit Cheryl, Cheryl mit Suze, Suze mit Crissy, Crissy mit Robbie verknüpften. »Das heißt, dein Dad war mit der Mom deines damaligen Freundes zusammen. Das ist …«

»Krass«, half sie mir aus. »Ist mir schon klar, glaub mir. Gott sei Dank hatten Robbie und ich da schon Schluss gemacht. Wir hatten nur was im ersten Highschool-Jahr, und als das mit den beiden anfing, war ich schon im zweiten.«

»War es was Ernstes?«, fragte ich. Falls ja, konnte Cheryl nicht gerade begeistert gewesen sein, als sie von Bretts Absicht erfuhr wegzugehen.

Crissy verschränkte die Arme vor der Brust. »Ich will nicht darüber reden.«

»Wenn wir herausfinden wollen, was ihm zugestoßen ist, müssen wir so viel wie möglich über sein Leben damals herausbekommen. Du und deine Mom, ihr habt es verdient, die Wahrheit zu erfahren.«

Crissy lief im Gesicht puterrot an. »Meine Mom hat uns als Kinder eine Höllenangst eingejagt. Sie hätte sich helfen lassen können, hat sie aber nicht, und Abe und ich haben es ausgebadet. Als ich endlich daheim auszog, hatte ich nur eine Bitte an sie, nämlich mich in Ruhe zu lassen, und was macht sie? Kauft sich ein Haus in derselben Straße. Und jetzt? Jetzt kann ich nicht umhin, sie jeden Tag zu sehen, wie sie auf ihrem Rasen steht und wie ein Stalker gar nicht genug von meinen Jungen kriegen kann. Meine Mutter hat schon mal rein gar nichts verdient.«

Ich suchte verzweifelt nach Worten. Natürlich wusste ich, dass sich Crissy und Felicia nicht nahestanden, doch mit welcher

Intensität meine Cousine ihre Mutter verabscheute, schockierte mich doch. Nach all den Jahren, die sie in dem absurden Regelwerk ihrer Mom gefangen gewesen war, hatte es Crissy nicht bei einem Ausbruch belassen: Sie hatte gleich das ganze Gefängnis abgefackelt.

Mich überkam eine Woge der Frustration. Hoffte ich, Trey zu finden, musste ich hinter all diese Verwicklungen kommen. Ja, ich hatte die Entscheidung getroffen, Bretts Mörder aufzuspüren, aber musste ich denn alles alleine machen? Die zwei Frauen, die ihm am nächsten gestanden hatten, legten nicht das geringste Interesse an den Tag, den Fall zu lösen. Wie es aussah, war ich ganz auf meine gemeinsame Vergangenheit mit Bram und die Erzählungen meiner Familie zurückgeworfen, allesamt unvollständig und wenig zuverlässig. Unter diesen Umständen wieder in Swanton zu sein fühlte sich ein bisschen so an, als würde ich zum zweiten Mal gefangen gehalten. Doch der Teufel sollte mich holen, wenn ich Bram noch einmal die Genugtuung gab.

»Wieso kannst du nicht einfach offen und ehrlich mit mir sein?«, sagte ich aufgebracht. »Wieso kommt alles, was du sagst, wie eine Ausflucht rüber?«

»Und wieso geht es *dir* nicht in den Schädel, dass es mich fertigmacht, so an ihn zu denken!« Crissy schob das Kinn vor und sah zur Seite. Sie atmete schnell, während sie reglos dasaß. »Wie würdest du dich denn fühlen, wenn Wally da draußen läge? *Genau da drüben.*« Mit einem zitternden Arm zeigte sie Richtung Fenster, die Bucht und das Schutzgebiet dahinter. Reflexartig schüttelte ich den Kopf. *Dad da draußen?* Unvorstellbar.

Mit gedämpfter Stimme sagte sie: »Er hätte meine Jungs geliebt. Ich habe ihnen von ihm erzählt und dass sie ihn eines Tages vielleicht kennenlernen würden. Gestern kamen sie aus der Schule und fragten, ob es stimmt, dass Grandpa tot ist. Kapierst du das nicht?«, sagte Crissy mit wackeliger Stimme. »Ich bin nicht scharf darauf, dir gegenüber offen zu sein. Ich will dir nicht dabei helfen, denjenigen zu finden, der das getan hat. Ich will einfach nur, dass das alles vorbei ist.«

Aber es ist weit davon entfernt, vorbei zu sein, dachte ich, bemüht, mir mein Mitleid mit meiner Cousine nicht anmerken zu lassen. Crissy hatte eine schwere Kindheit gehabt. Sie hatte ihre Mutter abgeschrieben, und ihren Vater hatte ein schreckliches Schicksal ereilt.

Und Bram würde das alles für sie nur noch viel schlimmer machen.

NEUNZEHN

ICH HATTE CRISSY noch nie weinen gesehen. Sie war eine, die sich eher einen Saftzapfen in die Hand hämmern würde, als Schwäche zu zeigen, und ich geb's zu: Der Anblick ihres nassen, roten Gesichts brachte mich durcheinander. Kurz danach ging ich. Auch wenn meine Cousine und ich uns nie nahegestanden hatten, kannte ich sie gut genug, um zu wissen, dass ich sie an diesem Punkt besser alleine ließ.

Was war nach alledem der Stand der Dinge? Ich hatte lediglich die Bestätigung bekommen, dass Cheryl und Brett ein Paar gewesen waren, womit Cheryl logischerweise meine nächste Station war.

Sie wohnte ein paar Blocks von meinen Eltern entfernt in der Jones Court, einer adretten Straße, die im Sommer vom üppigen Grün alter Bäume strotzte. Jetzt waren diese Bäume kahl und farblos wie Skelette, und so, wie sie die Straße säumten, ähnelten sie eher gespenstischen Wachposten, ihrer Rüstung entkleidet. Ich hatte mich nicht telefonisch angemeldet; über die Jahre hatte ich aus Zeugen erfolgreich die Wahrheit herausgequetscht, indem ich sie mir unvorbereitet zur Brust nahm. Ich lief auf dem Fußpfad zu dem schmalen überdachten Eingang und spähte, während ich klingelte, in die Seitenfenster. Drinnen herrschte Stille. Hatte Suze nicht gesagt, Cheryl sei zu Hause und kümmerte sich um

Erynn? Suze konnte mit ihren Erledigungen eigentlich noch nicht fertig sein, aber möglicherweise war sie doch schon gekommen und hatte ihre Tochter abgeholt. Oder aber Cheryl hielt ein Nickerchen oder war ihrerseits ausgegangen.

Oder aber sie ließ sich nur nicht blicken. Ob Fraser Harmison sie nun schon aufgespürt hatte oder nicht, war Cheryl möglicherweise nicht allzu sehr darauf erpicht, mit jemand Fremdem über ihren toten ehemaligen Freund zu sprechen. Ich klingelte ein zweites Mal und klopfte mehrfach, mit Pausen dazwischen, bevor ich zum Handy griff. Als Cheryls Mailbox sich anschaltete, gab ich auf und holte Harmisons Visitenkarte aus der Brieftasche.

Ich war dem Chief ein Update schuldig und erwischte ihn an seinem Schreibtisch. Er hörte sich zwar mit Interesse an, was ich über Cheryl und den Brief von Brett zu sagen hatte, doch schnell war klar, dass auf seiner Verdächtigenliste Russell Loming ganz oben stand. Offenbar hatte Loming ein Strafregister, das häusliche Gewalt einschloss. Seine erste Frau hatte er bei mehr als einer Gelegenheit geschlagen, und diese Geschichte an Gewaltdelikten machte ihn, wenn man die Hinweise auf unbeglichene Schulden ernst nahm, zu einem naheliegenden Verdächtigen.

Loming – auf meinem Radar war er nicht mehr als ein Echozeichen. Hatte ich mich vielleicht zu sehr auf Bram und Felicia eingeschossen? Ließ ich Loming zu leicht vom Haken? Fest stand, dass Loming und Brett Freunde gewesen waren, doch ich hatte schon jede Menge Fälle vertrauensvoller Beziehungen gesehen, die ins Gegenteil umschlugen, erst recht, wenn dabei Geld im Spiel war. Loming gehörte zu den wenigen Menschen, die gewusst hatten, dass Brett Swanton verlassen wollte und wann. Wenn Brett ihm Geld schuldete, war Loming vielleicht von seinem überhasteten Abgang nicht gerade beglückt.

Russell Loming war ganz offensichtlich auch darauf bedacht gewesen, von sich abzulenken, indem er Cheryl ins Spiel brachte;

für jemanden, der des Mordes schuldig war, zweifellos eine clevere Strategie.

Ich hatte Harmison erklärt, die persönliche Beziehung, in der ich zu Brett stand, würde sich als nützlich erweisen. Ich steuerte einen anderen Blickwinkel bei, hatte ich gesagt. Doch was, wenn ich mit diesem Blickwinkel schieflag, wie mit so vielen Begebenheiten aus meiner Vergangenheit? Wie zum Beispiel mit dem Abend, an dem Abe, Suze und ich rausgingen und Alkohol tranken? Immerhin hatte mir Abe eingeredet, er habe uns alle davor bewahrt, mit der grünen Minna abgeholt zu werden. Sollte mich meine obsessive Überzeugung, die Suche nach dem Schuldigen führe unweigerlich zu den Skiltons, kurzsichtig gemacht haben, übersah ich vielleicht andere wichtige Indizien. Was, wenn ich dadurch Bretts Mörder nicht finden konnte? Was, wenn wir dadurch Trey nie finden würden?

Am Haus meiner Eltern zurück, parkte ich den Wagen neben Dougs und schaltete den Motor ab. Ich hatte den ganzen Morgen noch nicht mit Tim gesprochen, und auch wenn sein Schweigen zum Fall Trey kein gutes Zeichen war, musste ich den letzten Stand der Dinge erfahren. Diesmal meldete er sich auf seinem Handy beim ersten Klingeln. Auch das verhieß nichts Gutes.

»Irgendwas Neues?«, fragte ich und schmiegte mich in die verbleibende Wärme der Sitzheizung. Durch das große Wohnzimmerfenster konnte ich den Hinterkopf meiner Mutter sehen. Sie saß auf dem Sofa.

»Ich stell dich mal auf laut«, sagte Tim. »McIntyre ist auch hier.« Ich hörte ein Klicken und dann die Umgebungsgeräusche des Reviers.

»Mac?«, fragte ich gespannt.

»Ich bin hier. Wir haben in diesem Moment die Porträtskizze von dieser Phantomzeichnerin bekommen.«

»Schau in deinem E-Mail-Postfach nach«, sagte Tim.

In den letzten Wochen hatte ich mich an die leere weiße Spalte gewöhnt, die mir entgegenschlug, wenn ich meine Mail-App öffnete. Tims Nachricht war ein willkommener Anblick. Ich klickte das angehängte Bild an und sah dem Mann mit der Kappe ins Gesicht, der den Anschlag mit Trey und Brett bei Smuggler's Cargo hinterlassen hatte.

Um den New Yorker Ermittlern durch die Lappen zu gehen, hatte sich Blake Bram zweifellos einiges einfallen lassen, um sein Aussehen zu ändern. In jenem Keller hatte ich aber nun Stunden damit zugebracht, sein Gesicht zu studieren, hatte mir jede Pore ins Gedächtnis eingebrannt und ihn mir dabei hinter Gittern vorgestellt. Seitdem lebte ich mit der festen Überzeugung, ihn auf Anhieb zu erkennen, wenn er auf der Straße an mir vorbeiliefe. Oder sich bei Nelly's neben mich setzte. Oder in mein Karatestudio hereinplatzte. Dabei zeigte das Gesicht auf dem Display nur die entfernteste Ähnlichkeit mit dem Bram, den ich aus New York in Erinnerung hatte. Die Nase war zu breit, die Augenbrauen zu geschwungen. Bram hatte sich einen Kinnbart stehen lassen, das Haar kurz geschnitten und zugenommen, an die zwanzig Kilo. Das glättete die Fältchen auf seiner Stirn und unter seinen Augen.

Er hatte viel investiert, um sich unsichtbar zu machen, dennoch wusste ich ohne jeden Zweifel, dass er es war. Schon lange hatte er sich die Zähne richten lassen, Abes herausstechendstes Merkmal, jedoch nicht die spitz zulaufenden Ohren, die meinen so ähnlich waren. Es war ihm nicht gelungen, Abe vollständig auszuradieren. Ich bezweifelte, dass ihm das je gelingen würde.

»Ist er es?« Tims Stimme klang angespannt.

Als ich nicht sofort antwortete, schaltete sich Mac ein: »Shay, sag etwas. Ist er es?«

»Ja.«

»Gütiger Gott«, brachte Tim heraus, und ich begriff, dass er mir bis jetzt nur halb geglaubt hatte, weil er es nicht wahrhaben wollte. »Wir haben auch die Blutanalyse reinbekommen. Es ist eindeutig Treys. Die Kappe, verbunden mit deiner eindeutigen Identifizierung, mehr brauchen wir nicht, um ihn zur Fahndung auszuschreiben. Ich werde mich mit deiner alten Dienststelle in New York in Verbindung setzen und sie wissen lassen, dass wir eine Spur haben.« Nach einer Sekunde fügte er hinzu: »Wir sollten dir Personenschutz geben, Shana. Du bist in Gefahr.«

»Ich bin okay.«

»Findest du?«, fragte Mac. »Der Bursche hat sich dir von Manhattan aus an die Fersen geheftet. Was, wenn er nach wie vor hinter dir her ist?«

»Niemand weiß, ob er noch in A-Bay ist«, fügte Tim hinzu. »Er könnte Trey sonst wohin verschleppt haben, auch nach Vermont. Swanton ist schließlich seine Heimatstadt. Wie auch deine. Wenn er dich ködern will, dann geht er genau dorthin.«

Tim lag natürlich richtig, und diese Logik brachte mich auf einen anderen Gedanken. Es war mir schon in den Sinn gekommen, dass Bram möglicherweise Crissy und Felicia observierte. Dass er auch meine Eltern ins Visier nehmen könnte, daran hatte ich bisher noch nicht gedacht. Ich blickte wieder zum Panoramafenster hinüber. Meine Mutter saß immer noch genauso da wie vorhin.

»Ich bin bei meiner Familie«, sagte ich. »Das hier ist ein Kaff, und ich weiß jetzt, wie er derzeit aussieht. Wenn er hier ist, finde ich ihn.«

»Das ist das Letzte, was du tun solltest.«

»Ich denke, Tim will dir damit sagen«, schaltete sich McIntyre ein, »dass du da draußen für ihn Freiwild bist. Unbewaffnet und ohne jede professionelle Unterstützung.«

»Vielleicht solltest du zurückkommen«, sagte Tim und legte eine Pause ein. Er schien mit sich zu ringen. »Ich weiß, dass du deiner Familie zuliebe dort bist. Ich weiß, dass sie dich brauchen.

Aber Shane, Bram hat diesen Jungen, und du weißt mehr über ihn als irgendjemand sonst. Außerdem brauchen wir dich hier.«

Manchmal dachte ich an Tern Island zurück und daran, wie ich meinen ersten Fall zusammen mit Tim bearbeitet hatte. Ich wollte ihm damals ums Verrecken nicht erzählen, dass ich eine Entführung hinter mir hatte, und war stur wie ein Esel darauf bedacht, keinerlei Zeichen von Schwäche zu zeigen. Ich schämte mich so sehr dafür, Blake Bram nicht verhaftet zu haben, dass ich damit nicht fertigwurde. Doch das alles war läppisch im Vergleich zu dem, was ich jetzt empfand. Nachdem Treys Entführer nunmehr identifiziert war, würden Tim, Mac und alle anderen in A-Bay jeden Stein umdrehen, um Bram dingfest zu machen. Was brächte es also, ihnen zu gestehen, wer er wirklich war? Ich konnte nicht sehen, inwiefern es ihre Chancen verbesserte, ihn zu finden. Stattdessen würde mit einem Schlag alle Welt erfahren, dass dieser herzlose Killer mein eigen Fleisch und Blut war, und meine Familie gnadenlos ins Rampenlicht rücken. Damit nicht genug: Wenn ich wenige Tage vor meiner Prüfung damit herausrückte, würde es Zweifel an meinem Charakter und an meinen Fähigkeiten als Ermittlerin säen. Und meine Hoffnung auf das Ende meiner Suspendierung könnte ich begraben. Am besten hielt ich demnach Kurs.

»Ich bin zwar wegen meiner Familie hergekommen«, sagte ich, »aber ich arbeite auch an Treys Fall. Hier in der Stadt kann ich eine Menge über Bram rausfinden.«

»Also«, sagte Mac. »Ich halte fest: Du bist immer noch suspendiert, und dich überhaupt in diesen Fall einzubeziehen ist eigentlich wider mein besseres Wissen. Vielleicht ist es im Moment tatsächlich gar nicht so verkehrt, wenn du in Swanton bist. Halte dich bedeckt und sieh zu, was du da rausbekommst. Hast du ihr von dem Angler erzählt?«

Die Frage richtete sich an Tim. »Was für ein Angler?«, fragte ich.

»Bogle ist auf einen hiesigen Angler gestoßen, der gesehen hat, wie ein Mann in der Carnegie Bay, vor Iroquoise, etwas ins Wasser geworfen hat«, sagte Tim.

Ich kniff die Augen zu. »Was habe ich mir unter *etwas* vorzustellen?«

»Etwas, das in eine Plane gewickelt war, ungefähr eins zwanzig lang.« Er holte Luft. »Wir haben die ganze Küstenstrecke durchkämmt und auch die Häuser in der Bucht, aber die meisten sind für die Wintersaison verrammelt und verriegelt. Im Lauf der nächsten Stunde schicken wir Taucher.«

Ich riss die Augen wieder auf. »Trey ist auf gar keinen Fall im Wasser.«

»Wir müssen jeder Spur nachgehen.«

»Bram würde ihn nicht verschwinden lassen.«

»An dieser Kappe ist das Blut des Jungen«, warf Tim ein.

»Das war eine leere Drohung.«

Ich sah förmlich vor mir, wie er mit den Zähnen knirschte. Manchmal trieb ich ihn in den Wahnsinn. »Der Mann hat drei Frauen und einen Polizisten ermordet und dich eine Woche lang in einem Käfig gehalten. Woher nimmst du den Glauben, er hätte Mitleid mit einem Kind?«

»Ohne Trey geht sein Spiel nicht auf. Vertraut mir, Bram bringt ihn nicht um, jedenfalls nicht, bis er hat, was er will.«

»Was zum Teufel will er denn?«, entgegnete Tim.

Mich als Zeugin für seinen allerersten Mord? Herausfinden, wer seinen Vater getötet hat? Mich quälen? »Das weiß ich noch nicht.« Ich schlug ein-, zweimal mit der flachen Hand auf mein Lenkrad und dann wieder und wieder, bis meine Wunde brannte. »Bis jetzt weiß ich nicht, was er will, verflucht noch mal! Ich wünschte bei Gott, ich wüsste es.«

»Ich versuche doch nur zu begreifen«, sagte Tim mit belegter Stimme. »Ich versuche, dir zu vertrauen. Falls Trey doch schon tot ist, muss ich an seine Eltern denken. Falls er da im Wasser ist, kann ich nicht zulassen, dass sich die Sache länger als nötig hinzieht. Werde ich auch nicht.«

In meinem SUV sitzend ließ ich den Kopf hängen. »Es ist dein Fall«, sagte ich.

Als ich die Verbindung trennte, brannten mir seine letzten Worte im Fleisch, als hätte ich mich gerade aufs Neue verbrüht.

Ist es das wirklich?

ZWANZIG

ICH ZOG DIE HAUSTÜR hinter mir zu und streifte seufzend, einen nach dem anderen, von der Hacke zu den Zehen, meine Stiefel ab. Swanton zehrte an meinen Kräften – zu viel Familie, zu viele schlechte Erinnerungen –, und jetzt kam auch noch eine unbehagliche Situation drüben in meiner neuen Heimat dazu. Von Mac hatte ich bereits eine Nachricht auf dem Handy. *Bei dir alles okay? Tim ist total gestresst. Sind wir alle.*

Natürlich. Verstehe ich, schrieb ich zurück, während ich innerlich dachte: *Ich bin dazu verdonnert, das allein durchzuziehen, und wenn ich den Code nicht knacken kann, sind wir alle am Arsch.*

Meine Eltern saßen im Wohnzimmer über einer Tasse Tee. Mein Dad hatte, seit ich denken kann, auf dieser Tradition bestanden, und selbst jetzt noch ertappte ich mich oft dabei, wie ich mir am späten Nachmittag ein heißes Getränk und einen Keks dazu besorgte. Doch es war noch keine zwölf, und als ich eintrat, fuhren sie mit den Köpfen herum. Sie hatten auf mich gewartet. Meine Mom kam sofort zur Sache: »Ich habe mit deiner Tante gesprochen.«

O Mist.

»Liebes«, sagte sie, sobald ich saß, »dein Vater und ich halten das für keine gute Idee.«

Stell dich dumm. »Was denn? Was meinst du?«

»Komm schon«, sagte Dad, »du ermittelst zu Bretts Tod. Das ist nicht zu übersehen, Schatz, du machst dieses Gesicht, genauso wie damals immer, wenn du *Columbo* gesehen hast.«

Darüber musste ich schmunzeln. Ich liebte *Columbo.* »Ich bin nun mal hier«, sagte ich mit einem Achselzucken. »Dachte, es kann nicht schaden, mich nützlich zu machen.«

»Du hast dich gerade erst nicht nur von einer, sondern von zwei äußerst traumatischen Erfahrungen erholt. Ein Rückfall ist das Letzte, was du jetzt brauchen kannst.«

»Mir geht's gut.«

»Und das ist wundervoll«, sagte Mom. »Aber meinst du nicht auch, dass es noch zu früh dafür ist, wieder auf das Pferd zu steigen, von dem du gestürzt bist? Deine Tauglichkeitsprüfung ist in zwei Tagen. Wie steht eigentlich dein Psychotherapeut dazu, dass du hier bist?«

Ich wandte mich auf meinem Stuhl um und ließ den Blick zum Kamin schweifen, zu den Bücherregalen, überallhin, nur nicht ins Gesicht meiner Mutter. Wie würde Gil dazu stehen? Er wäre nicht begeistert.

»Er weiß nicht, dass ich *derzeit* hier bin, aber ich habe ihm gesagt, ich plante, zu Thanksgiving zu kommen. Er hatte nichts dagegen. Er meinte, ein gutes Unterstützungssystem sei von unschätzbarem Wert.«

Sie steckten die Köpfe zusammen und tauschten einen vielsagenden Blick. Wieder so eine Gedankenübertragung, die nur sie verstanden.

»Das hier ist kein gewöhnlicher Fall«, sagte meine Mutter. »Brett war dein Onkel. Sein Dahinscheiden macht uns genug zu schaffen, auch ohne, dass du in seiner dreckigen Wäsche wühlst.«

»Er ist nicht *dahingeschieden,* er wurde ermordet, und in seiner dreckigen Wäsche zu wühlen, wie du es nennst, ist die einzige Möglichkeit, herauszufinden, warum. Wollt ihr etwa nicht wissen, wer das war?« Ich stützte die Ellbogen auf die Knie und grub mir die Hände ins Haar. »Felicia hat der Polizei wesentliche Indizien vorenthalten. Crissy wusste, dass Brett zum Zeitpunkt seiner Ermordung eine Freundin hatte, und hat nichts gesagt. Er war damals mit Robbie Copelys Mom liiert, wusstet ihr davon? Enthaltet ihr beiden mir vielleicht auch etwas vor?«

Dad blickte mich über seine Brille hinweg an und legte einen Arm über sein angewinkeltes Bein. Mom stellte ihre Tasse ab und vergrub die Hände im Schoß. »Cheryl Copely«, sagte sie. »Ist sich Crissy da sicher?«

»Russell Loming hat es bestätigt. Ich habe Cheryl eine Nachricht hinterlassen, aber sie hat mich nicht zurückgerufen. Als ich Felicia nach dem Verhältnis der beiden fragte, ließ sie durchblicken, das sei ihr neu.«

Mom griff wieder nach ihrem Tee, ohne zu trinken. Sie brauchte nur etwas, um ihre Hände beschäftigt zu halten. »Wenn das, was du sagst, stimmt, war Brett ein schlimmerer Flegel, als ich dachte. Cheryl und Fee waren lose befreundet. Sie hatten sich einige Male zum Essen getroffen, bevor Fee und Brett sich trennten, seinerzeit, als Crissy und Robbie was miteinander hatten. Wenn da wirklich etwas zwischen Cheryl und Brett lief, höre ich zum ersten Mal davon. Wir sind uns erst letzte Woche beim Einkaufen begegnet. Sie hatte Suzes kleines Mädchen dabei.«

Suze und Crissy, Cheryl und Brett – nichts war in Swanton mehr so, wie es einmal gewesen war. Es gab Beziehungen, von denen ich nichts geahnt hatte, und mehr Geheimnisse in dieser Stadt, als ich zählen konnte. Tim liebte es, mich mit langatmigen Erklärungen zu den Verzweigungen der Flüsse zu quälen, wie zum Beispiel ganz oben im Norden der St. Lawrence River zu Salzwasser wird und sich in zwei Ströme teilt, bevor er ins Meer mündet. Um etwas Ähnliches ging es hier. Gegnerschaft und Vereinigung, divergierende Eigenschaften, die zusammenlaufen. Auch wenn ich es meinen Eltern gegenüber nie zugeben würde, machte mir der Gedanke Angst.

Mom war nicht zu bremsen – sie sprach davon, auf meine psychische Gesundheit achtzugeben und mir die nötige Zeit zu lassen, damit die seelischen Wunden heilen konnten. Ich nickte freundlich, um sie glücklich zu machen, während ich mit den Gedanken woanders war.

Ich hatte die Möglichkeit nicht ausgeschlossen, dass Bram für Bretts Tod verantwortlich war. Es lag nahe, dass er den ungefähren Fundort von Bretts Leiche gemeldet hatte, und obwohl daran irgendetwas faul war, wusste er in dem Fall zumindest, dass Brett tot war. Jetzt, da ich wusste, wozu er fähig war, traute ich ihm auch diesen Mord zu.

Und doch ließ mich der Gedanke an seine Mutter nicht los. Crissy hatte durchblicken lassen, wie sehr es Felicia in Rage gebracht hätte, wäre sie damals dahintergekommen, dass Brett und Cheryl ein Verhältnis hatten. Außerdem hatte ich mit eigenen Augen gesehen, wozu sich Felicia in einem Wutanfall hinreißen ließ. Allem Anschein nach hatte meine Tante inzwischen ihr Leben in den Griff bekommen. Sie war sich ihrer psychischen Störung bewusst und achtsam in ihrem Verhalten. Vor zwanzig Jahren sah die Sache ganz anders aus.

»Du hattest recht wegen Crissy«, sagte ich unvermittelt. »Sie ist wirklich wütend, nicht nur wegen Brett, sondern auch wegen Felicia.«

»Sie hat ein Talent, nachtragend zu sein«, sagte Mom.

»War Felicia sauer?«, fragte ich. »Nach der Trennung?«

»Und ob sie das war«, erwiderte Mom. »Auch wenn sie es ums Verrecken nicht zugegeben hätte, war Brett der emotional stabilere Elternteil, und Fee wusste, dass er im Leben der Kinder unverzichtbar war. Wenn du mich fragst, ob sie ihm nachgetrauert hat, als er auszog, lautet die Antwort *nein*. Aber als er dann ganz wegzog, das war was anderes.«

Ich zögerte, bevor ich mit meiner nächsten Frage herausrückte: »Ging es zwischen Brett und Felicia jemals physisch zur Sache?«

»Sie hatten immerhin zwei Kinder miteinander, Liebes.«

»Himmel, Dad, nein. Ich meine, kam es je zu physischer Gewalt?«

Meine Mom zog mit dem Daumen das Blumenmuster an ihrer Teetasse nach. »Felicia und ich haben uns immer nahegestanden. Selbst in den schlimmsten Zeiten hat sie über alles mit mir gesprochen. Pop und Nana waren so mit ihrer Zahnarztpraxis eingespannt, allein schon die tägliche Fahrt von Colchester und zurück, dass wir beide sehr oft auf uns gestellt waren. Ich glaube, ich habe Fee besser verstanden als unsere Eltern, besser als irgendjemand sonst. Brett hat sich so einiges geleistet, aber er ist gegen meine Schwester nie handgreiflich geworden.«

Nur dass sie damit nicht meine Frage beantwortete, ganz und gar nicht. Auch ich hatte nie erlebt, dass Brett seinen Kindern mit einer Tracht Prügel gedroht hätte, nicht einmal andeutungsweise, obwohl ihm Crissy reichlich Gelegenheit bot auszurasten. Ich hatte auch niemals Felicia mit einem blauen Auge oder anderen Blutergüssen gesehen. Was ich dagegen gesehen hatte, war ein Krug Milch, der mit Schwung in Abes Gesicht landete.

»An dem Wochenende, an dem Brett wegziehen wollte, an dem Freitag«, sagte ich, »sind Abe und ich in die Fabrik gegangen, um mit ihm zu reden. Wir wollten ihn dazu bringen, wieder bei ihnen einzuziehen.«

»Daran erinnere ich mich«, sagte Mom. »Armer Abe, Bretts Entschluss auszuziehen hat ihn bis ins Mark getroffen.«

»Und erinnerst du dich, ob du Abe danach noch mal gesehen hast?«, fragte ich.

Meine Mutter nickte, und dabei fiel ihr eine von Silberhaaren durchzogene blonde Strähne über die Wange. »Bestimmt. Das war an einem Freitag, sagst du? Freitagabends kam er ja immer zur Pizza zu uns herüber.«

»An dem Freitag nicht«, stellte ich klar. »Er hatte einen Bluterguss im Gesicht. Er ... wollte nicht kommen.«

»Daran kann ich mich noch erinnern«, sagte Dad. »Das sah schlimm aus.«

»Ach so«, warf meine Mutter ein, »du meinst die Sache, wo er auf der Eingangstreppe hingefallen ist. Er war mit voller Wucht auf dem Beton aufgeschlagen. Kann von Glück sagen, dass er sich keine Gehirnerschütterung geholt hat.«

Felicia hatte es ihr also nicht gebeichtet. Mit Sicherheit gab es viele Dinge, die sie vor ihrer Schwester verbarg, um so weiterzuleben, wie sie es gewohnt war. Es rieselte mir kalt die Arme herunter. »Er ist nicht gestürzt, Mom. Aunt Fee hat ihn geschlagen.«

»Was? Nein.« Fassungslosigkeit machte sich in ihrem Gesicht breit. Nach dem ersten Moment der Verwirrung funkelten ihre Augen vor Empörung. »Mach dich nicht lächerlich, Shana.«

»Aunt Fee war außer sich«, sagte ich. »Abe hatte ihr gerade eröffnet, Brett würde wegziehen, und sie ist ausgerastet. Hinterher hat es ihr leidgetan, aber es ist nun mal passiert. Ich war da. Sie hat die Beherrschung verloren.« Ich schluckte. »Deshalb«, sagte ich betont, »muss ich wissen, ob ein Streit zwischen Brett und ihr schon mal in Gewalt ausgeartet ist.«

Meine Mutter starrte mich an. Ich konnte nichts dagegen machen; unter ihrem durchdringenden Blick fingen meine Wangen zu glühen an.

»O mein Gott«, sagte sie gedehnt. »Du glaubst, Fee wäre es gewesen. Du glaubst, sie hat Brett umgebracht.«

»Mom, hör zu. Vorerst gibt es dafür keinerlei Indizien, aber ...«

»Shana«, schaltete sich mein Vater ein. Seine Hängebacken wackelten. »Das reicht.«

»Nein.« Mom richtete sich kerzengerade auf. Mir gefiel ihre Gesichtsfarbe nicht. Mir gefiel gar nichts an diesem Moment, und ich hatte nur den einen Wunsch, dass er vorüberging. »Fee wollte nichts weiter, als dass Brett für seine Familie Verantwortung übernimmt. Sie hätte ihm nichts angetan. Sie hätte nie jemandem wehgetan.«

Das stimmte nicht, und wir alle wussten es. Viele Menschen, die an einer Angststörung leiden, sind die besten Eltern und würden nie zu Gewalt Zuflucht nehmen. Ich wünschte, ich hätte dasselbe über Felicia sagen können.

»Es geht hier um deine *Familie*«, sagte meine Mutter. In ihrer angespannten Miene gruben sich die Falten tiefer ein. »Dein eigen Fleisch und Blut. Wie bringst du es nur über die Lippen, deine Tante mit Bretts Tod in Verbindung zu bringen? Wie kannst du nur so *grausam* sein?«

Wie vereinbart man mutwillige Grausamkeit mit Familienbanden? *Es ist nicht leicht, Mom.* Ihre Worte gingen mir wie Glasscherben unter die Haut, meine Mutter hielt es nicht mehr auf ihrem Platz. Sie sprang auf und eilte, ohne sich noch einmal umzusehen, aus dem Zimmer.

»Dad«, flehte ich, doch er winkte nur ab.

»Wir haben es auch so gerade schwer genug«, murmelte er, während er meiner Mutter nach oben folgte. »Du solltest darauf Rücksicht nehmen, Shana.«

Von dem Ton, in dem er das sagte, wurde mir eiskalt.

Als sie beide verschwunden waren, blieb ich wie vom Schlag getroffen sitzen. Was hatte ich mir denn erwartet? Es war grausam, anzudeuten, meine Tante könnte bei Bretts Ermordung die Hand im Spiel gehabt haben. Aber dieser Familie war Grausamkeit nicht fremd. Eine Minute war vergangen, als Doug in der Wohnzimmertür erschien. Ich betrachtete sein freundliches Gesicht und schüttelte den Kopf. *Ich weiß nicht, was ich machen soll. Ich weiß nicht, wie ich die Sache anstellen soll.* Zur Antwort kam mein Bruder herüber, nahm mich bei der Hand und sagte: »Komm mit.«

EINUNDZWANZIG

»MACHT'S SPASS, DETECTIVE?«

Doug wartete mit seiner Bemerkung, bis wir draußen und auf dem halben Weg zur nächsten Kreuzung waren. Abgesehen vom leisen Rascheln der wenigen an den Bäumen verbliebenen verschrumpelten Blätter war es in der Straße so still wie eh und je. Meine Eltern hatten sich unser Haus wegen der Sackgasse ausgesucht, perfekt, um Fahrradfahren zu lernen und auf der Straße Hockey zu spielen. Hier hatte ich mich immer sicher gefühlt. Jetzt bereitete es mir chronische Schmerzen, wie von einem Muskelriss oder einem Stein im Schuh, hierherzugehören.

»Du hast gelauscht«, sagte ich, während ich mit dem Fuß einen Kiesel quer über den Asphalt schoss.

»So groß ist das Haus auch wieder nicht. Traust du Aunt Fee das zu?«

Gute Frage. »Ich weiß es nicht.«

»Wenn du mich fragst«, sagte er, »stimme ich Mom und Dad zu.«

»Na toll. Will hier eigentlich niemand, dass Bretts Mörder gefunden wird?«

»Selbstverständlich wollen wir das, aber du hast in letzter Zeit eine Menge durchgemacht. Du solltest nach vorne blicken statt zurück.«

»Und wie genau stellst du dir das vor?«

Doug zuckte mit den Schultern, und sein dicker hellbrauner Anorak mit dem Kordbesatz am Kragen und dem weichen Futter im Schottenmuster zuckte mit. »Es hat dich immer Überwindung gekostet, hier zu sein, oder? Nicht weiter verwunderlich, nach dem, was Abe getan hat. Vielleicht bist du ja gut darin, den Gedanken zu verdrängen, aber nun ermittelst du zum Tod von seinem Dad. Abe ist allgegenwärtig.«

Diesmal schoss er einen Stein. Er ditschte die Straße entlang. »Jetzt, wo ich Hen habe, mag ich mir das gar nicht ausmalen«, sagte er. »Bis sie sechzehn ist, haben wir noch ein paar Jahre, aber ich kann dir schon heute sagen, ich würde lieber sterben, als zuzusehen, wie sie so jung aus unserem Leben tritt. Hast du dich schon mal gefragt, was aus Abe geworden ist, nachdem er von zu Hause weg ist?«

Ich hatte kaum etwas anderes getan. Bis zu dem Tag, an dem ich die Augen öffnete und er auf mich herunterstarrte.

Die Kälte drang mir durch die Manteltaschen in die Hände. Das taube Gefühl rief mir die Pressekonferenz in Erinnerung. A-Bay, Tim und Mac und Trey. Er war jetzt seit über vierundzwanzig Stunden verschwunden, und mir lief die Zeit davon. Ich war zu dem Schluss gelangt, dass ich den ungeklärten Tod von Brett wie einen Vermisstenfall behandeln musste. Ich musste demnach herausfinden, wann Brett verschwunden war und welche Personen ihn als Letzte gesehen hatten. Ich versuchte immer noch, mir von Bretts letzten Tagen in der Stadt ein Bild zu machen, wusste jedoch so viel, dass es ein hektischer Aufbruch gewesen sein musste. Als Abe und ich in der Fabrik auftauchten, war er bereits gegangen, und er hatte beabsichtigt, Swanton binnen achtundvierzig Stunden zu verlassen. Vielleicht wusste ja Doug mehr darüber, was hinter seinem überstürzten Abgang steckte, als ich.

Statt meinem Bruder zu antworten, sagte ich: »Erinnerst du dich an den Tag, als Abe und ich zu Bretts Fabrik gegangen sind?«

»Das war ein übler Bluterguss«, sagte Doug finster. »Du hast mir am nächsten Tag im Kino erzählt, was an dem Tag passiert war.«

»Im Autokino in St. Albans«, sagte ich und lebte bei der Erinnerung ein wenig auf.

»Samstagabend sind wir alle hin. Gott, das beste Kino auf der Welt.«

Ja und nein. In dem Sommer hatte Doug bereits einen Führerschein, ich dagegen nicht, und er lud sich den Wagen meiner Eltern lieber mit seinen Freunden voll. Crissy hatte ihrerseits genügend Freunde mit Zugang zu einem Auto, und so mussten Abe und ich uns etwas einfallen lassen. Waren wir erst einmal hingekommen, mussten wir ein Fahrzeug finden, aus dem wir den Film sehen konnten, oder uns im Schneidersitz ins Coca-Cola-verklebte, von Ameisen wimmelnde Gras setzen.

»Es war *Akte X«,* sagte Doug, und ausnahmsweise erstarrte ich nicht in Ehrfurcht vor seinem Gedächtnis. Ich war verrückt nach der Serie und konnte es kaum erwarten, den Film zu sehen. Ich hatte schon monatelang davon geredet.

Ich kniff ein Auge zu, um meinen eigenen Erinnerungen auf die Sprünge zu helfen. »Aber ich konnte ihn nicht sehen«, sagte ich, »wegen Abe.«

Wir waren ans Ende des Häuserblocks gelangt. Als Doug umkehrte, lief ich ein wenig langsamer. Ich war mit unserer Unterhaltung noch nicht am Ende.

»Du hast die ganze Zeit nach Bretts Wagen Ausschau gehalten«, sagte Doug.

»Stimmt. Wir konnten ihn am Freitag nicht finden, und Abe bestand auf einem letzten Versuch, ihn doch noch zur Heimkehr zu überreden.«

Ich sah es jetzt deutlicher vor mir. Ich sah eine abendliche Wiese, bis auf das letzte Fleckchen von Pkw und Pick-ups zugeparkt, eine lange Schlange Eltern mit ihren Kindern an der Snackbar, während uns eine Duftmischung aus Burger-Fett und Popcorn, Benzin und frisch gemähtem Gras in die Nase stieg. Mit viel Getöse kündigte sich die Vorschau an, und die riesige Leinwand erwachte zum Leben. Ich sah vor mir, wie ich mich mit gesenktem Kopf, um unentdeckt zu bleiben, zwischen den noch warmen geparkten Autos hindurchschlängelte, doch es waren Hunderte, und zahllose weitere Zuschauer hatten dazwischen mit Klappstühlen ihr Lager aufgeschlagen und verstellten mir den Weg. Ich suchte, als hinge mein Leben daran, während der Film lief, auf den ich Jahre gewartet hatte. Ich tat es Abe zuliebe.

»Es war gerappelt voll«, sagte ich. »Als wäre die ganze Grafschaft zusammengeströmt, um diesen Film zu sehen. Suze war da. Ich glaube, sie hat uns bei der Suche geholfen.« Zumindest hatte sie es versucht, doch Abe hatte sie nicht dabeihaben wollen. Er hatte Suze nie getraut.

»Dina Ledoux war auch da«, sagte Doug.

»Der Rotschopf?«

»Die Göttin.«

Ich lachte. »Du meinst das Mädchen, für das du im ersten College-Jahr geschwärmt hast? Für das du ständig in deiner stinkenden Fliegerjacke rumgelaufen bist, weil sie einmal gesagt hatte, sie fände die schick?«

»Die Nämliche. Ich wollte sie unbedingt anquatschen, aber Abe sprang mir ständig ins Gesicht.«

»Wie meinst du das? Sprang dir ins Gesicht?«

Wieder zuckte er mit den Achseln. Die hochstehende Wintersonne verwandelte die grauen Haare hinter seinen Ohren in Rauschgold. »Er wollte, dass ich mich an der Suche nach Brett beteilige. Lag mir immer wieder in den Ohren, das sei die letzte Chance, sonst würde er seinen Vater nie wiedersehen.«

»Womit er recht behalten sollte. Die Rezeptionistin in der Fabrik erzählte uns, Brett plane, schon am Sonntag umzuziehen. Wenn ich die zeitliche Abfolge der Ereignisse an diesem Wochenende rekonstruieren kann«, erklärte ich, »finden wir vielleicht heraus, wer ihn umgebracht hat.«

»Na ja, du weißt, dass er im Autokino war.«

»Brett? Er war da? Du hast ihn da gesehen?«

»Klar. Du nicht?«

»Wir konnten ihn nicht finden.« Ich schwieg. Stimmte das? Ich wusste nur, dass Abe, als der Abend zur Neige ging, ziemlich aufgelöst war. Etwa nicht, weil unsere Suche fehlgeschlagen war? *Scheiß Bram.* Ich wusste nicht, welche meiner Erinnerungen er manipuliert hatte. Fragte sich, ob ich überhaupt irgendwelche guten Erinnerungen in Verbindung mit ihm hatte, ohne dass er sie mir eingetrichtert hatte. »Wenn du Brett dort gesehen hast«, sagte ich, »war er Samstagabend jedenfalls noch am Leben.«

Doug schüttelte den Kopf. »Er war sogar noch viel länger am Leben. Schließlich ist er nach Philly gegangen, schon vergessen? Abe ist zu ihm gezogen.«

»Also, da bin ich mir nicht so sicher.« Das war die Geschichte, die uns unsere Eltern erzählt hatten: Abe lief von zu Hause weg und landete in Philadelphia bei Brett. Brach die Verbindung zu seiner Mutter und seiner Schwester ab und zog es vor, bei seinem Dad zu leben. Aber abgesehen von diesem Brief an Felicia hatte seit all den Jahren niemand mehr von uns ein Lebenszeichen von Brett bekommen.

Ich schob die Hände tiefer in die Manteltaschen und sagte: »Was, wenn Abe überhaupt nie mit seinem Vater in Kontakt getreten wäre, nachdem Brett Swanton verlassen hatte? Abe war sechzehn, also minderjährig. Felicia hätte ihn als Ausreißer melden müssen, doch dann bekam sie einen Brief von Brett, in dem er erklärte, Abe sei bei ihm. Sie konnte aufatmen, weil sie ihn in Sicherheit wusste.« *Und Abe konnte sich in Luft auflösen.*

»Abe könnte den Brief gefälscht haben«, dachte ich laut nach. »Er hatte jede Menge Geburtstagskarten von Brett, mit denen er arbeiten konnte.« Das würde zu dem jahrzehntealten Skelettfund passen und erklären, wieso nach seinem vermeintlichen Umzug niemand je wieder von Brett gehört hatte. »Ich glaube, Brett ist nie über Swanton hinausgekommen. Ich glaube, er könnte am 20. Juni 1998 – dem Tag, an dem wir ins Kino gegangen sind – den Tod gefunden haben.«

Obwohl beide durchgefroren, standen wir Seite an Seite vor unserem Elternhaus, und keiner machte Anstalten, die Tür zu öffnen. »Sagen wir, der Mörder wusste von Bretts Plan wegzugehen«, sagte ich. »Es ist eigentlich ziemlich genial. Niemand würde Brett für vermisst erklären, weil alle wussten, dass er den Bundesstaat verlassen wollte.«

Doug war still geworden und wirkte ein wenig distanziert, doch ich wollte meinen Faden nicht verlieren und spann ihn weiter. »Wenn ich mit meiner zeitlichen Einordnung richtigliege, können wir meines Erachtens ausschließen, dass ihn ein Fremder ermordet hat. Bei einem Mord wie diesem ist kein Zufall im Spiel. Da fließen zu viele wichtige Ereignisse zusammen. Ein Mann kündigt nicht seine Stelle, verlässt seine Familie und wird genau an diesem Wendepunkt in seinem Leben zufälliges Opfer eines Psychopathen.«

»Crissy«, sagte Doug nur.

War er vor fünf Minuten schon so bleich gewesen? Seine Sommersprossen hoben sich seltsam deutlich von seiner weißen Haut ab. »Was soll mit ihr sein?«, fragte ich.

»Was du eben über wichtige Ereignisse zu der Zeit von Bretts Verschwinden sagtest. Brett hat bei der Fabrik gekündigt und geplant, die Stadt zu verlassen, aber genau zur selben Zeit ist auch Crissy verschwunden.«

»Ich dachte, da wäre sie fünfzehn …«

Auf den Tag genau eine Woche vor Crissys sechzehntem Geburtstag. Da sei Brett weggegangen, hatte Felicia gesagt.

»Mom wollte eine Geburtstagsparty für sie schmeißen«, fuhr Doug fort, »aber die hat sie abgeblasen, weil Crissy sich erst noch erholen musste.«

»Ach du Scheiße.« Ich drückte mir die Handballen in die Augen. »Soll das heißen, sie ist an demselben Wochenende verschwunden wie Brett?«

»Allerdings«, erwiderte Doug. »Ich denke schon.«

Es war, als hätte ich an meinem eigenen Handrücken plötzlich ein Muttermal entdeckt, das ich noch nie gesehen hatte. Wie konnte mir das entgangen sein? Ich hatte keine Erklärung. So viel von dem, was Doug da sagte, kam mir wie Episoden einer Geschichte vor, die mir jemand erzählt hatte, und nicht wie Erinnerungen aus meinem eigenen Leben. Wieso hatte Bram so viel über unsere Vergangenheit geredet? Was sollte ich sehen?

»Hast du jemals Crissy gefragt, was ihr passiert ist?«, hakte ich nach. Doug hatte wesentlich mehr Zeit mit unserer Cousine verbracht als ich. Sie hatten sogar einige gemeinsame Freunde gehabt.

»Ich hab's versucht. Sie konnte sich kaum an etwas erinnern. Den Tests nach hatte sie Meth im Blut. Ehrlich gesagt, hat mich das an ihrem Verschwinden am meisten schockiert. Ich glaubte nicht, dass sie harte Drogen nahm. Jedenfalls«, fuhr er fort, »hatte es wohl einen mächtigen Krach zwischen ihr und Felicia gegeben, sie ist weggelaufen und lag irgendwann bewusstlos, mit einer schlimmen Platzwunde am Kopf und mit einer leichten Gehirnerschütterung im Wald.«

Mir gefiel das Bild nicht, das seine Erzählung bei mir heraufbeschwor, ebenso wenig wie die Bilder anderer Frauen, die leblos irgendwo im Wald lagen und mir wie ein Daumenkino durch den Kopf spukten. »Und du glaubst nicht, dass irgendein Kerl sie …«

»Dafür gab es keinerlei Anzeichen.«

»Wo genau wurde sie gefunden? Ich erinnere mich nur, von irgendeinem Bach gehört zu haben.«

»Charcoal Creek«, sagte Doug.

»Wie weit ist das von der Anlegestelle entfernt?«

»Scheiße.«

»Wie weit, Doug?«

Er hatte die Hände vors Gesicht gelegt. Als er wieder aufsah, waren seine Augen rot umrändert. »Ich weiß nicht, wo genau Crissy gefunden wurde. Aber Hook Road und dieser Bach sind nicht weit voneinander entfernt. Eine Meile vielleicht. Wenn überhaupt.«

Vater und Tochter, beide am selben Wochenende verschwunden, beide in derselben Gegend des Wildschutzgebiets, und nur einer von beiden lebendig aufgefunden. Was hatte das zu bedeuten?

Ich sah Crissy wieder vor mir, wie sie in ihrem Häuschen an der Bucht weinte, immer noch so wütend auf Felicia wie zwei Jahrzehnte zuvor. Ich sah den Bluterguss, den Felicia in Abes Gesicht hinterlassen hatte, als sie ihrem Zorn über Brett in diesem Schlag mit dem Krug freien Lauf gelassen hatte. Auch wenn ich noch nicht wusste, wie ich mir das alles zu erklären hatte, stand eines fest: Wenn es Mom gegen den Strich ging, dass mein Verdacht auf Felicia fiel, würde ihr das hier noch um einiges weniger schmecken.

ZWEIUNDZWANZIG

ZUM MITTAGESSEN MIT meiner Familie klinkte ich mich aus. Mir schwirrte der Kopf, und mich plagten Gewissensbisse dafür, Felicia verdächtigt zu haben. Ich traute mir nicht zu, im selben Raum wie meine Mutter zu sein, ohne sie erneut aufzuregen, und so verordnete ich mir Zimmerarrest, während sich mein Bruder zu einem späten Abendessen aus gegrilltem Käse und hausgemachter Tomatensuppe zu meinen Eltern setzte.

Kaum hatte ich die Tür hinter mir geschlossen, zückte ich mein Handy und schickte eine Blitz-Mail an Harmison. Ich hatte keine Ahnung, ob er bereit war, mir einen Gefallen zu tun, aber schließlich arbeiteten wir an demselben Fall, und Fragen kostete nichts. Als ich das charakteristische Zischen hörte, mit der meine Nachricht rausging, sah ich von meinem Handy auf. Mitten auf meinem Bett lag ein Brief, mit einem Sticker darauf, in der Handschrift meiner Mom. *Der steckte im Briefkasten,* las ich.

Mein Name stand auf dem Umschlag, aber keine Absenderadresse. Auch eine Briefmarke fehlte. Ich musste an Suze denken, all die Briefchen, die wir uns in der Klasse hin und her geschickt hatten. Kam das hier von ihr? Ich fühlte zwar etwas in dem Umschlag, aber nichts Größeres. Vielleicht eine Perle von einer alten Halskette? Die Form hätte gepasst. Ich schob den Finger unter die Lasche, riss sie auf und zitterte. Ein menschlicher Zahn fiel auf die Decke.

Ich starrte darauf. Es war ein schöner Zahn, ganz anders als Abes seinerzeit. Er war klein, aber es war kein Milchzahn. Lang und blutig, war die vollständige Wurzel daran. Ich hatte den Backenzahn eines Kindes vor mir, frisch gezogen.

Ich beugte mich vornüber und stützte die Hände auf die Knie.

Ich hatte Tim versichert, er könne sich auf meinen Instinkt verlassen, dass dem Jungen schon nichts passieren würde. Ich hatte wirklich geglaubt zu wissen, wie der Hase läuft. Folge den Spuren und trage den Sieg davon, genauso wie damals in unserer Kindheit.

Tief durchatmen. Reiß dich zusammen. Ich brachte jede Technik zum Einsatz, die mir Carson beigebracht hatte, und befahl meinem Puls, sich zu beruhigen, während ich mich aufs Bett niederließ und erneut nach dem Umschlag griff. Ich fand eine Nachricht darin, diesmal drei Zeilen.

Wer hat Brett getötet?
Hör auf, deine Zeit zu vergeuden.
Die Wahrheit ist irgendwo da draußen.

Wir trafen uns an dem Imbissstand, an dem hinter Glas das Hochglanzposter für den Film prangte, der anlief. Ich fieberte ihm entgegen. *Akte X – Die unheimlichen Fälle des FBI,* endlich. Wir hatten keine Folge verpasst, Abe und ich, und uns den Slogan der Serie zur Maxime gemacht.

Die Wahrheit ist irgendwo da draußen. Es drehte sich demnach alles um jene Nacht. Doch irgendwas entging mir hier, etwas Entscheidendes in Bretts Leben, das erklärte, was er damals gemacht hatte, nachdem er das Autokino verließ.

In meinem ehemaligen Kinderzimmer wickelte ich den Zahn in ein Papiertaschentuch und dachte so angestrengt an jenen Abend vor Jahrzehnten, dass ich Kopfschmerzen bekam. So vergingen

Stunden. Ich saß am Fenster und sah zu, wie das Tageslicht schwand und die Abenddämmerung mich in eisige Dunkelheit stürzte, während ich mir über die neueste Nachricht das Hirn zermarterte und die Straße vor dem Haus nach Bram absuchte.

Schlussendlich rief ich Mac an. Es befand sich ein Stück von Trey in Swanton, etwas vom Körper des Jungen war hier in meinem Elternhaus, und die Angst davor, was das möglicherweise zu bedeuten hatte, hielt mich so fest im Griff, dass ich selber die Zähne bis an die Schmerzgrenze zusammenbiss. Als Mac sich nicht meldete, versuchte ich es bei Tim, aber auch der ging nicht ran. Nach unserer letzten Unterhaltung konnte ich es ihm nicht verübeln, doch ich versuchte es trotzdem noch zweimal. Dreimal. Wer hat Brett umgebracht? Nicht Abe, jedenfalls nicht, wenn ich seiner Nachricht glaubte. Auch wenn er ein Killer war.

Man hört immer wieder von Fällen, die Detectives in den Wahnsinn treiben. Die Suche nach Serienmördern kann Jahre dauern, in denen die Ermittler sich auf der Suche nach irgendeinem Anhaltspunkt, der sie ihrem Täter auf die Fährte bringt, zu Tode arbeiten. In solchen Fällen kann die Sache persönlich werden. Ein Tatverdächtiger wird für den Detective dann zum weißen Wal. Doch das alles war nichts im Vergleich zu dem, was sich zwischen mir und Bram abspielte. Trey einen Zahn zu ziehen war die Handschrift eines Psychopathen, ein sadistischer Akt, der darauf abzielte, mir das Blut in den Adern gerinnen zu lassen und mir darüber hinaus quälende Schuldgefühle einzujagen.

Bis fast sechs Uhr klopfte niemand an meine Tür oder rief meinen Namen, und erst da wurde mir bewusst, dass ein Teil der Schmerzen, die ich empfand, von meinem leeren Magen kam. Als ich Dougs Stimme hörte, entspannte ich mich am ganzen Körper. Ich brauchte nichts dringender als eine psychologische Zuflucht. Es tat mir nicht gut, stundenlang mit den Gedanken um Bram zu kreisen. Auf Tern Island hatte ich das auf die harte Tour erfahren müssen. Davon abgesehen war es kindisch, mich in meinem Zimmer vor meiner Mutter zu verstecken. Nach einem guten Abendessen mit meiner Familie und ein paar Geschichten von meinem Bruder, die uns Lachkrämpfe bescherten, sähe die Welt schon ganz anders aus, und es wäre die Gelegenheit für einen Neustart mit meiner Mom. Das alles würde mir genügend den Rücken stärken, um mich der dunklen Seite meiner Familie zu stellen.

Als ich in die Küche kam, saßen meine Eltern und Doug um den Tisch.

Auf dem Stuhl, der seit meiner Kindheit meiner war, saß Felicia.

»Hallo, *Puppet«,* sagte Dad, als er mich sah, und ich zuckte reflexartig zusammen. Ich hatte es nachgeschlagen, dieses Wort, als Kind, und festgestellt, dass es sich auf einen Gegenstand bezog, der bei Zauberei Verwendung fand, das europäische Gegenstück zu einer Voodoo-Puppe. Seitdem mochte ich den Kosenamen nicht mehr, hatte es aber nie fertiggebracht, meinem Vater das zu sagen. Ich war eine erwachsene Frau über dreißig, eine versierte Ermittlerin, doch da stand ich nun vor meiner Familie, ohne einen Platz zum Sitzen und mit einem Spitznamen, den ich hasste, und war wie ein Kind kurz davor zu heulen. Als Doug mir seinen Stuhl anbot, lehnte ich dankend ab und ging zur Küchentheke, um mir ein Glas Wein einzuschenken. Ein großes.

»Fee ist vorbeigekommen«, sagte meine Mom überflüssigerweise, während meine Tante, als sie meinen Unmut spürte, den Blick senkte und in ihr Glas Saft starrte. Felicia hatte Lippenstift und Rouge in warmen Tönen aufgelegt, sodass sie aussah, als hätte sie sich einen Tag lang in einem luxuriösen Urlaubsort von der Sonne verwöhnen lassen. Dagegen sah meine Mutter – hohläugig, das graublonde Haar hastig zu einem Pferdeschwanz zurückgebunden – reichlich mitgenommen aus. Der Gegensatz war besorgniserregend. Immer war es Felicia gewesen, der man die

Vernachlässigung anmerkte oder die man vom Sprung von der Klippe zurückhalten musste. Wann hatte sich das geändert?

Aus dem Augenwinkel heraus registrierte ich, wie Dad Doug mit dem Fuß anstupste. »Dann lassen wir die Damen mal allein«, sagte er. Nachdem die Männer ihr Bier aufgefüllt hatten und hinausgegangen waren, nahm ich doch noch Platz und sah meine Tante erwartungsvoll an.

Ich konnte es immer noch nicht fassen, wie sich Felicia verändert hatte; von der Frau, die einst Crissy und Abe terrorisiert hatte, schien nichts übrig geblieben zu sein. Ihr Ehemann war nur noch ein Haufen Knochen, ihre Tochter sprach nicht mehr mit ihr, und ihr Sohn war ein gewalttätiger Ausreißer. Wie konnte sie hier in der Küche meiner Eltern sitzen und sich ihren Saft schmecken lassen, als führte sie ein unbeschwertes Leben? War das alles nur Pose? Falls sie vor all den Jahren tatsächlich ihren Mann ermordet hatte, war es vielleicht keine schlechte Tarnung, sich neu zu erfinden. Wer mit unbequemen Fragen zu Felicia kam, hätte Mühe, in ihr etwas anderes als die vernünftige Frau zu sehen, die man jetzt vor sich hatte.

Mit Ausnahme von mir.

Ich rechnete damit, dass Mom das Gespräch eröffnete, doch stattdessen beugte sich Felicia zu mir vor. »Ich habe über unsere Unterhaltung nachgedacht. Es gibt da ein paar Dinge, die du unbedingt verstehen solltest.«

»Okay«, sagte ich und wartete.

Sie schloss die Lider. Als sie sie wieder öffnete, erschienen mir ihre bernsteinfarbenen Augen eine ganze Nuance dunkler. »Ich habe eine Angststörung«, sagte Felicia.

Die Tatsache war mir so wenig neu, dass die Bemerkung hätte an mir abperlen müssen, doch es war das erste Mal, dass ich dieses Geständnis aus dem Munde meiner Tante hörte.

»Gott«, sagte sie, »ich kann gar nicht sagen, wie oft ich schon befürchtet habe, deine Mutter würde mich in eine Anstalt stecken. Vielleicht wäre es besser so gewesen. Als sie das erste Mal vorbeikam, um den kleinen Abe zu sehen, an dem Tag, an dem mich Brett vom Krankenhaus nach Hause gebracht hatte, fand sie mich im Flur, wo ich mich mit den Kindern in eine Ecke duckte, als wappneten wir uns für einen Hurrikan. Crissy war wie versteinert, und Abe schrie vor Hunger, aber ich war fest davon überzeugt, ein Fremder triebe sich in der Nachbarschaft herum. Der Flur war der einzige Raum im Haus ohne Fenster. Der einzige Raum, in dem ich mich sicher fühlte.«

Diese Geschichte war mir zwar neu, kam aber nicht überraschend. Wie oft hatte ich, als wir klein waren, mitbekommen, wie Mom versuchte, Crissy und Abe zu trösten. *Eure Mutter liebt euch von ganzem Herzen. Sie will euch nicht verlieren.*

»Die Angst hatte mich gänzlich im Griff«, fuhr Felicia fort. »Ich habe Dinge getan, die ich bis ans Ende meiner Tage bereuen werde, Dinge, die ich mir niemals zugetraut hätte. So ist das bei der Erkrankung.«

»Das muss schrecklich sein«, stellte ich mich ahnungslos. Was gelogen war. Erst vor gerade einmal einem Monat hatte ich auf einen Zeugen geschossen, weil ich zugelassen hatte, dass mir unterschwellige Ängste bei der Arbeit dazwischenkamen. PTSD war ebenfalls eine Angststörung, und wenn sie mich packte, war ich nicht mehr ich selbst.

Und doch beharrte eine Stimme in meinem Kopf: *Nein. Du hast selbst miterlebt, welches Leid sie ihren Kindern zugefügt hat. Das ist nicht dasselbe.* Wie sehr Felicia mit sich zu kämpfen hatte, war nie zu übersehen gewesen, doch der Schaden, den sie damit angerichtet hatte, beschränkte sich nicht auf momentane Gewaltausbrüche. Zwischen ihrer emotionalen Vernachlässigung und ihrem ständigen Gejammer über die Gefahren, die überall lauerten, hatte sie ihnen ihr ganzes Leben verpfuscht. Zwischen dem, was

Felicia getan hatte, und meinem inneren Konflikt war ein himmelweiter Unterschied. Oder etwa nicht?

»Ich weiß nicht, was du siehst, wenn du mich vor dir hast«, sagte Felicia, »und vielleicht will ich es auch gar nicht so genau wissen. Als du klein warst, hast du immer zu Abe gehalten. Du hast versucht, ihn vor mir zu beschützen, aber du weißt hoffentlich, dass ich ihn liebe.«

Ich sah ihn wieder vor mir, hier in unserer Küche. All die gemeinsamen Pizza-Abende. Er konnte es kaum abwarten, von zu Hause weg und zu uns zu kommen. Für ihn musste es sich jedes Mal so angefühlt haben, als sei er mit knapper Not einem Schlachtfeld entronnen und trete in ungläubigem Staunen auf eine saftige Wiese.

Ich liebe ihn, hatte Felicia gesagt.

»Mir geht es heute besser«, fuhr sie fort. »Ich bekomme endlich den richtigen Cocktail an Medikamenten, und ich bin bei einem guten Therapeuten. Ich gäbe alles darum, die Zeit zurückzudrehen und mit dieser Therapie die Mutter zu sein, die ich hätte sein sollen, aber das geht leider nicht.« Felicia warf einen Seitenblick auf ihre Schwester, und Mom nickte stumm. *Nur zu,* schien sie ihr zu sagen. *Du schaffst das.* Felicia nickte zurück. »Bitte glaub mir, ich war damals nicht ganz richtig im Kopf, ganz und gar nicht. Aber mit dem, was Brett zugestoßen ist, habe ich nichts zu tun.«

Loyalität zwischen Schwestern. Damit hatte ich es hier zu tun. Sie würden füreinander sterben, diese Frauen, sie würden alles tun, um Schaden voneinander abzuwenden. Ganz offensichtlich hatte meine Mutter Felicia meine Theorie gepetzt, und mir war klar, dass sie alles daransetzen würde, Fees Unschuld zu beweisen. So tief ging ihre hingebungsvolle Liebe zu ihrer Schwester.

Ich unterdrückte ein Frösteln, das mich überkam, und hielt dem Blick meiner Tante stand. »Wenn du nichts damit zu tun hattest, dann hilf mir bitte. Erzähl mir alles, was du weißt – und diesmal bitte die Wahrheit. Hattest du wirklich keine Ahnung, dass Brett eine Freundin hatte? Ich habe mit Crissy und mit Russell Loming gesprochen, und ich nehme mir auch noch Cheryl Copely vor. Du tust dir selbst keinen Gefallen damit, wenn du mir Fakten verheimlichst.«

»Crissy«, sagte Felicia traurig, mit einem Blick zu meiner Mom. »Ich liebe meine Tochter, ich sage das daher nur ungern, aber sie hat nicht … das allerbeste Gedächtnis. Drogen haben diese Wirkung …«

»Nein, nein, bemüh dich nicht«, sagte ich, um – ja, was? – meine Cousine gegen eine unumstößliche Wahrheit zu verteidigen.

»Ich spreche da aus eigener Erfahrung«, fuhr sie fort. »Crissy kann sich nur schwer an diese Zeit in ihrem Leben erinnern. Gott sei Dank ist sie vom Meth runter, und sie ist jetzt auch in einer Selbsthilfegruppe, aber ganz ist der Schaden nicht wiedergutzumachen. Du kannst nicht alles, was sie sagt, für bare Münze nehmen.«

Das war aus dem Mund einer Frau mit der Wahnvorstellung, ihr Haus sei von Babydieben umzingelt, eine bemerkenswerte Feststellung, der offenkundige Versuch, bei mir Zweifel an der Geschichte mit Cheryl zu säen. Für den Augenblick ließ ich sie in dem Glauben, damit durchzukommen.

»Wann fing das an?«, fragte ich und dachte dabei an Dougs Bemerkung über das mit dem Meth. »Mit dem harten Drogenkonsum?«

»Crissy fing an, Marihuana zu rauchen, da war sie etwa fünfzehn. Ich habe viel zu lange gebraucht, es zu bemerken, aber sie hätte meine Warnungen ohnehin in den Wind geschlagen. Mit dem Meth fing das erst nach ihrer Entführung an. Der Kidnapper hat sie dazu gezwungen, und danach …« Mit resignierter Miene schüttelte Felicia den Kopf.

Ich auch, allerdings aus einem anderen Grund. Sicher, Crissy war jung und dumm, aber ihr Elternhaus war der reine Albtraum gewesen. Auch wenn ich es nicht guthieß, konnte ich verstehen, weshalb sie diesen Pfad eingeschlagen hatte. »Ihr Verschwinden«, sagte ich, nachdem mir Felicias Wortwahl – *Entführung* – aufgefallen war, und ging der Sache weiter nach. »Was ist da passiert?«

»Das wissen wir nicht«, antwortete Felicia. »Sie hatte sich heimlich weggeschlichen, doch dann muss irgendetwas schiefgegangen sein.«

»Hatte das irgendetwas mit Brett und Cheryl zu tun?«

»Was?«

Ich griff nach jedem Strohhalm, doch ich musste die Unterhaltung in eine andere Richtung lenken. »Ich glaube, du wusstest sehr wohl von Bretts Freundin«, sagte ich, »und ich versuche nur zu verstehen, wieso du mir das verschwiegen hast. Ich kann es mir eigentlich nicht anders erklären, als dass sie sich vielleicht mehr in dein Familienleben eingemischt hat, als du zugeben willst.«

Felicia und meine Mutter tauschten einen Blick, bei dem sie simultan die Augenbrauen hochzogen. Nicht nur mein Dad hatte demnach eine Geheimsprache mit Mom.

»Ich hab dich wegen Cheryl nicht belogen«, sagte Felicia. »Aber ich erinnere mich sehr wohl an das letzte Mal, als ich Brett gesehen habe. Das war an dem Samstagabend. Ich wusste nicht, dass er was mit Cheryl hatte« – noch so ein Blick von meiner Mutter –, »aber da war was anderes.«

»Wie meinst du das?«, fragte ich. »Eine andere Frau?«

»Nein. Ein Mädchen.«

An diesem Punkt geriet im Raum etwas in Schieflage. Neben Felicia versteinerte sich die Miene meiner Mutter.

»An dem Wochenende, an dem Brett wegzog, sind die Kinder ins Kino gegangen«, erzählte Felicia und kniff die Augen zusammen. »Du warst ja auch da. Und Abe und Crissy. Abe hatte mir gerade erst eröffnet, Brett hätte in der Fabrik gekündigt und plante wegzuziehen. Ich war unglaublich wütend. Gegen mein besseres Wissen bin ich los, um nach ihm zu suchen. Russ Loming war immer meine erste Anlaufstelle«, fuhr sie fort. »Von ihm erfuhr ich, dass er sich im Autokino mit Brett treffen wollte. Also blieb ich, nachdem ich die Kinder abgesetzt hatte, dort. Es wimmelte nur so von Leuten. Erst als der Film schon halb rum war, fand ich ihn dann endlich. Er hatte ganz hinten am Waldrand in der Nähe der Picknicktische geparkt, so weit weg von den anderen Autos, wie es nur ging. Ich war wild entschlossen, ihm die Hölle heißzumachen, aber als ich näher kam, sah ich, dass er nicht alleine war.« Felicia rümpfte die Nase. »Wenn ich hätte raten sollen, hätte ich gesagt, die Kleine war noch an der Highschool.«

»Gütiger Himmel«, sagte ich, »und was haben sie gemacht?«

»Geredet. Das Mädchen wirkte aufgebracht. Brett legte ihr die Hand auf die Schulter. Ich glaube, sie haben sich geküsst.«

Verfluchte Kiste! Eine zweite Freundin wäre ein weiteres Motiv für Felicia, Brett umzubringen. Und wenn diese Miss X wusste, dass ihr Beau sich aus Swanton verdrücken wollte, hatten wir auch eine zweite Tatverdächtige. »Wie sah das Mädchen aus?«, fragte ich. »Hast du sie erkannt?«

Felicia schüttelte den Kopf. »Sie hatte dunkles Haar, aber ich habe nur einen flüchtigen Blick auf ihr Gesicht erhascht. Wäre es Cheryl gewesen, hätte ich es gesehen.«

»Und was passierte dann?«

»Nichts«, sagte sie. »Ich bin gegangen. Ich hatte ihn mit einem Mädchen erwischt, das eindeutig minderjährig war, was die Kleine nicht zu stören schien. Was sollte ich denn machen? Ihn so mit einem Gör zu sehen, das vielleicht im selben Alter wie seine eigene Tochter war, machte mir klar, dass wir ohne ihn besser dran wären. Also fuhr ich wieder heim. Und danach habe ich ihn nie wiedergesehen.«

»Das ist alles, was sie weiß«, sekundierte Mom. »Nicht wahr, Fee?«

»Ja, das ist alles.«

»Das hättest du mir früher erzählen sollen«, sagte ich.

»Ich hielt es nicht für wichtig.«

»Und was hat dann deine Meinung geändert?«

Felicia und Mom verschränkten die Finger und hielten einander fest. »Deine Mutter hat mir erklärt, was du beruflich machst. Ich wusste nur, dass du Detective bist, aber mir war nicht klar, was das heißt. Ich konnte mir nur denken, wie schwer es sein muss, ein neunzehn Jahre zurückliegendes Verbrechen aufzuklären. Manchmal habe ich ihn gehasst«, fügte sie hinzu, »aber ich will trotzdem wissen, wer es war. Crissy und Abe mussten als Kinder so viel entbehren. Wenn ich ihnen dabei helfen kann, mit dem Tod ihres Vaters irgendwie Frieden zu schließen, dann ist es das Mindeste, was ich für sie tun kann.«

Frieden, überlegte ich. *Geht es Bram darum?*

Jedenfalls ging es mir darum, doch ich hatte das dumpfe Gefühl, dass es bis dahin noch ein weiter Weg war.

DREIUNDZWANZIG

DAS ABENDESSEN ZOG SICH mit peinlich berührtem Schweigen und gekünsteltem Lachen eine Stunde lang hin, es war – mit anderen Worten – eine einzige Qual.

Hinterher machte ich noch einen Spaziergang die Straße rauf und runter, diesmal allein. Dabei versuchte ich wieder, meinen Kampfgeist herauszukitzeln, was ich in A-Bay zur Kunst erhoben hatte – *Komm schon, Arschloch, da bin ich* –, aber das vertraute Gefühl, dass Bram irgendwo auf der Lauer lag, stellte sich nicht ein. Selbst falls er in der Nähe wäre, würde er sich jetzt auf Trey konzentrieren. Und das machte mir eine Heidenangst.

Während meines Falls auf Tern Island war Mac die ganze Zeit auf dem Festland geblieben, doch wir hatten in engem Telefonkontakt gestanden. Da es mein erster Fall nach New York war, hatte sie sich – zu Recht, wie sich zeigte – um meine mentale Verfassung gesorgt. Sosehr sie das Bedürfnis hatte, meinen Gemütszustand zu überprüfen, so hätte ich mehr von ihr gebraucht. An der nächsten Straßenecke holte ich mein Handy heraus und rief sie an. Kaum hörte ich ihre Stimme, entspannte ich mich von Kopf bis Fuß.

»Nichts Neues, fürchte ich«, sagte sie, nachdem sie sich gemeldet hatte. »Wir suchen immer noch.«

»Sicher, hab ich schon von Tim gehört. Hast du trotzdem einen Moment?«

Mac pfiff, und mir drang das nasse Geräusch von glücklichem Hecheln in die Ohren. In diesem Moment sehnte ich mir den kleinen Whiskey herbei. »Ich hab ein Bier in der Hand und einen Hund auf dem Schoß. Ich hab die ganze Nacht Zeit«, antwortete sie.

»Ich hab was gefunden. Einen Zahn. Ich glaube, er gehört Trey.« Ich erzählte ihr von dem Brief auf meinem Bett und der Botschaft darin.

»Heilige Scheiße.«

»Kannst du laut sagen. Es ist wohl an der Zeit, der Möglichkeit ins Auge zu sehen, dass Bram hier in Swanton ist und dass er Trey dabeihat.«

Ich gab ihr Harmisons Namen und Nummer durch. Mac versprach, ihn gleich am nächsten Morgen anzurufen. Dann erkundigte sie sich nach mir.

»Um ehrlich zu sein«, antwortete ich, »sieht es nicht gerade rosig aus. Ich meine, ich habe keinen Rückfall« – *damit das klar ist* –, »aber ich krebse herum.«

»Du hast gerade deinen Onkel verloren; so etwas lässt keinen kalt. Ich weiß, wie sehr du dich danach sehnst, wieder im Job zu sein.«

»Sicher«, antwortete ich, »aber, Mac, ein Kind wird vermisst, das heißt, noch ein unschuldiges Leben wurde in die Waagschale geworfen. Bram hätte hinter *mir* her sein sollen.«

»So hast du dir das vorgestellt, vielleicht hast du dir sogar eingeredet, dass er so ticken würde. Ist nur leider unmöglich, sich in so ein krankes Hirn hineinzuversetzen.«

»Aber genau das muss ich tun. Ich habe so viel Zeit mit ihm zugebracht, da sollte man annehmen dürfen, dass ich ihm hinter die Schliche komme. Und es ist nicht gerade hilfreich, dass sich meine Ermittlungen zu Brett gerade immer weiter verzweigen.«

Ich hatte den Satz noch nicht ganz heraus, als ich mich innerlich verfluchte und den Kopf hängen ließ. Ich wusste, was jetzt kam.

»Shana, ermittelst du etwa zum Tod deines Onkels?«

Sie würde morgen mit Harmison reden. Mac fände es so oder so heraus.

»So wahr mir Gott helfe, du bist unmöglich«, sagte sie, nachdem sie sich meine kleinlaute Beichte angehört hatte. »Das ist ein Interessenkonflikt, und das weißt du ganz genau.«

»Ich helfe ja nur aus. Nichts Offizielles.«

»Was dir allmählich zur zweiten Natur zu werden scheint.«

Mir stieg die Hitze ins Gesicht. Überhaupt war mir zu warm. Ich wand mich umständlich aus meiner Jacke und hängte sie mir, während ich weiterlief, über den Arm. »Es tut mir leid, okay? Es tut mir richtig leid. Ich versuche nur mein Bestes.«

»Ach, Shana.« Sie wartete, bis ich mich wieder gefasst hatte. Ich machte meine Atemübungen und schloss die Augen. »Als wir auf Tern waren, erzählte mir Philip Norton, er hätte einmal ein Reh auf der Insel entdeckt. Es war den ganzen Weg vom Festland durch den Kanal geschwommen. Das bin ich, Mac. Ich bin dieses Reh im Fluss.«

»Jetzt komm mir nicht auch noch existenzialistisch daher.«

»Nein, hör zu. Ich rudere wie verrückt, aber …«

»Die Strömung.«

»Genau. Ich bin nicht wirklich Herr der Lage, aber ich muss weitermachen. Ich muss mir zutrauen, es bis ans Ufer zu schaffen. Nur dass ich Angst vor dem habe, was ich dort vorfinde.«

»Schon gut«, sagte sie. »Solange du dieses Selbstvertrauen nicht verlierst.« Ihre Worte fühlten sich wie eine tröstende Hand auf meiner Schulter an. »Und einen Rat möchte ich dir noch geben. Egal, was von jetzt an passiert, lass dich bei deinen Entscheidungen niemals von Angst leiten.«

»Aber so treffe ich alle meine Entscheidungen.«

Mac lachte. »Also«, sagte sie, »was wolltest du mich zum Mord an deinem Onkel fragen?«

Ich grinste. Mac entging nichts. »Hast du je einen alten ungelösten Fall bearbeitet?«

»Ein-, zweimal. Alles andere als leicht, vor allem, weil die Ermittler gegenüber dem Täter immer mächtig im Hintertreffen sind.«

»Was willst du mir damit sagen?«

»Na ja«, erklärte sie, »die Informationen, mit denen du arbeitest, sind Jahrzehnte alt. Aber nicht nur das. Der Mörder hat all die Jahre Zeit gehabt, sich haarklein zu überlegen, was er sagt, falls plötzlich doch noch jemand kommt und ihm Fragen stellt. Er ist auf alles vorbereitet.«

Sie hatte recht. So wichtig Motive und zeitliche Abfolgen waren, achtete ich bei meinen Befragungen immer auch auf nervöse Ticks und verdächtiges Verhalten. Ich war darin ausgebildet, schwelende Wut zu erspüren – hier dagegen musste ich mich auf das genaue Gegenteil gefasst machen. Gelassenheit. Stoische Ruhe.

Diese Eigenschaften würden mich zu Bretts Mörder führen.

VIERUNDZWANZIG

ALS ICH AM NÄCHSTEN MORGEN aufwachte, stellte ich fest, dass in Swanton der erste Schnee in diesem Jahr fiel. Er hatte schon nachgelassen, der Himmel war wolkenlos blau, aber die Bäume trugen noch dicke weiße Mützen, und beim Anblick der glitzernden Pracht konnte man die Schattenseiten des Winters vergessen.

Nachdem ich die Adresse überprüft hatte, fuhr ich zum Haus von Russell Loming und parkte gegenüber. Seinem Erscheinungsbild und schlüpfrigen Benehmen in der Fabrik nach zu urteilen, hätte es mich nicht überrascht, ihn in einem der heruntergekommenen Farmhäuser aufsuchen zu müssen, die ich auf meinem Weg in die Stadt gesehen hatte. Ich fand nichts dergleichen vor. Lomings Haus war gut in Schuss, und bei meiner Ankunft sah ich gerade noch, wie eine Frau etwa Mitte sechzig drei kleine Kinder in einen Wagen lud, während ihnen ein gut gelaunter Loming in blauem Bademantel vom Wohnzimmerfenster aus zuwinkte. Als er sah, wie ich aus meinem SUV stieg, verflog das Lächeln in seinem Gesicht.

»Anscheinend hatten Sie eine unruhige Nacht«, sagte ich, als er die Tür aufmachte.

»Russ Junior hat die Darmgrippe, und Oma und Opa springen ein.«

»Kann ich reinkommen?«

»Himmel.« Er versuchte gar nicht erst zu verbergen, dass er seine Optionen abwog, doch am Ende zog er sich den Morgenmantel über die Brust und winkte mich herein. Er wirkte kleiner, als ich ihn von der Fabrik in Erinnerung hatte, was der schlechten Haltung geschuldet war, und ich vermutete mal, dass die etwas mit seinem peinlichen Aufzug zu tun hatte. »Hören Sie«, sagte er, als ich im Flur stand, »können wir's kurz machen? Ich bin spät dran.« Sein Haar war noch feucht, und mehrere Schnitte am Hals ließen vermuten, dass er sich in aller Eile rasiert hatte.

»Je schneller Sie meine Fragen beantworten, desto schneller sind wir durch.«

Mit einem Seufzen führte mich Loming in die Küche und griff nach der Kaffeekanne, um für jeden von uns einen Becher einzuschenken. Auf dem Tisch waren farbenfrohe Müslischalen und handliche Plastiklöffel verstreut, die Reste eines kinderfreundlichen Frühstücks. Loming griff nach dem Gürtel seines Morgenmantels. Nach seinem schleimigen Benehmen bei unserer ersten Begegnung rechnete ich halb damit, ihn wegen unsittlicher Entblößung melden zu müssen, sobald wir hier fertig waren, doch er zurrte den Gürtel nur fest, lümmelte sich hin und sagte: »Schießen Sie los.«

»Nach meiner Theorie«, erklärte ich, »ist Brett an dem Wochenende um den 20. Juni verschwunden. Ich verfüge inzwischen über neue Informationen zum fraglichen Samstag. Er war im Autokino in St. Albans. Da lief *Akte X – Die unheimlichen Fälle des FBI.* Klingt Ihnen das vertraut?«

»Ma'am, ich kann mich nicht einmal erinnern, welchen Film ich letzte Woche gesehen habe.«

»Das ist lange her, schon klar. Geben Sie sich einfach nur Mühe.«

Er runzelte die Stirn. »Ja, schon. Den habe ich gesehen.«

»Mit Brett?«

»Klar doch, wir haben über der Mittelkonsole Händchen gehalten.« Er verdrehte die Augen. »Er war da. Ich war da. Das ist auch schon alles.«

Doch Felicia hatte ausdrücklich erwähnt, Loming habe geplant, sich mit Brett zu treffen. Nur weil sie sich so sicher war, Loming zusammen mit meinem Onkel bei der Filmvorführung gesehen zu haben, hatte ich mich überhaupt zu diesem zweiten Besuch entschlossen. *Das und die Tatsache, dass er für die Polizei Swanton der Hauptverdächtige war.* »Dann sind Sie also alleine hin?«, hakte ich nach.

»Ja.«

»Um diesen Film gab es einen mächtigen Hype. Ich zum Beispiel konnte es kaum abwarten, ihn zu sehen. Waren Sie ein Fan der Fernsehserie?«

»Eigentlich nicht besonders.«

»Weshalb sind Sie dann an dem Abend zum Autokino gefahren?« Mein Blick wurde erneut magisch vom Tisch angezogen. Ich dachte an den Sohn mit der Darmgrippe und an den anderen, den ich von der Schule kannte. Ich stellte den Kaffee ab, den Loming mir gereicht hatte. »Wie alt sind Ihre Kinder, Mr. Loming?«

Er strich sich mit den Fingern über das spiegelglatte Kinn. »Russ Junior ist vierunddreißig und Max zwei Jahre jünger, wieso?«

Ich rechnete nach und sagte: »Dann waren sie in dem Sommer fünfzehn und dreizehn? Das ideale Autokino-Alter. Der Film war bei Teenagern ein Hit.« So ziemlich alle, die ich kannte, hatten vorgehabt, zur Eröffnungsvorstellung zu gehen. »Haben Sie die Jungs nicht mitgenommen?«

Loming sah mich verdutzt an und sagte: »Wahrscheinlich wollten sie nicht.«

Oder aber du wolltest sie nicht dabeihaben. »Haben Sie dort mit Brett gesprochen?«

»Sicher. Wir haben immer an derselben Stelle geparkt, ganz hinten, bei den Picknicktischen.«

»Worüber haben Sie sich unterhalten?«

»Baseball. Politik. Das Wetter.«

Arschloch. »Und über Geld?« Abgesehen davon, dass er für tätliche Angriffe aktenkundig war, hatte der Polizeichef ihn vor allem wegen Geld im Visier.

Loming seufzte, bevor er antwortete. »Wie gesagt, hatte er Schulden bei mir. Vielleicht zweihundert. Nicht viel.«

»Haben Sie ihm deshalb gedroht?«

»Nein!« Lomings gesunde, frisch rasierte Wangen wurden blass. Mit seinem Igelschnitt und dem bangen Gesichtsausdruck sah er wie ein großes Kind aus.

»Haben Sie ihn umgebracht, weil er das Geld nicht hatte?«, fragte ich.

»Was?« Loming zuckte so heftig zusammen, dass er Kaffee über seinen Morgenmantel verschüttete. »Um Gottes willen, nein!«

»Brett war notorisch pleite, er hat ständig seinen Lohn verspielt. Es muss Sie doch tierisch wütend gemacht haben zu wissen, dass Sie Ihr Geld nie wiedersehen.«

Er zurrte sich den Gürtel noch einen Tick enger. »Ich wusste, dass er wegwollte, also bin ich zu seinem Wagen rüber und hab das Geld von ihm verlangt. Er versprach, es mir mit der Post zu schicken, sobald er in Philly sei. Natürlich kam nichts, aber ich hab mir deswegen keine grauen Haare wachsen lassen.«

»Dann hatten Sie in jener Nacht keinen Streit, keine Auseinandersetzung? Gibt es dafür irgendwelche Zeugen?«

»Zeugen! Woher soll ich das wissen? Es war dunkel da draußen.« Loming zeigte Nerven. »Ich sage Ihnen die Wahrheit. Ich habe mit Bretts Tod nichts zu tun.«

Ich musterte ihn. Der Mann konnte mir nicht richtig in die Augen sehen. Ich versuchte es von einer anderen Seite. »Sind Sie an dem Abend noch irgendjemand anderem über den Weg gelaufen? Jemandem, den Brett kannte?«

Ob es der Wahrheit entsprach oder nicht, rechnete ich damit, dass er Cheryl nannte. Wenn er versuchte, sich aus der Affäre zu ziehen, indem er mich auf eine falsche Fährte lockte, wäre es ein kluger Schachzug, bei seiner Behauptung zu bleiben, Cheryl sei über Bretts Umzugsabsichten nicht glücklich gewesen. Als er merkte, dass er noch keinen einzigen Schluck Kaffee getrunken hatte, stellte Loming seinen Becher ab und schob die Hände tief in die Taschen seines Morgenmantels. »Da wimmelte es nur so von Menschen. Der Film war neu, und die Leute kamen von weit her, um ihn zu sehen. Ein paar Gesichter habe ich allerdings erkannt.« Er rieb sich das Kinn. »Als ich von Bretts Wagen zurücklief, habe ich Felicia gesehen.«

Meine Wirbelsäule spannte sich wie ein Drahtseil. »Und was hat sie gemacht?«

»Ist nur rumgelaufen. Sah so aus, als ob sie nach jemandem suchte. Ich hab nicht gewartet, um es rauszufinden.«

»Sonst noch jemand?«

»Crissy war da, hat mit einem Jungen gequatscht.« Loming schüttelte den Kopf, wie um die Erinnerung zu verbannen. »Sie hatten Streit. Ich habe Brett nicht beneidet und meinem Schöpfer jeden Tag dafür gedankt, dass ich Söhne und keine Töchter habe. So, wie sie aussah, und so frech, wie sie war, hielt das Mädchen ihn ganz schön auf Trab.«

Auch das war interessant. Nach meiner Erinnerung hatte sich Crissy an dem Abend an ihren eigenen Freundeskreis gehalten. Ich hatte von ihr kaum etwas zu sehen bekommen. Falls es zwischen ihrem Verschwinden und dem Tod ihres Vaters eine Verbindung gab, war es vielleicht genauso wichtig, zu erfahren, was sie im Lauf des Samstagabends getan hatte. »Mit wem hat sie geredet? Junge oder Mädchen?«

»Es war ein Kerl.«

»Und haben Sie ihn erkannt?«

»Weiß nicht. Es war dunkel.«

»Konnten Sie sein Alter einschätzen?«

»Mehr oder weniger so alt wie Crissy.«

»Wie hat sich Crissy benommen?«

»Wie meinen Sie das?«

»Hatten Sie den Eindruck, dass sie auf Droge war?« Ich dachte an meine Unterhaltung mit Felicia. Sie schien davon überzeugt zu sein, dass ihr Entführer Crissy Meth verabreicht hatte, doch Methamphetamin kann noch tagelang in der Blutbahn bleiben. Crissy kiffte zu jener Zeit, weshalb Felicia nichts davon erwähnt hatte, dass sich ihre Tochter an dem Samstag seltsam benommen hätte, doch mir schien die Möglichkeit nicht weit hergeholt, dass Crissy das Meth vielleicht selbst genommen hatte. Auch die Vorstellung, dass sie im hintersten Winkel des Autokinos mit einem Jungen gesehen worden war, gab mir zu denken. Ich hatte Gerüchte gehört – wir alle –, dass die Stelle bei älteren Jugendlichen ein Drogentreff war. Eine dunkle, abgeschiedene Ecke eines öffentlichen Platzes war gewöhnlich eine gute Stelle, um an Stoff zu kommen.

»Ich glaube nicht, dass sie high war – in Sichtweite ihres Vaters wäre das ja wohl auch ziemlich bescheuert gewesen«, sagte Loming, »aber sie war eindeutig genervt. Keine Ahnung, worüber die beiden sprachen, jedenfalls waren sie darüber beide nicht glücklich.«

In dem Hirnareal, das Theorien produziert, nahm bei mir eine pikante Idee erste Gestalt an. »Sie müssen ehrlich mit mir sein, Mr. Loming.« Ich setzte eine milde Miene auf, um ihm zu signalisieren, dass ich auf seiner Seite stand; ich war auf Informationen aus, weiter nichts. »Sie und Brett sind also jeder für sich im Autokino eingetroffen. Sie parkten beide wie gewohnt in einigem Abstand von der Menge. Ich weiß bereits, dass sich Brett im Kino mit einer Frau getroffen hat. Ich verstehe nur immer noch nicht ganz, weshalb Sie hingefahren sind.«

Loming sagte nichts.

»Sie hatten zwei Kinder zu Hause und schoben in der Fabrik Schichtdienst, und Sie wollen mir weismachen, es hätte Ihnen nichts ausgemacht, dass die zweihundert Dollar futsch waren? Das leuchtet mir einfach nicht ein. Jeder hat seine Laster, Mr. Loming«, fügte ich hinzu, »bei Brett war es das Glücksspiel. Ich würde gerne hinter Ihres kommen. Sollten Sie mir etwas vorenthalten, das für diese Mordermittlung wichtig ist, muss ich Sie warnen, dass ich Sie wegen Rechtsbehinderung anzeigen werde.«

»Brett hat nicht gespielt.«

»Wie bitte?«

Loming ließ die Schultern hängen, und diesmal drückte ihm der Bauch, den er bis jetzt eingezogen hatte, gegen den Gürtel. »Wir sind nicht zum Glücksspiel nach Montreal gefahren. Das heißt, anfänglich schon«, sagte er, »aber das lief nicht gut. Brett stand bei einer ganzen Reihe von Leuten hier in der Stadt in der Kreide. Eine Zeit lang konnte er nicht mal seine Hypothek bedienen. Aber dann haben wir da oben ein paar Leute kennengelernt.«

»Was für Leute?«

»Zwei Typen – so wie wir, mit Frau und Kind. Die erzählten uns, sie machten jeden Monat ein paar Tausend nebenbei. Also laden sie uns auf ein Bier in diese Kneipe ein«, fuhr er fort. »Brett unterhält sich ein paar Stunden mit ihnen, und von da an haben unsere kleinen Ausflüge über die Grenze auf einmal nichts mehr mit Kartenspiel zu tun.«

Karten. Bei dem Wort schrillten bei mir die Alarmglocken, aber ich war zu sehr mit Lomings Geständnis beschäftigt, um darauf zu achten. Er und Brett waren in Montreal in Clubs ein und aus gegangen, in denen nach der Polizeistunde illegale Geschäfte liefen, hatten ihre Drogen über die Grenze geschmuggelt und sie in

Swanton an Jugendliche vertickt. »Sie haben internationalen Drogenhandel betrieben?«

Loming wurde bleich. »Nein! Nein, nicht so was. Wir haben nur ein bisschen Pot und Hasch an College-Studenten in Burlington verhökert, und wir konnten froh sein, wenn wir zusammen einen Riesen im Monat nebenbei reinbekamen. Keine Ahnung, wie hier in Swanton jemand davon Wind bekommen hat, aber eines Tages pflanzte sich ein Jugendlicher von der hiesigen Highschool mit diesem breiten Grinsen vor Brett auf, und ehe wir recht wussten, wie uns geschah, hatten wir im Autokino Geschäfte am Laufen. Wir waren ganz schön nervös – es ist eine kleine Stadt, und wir hatten beide Kinder an der Schule –, aber ein paar Leute waren dämlich genug, für das Zeug das Doppelte von dem zu zahlen, was es wert war.« Sein hilfloses Achselzucken sagte, jeder andere an ihrer Stelle hätte dasselbe getan.

»Aber Brett war pleite.« Immer – das gehörte zu den Dingen, die Brett und Felicia auseinandergebracht hatten.

»Blödsinn«, sagte Loming, »das hat er nur seiner Frau erzählt. Nachdem wir die Geschäfte ins Laufen gebracht hatten, fing er an, das Geld zu sparen, das er früher im Casino rausgeschmissen hatte, und auch seinen Gewinn aus diesem Handel. Wie hätte er es sich sonst leisten können, von Swanton nach Philly zu ziehen?«

Meine grauen Zellen liefen auf Hochtouren. Ich hatte noch so viele Fragen, doch in diesem Moment hörten wir beide das leise Knirschen von Reifen im Schnee, das die Rückkehr von Mrs. Loming ankündigte. Mein Zeuge riss die Augen auf. »Mist. Sagen Sie nur ja meiner Frau nichts. Bitte.«

»Was soll ich ihr nicht sagen? Dass Sie an Minderjährige gedealt haben, die im selben Alter wie Ihre eigenen Söhne waren? Mein Gott. Ist auch Crissy auf diese Weise drogensüchtig geworden? Hat Brett ihr vielleicht Hasch-Brownies ins Lunchpaket gepackt?«

»Um Himmels willen, nein! Er lebte da ja schon nicht mehr bei den Kindern. Er wollte auf keinen Fall, dass sie mit dem Mist in Berührung kommen.«

»Was war denn dann Crissys Quelle? Ihre Mutter sagt, sie hätte mit Drogen angefangen, als sie fünfzehn war, also in demselben Jahr, in dem Sie und Brett Ihr Geschäft aufgebaut haben.«

»Ma'am, ich habe keine Ahnung, von mir hatte sie das Zeug jedenfalls nicht.«

Eine Wagentür schlug zu. Loming verspannte sich. Sobald seine Frau einen Fuß ins Haus setzte, würde er dichtmachen, und ich käme womöglich nie wieder so nah an ihn heran. Mir blieb vielleicht eine Minute, wenn überhaupt. »Dann war das mit dem Geld, das Brett Ihnen schuldete, gelogen?«

»Nein! Das ist die reine Wahrheit. Einen Monat, bevor er abhaute, faselte er was davon, aus dem Geschäft auszusteigen. Aber wir hatten schon unser Geld zusammengelegt, um den nächsten Stash aus Montreal zu kaufen. Er holte sich das Geld von Felicia, von ihrem gemeinsamen Bankkonto.« Er redete jetzt schnell, gehetzt. »Als wir wie immer halbe-halbe machen wollten, stellte ich fest, dass es kümmerlich wenig war. Brett behauptete, er hätte damit nichts zu tun, und versuchte mir einzureden, jemand müsse es gestohlen haben. Ich hatte ihn in Verdacht, mich übers Ohr hauen zu wollen.«

»Und was wurde aus dem restlichen Stash? Hat Brett den Ihnen überlassen?«

»Nein, er hat einfach alles mitgenommen.«

Kein Wunder also, dass er Brett als Ex-Freund bezeichnet hatte. »Wieso wollte Brett aus dem Geschäft aussteigen?«

»Wegen Crissy. Er kam dahinter, dass sie auf Droge war, und rastete aus.«

»Moment mal«, sagte ich, »nachdem ein erheblicher Teil von seinem Stash verschwunden war, fand Brett heraus, dass Crissy Drogen nahm?«

»So habe ich es in Erinnerung.«

»Sind Sie je auf den Gedanken gekommen, dass sie es sich vielleicht unter den Nagel gerissen hat?«

»Nein. Keine Ahnung!«

»An dem Abend im Autokino haben Sie also zusammen mit Brett Drogen verkauft.«

»Ja, okay? Ja!«

»Sie behaupten, Brett hätte Crissy nie welche gegeben, genauso wenig wie Sie. Sind Sie sich da auch ganz sicher? Ihre letzte Chance, Mr. Loming.«

Mit leisem Knarren ging die Haustür auf, und Lomings Frau trällerte aus der Eingangsdiele seinen Namen.

»Nicht an sie«, sagte er. »Crissy habe ich nie etwas verkauft, nur diesem Jungen, mit dem sie abhing. Er kam oft vorbei.«

Ich sah es vor mir: Dunkelheit, nur vom flackernden Licht der Kinoleinwand erhellt. Hunderte Autos, die vorsichtig auf dem Platz manövrierten, und am Rande des Geschehens zwei Männer. Russell Loming und Brett Skilton, die im Schatten der Bäume lauerten, wo die Ware, die sie heimlich bei sich hatten, Jugendliche auf der Suche nach einem Rausch zu den verlassenen Picknicktischen mit den vertrockneten Ketchup-Flecken und den Fliegen lockte.

Jugendliche wie Crissy.

FÜNFUNDZWANZIG

IN DER TÜR BLIEB ICH einen Moment stehen, um die Straße zu überprüfen, bevor ich Russell Lomings Haus verließ. Ich war jetzt bedeutend optimistischer als bei meiner Ankunft. Nach unserer ersten Unterhaltung hatte ich wenig Hoffnung gehegt, in seiner Geschichte Butter bei die Fische zu bekommen, aber da stand ich nun und wusste, dass zu den Kleinstadt-Drogendealern, vor denen meine Eltern mich immer gewarnt hatten, kein Geringerer als Onkel Brett gehörte.

Lomings Aussage, immer vorausgesetzt, sie war nicht frisiert, hatte meine Ermittlungen mit einem Schlag gründlich durcheinandergebracht. Auch wenn er darauf bestand, Brett habe nie seine Tochter mit Stoff versorgt, war der letzte Stash auf Bretts Seite mysteriöserweise viel zu klein ausgefallen. Es war durchaus möglich, wenn nicht sogar wahrscheinlich, dass Crissy sich aus Daddys Keksdose bedient hatte. Die fehlenden Drogen, das geschuldete Geld, alles zusammen lieferte ein starkes Motiv. Brett stand nicht nur bei Loming in der Kreide, sondern mein Onkel war für ihn auch zum Risiko geworden; seine Entscheidung, aus dem Geschäft auszusteigen, erhöhte für Loming die Gefahr aufzufliegen, bedrohte in jedem Fall die Zukunft seines Nebenverdienstes. War Crissys Entführung vielleicht Lomings Vorstellung davon, Brett einen Schuss vor den Bug zu geben? Mir fiel Tims

Bericht über den Drogenfall wieder ein, zu dem er in A-Bay ermittelt hatte, das Unternehmen zwischen Ehemann und Ehefrau, das mit der Beziehung den Bach runterging. Ich konnte mir gut vorstellen, dass es mit Loming und Brett ein ähnliches Ende genommen hatte.

Natürlich gab es auch andere Möglichkeiten. Ich hatte kein Problem damit, einen vollkommen neuen Verdächtigen ins Visier zu nehmen, einen kanadischen Drogenbaron, der herüberkam, um ein paar Probleme auf seine Art zu lösen, doch diese Version ging nicht ganz auf. Nach allem, was ich so weit wusste, leuchtete mir nicht ein, dass es zwischen Crissys Verschwinden und dem Tod ihres Vaters keine Verbindung geben sollte; hätte ein großer Fisch aus Montreal davon Wind bekommen, dass Brett vorhatte, sauber zu werden, und Crissy wäre dabei irgendwie ins Kreuzfeuer geraten, hätte Bretts Mörder sie niemals am Leben gelassen. Ich hegte nach wie vor den starken Verdacht, dass die Person, hinter der ich her war, ihnen beiden nahestand. Loming passte ins Bild. Allerdings konnte ich mir meiner Sache nicht sicher sein, solange ich eine weitere verdächtige Person nicht ausgeschlossen hatte.

Und so fuhr ich zum zweiten Mal zu Cheryl Copely raus. Auf dem Weg zur Haustür ließ ich mir Zeit und bemerkte dabei, dass es im Schnee keine Reifenspuren gab, die von der Garage nach draußen führten. Ich fragte mich, ob sie seit der Nachricht über Bretts Tod überhaupt das Haus verlassen hatte.

Beim ersten Klingeln rührte sich nichts. Ich klingelte noch einmal. Immer noch nichts. »Mrs. Copely«, rief ich und pochte mit der unversehrten Faust an die Tür. »Ich bin leitende Ermittlerin bei der Polizei. Ich muss Sie zu Brett Skilton befragen.«

Nach weiterem beherztem Hämmern, laut genug, um die Nachbarn aufzuschrecken, ging die Tür auf, und vor mir stand eine zierliche blonde Frau von etwa Mitte fünfzig. Sie trug eine pflaumenfarbene Strickjacke und passenden Lippenstift, und ihre gerunzelte Stirn machte mir unmissverständlich klar, dass sie verärgert war. Aber dann diese *Augen:* vom Blau eines Sees im Sommer, wenn die Sonne aufs Wasser scheint. Sein Markenzeichen hatte Robbie von seiner Mutter geerbt.

»Kann ich etwas für Sie tun?«, sagte sie gereizt, während diese blauen Augen die Straße absuchten.

»Ich habe versucht, Sie zu erreichen. Ich habe mehrere Nachrichten hinterlassen.« Ich lächelte ihr freundlich zu. »Ich bin eine alte Freundin von Suze. Kann ich reinkommen?«

Nach einem letzten kritischen Blick in die Nachbarschaft – *rechnete sie jeden Moment mit einem Übertragungswagen oder mit Polizei in Zivil in einem nicht gekennzeichneten Fahrzeug?* – trat sie widerstrebend zur Seite. Cheryls Wohnzimmer wurde von zwei riesigen beigefarbenen Sofas beherrscht. Ich sah mich im Raum um. Überall hingen oder standen Fotos von ihrem Sohn und ihrer Enkeltochter, aus jeder Altersstufe. Die kleine Erynn hatte Suzes Gesichtsfarbe und eine lange, dunkle Mähne, die Augen dagegen waren ganz und gar Copely und leuchteten wie Saphire. »Sie ist wunderschön«, bemerkte ich.

»Ich weiß, wer Sie sind.« Cheryl machte ein blasiertes Gesicht. »Die Leute reden, wissen Sie. Brett war Ihr Onkel. Sie haben Crissy und Russell Loming befragt. Aber Sie sind nicht mit den Ermittlungen zu seinem Fall betraut.«

Die lokale Gerüchteküche reichte weiter, als ich gedacht hätte. »Nicht offiziell«, räumte ich ein, auch wenn das reichlich untertrieben war. »Ich habe ein persönliches Interesse daran zu erfahren, was Brett zugestoßen ist. Und ich gehe davon aus, Sie ebenfalls.«

»Was wollen Sie damit sagen?«

Cheryl ließ sich aufs Sofa nieder und ich ebenfalls. Auf dem Boden stand ein Korb mit Spielzeug, und an der Kante des Couchtischs waren winzige Figürchen aufgereiht. »Nur, dass ich Ihre Hilfe zu schätzen wüsste«, antwortete ich. »Denn ich weiß, dass Sie beide zusammen waren.« Ich zückte mein Notizbuch. »Wie lange hatten Sie ein Verhältnis mit Brett Skilton, Mrs. Copely?«

»Etwa acht Monate«, erwiderte sie.

Acht Monate. Nach allem, was ich über Bretts und Felicias Ehe wusste, hatte die Affäre also vor ihrer Trennung angefangen. »Würden Sie sagen, dass es etwas Ernstes war?«

»Ich war alleinerziehende Mutter und habe mir den Allerwertesten aufgerissen, um für meinen Sohn da zu sein. Ich hätte mich nicht darauf eingelassen, hätte ich nicht darauf vertraut, dass Brett und ich eine Zukunft hatten.« Das letzte Wort blieb ihr im Halse stecken. »Er hatte Felicia bereits verlassen. Er wollte sich scheiden lassen. Ich versteh's immer noch nicht: Den einen Tag reden wir noch davon, uns in St. Albans ein Haus zu mieten und neu anzufangen, und einen Tag darauf ist er verschwunden.«

»Wie haben Sie es aufgenommen, als er Ihnen eröffnete, er wollte ganz wegziehen?«

Cheryl rang die Hände im Schoß. »Er hat es mir nicht erzählt. Er ist einfach verschwunden.«

»Er hat es nicht angekündigt?«

»Nein.«

»Hm«, sagte ich, während ich eifrig mitschrieb. »Gab es zwischen Ihnen Streit?«

Zwischen ihren Augenbrauen bildete sich eine steile Falte. »Nein. Alles war bestens.«

»Wirkte er unglücklich? Anders als sonst?«

»Er war ganz und gar normal.« Diese Hände. Sie konnten keine Sekunde stillhalten. Sie griff nach einem der Figürchen auf dem Tisch und fing an, das bunte Plastikteil zwischen den Händen hin und her zu rollen.

»Fällt Ihnen sonst irgendein Grund ein, weshalb er weggehen

wollte oder auch musste? Ich weiß, dass er ein Problem mit Glücksspiel hatte …«

»Da irren Sie«, fiel sie mir ins Wort, »mit dem Kartenspiel hat er aufgehört, sobald wir beide zusammen waren. Ich habe darauf bestanden. Brett versprach mir, dass er damit fertig sei.«

Nur weil er einen größeren Fisch am Haken hatte. Allem Anschein nach stand er aber unter Druck, so schnell wie möglich zu verschwinden. »Könnte er sich auf irgendetwas anderes eingelassen haben?« Ich sah von meinen Notizen auf. »Nach meinen Informationen könnte er mit Drogen gehandelt haben.«

»*Drogen?*« Cheryl klappte die Kinnlade herunter, doch mir entging der gewiefte Blick in ihren Augen nicht. »Nein. Das ist unmöglich.«

»Nach meinem Erkenntnisstand hat sich Brett mit Dealern in Montreal eingelassen. Er und Russell Loming schmuggelten kleine Mengen Drogen über die Grenze und verkauften sie in Burlington. Und auch hier in Swanton.«

»Also, ich weiß ja nicht, woher Sie Ihre Informationen haben«, konterte Cheryl bissig, »aber damit liegen Sie vollkommen daneben.«

»Hat Brett jemals mit Ihnen über Crissy geredet? Über ihre und Abes häusliche Situation?«

»Andauernd«, antwortete sie und entspannte sich ein wenig. »Er war ständig in Sorge um sie. Ich wusste von Felicia und ihrer … Störung. Brett sagte, es würde nur noch schlimmer. Ich habe die Möglichkeit ins Gespräch gebracht, Crissy und Abe zu uns zu holen.«

»Tatsächlich?« Das wäre bei Aunt Fee nicht gut angekommen. Wenn überhaupt jemand ihr die Möglichkeit hätte nahebringen können, die Kinder in andere Obhut zu geben, dann meine Mutter, doch Felicia hatte mehr als deutlich gemacht, dass sie nicht die geringste Absicht hegte, sich von ihnen zu trennen. Dennoch hatte es mich immer irgendwie gewundert, dass sich Brett nicht mehr um das Sorgerecht bemüht hatte, wenn man Felicias Geisteszustand und die desaströsen häuslichen Zustände bedachte.

Andererseits war ja auch er nicht gerade der Vorzeigevater.

»Er hatte vor, das Sorgerecht zu beantragen«, sagte Cheryl. »Das war noch ein Grund für ihn, das Glücksspiel aufzugeben. Er wollte sauber dastehen und, wenn es so weit war, als der verlässlichere Elternteil überzeugen.«

»Aha.« Meine Skepsis war wie ein Jucken am Rücken, zwischen den Schulterblättern, hartnäckig, aber schwer dranzukommen. *Sauber dastehen?* Brett verkaufte Drogen an Minderjährige. Er hatte beschlossen, damit aufzuhören, so weit, so gut, aber nur, um sofort danach wegzuziehen, und offenbar kam Cheryl in seinen Plänen nicht vor.

Noch etwas an ihrer Behauptung machte mich stutzig. »Zusätzlich zu Robbie noch zwei Kinder aufzunehmen. Hätte das Ihrer Romanze nicht einen Dämpfer verpasst?«

»Ich sage ja nicht, dass es leicht gewesen wäre«, antwortete Cheryl. »Crissy war wild. Andererseits dachte ich, es wäre vielleicht schön für Robbie, Gesellschaft zu haben.«

Ich musste mir ein Lachen verkneifen. Zwei heißblütige Teenager, die schon einmal etwas miteinander gehabt hatten, als Pseudo-Bruder und -Schwester unter einem Dach? Das hätte fast aus einem anzüglichen Film stammen können. »Ganz ehrlich, Mrs. Copely, ich bin erstaunt. Crissy und Robbie waren immerhin einmal ein Pärchen gewesen, nicht wahr? Hätten Sie sich da nicht eine Menge Probleme ins Haus …«

»Robbie interessierte sich nicht für Crissy«, brachte Cheryl mit zusammengebissenen Zähnen heraus. »Was da mal zwischen den beiden gewesen war, das war Schnee von gestern, eine dumme Teenie-Liebelei. Hätte er noch etwas für sie empfunden, hätte ich nie ein Verhältnis mit Brett angefangen.«

»Darf ich Sie wohl fragen, wie Sie und Brett zusammengekommen sind?«

»Robbie hat uns miteinander bekannt gemacht, als er anfing, mit Crissy auszugehen. Brett hatte mächtig Eindruck auf ihn gemacht, nicht ungewöhnlich für Jungen, die ohne Vater aufwachsen. Aber zusammengekommen sind wir erst lange, nachdem die beiden miteinander Schluss gemacht hatten. Robbie hat das sehr befürwortet. Crissy nicht. Ich hatte schon immer gewusst, dass Crissy in der Stadt nicht gerade der beste Ruf vorauseilte, aber vielleicht hatte ich unterschätzt, wie sehr andere Eltern darauf bedacht waren, sie von ihren eigenen Sprösslingen fernzuhalten.«

»Ich habe den Eindruck, Sie sind nicht gerade Crissys größter Fan.«

Cheryl schürzte die Lippen. »Ich war nicht unglücklich, als sie Schluss machten. Sie hatte keinen guten Einfluss auf ihn.«

Es war immer das gleiche alte Lied. Crissy war scham- und zügellos, durchgeknallt.

»Sie war wild, wie ich schon sagte«, erklärte Cheryl. »Alkohol, Drogen – und das alles in so jungen Jahren. Sie aus diesem Haus wegzubekommen wäre das Beste für sie gewesen.«

»Und es hätte Ihre Beziehung zu Brett zementiert.«

»Ich habe damit nicht versucht, ihn an mich zu binden, falls Sie darauf hinauswollen«, schnaubte Cheryl, sodass die schlaffe Haut unter ihrem winzigen Kinn wackelte. »Man sagt das so leicht, alleinerziehende Mütter hätten es schwer, aber die Leute haben nicht die geringste Ahnung. Von *einem* Einkommen zu leben, immer für das Kind da zu sein, ohne jede Entlastung, das alles ist nichts im Vergleich dazu, wettzumachen, was dem Kind fehlt. Als mein Mann starb, war Robbie gerade mal sechs Jahre alt. Wir kamen zurecht, nur wir beide, aber ich war zu nachsichtig mit ihm. Wahrscheinlich tat er mir leid, so ohne Vater aufwachsen zu müssen, also habe ich ihm wohl zu wenig Grenzen gesetzt. Vielleicht habe ich ihn ein bisschen verzogen. Als er älter wurde, hat er das ausgenutzt, hat mich sogar dazu gebracht, ihm mit sechzehn einen eigenen Wagen zu kaufen. Das klingt natürlich nach einem Klischee, aber ihm hätte etwas Disziplin im Leben gut getan. Eine Vaterfigur. Und ich hatte mir erhofft, Brett könnte das für ihn sein.«

»Natürlich, nachdem er sich selbst in den Griff bekommen hätte.«

»Natürlich.«

»Mrs. Copely«, sagte ich, »Brett wurde am Samstag, dem 20. Juni, im Autokino in St. Albans gesehen. Das war einen Tag, bevor er aus Swanton wegziehen wollte. Waren Sie in der Nacht dort?«

»Nein.«

»Sicher? Ist immerhin lange her.«

»Ich war nie in dem Autokino. Ich wollte Robbie mit seinen Freunden nicht stören. Sie wissen ja, wie leicht man als Mutter Jungen in dem Alter in Verlegenheit bringen kann.«

Wenn Cheryl grundsätzlich nicht zum Kino kam, wusste Brett natürlich auch, dass er dort ungestört war. Damit war das Kino der ideale Ort, zu dealen und sich mit einem hübschen Schulmädchen zu treffen. Dem Mädchen aus Bretts Wagen, das ich immer noch nicht identifiziert hatte.

»Ich frage nur«, fuhr ich fort, »weil ich eine Zeugin habe, die Brett dort mit einer Frau gesehen hat, das heißt, mit einer Jugendlichen. Die Zeugin hat gesehen, wie die beiden während des Films in Bretts Wagen geredet haben. Sie meint auch, sie hätten sich geküsst.«

Cheryl fuhr sich mit der Hand an den Mund. Wühlte sie Brett und das, was einmal aus ihnen beiden hätte werden können, selbst nach zwanzig Jahren immer noch so auf, dass die Vorstellung, wie er mit einem minderjährigen Mädchen knutscht, ihr immer noch wehtat? Natürlich konnte der Schock über die Nachricht auch gespielt sein. In einem Kaff wie Swanton lag es durchaus nahe, dass Cheryl von Bretts Indiskretion damals Wind bekommen hatte. Doch danach sah es mir nicht aus. In diesem Moment, in diesem Wohnzimmer, wirkte Cheryls Betroffenheit echt.

»Auf einige Dinge kann ich mir noch keinen Reim machen«, sagte ich. »Zum Beispiel, aus welchem Grund Brett weggegangen ist. Wenn ich Sie so höre, waren Sie beide glücklich, und er wollte ein neues, geordnetes Leben und die Kinder zu sich holen. Aber nichts davon geschah. Wenn er sich mit einer anderen traf, war das vielleicht der Grund, weshalb er Sie verließ?«

Sie ergriff das Wort, bevor ich den Satz ganz zu Ende gesprochen hatte. »Brett war ein sehr fürsorglicher, sehr liebevoller Mensch. Das machte ihn so attraktiv – für mich und für alle anderen auch. Brett war loyal.« Cheryl nickte energisch. »Das weiß ich aus tiefstem Herzen. Was auch immer Ihre Zeugin da gesehen haben will, da muss eine Verwechslung vorliegen.«

»Mit Verlaub, wenn er so loyal war, frage ich mich allerdings, wieso er plante, die Stadt zu verlassen, ohne Ihnen auch nur Bescheid zu geben.«

»Ich hatte fast zwanzig Jahre Zeit, mir darüber den Kopf zu zerbrechen, und weiß die Antwort immer noch nicht.«

Sie starrte auf das Spielzeug in ihren Händen und stellte es langsam auf den Tisch. Ihr Blick wanderte zu den Fotos von Erynn an den Wänden, und sie nahm einen gequälten Atemzug. »Wir glauben, dass sie autistisch ist«, sagte Cheryl. »Hat Suze Ihnen das gesagt? Robbie sieht sich intensiv nach Frühförderungsmöglichkeiten um und klappert die ganze Gegend ab, um etwas Geeignetes zu finden. Nicht, dass er die Zeit dafür hätte, aber er tut es trotzdem. Wir haben alle unsere liebe Not damit, zu Erynn durchzudringen. Ich verbringe vier Stunden mit ihr, fast jeden Tag, und dabei ist es manchmal so, als sei ich überhaupt nicht da.

Das ist nicht fair.« Die Bemerkung bezog sich nicht nur auf ihre Enkeltochter.

»Nein«, sagte ich, »ist es nicht.«

»Er ging weg, bevor wir eine Chance hatten, eine Familie zu werden. Er hat nicht einmal Abschied genommen.«

Ich sah zu, wie ihr die Tränen kamen und die Wangen herunterliefen. Sie war nicht die einzige Frau, die Brett damals in Swanton zurückließ, doch Cheryl war fest davon überzeugt, in seinem Leben die Nummer eins zu sein. Selbst heute noch fühlte sie sich bemüßigt, ihn zu verteidigen. Die Rolle der hingebungsvollen Partnerin zu spielen. Hatte sie sich eingeredet, alles zu sein, was Brett brauchte? Ihm versprochen, seine Familie mit Zuneigung zu überschütten und ihnen ein Leben zu bieten, das in ruhigen, geordneten Bahnen verlief? Cheryl mochte einen Plan für ihre gemeinsame Zukunft gehabt haben, doch umgekehrt war für sie in Bretts Plänen kein Platz.

»Ma?« Hinter uns war die Haustür aufgegangen, und Robbie Copely kam herein und trat sich auf der Fußmatte den Schnee von den Schuhen. Mit kakifarbener Hose und Button-down-Hemd unter einer bauschigen Jacke war er geschäftsmäßig gekleidet. Abgesehen davon, dass er ein wenig fülliger geworden war und einen gepflegten Bart trug, der deutlich dunkler war als sein blondes Haar, sah er so aus wie immer. Er hatte die kleine Erynn auf dem Arm.

Bei meinem Anblick stutzte er und strahlte dann übers ganze Gesicht. »Ich werd nicht mehr«, sagte er, offensichtlich erfreut. »Suze hat mir zwar erzählt, du wärst da, aber ich konnte es kaum fassen. Shana Merchant, in Fleisch und Blut. Wie geht's dir denn so?«

Ich war noch nicht ganz auf den Füßen, als ich mich in einer ungestümen Umarmung wiederfand, bei der sich das Kind zwischen uns eingezwängt fühlte und sich wand. Er roch nach Aftershave und Pfefferminzkaugummi, und als er mich losließ, spürte ich, dass ich rot geworden war. Aus nächster Nähe waren seine Augen mit diesen unglaublich dichten Wimpern noch beeindruckender.

»Wie ich höre, kann man euch gratulieren. Ein zweites Baby. Das ist toll.«

»Hey, danke«, sagte Robbie, doch er war mit den Gedanken schon bei seiner Tochter. »Die Stiefel neben die Tür«, sagte er, während er sie herunterließ. Als Erynn stattdessen zu ihrer Großmutter und den Spielsachen lief, lachte er nur. »Du hast Suze wirklich glücklich gemacht, weißt du, mit deinem Besuch. Sie war nie ganz drüber hinweggekommen, dich als Freundin zu verlieren. Ab und an redet sie davon, wie abrupt du damals den Kontakt mit ihr abgebrochen hast.«

»O.« Allein schon seine Beschreibung war niederschmetternd genug. »Da plagt mich ganz schön das Gewissen.«

»Ach was, ihr wart noch Kinder. Was soll's?«

»Ja, sicher«, antwortete ich dankbar und erleichtert.

Seit meiner Unterhaltung mit Crissy hatte ich an Robbie kaum einen Gedanken verschwendet, doch wo er nun schon einmal da war, würde ich mir die Gelegenheit nicht entgehen lassen, auch ihn zu befragen. Auch wenn seine Beziehung mit Crissy nicht lange gewährt hatte, kann zwischen Teenagern selbst in wenigen Monaten eine Menge passieren. Und es *war* eine Menge passiert.

»Ich weiß nicht, ob Suze es erwähnt hat«, fing ich an, »aber ich habe mich mit Crissy über Brett unterhalten.«

Er nickte. »Mann, die Nachricht hat uns umgehauen.«

»Kann ich mir denken. Ich hatte übrigens keine Ahnung, dass sie und Suze befreundet sind.«

»Ach so, *das*. Ehrlich gesagt, war es anfangs schon ein bisschen seltsam, aber Crissy und ich waren sozusagen gerade mal fünf Minuten zusammen, mit vierzehn. In so einer Kleinstadt kreuzen sich eben früher oder später die Pfade.«

»Komm, Schätzchen«, sagte Cheryl und nahm Erynn bei der Hand. »Schauen wir mal, was wir in der Küche für dich zu essen haben.«

Kaum hatten sie den Raum verlassen, setzte sich Robbie. »Es ist schwer für sie«, sagte er und deutete mit einem Nicken zur Tür. »Mutter redet nicht gern über Crissy, und es gefällt ihr überhaupt nicht, dass Suze sie regelmäßig sieht. Ich glaube, Crissy erinnert sie zu sehr an Brett. Seien wir ehrlich, sie war kein Engel, und als ihr Dad sie dann auch noch von heute auf morgen im Stich ließ ... Ma brauchte, glaube ich, einen Sündenbock.«

Ich achte sorgfältig darauf, Leuten nicht die Worte in den Mund zu legen. Wenn ich mit einem Zeugen rede, halte ich meine Fragen möglichst einfach, damit sie mit möglichst vielen Details herausrücken und ich mich auf Unstimmigkeiten konzentrieren kann. Darauf, sie bei einer Lüge zu ertappen. Suggestivfragen sind nicht nur kontraproduktiv; sie können einen bei der Ermittlungsarbeit auch allzu leicht auf falsche Fährten führen. Deshalb hielt ich den Mund, sosehr mir die Frage auf der Zunge brannte, ob es nicht vielleicht noch einen anderen Grund dafür gab, dass Cheryl Crissy nicht ausstehen konnte – *die unterschwelligen Schuldgefühle dafür, ihren Vater um die Ecke gebracht zu haben.* »Kann ich dich was fragen?«, sagte ich stattdessen. »Mit fünfzehn ist Crissy für eine Weile verschwunden. Erinnerst du dich daran?« Ich registrierte den mitfühlenden Ausdruck in Robbies Gesicht. »Klar. Ich sag dir, jetzt, wo ich Erynn habe, vergeht kein einziger Tag, an dem ich nicht über all diese Irren fluche, die da draußen einem unschuldigen Mädchen auflauern.«

»Erzähl mir mehr«, sagte ich, und als falle ihm erst jetzt wieder ein, welchem Beruf ich nachgehe, reagierte Robbie mit einem verständnisvollen Nicken. »Ich will versuchen, die ganze Geschichte wieder aus meinem Gedächtnis hervorzukramen, aber meine Erinnerungen sind ein bisschen verschwommen.«

»Die Polizei ist der Auffassung, sie hätte sich heimlich von zu Hause weggeschlichen, und dann hätte sie jemand entführt«, sagte Robbie. »Die haben mit jedem gesprochen, den Crissy kannte, und auch mit vielen darüber hinaus. Am Ende kamen sie zu dem Schluss, es müsse ein Fremder gewesen sein. Ein Herumtreiber oder Saisonarbeiter. In den Sommermonaten haben wir schließlich jede Menge davon.«

»Es gab einen Suchtrupp. Mein Dad war dabei.«

Er nickte. »Ich auch. Durfte ich eigentlich nicht, aber ein paar von uns an der Schule wollten helfen.« Als er mein erstauntes Gesicht sah, fügte er hinzu: »Ziemlich weitläufiges Gelände, das Tierschutzgebiet. Die Cops konnten uns nicht wirklich daran hindern.«

»Moment mal«, sagte ich. »Wie kamen sie überhaupt dazu, im Schutzgebiet zu suchen?«

»Nicht lange, nachdem sie verschwand, hat jemand irgendwo auf der River Street ein Mädchen gesichtet, aber als die Polizei hinkam, war es verschwunden. Sie gingen davon aus, dass es sich dabei um Crissy handeln könnte, und so setzten sie die Suche im Wald an. Ich war nicht dabei, als sie Crissy fanden, hab nur gehört, dass sie ziemlich durch den Wind war.« Robbie ließ ein Seufzen ertönen. »Letztlich hat sie wohl noch Glück gehabt. Hätte weit schlimmer ausgehen können.«

»Will heißen?«

»Na ja, Crissy war bis oben hin zugedröhnt, ist aber mit einem blauen Auge davongekommen. Ich will damit nicht sagen, ihr wäre nichts passiert, es war knapp. Vielleicht haben die Cops deshalb so schnell aufgegeben.«

»Dafür hat Felicia gesorgt.« Cheryl kam wieder herein, Erynn an der einen Hand, eine Platte mit Kuchen in der anderen. Robbie nahm dankend ein Stück und biss hinein. »Als die Polizei sie damals fand«, schaltete sich Cheryl ein, »bat Felicia sie, die Ermittlungen einzustellen. Eine Freundin von mir arbeitete damals als Büroangestellte im Revier. Sie hat es mir erzählt.«

Als ich entführt wurde und mein Vorgesetzter beim NYPD meine Eltern davon unterrichtete, saßen sie ihm Tag und Nacht im Nacken, um auf dem Laufenden zu sein. Das weiß ich, weil Doug sie in einer sechsstündigen Fahrt nach New York brachte, wo sie dann zu dritt auf dem Bürgersteig vor der Wache ausharrten, um nichts zu verpassen. »Aber welchen Grund könnte Felicia gehabt haben, die Polizei daran zu hindern, den Entführer ihrer Tochter zu suchen?«, fragte ich.

»Weil sie herzlos ist«, sagte Cheryl.

»Ma«, murmelte Robbie mit vollem Mund.

»Nein, Robbie, ich sage, was ich denke. Das denken sie im Übrigen in der ganzen Stadt. Felicia hat diesen Kindern eine Menge angetan; daran ist nichts zu deuteln. Ihr Junge ist von zu Hause weggelaufen, bevor er mit der Highschool fertig war, und was macht sie? Rührt keinen Finger. Und sie hat nicht versucht, rauszufinden, wer Crissy entführt hatte, weil es sie nicht die Bohne interessierte. Sie hat sich nicht für ihre Tochter, ihren Sohn, für ihren Mann oder sonst jemanden interessiert.«

Erst als die Bemerkung heraus war, schien Cheryl sich bewusst zu machen, in welcher Beziehung Felicia zu mir stand. Mit hochrotem Gesicht machte sie den Mund auf, doch in dem Moment rannte Erynn Richtung Küche, und sowohl Cheryl als auch Robbie fuhren alarmiert mit den Köpfen herum.

»Sachte, sachte«, sagte Robbie und fing sie ein. »Gib Daddy einen Abschiedskuss. *Autsch.*« Als er seinen Teller abstellte und sie hochzuheben versuchte, griff er sich mit der freien Hand an den unteren Rücken. Robbie war zwar nur wenige Jahre älter als ich, doch wir tauschten einen vielsagenden Blick. *Das Älterwerden bringt nichts Gutes.* »Tut mir leid«, sagte er, »ich hab nur ein paar Minuten, um Erynn abzuliefern. Bin auf dem Weg zur Arbeit.«

»Kein Problem. Ich muss auch los. War nett, dich wiederzusehen.«

»Ganz meinerseits. Falls du noch irgendwelche Fragen hast, weißt du ja, wo du mich findest. Schrecklich, was Brett zugestoßen ist. Ich mochte den Mann gut leiden, wirklich. Wenn wir dir irgendwie weiterhelfen können«, ermunterte er mich, »melde dich.«

Als Cheryl mich zur Tür geleitete, hörte ich zum ersten Mal Erynns Stimme. Ein freudiges Quieksen, von einem liebevollen Vater entlockt.

SECHSUNDZWANZIG

ALS ICH WIEDER auf die *Willkommen*-Matte trat, hatte es erneut zu schneien angefangen. Auf der anderen Straßenseite spannte einer von Cheryls Nachbarn weihnachtliche Lichterketten an einen entlaubten Apfelbaum in seinem Vorgarten. Sonst war weit und breit niemand zu sehen.

Mit dem Rücken zur Tür zog ich mein Handy heraus, um meine E-Mails zu überprüfen. Ich hatte eine Nachricht von Harmison, zur Antwort auf meine Erkundigung, und angehängt ein Dokument, für das ich mich interessierte: der damalige Bericht über Crissys Verschwinden. Ich öffnete es und überflog es gespannt auf dem Display, bevor ich ihn anrief und zu meinem Gespräch mit Russell Loming auf den neuesten Stand brachte, einschließlich der Geschichte mit dem Dealen und der möglichen zweiten Freundin – genug, um den Mann beschäftigt zu halten; ich hoffte, dass ich seine Ermittlungen mit meinen Beiträgen voranbrachte, statt sie zu behindern. Auf dem Weg zum Wagen zurück fiel mir eine Limousine ins Auge, die in einiger Entfernung stand. Genau wie mein SUV war sie mit einer dünnen Schneeschicht bedeckt, sodass ich nicht sagen konnte, ob der Wagen weiß oder silbern war, ein Honda oder ein Toyota. Dem Schnee nach musste sie dort eingetroffen sein, nachdem ich ins Haus gegangen war – nicht weiter ungewöhnlich. Seltsam war lediglich die Person auf dem Fahrersitz. Es war ein Mann, so viel konnte ich erkennen. Die schiere Schulterbreite zeugte selbst auf die Distanz von brachialer Kraft. Er saß absolut still. Und beobachtete mich.

Mein Karateunterricht, zuerst in Manhattan und in jüngster Zeit in Watertown bei Sam, verlieh meinen Faustschlägen nach und nach mehr Kraft. Um mich wirksam zu verteidigen, musste ich meine Körpergröße einsetzen und die Attacken eines Angreifers gegen ihn wenden. Dies half gleichzeitig dabei, meine Reflexe zu verbessern – weshalb es mich so wütend gemacht hatte, in dieser Privatstunde an Sam so grandios zu scheitern. Ich hatte zahllose Stunden damit zugebracht, mir den Moment vor Augen zu führen, in dem Bram und ich uns wiedersehen würden: wo es passieren würde, was er dann täte und wie ich zurückschlagen würde, wenn es mehr denn je darauf ankäme. Und ich kann ehrlich sagen, dass die Begegnung in meiner Fantasie nie an einem Mittwochmorgen stattfand, an dem der Schnee eine Straße in einem ruhigen Wohnviertel in Vermont in eine Weihnachtskarte verwandelte.

»*Hey*«, sagte ich.

Zuerst klang es kläglich, doch als ich es wiederholte – »Hey!« –, fand ich meine Stimme wieder. Ich lief hinüber. Es war ausgesprochen dämlich, mir einzureden, ein bisschen aufgesetzter Mut reichte für die siegreiche Schlacht. Andererseits färbte die Brutalität, die Treys Zahn veranschaulichte, auf mich ab und versetzte mich in eiskalte Wut. Ich wollte Blut sehen. Sowie ich mich dem Wagen näherte, blieb mein Herz für ein paar Takte stehen, doch ich lief weiter. Die Tür ging auf, und der Mann setzte einen Fuß auf den Bürgersteig. Als er den Kopf einzog, um nicht gegen das Wagendach zu stoßen, und im schneeglitzernden Tageslicht erschien, blieb ich mit einem Ruck stehen. Mein Schock wich der Erleichterung und die Erleichterung freudigem Staunen.

»Hey, Fremde«, begrüßte mich Tim.

»Was machst du denn hier?« Ich stieß eine frostige Atemwolke aus und schüttelte den Kopf. Tim Wellington in Swanton? Das war unerklärlich. Mir schwirrten die schrecklichsten Gedanken durch den Kopf, über Trey und Mac und alles dazwischen.

»Berechtigte Frage«, räumte Tim ein. Unter seiner anthrazitfarbenen Winterjacke lugte ein Fischerpullover hervor, und er zupfte am Kragen, als kratzte er. »Das habe ich mich auf der Fahrt hierher selbst gefragt.«

»Woher wusstest du überhaupt, wo du mich findest?«

»Gibt nicht allzu viele Merchants in der Stadt. Ich kam gerade am Haus deiner Eltern an, als du gingst. Hab dich seitdem observiert.«

»Wie nett von dir«, sagte ich ironisch. »Du sollst mich beschützen, stimmt's?«

»Ehrlich gesagt hatte ich mir so was in der Art umgekehrt von dir erhofft. Ich könnte nicht mal einen Wackelpudding mit einer Karatekante zerlegen.«

Aus dem Augenwinkel heraus sah ich, wie sich an Cheryls Wohnzimmerfenster die Gardinen bewegten. »Setz dich wieder in den Wagen und folge mir.«

Tim gehorchte, das musste ich ihm lassen.

Bis zum John R. Raleigh Field war es eine kurze Fahrt, aber weit genug weg von Cheryl und anderen neugierigen Kaffbewohnern, mit denen ich im Moment nichts zu schaffen haben wollte. Cheryls Bemerkung über den Kleinstadttratsch hatte mich gewarnt, auf der Hut zu sein. Falls Bretts Mörder noch in der Stadt war, wollte ich es ihm – oder ihr – nicht auch noch leichter machen, meine Ermittlungen zu überwachen.

In den letzten Monaten war ich ein paarmal auf dem Baseballplatz gewesen – heimliche Ausflüge, um nach Bram Ausschau zu halten. Nachdem wir beide damals auf die Katze gestoßen waren, hatte ich sein Vertrauen verraten und meinem Vater davon erzählt. Die Vorstellung, dass das Tier mit seinen blinden Augen noch die ganze Nacht da draußen liegen oder dass es jemand anderer finden würde, gefiel mir nicht. Dad lief zu der Stelle, die ich ihm an dem Abend beschrieben hatte, und schaufelte der Katze ein Grab. Bram fragte mich nie, was aus ihr geworden sei, und ich tat so, als hätte ich an dem Rätsel das Interesse verloren. Es würde noch viele Fälle zu lösen geben. Ich stellte den Wagen auf dem Platz neben dem Baseballfeld ab, Tim fuhr neben mir heran, und ich machte ihm Zeichen, bei mir einzusteigen.

»Wie kuschelig«, sagte er, während er auf der Beifahrerseite einstieg. »Hübscher Einsatz, den du dir da aufgehalst hast.« Er nahm einen halb leeren Getränkebecher aus der Konsole. »Am besten gefällt mir der kleine Coffeeshop, der hat Flair.«

»Man muss sich mit dem zufriedengeben, was man hat, ist mein Motto.« Ich konnte ein Grinsen nicht unterdrücken. »Mir ist schon klar, dass dich nicht meine ausgebufften Ermittlungsmethoden herführen.«

»Aber ich habe Neuigkeiten für dich«, antwortete er, »wir haben den Typ mit der Abdeckplane gefunden.«

Für eine schlimme Nachricht war sein Ton zu heiter. Ich fragte nach, was genau sie gefunden hätten.

»Ein Anwohner hat Laub im Wasser versenkt. Hat es wie zu einer Zigarre zusammengerollt. Ich kann nachvollziehen, wieso der Angler Verdacht geschöpft hat.«

»Und heißt das auch, dass die Taucher nichts gefunden haben?«

»Leider ja.«

Ich stieß einen Seufzer aus. »Und um mir das zu sagen, hast du dich auf den weiten Weg hierher gemacht?«

Natürlich nicht. McIntyre hatte ihm von dem Zahn erzählt und von der hohen Wahrscheinlichkeit, dass sich Bram in Swanton aufhielt.

Tim wandte den Blick ab. »Unser Gespräch gestern. Das gefiel mir nicht.«

»Geht mir genauso«, sagte ich. »Klar machst du dir Sorgen, aber du musst mir vertrauen.«

Sein Blick wanderte über die Häuser am Rand der Wiese, während es weiter auf das Dach meines Wagens schneite. »Irgendwas Neues zu deinem Onkel?«

»Das eine oder andere. Er hatte einen Freund, der eindeutig von besonderem polizeilichem Interesse ist. Offenbar haben er und Brett seinerzeit Drogen aus Montreal geschmuggelt und hier vertickt, und Brett hat möglicherweise gleichzeitig ein Verhältnis mit zwei Frauen unterhalten – meiner Tante zufolge eine davon minderjährig.« Dass auch Felicia zum Kreis der Verdächtigen zählte, ließ ich unerwähnt. »Und da ist noch etwas«, sagte ich. »Ziemlich genau zu der Zeit, als Brett verschwand, wurde auch meine Cousine Crissy vermisst. Meine Tante litt damals unter einer ziemlich schweren Angststörung, und nach allem, was ich höre, kam es zwischen den beiden zu einem Streit. Zwei Tage lang war sie unauffindbar, bis man meine Cousine schließlich im Wald entdeckte, nicht weit von der Stelle, an der jetzt Bretts sterbliche Überreste lagen.«

Tim machte große Augen. »Bis jetzt wusste ich gar nicht, wie langweilig meine Familie ist.«

»Sei froh.«

»Was sagt Crissy zu alledem?«

»Nicht viel. Bei ihr habe ich als Erstes vorbeigeschaut, noch bevor ich wusste, dass sich ihr Verschwinden mit dem ihres Vaters zeitlich überschneidet, aber ich glaube, sie weiß mehr, als sie mir bis jetzt erzählt hat. Ich muss sie mir noch mal vornehmen. Ein bisschen tiefer graben.«

»Worauf warten wir dann?«

»Wir?«

Tim senkte den Blick. »Zu Hause habe ich nichts unversucht gelassen. Wir haben alles abgegrast, sind jeder Spur nachgegangen. Du kennst die Statistik: Über siebzig Prozent kindlicher Opfer sind binnen drei Stunden nach ihrer Entführung tot. Trey ist jetzt schon seit achtundvierzig Stunden verschwunden.«

Gott, dachte ich. Zwei Tage war allerdings viel zu lang.

»Wenn Bram, wie du sagst, tatsächlich will, dass du diesen Mordfall aufklärst«, sagte er und sah mich dabei wieder an, »sollte ich vor Ort sein und dir helfen. Nimm mich als Geheimwaffe.« Er wackelte mit den buschigen Augenbrauen. »Ich werde ihr mit meinem geballten Charme die Wahrheit entlocken.«

Ich musste lachen. »Zugegeben, stehen deine Chancen besser als meine.« Ich deutete mit dem Kinn auf die Straße. »Dann mal auf zu meiner Cousine.«

Die Versicherung, bei der Crissy als Büroleiterin arbeitete, hatte ihren Sitz in einem Backsteinhaus unweit des Village Green Park. Ich sah sie vor mir, wie sie dort in ihrer Mittagspause die gewundenen Pfade entlangschlenderte und Krumen von ihrem Sandwich den Schwänen hinwarf, die im malerischen, eingezäunten Teich paddelten, auch wenn das romantische Tableau nicht ganz zu Crissys nicht eben jugendfreiem Ausschnitt passte und es für einen Spaziergang außerdem zu kalt war. Wir fanden sie an ihrem Schreibtisch vor, und Tim gelang es, sie auf ein Plauderstündchen in ein leeres Büro zu locken. Dass ich als die Dritte im Bunde mitkommen würde, schien sie weniger zu erfreuen.

»Ich hab doch schon alles gesagt, was ich weiß«, sagte Crissy, während sie sich in einem altmodischen Automaten einen Kaffee bereitete. »Nicht meine Schuld, wenn ihr damit nichts anzufangen wisst.«

»Ich weiß deine Hilfe zu schätzen«, sagte ich mit einem aufgesetzten Lächeln. »Mir wäre nur daran gelegen, dass Tim es von dir persönlich hört. Ich bin mir nicht sicher, ob ich sämtliche Einzelheiten richtig wiedergeben kann.«

Während Crissy mit dem Rücken zu uns am Schalter des Kaffeeautomaten herumhantierte, zwinkerte Tim mir zu. Die Rolle des Naivlings war bei Zeugenbefragungen seine Spezialität, nicht meine, doch es war eine probate Methode, ihr Vertrauen zu gewinnen. Ich nahm seinen sichtlichen Stolz auf mich als Kompliment.

»Mist«, zischte Crissy und starrte wütend auf die Maschine. »Das Ding ist der letzte Schrott; immer reine Glückssache.«

»Warten Sie«, sagte Tim, »lassen Sie mich mal versuchen.«

Crissy sah ihn skeptisch an, trat aber zur Seite. In kürzester Zeit hatte Tim die Maschine trockengelegt, die Rückseite entfernt und mithilfe einer von Crissys strassglitzernden Haarklammern eine Ablagerung aus einem verstopften Ventil herausgefischt. »Ich liebe diese Videos, in denen sie einem zeigen, wie man etwas selber machen kann«, erklärte er verlegen. »Die Dinger hier sind eigentlich ziemlich simpel; gibt nicht viele Fehlerquellen. So. Versuchen Sie es noch mal.«

Crissy füllte den Behälter wieder auf, und wenig später duftete es nach frisch aufgebrühtem, dunkel geröstetem Kaffee.

»Sie müssen nicht über Brett sprechen, wenn Sie nicht wollen«, sagte Tim. »Eigentlich wollte ich Sie nach Ihrem Verschwinden damals fragen.«

Sie schien überrascht. »Also, da muss ich Sie enttäuschen. Falls Sie's noch nicht gehört haben, war ich bewusstlos.«

»Sie waren bewusstlos, als man Sie fand. Aber was war davor?«

»Du hast dich aus dem Haus geschlichen, nicht wahr?«, warf ich ein.

»Und?«

»Was dir in der Nacht passiert ist, könnte mit Bretts Schicksal in Verbindung stehen. Crissy«, sagte ich, »du und dein Dad, ihr seid am selben Wochenende verschwunden, und dich haben sie nicht weit von der Stelle im Wald gefunden, an der die Polizei jetzt ihn entdeckt hat. Das kann kein Zufall sein.«

Meine Cousine wandte den Blick ab.

»Hatte Brett irgendetwas mit dem zu tun, was dir damals zugestoßen ist?«

Sie strafte mich mit einem eisenharten Blick. »Du meinst, ob mich mein eigener Vater im Wald liegen gelassen hat, wo ich hätte sterben können?«

»Das war eine unglückliche Wortwahl. So hat Shana das nicht gemeint«, sagte Tim. »Wir müssen nur jede Möglichkeit ausschließen.«

Wir hatten uns nicht abgestimmt, wie wir bei dieser Befragung verfahren sollten, doch als Tim mir in den Rücken fiel, um meine Cousine zu beschwichtigen, stellte ich fest, dass wir mühelos in eine Routine verfielen, die der Situation perfekt angemessen war. Crissy nickte. *Na schön. Fragen Sie weiter.*

»Wie war denn damals die Situation zu Hause?«, fragte Tim. »Wenn ich es richtig verstanden habe, hatte Ihre Mom seinerzeit Probleme.«

»Hat sie immer noch.«

»War es in dem Sommer vielleicht schlimmer? Für Ihre Mom?« Er legte eine Pause ein. »Und für Sie?«

Wir saßen jetzt um einen Tisch. Er musste einmal einem Handelsvertreter gehört haben, war aber offenbar nur noch dazu gut, Staub anzusammeln. Tim legte eine Hand auf die stumpfe Oberfläche und wartete. Nie im Leben fiele es ihm ein, eine Zeugin zu berühren, nicht einmal, um sie zu trösten. Auch in der Kleinstadt waren Polizeibeamte nicht vor Anklagen wegen sexueller Übergriffe gefeit, und Tim war Profi genug, doch in Crissys Fall genügte die kleine Geste, um ihr Vertrauen zu gewinnen. Sie holte einmal tief Luft, atmete stockend aus und erwiderte seinen Blick.

»Sie haben keine Ahnung, wie das war«, fing Crissy an. »Was sie uns alles einzureden versuchte. Was ich ihr alles glauben sollte. Zum Beispiel, als der Typ kam, um unsere Klimaanlage zu reparieren, und sie uns erklärte, sie hätte Angst, er hätte sie heimlich so umgerüstet, dass sie toxische Luft ins Haus bläst. Das machte natürlich überhaupt keinen Sinn – welchen Grund hätte der Mann gehabt, uns Schaden zuzufügen? –, aber sie weigerte sich, sie einzuschalten. In dem Herbst herrschten bei uns wochenlang Temperaturen um die fünfunddreißig Grad im Haus. Ich dachte, wir ersticken noch alle.«

Mich durchzuckte eine Erinnerung, eine von denen, die mir Bram im Keller eingeflüstert hatte. Einer dieser Fetzen aus seiner Vergangenheit, die er mit meinen eigenen Erinnerungen verwob.

»Immer hat sie in den Schränken nachgesehen, hat die Herdschalter überprüft, bis wir so spät dran waren, dass wir das, was wir geplant hatten, vergessen konnten und uns im Haus einschlossen. Oder sie wachte mitten in der Nacht auf und schrie wie am Spieß, weil sie glaubte, es seien Einbrecher im Haus, dabei war nie jemand zu finden. Das war alles nur in ihrem Kopf, aber für sie war es real, und damit wurde es auch für uns real. Ich hatte panische Angst, so wie sie zu werden. Deshalb habe ich mit den Drogen angefangen«, sagte sie, und eine Sekunde lang ließ meine halsstarrige, zynische Cousine die Maske fallen und zeigte ihre Verletzlichkeit, die sie darunter verbarg. »Das war meine Zuflucht vor ihr, die einzige, die mir damals in den Sinn kam.«

»Wieso hat sie dagegen eigentlich keine Medikamente genommen?«, fragte ich, als mir wieder einfiel, dass Abe ihren entsprechenden Vorschlag an ihn scheinheilig genannt hatte. Wenn Felicias Geisteszustand stärker als gewöhnlich schwankte, konnte ich mir nicht recht vorstellen, dass meine Mutter tatenlos zusah. Bestimmt hatte sie Felicia gedrängt, sich helfen zu lassen? Doch dann musste ich wieder an die Unterhaltung mit meinen Eltern denken, bei der Mom behauptet hatte, Abes Bluterguss sei auf einen Sturz zurückzuführen. Felicia war wohl immer gut darin gewesen, ihre Erkrankung herunterzuspielen.

»Sie hasste es, wie sie sich mit den Tabletten fühlte«, erklärte Crissy. »Manchmal nahm sie was ein, dann wieder nicht. Als ich fünfzehn war, nahm sie gar nichts mehr und weigerte sich auch, wieder damit anzufangen. Das hast du bestimmt nicht gewusst«, fügte sie missmutig an mich gerichtet hinzu. »Nicht einmal Della.«

Sie verstummte und kniff sich in den Nasenrücken. Tim nickte ihr aufmunternd zu, und sie sprach weiter.

»Abe hat nie darüber geredet. Er fürchtete, wenn deine Eltern erführen, wie schlimm wir dran waren, dürfte er nicht mehr so oft zu euch rüberkommen. Er meinte, wenn er euch nicht mehr sehen könnte, ginge er ein. Also hab auch ich Della nichts davon erzählt.«

Ich versuchte zu schlucken und merkte, dass ich die Luft angehalten hatte.

»Es war schwer für ihn«, sagte Crissy. »Er war immer gereizt. Wenn sie wieder einen ihrer Anfälle hatte, weinte Abe stundenlang. Es genügte der kleinste Anlass, und es ging bei ihr wieder los, alles wieder von vorne.«

In all den Jahren, die ich Crissy kannte, hatte sie den Eindruck auf mich gemacht, ihr Bruder sei ihr vollkommen egal. Oder hatte ich mir das nur eingeredet? Mir drängte sich gerade die Frage auf, wie falsch ich meine Cousine eingeschätzt hatte.

»Sie haben also Ihrer Tante nichts davon erzählt«, sagte Tim. »Haben Sie denn mit irgendjemand anderem darüber gesprochen? Mit Shanas Dad? Mit einem Lehrer? Ihrem Vater?«

Crissy nickte verhalten. »Kurz vor Ende des Schuljahrs, da habe ich mit Brett gesprochen. Ich ertrug den Gedanken nicht, den ganzen Sommer mit ihr allein zu sein, und ich hatte Angst um

Abe. Brett stellte sie danach zur Rede. Ich bin sicher, die ganze Straße hat gehört, wie sie sich angeschrien haben. Felicia weigerte sich trotzdem, wieder ihre Medikamente zu nehmen, und er konnte sie nicht umstimmen.«

»Also beschloss er wegzugehen?«, fragte ich betroffen. Wieso sollte Brett versuchen, seinen Kindern zu helfen, um sie ein paar Wochen später wieder ihrem Schicksal zu überlassen?

Hinter uns gurgelte die Kaffeemaschine und schaltete sich zischend ab. Crissy zuckte zusammen und versuchte, ihre Nervosität zu kaschieren, indem sie sich das blondierte Haar von der Schulter strich. »Nein«, sagte sie. »Er kam zu dem Schluss, *wir* sollten gehen. Alle drei.«

Das hatte ich nicht kommen sehen. Mein Onkel hatte immer so egoistisch gewirkt. Auf dieser Grundannahme basierte meine ganze Wahrnehmung von Brett. In den letzten Stunden hatte ich herausgefunden, dass der Mann, den ich zu kennen glaubte, das Glücksspiel aufgegeben und angefangen hatte, mit Drogen zu dealen, um einen Notgroschen anzusparen, und es sich zur Aufgabe gemacht hatte, seine Kinder vor seiner Ex zu retten.

»Natürlich kam es nicht sofort dazu«, erklärte Crissy. »Brett war erst seit Kurzem mit Cheryl zusammen, und sie riet ihm, sich einen Anwalt zu nehmen und sich um das alleinige Sorgerecht zu bemühen. Er hat ernsthaft darüber nachgedacht, aber das hätte zu lange gedauert. Er versuchte, ihr zu drohen. Schließlich sah uns ja jeder, unsere Klamotten, unseren Haarschnitt und so.« Aus Crissys Gesicht sprach die blanke Wut. »Alle Welt wusste, dass sie Probleme hatte, und so erklärte Brett Felicia, er würde sich ans Jugendamt wenden. Sie lachte ihn nur aus. Gegen sie hatte er keinen guten Stand. Es wussten auch alle von seinem Glücksspiel und seinem Alkoholproblem. Schließlich wurde ihm klar, dass es keinen anderen Ausweg für ihn gab, als abzuhauen.«

»Was ist mit Cheryl?«, fragte ich. »Sie glaubte, das zwischen ihr und Brett sei was Ernstes.«

»Er hatte Cheryl gern«, räumte Crissy ein. »Es machte ihn traurig, sie verlassen zu müssen. Er hat sogar ein paarmal davon gesprochen, er wollte sie überreden, nachzukommen, sobald wir ein neues Zuhause hätten – immer vorausgesetzt, sie wäre bereit, ihm zu vergeben. Cheryl hatte es sich in den Kopf gesetzt, mich auf einen guten Weg zu bringen.« Crissy schnaubte. »Vor allem aber mussten wir erst einmal aus der Stadt rauskommen, und darin hat Brett Cheryl nicht eingeweiht. Er sagte, er hätte einen richtigen Plan – er würde seine Stelle kündigen, seinen letzten Lohn einstreichen, und wenige Tage später würden wir ausziehen. Und zwar, wenn Felicia auf der Arbeit war. Abe haben wir davon nichts erzählt. Das ganze Unternehmen stand und fiel damit, dass Felicia nichts merkte.«

»Aber sie merkte es«, schloss Tim aus der Trauer in Crissys Augen.

Wieder nickte sie. »Abe setzte es sich in den Kopf, Brett an dem Freitag in der Fabrik zur Rede zu stellen. Du warst dabei«, sagte sie und warf mir einen vernichtenden Blick zu. »Als er erfuhr, dass Brett die Fabrik schon verlassen hatte und plante wegzuziehen, rastete er aus und lief zu ihr. Hätte er damals den Mund gehalten, hätte sie nichts gemerkt. Gott, war Felicia wütend – nicht auf Abe, sondern auf Brett. Abe hatte sie nur zufällig gerade vor der Nase.« Wieder traf mich Crissys nadelscharfer Blick. Als ob sie mich an das, was danach passierte, hätte erinnern müssen. Doch an Tim gerichtet, sagte sie: »Felicia schlug ihn.«

Tim stand langsam auf und trat mit schweren Schritten an den Kaffeeautomaten. Als Crissy nach dem vollen Becher griff, den er ihr hinstellte, braute sich hinter ihren Augen eine neue Wolke düsterer Gefühle zusammen, doch ich hatte keine Ahnung, was es war.

Als er sich wieder setzte, fragte Tim sie nach Brett. Crissy erklärte, sie habe ihren Vater angerufen und ihm erzählt, was passiert sei.

»Danach wollte er sofort mit uns weg. Wir hatten lange geplant, am nächsten Abend ins Kino zu gehen. Damit niemand Verdacht schöpfen konnte, sagte er, danach sollten wir abhauen. Uns absetzen, bevor sie merkte, was Sache war. Also fuhren wir zum Autokino«, sagte sie, »aber Abe fing sofort an, sich nach Brett umzuschauen, kaum dass Felicia uns abgesetzt hatte. Er wusste nur, dass sein Dad die Stadt verlassen wollte, und er hatte Angst, Brett nie wiederzusehen. Ich war in Panik. Ich wollte verhindern, dass er eine Szene macht, und so beschloss ich, ihn in den Plan einzuweihen. Abe verschlug es offenbar die Sprache. Er suchte keinen Streit, und ich dachte, *okay, das ist gut gelaufen.* Nach dem Film fuhr Felicia uns nach Hause, und wir gingen auf unsere Zimmer, packten jeder eine Tasche. Ich packte ein paar Sachen ein und forderte Abe auf, dasselbe zu tun. Dann setzte ich mich hin und zählte die Minuten, bis es so weit war.«

Crissy nahm einen Schluck Kaffee und leckte sich die Lippen. Etwas von ihrem klebrigen rosa Lippenstift blieb an ihrer Zunge haften. »Um ein Uhr nachts ging ich in Abes Zimmer, um ihn abzuholen. Das war der Plan – ich würde ihn holen, um mich mit ihm zusammen aus dem Haus zu schleichen. Als ich seine Tür aufmachte, saß er auf seinem Bett und hatte Augen so groß wie Untertassen. Felicia saß neben ihm. Sie machte ein Gesicht, als wollte sie mich bei lebendigem Leibe häuten.«

»Er hatte es ihr verraten«, sagte ich.

»Ja. Wir sollten uns in weniger als einer Stunde mit Brett treffen, und Felicia hatte Abe im Würgegriff. Sie sagte, sie würde nie zulassen, dass er uns ihr wegnimmt, sie würde ihn bei der Polizei anzeigen, und wir würden ihn nie wiedersehen. Sie schickte mich in mein Zimmer und klemmte von außen einen Stuhl unter meine Türklinke, sodass ich gefangen war. Sie schloss mich buchstäblich in meinem Zimmer ein.« Crissy drehte sich zu mir, und zum ersten Mal traf mich volle Breitseite ihr geballter Zorn. »Du bist schuld«, sagte sie. »An allem.«

»Ich?«, fragte ich verdutzt.

»Kapierst du es immer noch nicht? Deinetwegen hat Abe Felicia alles verraten. Er war von dir besessen, Shana, und du hast seine Bewunderung aufgesogen. Du bist der Grund, weshalb wir da nicht rauskonnten.«

Besessen? Aufgesogen? Ich hatte plötzlich Pudding in den Beinen. »Wir waren Freunde.«

»Tolle Freunde«, entgegnete sie. »Er war ein verstörter kleiner Junge mit ein paar ziemlich kranken Hobbys, und du hast ihn dazu ermuntert. *Du hast das geliebt.«*

Was? Nein. Ich spürte, wie mich Tim mit seinem verwunderten Blick durchbohrte.

»Wir haben doch nur gespielt«, sagte ich, obwohl mir das Wort fast im Halse stecken blieb. Mir wurde übel davon.

»Gespielt«, wiederholte sie angewidert. »Wir hatten die Chance, neu anzufangen, von Swanton wegzukommen und mit Brett ein normales Leben zu führen, und da weigert sich Abe, dich aufzugeben. Er hat dich über seinen eigenen Vater gestellt, und jetzt sieh dir an, was dabei herausgekommen ist. Ich hoffe, du bist stolz auf dich.«

»Hey.« Tim hob die Hände. »Offenbar gibt es da eine Menge Unausgesprochenes zwischen Ihnen beiden, viel aufzuarbeiten, Crissy, aber wir müssen wissen, was genau in der fraglichen Nacht passiert ist. Wie sind Sie, mit Meth zugedröhnt, im Wald gelandet, wenn Ihre Mutter Sie in Ihrem Zimmer eingesperrt hat?«

Crissy wendete den Blick ab, und ich dachte: *Mein Gott. Wurde Bram damals auch noch von seiner Schwester im Stich gelassen?*

»Ich *musste* weg«, sagte sie kleinlaut. »Ich konnte nicht eine

Minute länger in diesem Haus bleiben. Ich bin aus dem Fenster gestiegen und losgelaufen, um mich an der Hook Road mit Brett zu treffen.«

»Das müssen drei bis vier Meilen sein«, stellte ich fest. »Und die bist du zu Fuß gegangen?«

Sie nickte.

»Und als Sie da waren, was ist dann passiert?«, fragte Tim.

»Er kam nicht. Ich hab ewig auf ihn gewartet, aber er ließ sich nicht blicken. Und dann weiß ich nichts mehr, bis ich in diesem Krankenhauszimmer aufgewacht bin.«

Tim beugte sich vor. »Fällt Ihnen gar nichts mehr ein? Wie es da draußen weiterging oder wieso Sie mit diesen Drogen vollgepumpt waren?«

Sie schüttelte den Kopf.

Ich warf Tim einen kurzen Blick zu. »Crissy«, sagte er. »Das alles ist viele Jahre her. Sie müssen sich den Kopf darüber zerbrochen haben, wieso Sie von Ihrem Vater nie mehr gehört haben?«

Sie öffnete und schloss die Finger um ihren Becher. »Ich habe gedacht, dass er ohne uns weggezogen ist. Das habe ich geglaubt, und das habe ich auch Abe später erzählt. Ich habe Brett für einen selbstsüchtigen Mistkerl gehalten, der uns beide im Stich gelassen hat. Und manchmal …« Sie schluckte. »Manchmal glaube ich, er hat es verdient zu sterben.«

SIEBENUNDZWANZIG

»SIE LÜGT.«

»Meinst du?«, fragte Tim.

Ich konnte nicht mehr so leicht den Stab über Crissy brechen. Wie Uncle Brett war auch sie eine viel komplexere Persönlichkeit, als mir klar gewesen war, andererseits hatte ich mir auch Macs Bemerkung zu Herzen genommen, dass der Mörder Jahre Zeit gehabt hatte, sich genau zu überlegen, was er sagen und wie er sich verhalten sollte. »Ich nehme ihr nicht ab, dass sie sich an nichts von dem erinnern kann, was in der Nacht weiter passiert ist. Zwanzig Jahre lang hat sie geschwiegen, obwohl sie wichtige Hinweise hätte geben können. Ich bin mir sicher, dass sie immer noch etwas verheimlicht.«

Ich war geladen und nervös, für ein Glas von etwas Stärkerem hätte ich eine Niere gespendet, aber es war gerade einmal früher Nachmittag, und selbst nuchtern hatte ich alle Mühe, diese zwei Fälle aufzudröseln. Mehr als irgendetwas sonst brauchte ich jetzt eine Nachbesprechung mit Tim, und so fuhr ich noch einmal zu jener Wiese hinaus. Ich lehnte mich auf dem Fahrersitz zurück und beäugte den Waldrand wie ein Falke.

»Wieso macht Crissy jetzt nicht endlich reinen Tisch«, sagte ich zu Tim, »wenn sie wirklich nichts mit Bretts Tod zu tun hatte?«

»Könnte es sein, dass sie jemanden deckt?«

»Jedenfalls nicht Brett. Dafür ist es zu spät.«

Ich holte mein Handy heraus, öffnete die E-Mail, die ich bekommen hatte, nachdem ich mich von Cheryl verabschiedet hatte, und zeigte sie Tim. »Der hiesige Polizeichef, ein Mann namens Fraser Harmison, hat mir erlaubt, einen Blick in Crissys Akte zu werfen. Der Officer, der damals den Bericht geschrieben hat, bestätigt darin, dass sie einen Schlag an den Kopf erlitten hat und ihr Kurzzeitgedächtnis davon beeinträchtigt war. Aber was Crissy hier beschreibt, geht über einen kurzzeitigen Gedächtnisverlust hinaus; das ist eine schwere Amnesie. Ein Meth-High kann zwölf bis vierundzwanzig Stunden dauern, bei anhaltendem Missbrauch auch länger, aber selbst dann leuchtet mir dieser totale Gedächtnisausfall nicht ein.«

»Und kennst du hier jemanden, der es darauf angelegt haben könnte?«

»Russell Loming«, antwortete ich prompt. »Brett hatte Schulden bei ihm. Er könnte an ein Tauschgeschäft gedacht haben, Crissy gegen Geld. Und wir dürfen Cheryl nicht vergessen, Bretts damalige Freundin. Sie behauptet, ihre Beziehung sei was Ernstes gewesen, aber er hat ihr einfach so den Rücken gekehrt, mal abgesehen davon, dass sie Crissy nicht besonders mochte, auch wenn sie angeblich bereit war, die Kinder aufzunehmen.«

»Aber wäre sie wirklich imstande, ein junges Mädchen zu attackieren?«, wandte Tim entrüstet ein. »Oder gar den Mann zu töten, den sie angeblich geliebt hat?«

»Es könnte ja versehentlich passiert sein. Falls Cheryl Brett in einem Wutanfall darüber, dass er sie verlassen wollte, ohne Absicht getötet und Crissy es gesehen hat, wusste sich Cheryl vielleicht nicht anders zu helfen. Aber wenn Cheryl dafür sorgen wollte, dass Crissy sich an nichts erinnert, hätte es bessere Drogen als Meth gegeben. Zum Beispiel Rohypnol.« Allein schon davon, es auszusprechen, bekam ich eine pelzige Zunge. Meine einschlägige Erfahrung mit derlei Drogen mochte in meinem Beruf ganz nützlich sein, aber deshalb dachte ich noch lange nicht gerne daran zurück.

»Wie steht Crissy heute zu Cheryl?«

»Tatsächlich hat sie indirekt versucht, mich davon abzubringen, dass ich Cheryl unter die Lupe nehme«, sagte ich. »Aber vielleicht ja nur Suze zuliebe, einer alten Freundin von mir und Cheryls Schwiegertochter. Was sagt uns das also?«

»Vielleicht müssen wir den Blickwinkel wechseln«, schlug Tim vor. »Wie stellt sich die Situation für Felicia dar?«

Ich wollte nicht, dass Tim meiner Tante einen Mord zutraut, großenteils aus denselben Gründen, weshalb ich ihm zu Bram keinen reinen Wein einschenken wollte, doch Tim war scharfsichtig, und er hatte von Crissy mehr als genug gehört, um zu begreifen, dass wir Felicia überprüfen mussten.

»Ich weiß, dass du das hier jetzt nicht gerne hörst«, sagte er einfühlsam, »aber können wir wirklich ausschließen, dass Felicia bei Bretts Tod eine Hand im Spiel hatte? Brett versuchte immerhin, ihr die Kinder wegzunehmen. Ihr einziger Alibi-Zeuge ist ihr Sohn, damals noch ein Kind. Können wir absolut sicher wissen, wo sie sich wann in jener Nacht aufgehalten hat?«

»Du meinst, sie könnte zum Schutzgebiet gefahren sein und ihren Ex umgebracht haben?«

Mit sichtlichem Unbehagen antwortete Tim: »Ja.«

»Ehrlich gesagt hätte ich das noch vor einiger Zeit für möglich gehalten. Aber was ist dann mit Crissys Kopfverletzung? Sicher, Felicia hat einmal ihren Sohn geschlagen, aber dass sie loszieht und in voller Absicht Crissy attackiert, kann ich mir nicht recht vorstellen, egal, wie schwierig ihr Verhältnis war.«

Ich starrte aus dem Fenster auf das verschneite Baseballfeld. Dahinter sah ich die Schneise zwischen den Bäumen und den

Pfad, der sich von dort aus in den Wald schlängelte. Bei dem Anblick fühlte ich mich wie betäubt.

»Du machst das nicht zum ersten Mal, oder?«, sagte Tim. »Zu den entlegensten Stellen rausfahren, in der Hoffnung auf den großen Showdown, Mann gegen Mann?«

»Nein, nicht zum ersten Mal.«

»Du liebe Güte. Wir sind hier nicht in einem billigen Action-Film.«

Ich überhörte die Bemerkung und erwiderte: »Kann ich dich was fragen? Hast du mit Gil Gasko über mich gesprochen?«

Tim schwieg. Ich hatte nicht vorgehabt, ihn darauf anzusprechen, aber die letzten Tage waren nicht spurlos an mir vorübergegangen. Das Vertrauen in meine Genesung hatte Risse bekommen.

»Kann schon sein, ja«, gab Tim zu.

»Und du hast ihm gesagt, dass ich deiner Meinung nach so weit bin, wieder in die Arbeit einzusteigen.«

»Stimmt.«

»Glaubst du das immer noch?«

Tims dunkle Augenbrauen, sein charakteristischstes Merkmal, zogen sich zusammen. »Ich glaube, dass dieser Fall zu persönlich für dich ist. Bei dem leisesten Verdacht, dass Felicia und Crissy irgendwie in Bretts Ermordung verwickelt sein könnten, musst du den Fall ganz und gar Harmison überlassen. Du bist nicht in der Lage, objektive Ermittlungen durchzuführen, nicht einmal inoffiziell.«

»Da bin ich anderer Meinung. Ich bin sehr wohl in der Lage, den Fall zu knacken. Es gibt eine Menge, was du über die Merchants und die Skiltons nicht weißt – was außer mir niemand weiß. Wir sind keine Null-acht-fünfzehn-Familie.«

»Gibt es so was überhaupt? Ich wurde von zwei Müttern großgezogen. Ich habe eine Schwester und zwei Stiefbrüder, einer aus Haiti adoptiert, und mehr Cousins und Cousinen, als ich zählen kann. Eine davon habe ich mal aus Versehen geküsst.« Er wurde rot. »Es gab so viele quer durch die Stadt, dass ich von manchen nicht mal wusste, dass wir verwandt sind.«

»Aber da war Liebe. Zusammenhalt. Vertrauen.«

»Sicher«, sagte er. »Bei dir denn nicht?«

»Bei mir zu Hause ja, auf jeden Fall. Aber du hast ja Crissy gehört. Bei ihr sah die Sache anders aus.«

Die Autofenster beschlugen. Mit der Faust wischte ich eine kreisrunde Stelle frei. In der Erinnerung sah ich, wie ich als Zehnjährige aus dem dunkelgrünen Schatten der Bäume rings um das Raleigh Field gerannt kam und den Rasen überquerte. Es war ein glühend heißer Tag, die Sonne brannte mir auf Schulter und Rücken, und die Haut spannte sich wie Klebefolie über den Knochen. Ich erinnerte mich, wie mir schmerzlich bewusst wurde, dass ich mir einen Sonnenbrand geholt hatte. Mir war klar, dass mich eine Standpauke von meinem Dad erwartete, dem ich meinen empfindlichen englischen Teint verdankte, doch vorerst hatte ich keine Möglichkeit, den Schaden zu beheben, denn ich hatte Wichtigeres zu tun. Also senkte ich den Kopf und suchte weiter nach Indizien, während ich das Gefühl ignorierte, dass mir die Ohrenspitzen verbrutzelten.

Erst als ich zum Parkplatz kam, spürte ich seinen Blick. Nach der Entdeckung der Katze hatten wir beschlossen, getrennt weiterzugehen: Ich würde auf dem Feld suchen und Abe im Wald. Was er allerdings nicht tat. Ich spürte, wie er mich auf Schritt und Tritt wie durch ein Zielfernrohr verfolgte. Ich wirbelte herum und suchte den Waldrand in der Ferne ab. Auch wenn ich ihn nicht sehen konnte, wusste ich, dass er da war.

»Familie«, wiederholte ich in scharfem Ton. »Ich wüsste gerne, wie es ist, eine zu haben, die man wirklich kennt. Diese ganze Sache hier hat mir klargemacht, wie wenig ich über die Skiltons weiß – und da kommt einem schon die Frage, wie gut man sich eigentlich selber kennt. Das alte Erbe-Umwelt-Problem. Du willst wohl nicht behaupten, die Gene hätten keinen großen Einfluss auf unsere Persönlichkeitsentwicklung. Kommen Mörder schon so auf die Welt oder werden sie erst dazu gemacht? Es muss eine Mischung aus beidem sein. Das heißt, du hast es auch im Blut.«

»Wo steckt er, Shana?«

»Wer?«

»Abe.«

Bei der Frage fühlte ich mich wie in einer Guillotine, das Messer über dem Genick. »Er ist damals weggelaufen«, sagte ich. »Direkt vor unserem letzten Schuljahr.«

»Crissy sagt, er sei besessen gewesen. Er habe Swanton nicht verlassen wollen, weil er den Gedanken nicht ertrug, dich zu verlieren.«

Mir blieb buchstäblich die Luft weg. Ich konnte seine Schlussfolgerung nicht unwidersprochen stehen lassen. Es war eine zu schwere Last für meine Familie. Felicia, Crissy, meine Mutter wären einem Medienzirkus nicht gewachsen. Sie würden mit unbequemen Fragen konfrontiert: *Hatten Sie einen Verdacht? Haben Sie die Zeichen erkannt?* Und sie würden, so wie ich es getan hatte, sich eingestehen müssen, dass Abe nie richtig im Kopf gewesen war. Uns bliebe gar keine andere Wahl, als öffentlich zuzugeben, dass wir ihm den Rücken gekehrt und, als er weg war, erleichtert aufgeatmet hatten.

»Ich habe versucht, mir einen Reim darauf zu machen«, sagte Tim. »Schon bevor du das Phantombild gesehen hast, warst du dir so sicher, dass Bram hinter Treys Verschwinden steckt.«

»Wegen des Anschlags im Laden. Er wusste, dass ich Bretts Gesicht nicht übersehen konnte.«

»Diese Botschaft auf der Rückseite, die, wie du sagtest, von Bram stammte. Das klang doch sehr nach einem Insider-Witz. Niemandem außer dir hätte sie etwas gesagt.«

Auf der anderen Seite des Feldes, da, wo der Waldweg begann, wiegten sich die Bäume im winterlichen Wind. Nach meiner Beobachtung hatte sich Tim nicht das Haar gerauft, doch es stand ihm zu Berge. Es war auch buschiger als sonst, und mir wurde klar, dass er es seit dem Fall Sinclair nicht mehr geschnitten hatte. Der letzte Monat hatte sich angefühlt wie der längste in meinem Leben.

Als ich ihn so musterte, dämmerte mir, dass ich genau das schon die ganze Zeit gewollt, vielleicht sogar gebraucht hatte. Tims Aufgabe war es, Gespräche zu rekapitulieren und sich in Zeugenaussagen hineinzuwühlen. Glaubte ich im Ernst, ich könnte ihn bis in alle Ewigkeit im Dunkeln lassen? Hatte ich mir wahrhaftig eingebildet, er könnte mit Brams Schwester reden und nicht zu dem einzig logischen Schluss gelangen? Es war Zeit, ihm reinen Wein einzuschenken. »Er heißt Abraham«, sagte ich. »Kurzform Abe. Oder andersherum …«

»Bram.«

Wir schwiegen. Ich fühlte mich so, als hätte ich gerade das schmutzige Geheimnis eines guten Freundes verraten, nur dass es mein eigenes Geheimnis war. Tim hasste Schweigen zwischen uns und tat normalerweise alles, um es zu brechen. Diesmal zog es sich meilenweit hin, und er tat nichts dagegen.

»Wer weiß es noch? Deine Eltern? Felicia?«

Ich schüttelte den Kopf. *Niemand. Nur ich. Jetzt wir.* »Sie dürfen nichts davon erfahren, Tim. Auf gar keinen Fall.«

An seinen Wangen bildeten sich rote und weiße Flecken. Ich wartete nur darauf, dass er mir ein zweites Mal ins Gewissen redete. Dieses Geheimnis sprach Bände über den Mangel an kollegialem Vertrauen zwischen uns. Er hatte nichts weiter von mir verlangt als Aufrichtigkeit.

»Deshalb hast du dir für deine Entführung selbst die Schuld gegeben«, sagte er, »und dafür, dass du ihn in New York laufen lassen hast.«

»Wegen mir hat Bram diese Frauen umgebracht. Ich bin der Grund dafür, dass er Trey in seiner Gewalt hat. Er will mir wehtun. Ich kannte ihn besser als jeder andere«, sagte ich, »diese Seite von ihm hat sich nicht von Anfang an gezeigt, aber sie war da, und ich glaube, ich ... Gott ... ich glaube, ich habe ihn darin auch noch *bestärkt.* Wir haben miteinander Detektiv gespielt, und er hat für mich Verbrechen ausgeheckt, manche davon waren schrecklich. Gewalttätig. Und ich habe ihn nicht aufgefordert, damit aufzuhören.«

»Glaubst du, Bram hat seinen Vater ermordet?«

»Wenn ich das wüsste. Vielleicht will er mir ja zeigen, wie verkommen er ist. Ich meine, wieso geschieht das alles gerade jetzt? Schließlich haben Bretts Gebeine schon jahrzehntelang da draußen gelegen.« Ich überlegte einen Moment. »Falls der Hinweis an die Polizei von Bram kam, weiß er eindeutig etwas über Bretts Tod. Aber vielleicht ja nicht alles. In dem Fall könnte es sein, dass er Trey dazu benutzt, mich zur Aufklärung des Verbrechens zu zwingen. Vielleicht sieht er es auch als eine Art Folter an, wenn er mich zwingt, hierher zurückzukommen und noch einmal unsere Kindheit zu durchleben, mit dem Wissen um seine späteren Verbrechen.«

Ich griff mir unwillkürlich an die Narbe und sah, wie sich Tims Ausdruck verhärtete und seine Augen funkelten. Nachdem ich das alles so lange für mich behalten hatte, war der Drang, mich bei ihm auszusprechen, damit vergleichbar, Dampf aus einem brodelnden Kessel abzulassen. Am Ende fühlte ich mich leer, aber erleichtert.

»Wenn Bram einen kranken Groll gegen dich hegt, weil du ihn nach *dem hier«* – Tim deutete auf mein Gesicht – »verlassen hast, hat er sich das ganz und gar selber zuzuschreiben.«

»Wir waren beste Freunde«, wandte ich ein. »Ich glaube, ich war für ihn der einzige Halt im Leben. Ich hätte ihm dabei helfen müssen, gegen die Dämonen anzugehen, die sich in seinem Kopf breitmachten. Stattdessen habe ich ihn im Stich gelassen.« Mir stockte der Atem. War ich vielleicht tatsächlich so ein Mensch? Ich dachte an Suze und daran, wie aus ihrer Sicht ich unsere Freundschaft beendet hatte. Selbst Robbie wusste, dass sie zerbrach, weil ich sie fallen ließ. Nur dass sie beide nicht wussten, warum.

Ich hatte Jahre gebraucht, um zu begreifen, dass ich wegen Abe immer so streng über Suze geurteilt hatte. Schon sehr früh hatte er mir wegen ihr in den Ohren gelegen. *Suze bringt nichts als Ärger. Halt dich von ihr fern.* Ich wollte ihm nicht glauben und stellte mich gegenüber seinen Warnungen taub, solange ich konnte, doch Abe konnte verdammt überzeugend sein. Ehe ich merkte, was los war, fielen mir ihre Fehler ins Auge, und ich bauschte sie unwillkürlich so auf, dass ein abgesagtes Vorhaben zu unverzeihlichem Verrat und harmlose Teenager-Macken mir unentschuldbar erschienen. Abe wollte mich mit niemandem teilen, das steckte hinter allem, und so vergiftete er den Brunnen. Er beherrschte mich in einem Ausmaß, das ich mir damals aus Scham nie eingestanden hätte und das mich jetzt mit Abscheu erfüllte. Als er dann weglief und ich einen ungeschönten Blick auf mein bisheriges Leben werfen konnte, hinderte mich mein schlechtes Gewissen daran, bei Suze wiedergutzumachen, wie ich sie behandelt hatte.

»Seinetwegen bin ich zur Polizei gegangen.« Ich legte die Stirn an die Scheibe und genoss die Kälte auf der Haut. »Schätze, das ist die bittere Ironie an der ganzen Sache. Ich habe es getan, um Menschen zu beschützen, die sich selbst nicht beschützen können oder wollen, und genau deswegen läuft er da draußen herum und tut diesen Menschen etwas an.«

»Was bringt jemanden dazu zu töten?«, fragte Tim.

Mir fiel auf Anhieb die Standardantwort aus meiner Ausbildungszeit ein. »Lust. Liebe. Hass. Gier.«

»Nein. Ich meine, wodurch wird jemand zum Mörder. Du hast eben selbst gesagt, das hat jemand im Blut. Abe hat schon als Kind mit seinen Dämonen gekämpft. Wenn du zurückdenkst, sind dir da bei ihm dunkle Impulse aufgefallen? Sind ihm Lügen leicht über die Lippen gekommen? Fiel es ihm schwer, zwischen Recht und Unrecht zu unterscheiden?«

Ja. Ja. Ja.

»Du hast dir eingeredet, der Schalter hätte sich bei ihm umgelegt und ihn zum Soziopathen gemacht, als du ihm den Rücken gekehrt hast. Aber Shane, du musst zugeben, dass der Schaltplan längst so war, wie er war. Er ist ein moralisch bankrotter Verbrecher. Manche Menschen sind von Geburt an einfach so.«

»Ich weiß«, sagte ich mit belegter Stimme. »Aber, Tim, er ist mein Cousin.«

Tim beugte sich über die Konsole zu mir herüber. Seine Augenbrauen bildeten eine gerade Linie. »Du bist nicht wie er«, sagte er. »Bist du nie gewesen. Du hast ihn nicht zu seinen Verbrechen verleitet, aber wir können dafür sorgen, dass er damit aufhört.«

ACHTUNDZWANZIG

ES WAR TIMS IDEE, zu Polizeichef Harmison zu gehen. Er hielt es für richtig, die örtlichen Detectives über den Fall auf Thousand Islands zu unterrichten und über die Verbindung, die zwischen den beiden Verbrechen bestand. Er sagte, deshalb bräuchten sie noch lange nicht zu wissen, dass Bram mein Cousin war, zumindest fürs Erste nicht.

Wir hatten vor, nur kurz bei meinen Eltern vorbeizuschauen, um etwas in den Magen zu bekommen, doch als wir eintrafen, saß Doug am Küchentisch und blätterte in einem Jahrbuch aus der Schulzeit.

»Da bist du ja«, begrüßte mich mein Bruder und schob einen leeren Teller weg. »Und sieh an, du hast noch einen Freund mitgebracht.«

Ich machte die beiden miteinander bekannt und schmierte Tim und mir mit Sauerteigbrot und Truthahn ein paar Schnitten. Kaum hatte ich ihnen den Rücken gekehrt, drückte Doug Tim das Jahrbuch in die Hand.

»Ein bisschen Unterhaltung zum Essen. Du wirst feststellen, wie sehr sich Shana zu ihrem Vorteil entwickelt hat«, sagte Doug.

Während der Kaffee kochte, ging ich zu meinem Bruder und versetzte ihm einen Handkantenschlag in die Rippen.

»Unfair, Chuck Norris. Das tut weh.«

Tim blickte auf und lachte.

»Hör einfach nicht auf meinen Bruder. Was ist das für ein Jahrgang?« Ich griff nach dem Buch. Die Antwort war in den dicken tannengrünen Umschlag eingeprägt: 2000. Dougs und Crissys Abschlussjahr. Ich setzte mich hin und blätterte zu den Einzelaufnahmen der Absolventen. Es grenzte damals an ein Wunder, dass Crissy bestand, doch da prangte sie in Barett und Talar. Ich erkannte auch einige ihrer Mitschüler wieder, darunter Robbie. Mit diesen schönen Augen war er attraktiv gewesen, als Crissy etwas mit ihm hatte, in seinem Abschlussjahr dagegen war er zu dürr. Auf dem Foto sah er wie ein Spätpubertierender aus. Kein Wunder, dass Crissy das Interesse an ihm verlor.

Ich hätte es dabei bewenden lassen sollen, doch die Neugier war stärker, ich blätterte weiter, bis ich zu meiner achten Klasse kam. Auf dem Bild tat Abe sein Bestes, seinen missratenen Haarschnitt und die schiefen Zähne zu kaschieren. Man hätte ihn fast für normal halten können. Zwei Jahre später sollte er mich mit einem eigenen Makel zurücklassen. Doug klappte das Buch so energisch zu, dass er mir fast die Finger darin einklemmte.

»Wir können nicht so tun, als hätte es ihn nie gegeben«, sagte ich.

»Und ob wir das können. Sein wundersames Verschwinden war das Beste, was unserer Familie passieren konnte. Für mich ist Abe gestorben«, erklärte Doug, »und du hast jeden Grund, das genauso zu sehen.«

Mir gefiel nicht, wie sehr das Foto meinem Bruder an die Nieren ging. »Nimm ihn dir nicht so zu Herzen«, sagte ich.

»Das sagst *du* zu *mir?* Er hat versucht, dich umzubringen.«

Ich griff mir an die Wange mit der Narbe, die so sehr zu meinem Gesicht gehörte wie meine Nase. »Darum ging es dabei nicht.«

»Von wegen! Er hat dir das Gesicht mit einem rostigen Nagel aufgeschlitzt. Dazu hätte es nie kommen dürfen.«

»Ich habe es nicht kommen sehen. Ich hätte ihn nicht daran hindern können.«

»Es hätte jedenfalls nicht passieren dürfen«, beharrte Doug, »weil Abe da schon längst hätte weg sein müssen.«

Als Kind hatte Doug ein Symptom entwickelt, anhand dessen meine Eltern den Grad seiner Trotzanfälle bemessen konnten. Er hatte eine Stelle im Nacken, die sich rötete, wenn er wütend wurde. Krebsrot war handhabbar. Bei Früchtepunschrot wurde es schwierig. Ich sah den Fleck jetzt unter seinem Haaransatz. Er war feuerwehrrot.

»Was soll das heißen?«, fragte ich. »Doug?«

Sein Zorn hatte den Höhepunkt erreicht und ging die Skala wieder herunter. Mein Bruder sah mich lange an, bevor er antwortete: »Mit Brett. Abe hätte mit Brett weggehen sollen.«

»Das wissen wir«, sagte ich mit einem Seitenblick zu Tim. »Crissy hat es uns erzählt. Brett wollte die Kinder mit nach Philadelphia nehmen, nur dass Felicia davon Wind bekommen hat.«

»Das machte keinen Unterschied. Brett ist einfach nicht am Treffpunkt aufgetaucht. Er hat die beiden absichtlich zurückgelassen.«

Das hatte auch Crissy gesagt. Aber … »Woher willst du das wissen?«

»Ich war da.«

»Wo, Doug? Bei Crissy? An der letzten Stelle, an der Brett lebend gesehen wurde?« Ich durchbohrte ihn mit einem Blick, der ihm sagte, dafür, etwas so ungeheuer Wichtiges zu verschweigen, erwartete ich eine verdammt gute Entschuldigung. Doug mahlte mit dem Kiefer. Mein Bruder hatte ein halbes Leben lang für sich behalten, womit er jetzt herausrückte.

»Brett hat mir damals verraten, dass er vorhatte, mit den Kindern wegzugehen«, sagte Doug. »Er brauchte Hilfe. Ich erklärte mich bereit, Crissy und Abe aufzugabeln und sie zu ihm dort rauszufahren.«

»Zur Bootsrampe?«, fragte Tim. »Crissy hat uns doch erzählt, sie wäre den ganzen Weg zu Fuß gegangen.«

»Nein. Ich habe sie gefahren.«

Etwas stimmte hier nicht. Doug hatte immer gewusst, dass es bei den Skiltons nicht gut lief, aber sich stets herausgehalten. »Seit wann hat Brett dich um einen Gefallen gebeten?«

»Hat er nicht. Ich habe es ihm angeboten. Du warst noch zu jung«, erklärte Doug. »Du hast nicht durchgeblickt. Felicia war ein Desaster, Crissy war auf Schlingerkurs, und Abe …« Er schüttelte den Kopf. »Mir schmeckte nicht, wie er sich dir gegenüber verhielt. Ich habe ihm nie vertraut, niemals.«

Doug und ich waren uns erst nähergekommen, nachdem Abe die Stadt verlassen hatte. Ich hatte immer angenommen, dass bis zu meiner Verletzung außer mir niemand wusste, wie labil Abe war. Offenbar hatte ich mich getäuscht. Auch Doug hatte es gesehen.

Mir schwirrte der Kopf. Ich war mir nicht sicher, ob ich die Fragen, die jetzt anstanden, über die Lippen bringen würde. Ich spürte, wie mich Tims Blick streifte, bevor er ihn auf Doug richtete.

»Erzähl von Anfang an«, forderte ihn Tim auf. Er griff zu seinem Notizbuch, und das Gespräch wechselte von einer zwanglosen Unterhaltung am Mittagstisch zu einer Zeugenbefragung.

Doug nahm sich Zeit, um wiederzugeben, was er wusste. Weit nach Mitternacht, als wir schon lange vom Kino zurück waren, ging Doug zu Crissy hinüber. Er rechnete damit, dass Cousin und Cousine dort startbereit auf ihn warteten. Aber da war nur Crissy.

Sie war aufgelöst. Sie wollte nicht ohne Abe weggehen. Doug schlug ihr vor, sie zum Schutzgebiet zu fahren und die Situation mit Brett zu besprechen. Also brachte er Crissy zum vereinbarten Treffpunkt an dem Zugang für Angler an der Hook Road.

»Ich ging davon aus, dass Brett entweder selber noch mal zum Haus fahren würde, um Abe zu holen, oder eine andere Idee hätte«, sagte Doug. »Aber wir fanden ihn nicht. Sein Wagen stand da – er hatte an der Bootsrampe geparkt –, aber er war nirgends zu finden. Ich dachte, er wäre vielleicht einfach nur pinkeln gegangen. Also warteten wir.«

»Wie lange?«

»Vielleicht eine halbe Stunde? Je mehr Zeit verstrich, desto besorgter wurde ich, doch ich habe Crissy immer wieder gesagt, er müsste schließlich zu seinem Wagen zurückkommen. Er hatte seine ganzen Sachen da drin, bis unter die Decke. Irgendwann fingen wir sogar an, den Waldrand abzusuchen. Crissy drehte allmählich durch; ihre Stimmung wechselte von Nicht-wahrhaben-Wollen zu Wut und schließlich Angst. Sie war davon überzeugt, dass die Sache in die Hose gegangen war. Sie meinte, sie könne nicht nach Hause, nachdem der Plan, Aunt Fee zu verlassen, herausgekommen war. Ich wollte sie überreden, zu uns rüberzukommen, aber sie traute Mom nicht und hatte Angst, sie würde zu Felicia halten. Egal, was ich sagte, ich konnte sie nicht davon abhalten, dort zu bleiben.«

»Und was hast du am Ende gemacht?«, fragte Tim.

»Ich bin trotzdem nach Hause, um Mom zu holen.«

»Du hast sie da *zurückgelassen?*«, fragte ich dazwischen. »Allein?«

»Ja. Und falls du mir jetzt ein schlechtes Gewissen deswegen bereiten willst: Kannst du dir schenken. Ich schlage mich schon neunzehn Jahre lang mit meinen Schuldgefühlen herum.«

Als ihm nichts Besseres einfiel, teilte Doug Crissy mit, er würde noch mal zum Haus zurückfahren und versuchen, Abe doch noch loszueisen. Vielleicht, tröstete er sie, sei Brett bis dahin ja zurück.

»Ich kam bis zu diesem Autohaus am Stadtrand, als mir klar wurde, dass es keine gute Idee gewesen war, sie allein zu lassen. Inzwischen war sie kurz vor einem Nervenzusammenbruch, und ich wusste über ihr Drogenproblem Bescheid. Das lief ja schon eine ganze Weile«, sagte Doug, »Bong rauchen im Wald, auf Partys Haschisch in der Pfeife. Eine Zeit lang habe ich auch ein bisschen mitgemacht, wir waren also ziemlich oft zusammen. Allerdings hat sie nie zu härteren Drogen gegriffen, jedenfalls nicht, dass ich wüsste, aber in der Nacht hatte ich Angst, dass sie vielleicht was richtig Übles bei sich hat und eine Dummheit macht. Ich war wahrscheinlich nur eine Viertelstunde weg; als ich zurückkam, war sie verschwunden.«

Ich blinzelte ihn an. »Verschwunden.«

»Jetzt war auch Bretts Wagen weg. Ich dachte, okay, Brett ist also von … wo auch immer er gewesen war, zurückgekommen, und sie haben beschlossen, ohne Abe loszufahren. Ich meine, nach dem, was er abzuziehen versucht hatte, konnte er sich in der Stadt schließlich nie wieder blicken lassen. Felicia hätte dafür sorgen können, dass er verhaftet wird. Es passte mir nicht, dass sie Abe sich selbst überließen. Glaub mir«, fügte er mit zusammengebissenen Zähnen hinzu, »das hat mir gestunken, aber was hätte ich daran ändern können?«

Ich nickte. Er hatte recht. Was hätte er ausrichten können? Brett und Crissy waren weg. Nur dass Crissy dann doch zurückkam.

»Crissy wurde am nächsten Tag als vermisst gemeldet«, sagte Tim. »Hast du der Polizei gesagt, was du wusstest?«

»Ich dachte ja, Brett und Crissy seien inzwischen schon halb in Philly. Ich hatte keinen Grund, etwas anderes anzunehmen, und ich hatte keine Lust, sie zu verpfeifen. Erst als Crissy zwei Tage später gefunden wurde, war mir klar, dass da etwas gründlich schiefgelaufen war.«

Bis zu diesem Moment hatte Doug nur Tim angesehen, aber als er jetzt mir einen Blick zuwarf, bemerkte ich seine roten Augen. »Als Crissy wieder auftauchte und Brett nicht, wusste ich nicht, was ich davon halten sollte«, fuhr Doug fort. »Sie sagte mir nichts, nicht mal, als sie positiv auf Meth getestet wurde. Ich konnte nur vermuten, dass sie und Brett sich irgendwie verpasst hatten und sie daraufhin in Panik geriet. Dass sie die Drogen vielleicht dabeihatte. Sich was gespritzt hat und in den Wald gelaufen ist. Oder dass sie auf der Straße irgendeinem Speed-Junkie über den Weg gelaufen ist und nicht wollte, dass es jemand erfährt. Ich ging jedes erdenkliche Szenario durch, aber unterm Strich war für mich das Entscheidende, dass sie wieder da und am Leben war. Was hätte es irgendwem gebracht, herauszuposaunen, dass ich mit ihr da draußen gewesen war? Ich war gerade mal sechzehn, nicht zu vergessen. Ich begriff kein bisschen, was ich da machte und wo das hinführen sollte, aber dass es nicht gut aussehen würde, wenn ich zugab, dass ich sie aus der Stadt gebracht hatte, so viel war mir klar.«

»Hast du dich denn nicht mal gefragt, was mit Brett los war?« Meine eigene Stimme klang mir seltsam schrill in den Ohren.

»Sein Wagen war weg«, brachte Doug kleinlaut heraus. »Ich dachte, er wäre nach Philadelphia gefahren. Dachten wir doch alle.«

Ich hätte nie für möglich gehalten, dass Dougs außergewöhnlich gutes Gedächtnis auch eine Kehrseite haben könnte. Er erzählte die Geschichte so, als sei das alles erst Tage und nicht Jahrzehnte her, was es für mich umso beunruhigender machte. Während ich mich auf ihn verlassen hatte, die Spinnweben von meinen eigenen Erinnerungen zu beseitigen, hatte er die ganze Zeit dieses Geheimnis gehütet. Es fühlte sich wie einer dieser Momente in einem Detektivroman an – erwischt! *Aber ich war doch letzte Nacht nicht einmal am Steinbruch! Wer hat denn gesagt, dass die Leiche am Steinbruch gefunden wurde?* Es hatte keinerlei Verbindung zwischen Doug und Bretts Ermordung gegeben, bis es plötzlich doch eine gab.

»Hör mal«, sagte Doug, »tut mir leid, dass ich dir das nicht früher erzählt habe. Wenn man ein Geheimnis erst einmal lange genug hütet, vergisst man irgendwann, dass es da ist, nicht wahr?«

Zwar nickte ich wieder, das Problem war nur, dass Doug nie etwas vergaß.

Es ist schon seltsam, welche Streiche uns das Gedächtnis spielen kann, wie selektiv es vorgeht, wie es manche Dinge fallen lässt und auf andere ein Schlaglicht wirft. Was mich betrifft, so kam mir gerade das Gespräch mit Russell Loming wieder hoch. Wie er mir erzählte, er habe am Autokino Drogen an einen Jungen verkauft, der ungefähr in Crissys Alter gewesen sei. Doug war in der fraglichen Nacht im Autokino gewesen. Doug und Crissy waren nur ein paar Monate auseinander.

Ich starrte meinen Bruder an. Mit gefurchter Stirn blickte er unverwandt auf das zugeschlagene Jahrbuch, als begreife er nicht, wie es dort hingekommen war. Als irgendwann ein *Pling* von Tims Handy zu hören war, hatte Doug das Gesicht in den Händen vergraben.

»Eine Nachricht von McIntyre«, sagte Tim mit Blick auf das Display. »Es wurde jemand am Fluss gesichtet.«

NEUNUNDZWANZIG

DER WECHSEL VON DER KÜCHE nach draußen war ein klarer Schnitt. Keiner von uns erwähnte Doug oder hinterfragte unsere Entscheidung, Swanton zu verlassen, ohne sich bei Harmison blicken zu lassen, als ich Tim zum Baseballfeld zurückfuhr, wo er seinen Wagen stehen gelassen hatte. Irgendwie hatten wir uns auf eine unausgesprochene Regel verständigt: Das Gepäck hinten verstauen und nach vorne blicken. Jetzt führte uns der Weg nach vorne über drei Anschlussstrecken nach New York.

Während der Fahrt hatten wir ein Dreiergespräch mit Mac, währenddessen ich Tims Wagen im Rückspiegel sehen konnte. Sie erzählte uns, in der Zeit, in der Trey verschwunden war, sei ein Mann auf Heart Island gewesen, der sich um kleinere Reparaturen kümmere und an den Rohrleitungen im Schloss gearbeitet habe. Tim hatte ihn bereits vernommen, doch erst als er in den Nachrichten erfuhr, dass jemand eine mit Laub gefüllte Abdeckplane in den Fluss geworfen habe, sei ihm noch etwas anderes zu dem fraglichen Tag eingefallen.

»Der Handwerker sah einen Kerl, der mit seinem Boot in der Nähe des Pavillons an der Kanalseite angelegt hatte«, erklärte Mac. »Er dachte, der gehörte zum Schlosspersonal, aber er erinnert sich an eine Plane, die auf dem Boden des Boots ausgebreitet war, mit etwas Größerem darunter.«

Dem Geschäftsführer nach war an jenem Tag kein zweiter Handwerker auf Boldt Castle beschäftigt gewesen. Als Mac der Geschichte des Zeugen nachging, stellte sie fest, dass dieses Boot perfekt zu der Beschreibung einer entsprechenden Diebstahlsanzeige passte.

Mir fiel wieder ein, wie Tim und ich bei Nelly's an der Kaffee-Bar geplaudert hatten, während seine Begleiterin – *Kelly, oder?* – nebenan gewartet hatte. Eine ältere Frau namens Miss Betty, hatte er erzählt, riefe ihn ständig wegen dieses Boots an. Der Dieb hatte es von dem Campingplatz gestohlen, der an den Price Chopper grenzte, den Discounter am Rand von Swan Bay.

»Vor einer Stunde«, erfuhren wir von Mac, »wurde dieses Boot am Dingman Point gesichtet, wo es am Ufer vor den kleinen Ferienhäusern lag, die da draußen stehen. Außerhalb der Saison sind sie geschlossen, aber in einem davon wohnt ganzjährig der Eigentümer. Als er zum Wasser runterging, um sich das Boot näher anzusehen, wurde er von einem Mann überwältigt, der auf Brams Beschreibung passt. Bram ließ ihn einfach dort liegen, und der Eigentümer – Großvatertyp über siebzig, alleinstehend – hat sich eine Kopfverletzung eingefangen. Bis der Rettungsdienst da draußen ankam, waren Bram und das Boot verschwunden. Wir haben die anderen Ferienhäuser durchsucht, und es sieht ganz danach aus, dass er und Trey sich dort für eine Weile verkrochen hatten. Bram hat, bevor er floh, noch den Kühlschrank des Eigentümers geplündert.«

»Das ist ein gutes Zeichen, oder?«, warf ich hoffnungsvoll ein. »Er könnte das Essen für Trey besorgt haben.«

»Oder für sich. Seit sein Phantombild überall in den Nachrichten kommt, muss er unter dem Radar fliegen. So oder so«, sagte sie, »schießen wir jetzt aus allen Kanonen. Ich verfolge diese Spur schon den ganzen Tag lang und bleibe dran. Auf den Inseln ist um diese Jahreszeit nichts los, und wir haben schon Leute da rübergeschickt. Sollte das Boot auf dem Fluss sein, finden wir es.«

Wir verabredeten, uns im Revier zu treffen, sobald Tim und ich in A-Bay waren. Kaum hatten wir aufgelegt, rief Tim mich direkt an.

»Sol und Bogle haben alles, was wir bis jetzt zu dem Fall wissen, geordnet und zusammengefasst«, sagte er, »Zeugenaussagen, die chronologische Abfolge wichtiger Ereignisse, alles. Damit haben wir, glaube ich, ein ziemlich klares Bild, das solltest du dir ansehen, vielleicht springt dir ja was ins Auge. Und sollte dich irgendjemand nach deiner Prüfung fragen oder weshalb du dich in die Beweislage vertiefst, wo du eigentlich suspendiert bist, lass dir eine Ausrede einfallen. Die sind sowieso alle mit der Fahndung nach Bram beschäftigt.«

»Willst du mir damit etwa sagen, ich soll auf dem Revier bleiben, während du und Mac nach ihm sucht? Vergiss es«, sagte ich.

»Der Bursche ist ein Angehöriger, Shana. Er ist dein Cousin.«

»Was mich umso stärker motiviert, dem ganzen Spuk ein Ende zu bereiten.«

»Das bezweifle ich doch nicht, okay? Du bist wahrscheinlich mehr als wir alle dahinterher, aber hast du schon mal darüber nachgedacht, welche Probleme dein Verwandtschaftsverhältnis mit sich bringt, wenn wir ihn tatsächlich gefunden haben? Wenn wir ihn schnappen und er vor Gericht kommt, könnte sein Verteidiger das natürlich gegen dich verwenden. Sie könnten locker Befangenheit gegen dich geltend machen. Sie werden sich jede Interaktion vornehmen, die es jemals zwischen dir und Bram gegeben hat – einschließlich dem, was in New York passiert ist. Ich brauche dich doch wohl nicht daran zu erinnern, dass du ihn, als du das letzte Mal eine Chance hattest, ihn festzunehmen, laufen gelassen hast, oder?«

»Wow. So viel zu Mister Verständnisvoll.«

Tim antwortete nicht. Eine Weile hatte ich nur das Geräusch meiner Reifen auf dem gefrorenen Highway in den Ohren. Ich fuhr zu schnell, aber ich war so darauf versessen, nach Thousand

Islands zurückzukommen, dass es wehtat. Ich war es leid, zwischen dem Instinkt, Brams Identität zu verbergen, und dem glühenden Wunsch, dass er für seine Verbrechen zur Rechenschaft gezogen wurde, hin- und hergerissen zu sein. Es war wie ein Kampf zwischen zwei Seelen in meiner Brust; beide hatten die Krallen ausgefahren, und keine hatte vor, klein beizugeben.

»Das ist nun mal meine Aufgabe. Ich muss mich an Brams Spielregeln halten.«

»Zum Henker mit seinen Spielregeln!«

»Ja, sicher«, sagte ich, mit einem Mal erschöpft. »Zum Henker mit Bram. Nur dass er leider immer noch Trey Hayes in seiner Gewalt hat. Ich habe nie behauptet, ich wüsste genau, was zu tun ist. Ich versuche einfach nur dranzubleiben.«

Ich sah plötzlich nicht mehr so klar, die Landschaft vor mir verschwamm. Tim sagte, bei ihm käme ein anderer Anruf herein, und wir legten auf. Danach beobachtete ich ihn wiederholt heimlich im Rückspiegel, sah, wie sich seine Lippen bewegten, als er den Anruf entgegennahm, und wie er den Mund zumachte, als das Gespräch endete. Es verging eine ganze Weile, bevor er sich wieder bei mir meldete.

»McIntyre noch mal«, sagte Tim. Sein Ton war ernst. »Sie haben das Boot gefunden. Es liegt an der nordöstlichen Küste von Deer Island, verlassen. Da gibt es das eine oder andere Gebäude, das sich als Versteck eignen würde.«

Ich schnappte hörbar nach Luft. Wenn Bram auf Deer Island war und Mac die Kavallerie dahin schickte, wagte ich mir nicht auszumalen, wie er reagieren würde. Allein heute hatte er bereits eine Person angegriffen. Wenn er sich bedroht fühlte, war ihm noch weit mehr zuzutrauen. Mir würde er dagegen nichts tun. Vorerst nicht. Und solange er wollte, dass ich am Leben war und Zeuge wurde, wie er seinen Plan Schritt für Schritt in die Tat umsetzte, brauchten Mac und Tim meine Hilfe.

»Sag ihr, sie soll um die Insel einen großen Bogen machen. Bitte, Tim. Sorgt dafür, dass er nichts merkt.«

»Du bist ein verdammter Sturkopf, weißt du?«, antwortete er, doch ich wusste, dass er meiner Bitte nachkommen würde. Er hatte Zeit gehabt, es sich gut zu überlegen, und war zweifellos zu dem Schluss gekommen, dass er keine Wahl hatte. Ich würde Bram jagen, mit ihm oder ohne ihn, und als Team hätten wir bessere Karten.

Ich erhöhte meinen Druck aufs Gaspedal und antwortete: »Sag ihr, wir sind unterwegs.«

DREISSIG

UM FÜNF UHR NACHMITTAGS drängten wir uns alle drei auf einem Polizeiboot und ließen uns bei rasender Fahrt den eisigen Wind ins Gesicht blasen. Links von mir war jetzt, da die Bäume rings um das Schloss entlaubt waren, mehr von Boldt Castle zu sehen als zu jeder anderen Jahreszeit. Von Heart Island aus, der Insel, zu der Treys Schulausflug geführt hatte, waren es nach Deer Island nur zehn Minuten. Wenn Mac richtiglag, hatte sich Bram eine Zeit lang in dem Ferienhäuschen versteckt; aber hatten wir ihn und den Jungen vielleicht auch auf dieser Insel direkt vor der Nase gehabt?

Erst seit ich das North Country zu meiner neuen Heimat gemacht hatte, verstand ich die magnetische Anziehungskraft der Schönheit der Natur. Selbst jetzt bei dieser Kälte und Trostlosigkeit erfüllte mich der Fluss mit Ehrfurcht. Jetzt, da keine anderen Boote unterwegs waren, um seine feierliche Pracht zu stören, schimmerte vor uns eine glatte Fläche. Wir glitten darüber hinweg, an Inseln mit Klippen aus Gneis und rötlichem Granit vorbei, mit Rot- und Weiß-Kiefern, deren Stämme sich unter dem Wind über Jahrhunderte in spektakulär schiefen Winkeln geneigt hatten. Die Spiegelungen der Häuser aus Stein oder aus Zedernholz, alle über die Wintermonate verlassen, glitzerten wie abendliche Geister auf dem Wasser.

Während wir uns unserem Ziel näherten, hing die Sonne am Horizont, und als Tim den Motor abschaltete, waren meilenweit die Rufe der Gänse zu hören. Das Gefühl, ringsum von Wasser umgeben zu sein, bestärkte mich in meinem Entschluss. Dieser Ort war unvergleichlich. Und ich wollte, dass Bram aus seinem Versteck gekrochen kam.

Aus südwestlicher Richtung schien die sechzehn Hektar große Insel von vorne bis hinten bewaldet zu sein. Auf mich wirkte sie unbewohnt, und ich hätte damit auch richtiggelegen, doch es war nicht immer so gewesen. Als Deer Island der Skull-and-Bones-Verbindung der Yale University noch als Sommerfrische diente, ließen sich hier ehemalige amerikanische Präsidenten opulente Diners servieren, während ihre Verbindungsbrüder auf den malerischen Pfaden lustwandelten und sich auf dem Tennisplatz ertüchtigten. Jetzt war die Insel einfach nur noch heruntergekommen. Im Sommer schwärmten die vom College heimgekehrten Studenten dorthin aus, um Partys zu feiern. Tim zufolge war die Bezeichnung *alte Fregatte* stark untertrieben. Von den ursprünglich vier Gebäuden auf der Insel waren von dreien nur noch Ruinen geblieben. Einzig das kleine Haus der Verbindung war nach wie vor bewohnbar.

Und dort fanden wir das gestohlene Motorboot. Auf der Kanalseite gelegen, war es das sichtbarste Gebäude auf Deer Island und seine Anlegestelle ein Neonpfeil, der landeinwärts zeigte. Das gefiel mir ganz und gar nicht. Wer sich verstecken wollte, würde wohl kaum hier unterschlüpfen.

Abgesehen von der Plane war das Boot leer. Wir fanden nichts, was entweder unserem vermissten Jungen oder Blake Bram gehörte. Während ich aus unserem eigenen Boot stieg, ließ ich den Blick über das Verbindungshaus schweifen. Aus dem hohen Schornstein kam kein Rauch. Ich stellte mir Trey Hayes in der Jacke vor, die er am Tag seines Verschwindens getragen hatte und die als leicht beschrieben worden war. Es war deutlich kälter als vor drei Tagen, sodass McIntyre und ich jetzt unmöglich bei Nelly's draußen sitzen könnten wie noch letztes Wochenende. Falls Trey sich hier befand, würde ihm dieses heruntergekommene Haus wenig Wärme bieten.

Tim vertäute das Polizeiboot am Steg. McIntyre zog ihre Waffe und griff zur Taschenlampe, Tim folgte ihrem Beispiel, und zu dritt, ich als Letzte, stiegen wir die Stufen zur Eingangstür hinauf.

Dabei zermarterte ich mir die ganze Zeit den Kopf darüber, was Bram dieser Ort bedeuten könnte. Die Nähe zu Heart Island war keine ausreichende Erklärung. Wieso war er gerade hierhergekommen? Abe und ich hatten nie miteinander Zeit in einer Waldhütte verbracht oder waren zusammen in einem Ferienlager gewesen. Mit seinem kanadischen Architekturstil – Zedernschindeln, große Dachüberstände und Feldstein – hatte das Haus mit denen in Swanton herzlich wenig zu tun. Der Bram, den ich kannte, war ein minutiöser Planer. Wenn er sich für Deer Island entschieden hatte, dann aus einem ganz besonderen Grund.

Die Terrassenbohlen knarrten unter unseren Schritten, und als Mac die massive Tür erreichte, hob sie zwei Finger. *Halt. Bleibt hinter mir.* Tim drehte sich zu mir um, und ich sah seine überraschte Miene eine Sekunde, bevor ich begriff, was ich hörte. Vogelschreie. Ein Fischadler hatte sich auf dem Dach über uns niedergelassen und störte die Stille mit schrillem Kreischen. Ich suchte den Wald nach etwas, das sich bewegte, oder nach Farbe ab. Tim zog die Augenbrauen hoch, und ich nickte. *Entwarnung.* McIntyre stieß die Tür auf.

Die Hütte musste einmal beeindruckend gewesen sein, als die Farben noch nicht abgeblättert und die Holzverkleidungen noch nicht unter einer dicken Staubschicht verschwunden waren. Es hatte sehr hohe Decken und massive Balken, für die so mancher Innenarchitekt sein Erstgeborenes verkauft hätte. Jetzt sah es nur noch nach einem Verbindungshaus aus, das dem Verfall überlassen worden war. Mehrere Fenster standen sperrangelweit offen, andere waren eingeschlagen. Der Fußboden war mit Glasscherben, trockenem Laub und zerknautschten Bierdosen übersät, und ich ging nicht davon aus, dass der Kot quer durch den Raum von einem Hund stammte. Es war dunkel und verdreckt und stank nach Schimmel. Ich knipste den nächstbesten Lichtschalter an. Nichts.

Wir teilten uns auf, um das Haus zu durchsuchen; Tim und ich gingen in die eine Richtung und Mac in die andere, wobei wir alle versuchten, um den Unrat auf dem Boden einen Bogen zu machen. Das Haus fühlte sich leer an, hohl. Trotz Schutt und Scherben fehlte ihm Substanz. Ich war mir sicher, dass sich in diesem Gebäude kein Lebewesen außer uns befand. Zumindest keines, das noch atmete.

McIntyre war unten in der Küche, als Tim und ich den ersten Stock erreichten. Dort oben befanden sich die Schlafzimmer, jede Menge. Wir durchsuchten sie eins nach dem anderen. Da Tim vorneweg lief, betrat er den Raum am Ende des Flurs als Erster.

»Hier drinnen ist was«, sagte er, und ich rief Mac zu, sie solle nach oben kommen. Ich brauchte kaum die Stimme zu erheben. Die Stille auf Deer Island war absolut.

McIntyres Schritte knarrten auf der rissigen und verzogenen Treppe. Weder Tim noch ich hatten uns dem, was im Lichtstrahl seiner Taschenlampe mitten in dem nahezu leeren Zimmer auf den Holzdielen lag, genähert. Tim begriff nicht, was wir vor uns hatten, ich dagegen schon, und ich erstarrte. Das Etwas hatte dieselbe Größe und Gestalt wie die Katze im Wald. Nur dass dieses hier nicht in Plastik, sondern in ein Tuch gehüllt war.

Aus Macs Gesichtsausdruck sprach ein starkes Gebräu aus Ungläubigkeit und Angst. Sie kniff eine Falte in den grauen Stoff. Ein eigentümlicher Geruch lag auf einmal im Raum, ein Parfum, das sich, wie ich wusste, Summer Meadow nannte. Seit ich meine Wäsche bei Mac wusch, liebte ich die Note. Hier, im Verbindungshaus, drehte sich mir davon der Magen um.

Mein T-Shirt von der Polizeiakademie gehörte zu meinen Lieblingsstücken. Das letzte Mal hatte ich es in meinem Koffer in der Ecke von Macs Wohnzimmer gesehen. Jetzt war es hier. Als Mac den Stoff zurückzog, schnappten wir alle drei nach Luft. Mein Hemd war um den kleinen Whiskey gewickelt.

»Nein.«

Mac ging neben dem Hund auf die Knie, ich stolperte zu ihr und rang nach Luft. *Whiskey, er hat ihn sich geholt.* Der Raum neigte sich bedenklich Richtung Fluss. Manchmal fragte ich mich, wenn ich über Brams Verbrechen nachdachte, was ihm noch alles zuzutrauen war. Jetzt wusste ich es. Er war in Macs Haus und in ihr Leben eingefallen und hatte gnadenlos darin gewütet. Hinter meinen Augen stiegen Szenen von Leichen auf, graue Haut und rotblaue Blutergüsse, verklebtes Haar, verrenkte Glieder und der leere Blick in den Augen. Die Geister jener Frauen bedrängten mich, und ich spürte ihre kalten Fingerspitzen im Nacken. Die Panik, die mich auf Tern Island eingeholt hatte, jene überwältigende Furcht, die ich, wenn ich meinem Ex-Verlobten glaubte, nie abschütteln würde, war zurück. *Nein,* dachte ich. *Sie hat mich nie verlassen.*

Mac streckte die zitternden Hände nach Whiskeys reglosem Körper aus. Hinter seinem linken Ohr war Blut zu sehen, und er hatte die Augen geschlossen, doch Tim sagte: »Er atmet noch, wir müssen schnell etwas unternehmen«, und schon hatte er ihn hochgehoben. Ich hörte ihre eiligen Schritte im Flur, konnte mich selbst aber immer noch nicht von der Stelle rühren. Irgendwo in der Ferne sprang ein Bootsmotor an. Ich erkannte das Geräusch auf Anhieb, und in diesem Moment war es das Einzige, was mich auf die Beine brachte. Ich hörte immer noch Tim und Mac unten im Haus. Sie waren noch nicht an der Haustür. Ich rappelte mich auf und rannte hinterher.

Der Pfad zum Fluss hinunter war fest und trocken, aber das hätte auch keine Rolle gespielt. Bram hatte mit seinem Köder dafür gesorgt, dass wir weit genug von der Anlegestelle entfernt waren und selbst mit größter Anstrengung nicht schnell genug hätten hinüberlaufen können. Als wir – Tim immer noch mit Whiskey in den Armen, am Ufer eintrafen, raste das gestohlene Boot bereits auf dem Kanal Richtung A-Bay zurück. Im letzten glitzernden Licht der untergehenden Sonne konnte ich nur noch mühsam eine reglose Gestalt mit Kapuze ausmachen.

Binnen Sekunden hatte Mac ihr Handy gezückt und befahl den Troopers auf dem Festland in schrillem Ton, den Hintern zu bewegen und ihn auf dem Fluss abzufangen, doch sie wusste wahrscheinlich so gut wie ich, dass wir nur noch das leere Boot vorfinden würden. Wenn Trey jetzt nicht bei Bram war, hatte er ihn vermutlich überhaupt nicht nach Deer Island mitgenommen. Dieser Ort hatte seinen Zweck erfüllt.

Er hatte mich gewarnt.

EINUNDDREISSIG

DER RIVER BOAT PUB befand sich in der Nähe der Fähranlegestelle direkt am Ufer des St. Lawrence, doch um die Aussicht über den Strom zu bewundern, war es zu spät am Tag, und ich war ohnehin zu besäuselt, um einen Blick dafür zu haben. Das Eis in meinem dritten Gin Tonic zog mir die Zähne zusammen, und der beißende Wacholdergeruch stieg mir in die Nase. Tim sagte nichts, als ich das Zeug in größeren Schlucken herunterkippte und mich gegen die Kunstlederpolsterung des Tresens sinken ließ.

Ich war noch nie mit Tim in der Stadt eingekehrt und sah staunend zu, wie er von den Stammkunden mit fröhlichem Schulterklopfen begrüßt wurde. Da er in A-Bay aufgewachsen war, kannte Tim hier jeden, einschließlich meines Ex. Ich fragte mich, ob er wegen der allgemeinen Aufmerksamkeit, die sein Besuch auf sich zog, darauf verzichtete, sich mit mir zu betrinken, oder ob er dafür andere Gründe hatte. Er versuchte erst gar nicht, mit mir mitzuhalten, nicht einmal, als ihm Matt ein Bier aufs Haus spendierte. Vielmehr begnügte er sich eine Stunde lang mit ein und derselben Flasche.

Ich für meinen Teil fühlte mich vollkommen berechtigt, meinen Kummer zu ertränken. Ich hätte alles darum gegeben, mit Mac in die Tierklinik zu fahren. Whiskeys Atemzüge waren schwach gewesen, und er hatte nicht auf ihre Stimme reagiert. Als sie mir sagte, sie wolle allein mit ihm sein, gab mir die Abfuhr einen tiefen Stich. Tim war mit mir nach Watertown zurückgefahren und hatte für die Einbruchsmeldung Fotos von Macs eingeschlagenem Hintertürfenster gemacht, während ich an meinem prallvollen Koffer zentimeterweise den Reißverschluss zuzog und mir einzureden versuchte, dass sie mir für das, was ihrem Hund zugestoßen war, nicht die Schuld geben würde. Nach dem, was Bram dort angerichtet hatte, konnte ich unmöglich länger bei ihr wohnen. Auf der Bootsfahrt von Deer Island zum Festland zurück hatte ich einfach nur die Augen geschlossen und gehofft, der rhythmische Wellenschlag am Rumpf würde mich ein wenig beruhigen. Stattdessen beschwor ich wider Willen eine Horrorshow von Freunden und Angehörigen im Kopf herauf, in unterschiedlichen Stadien des Sterbens. So verzweifelt ich versuchte, meinen Atem unter Kontrolle zu bringen und einen klaren Kopf zu bekommen, wurde ich die Schreckensvisionen nicht los.

Jetzt, in der Bar, konnte ich Tim nicht in die Augen sehen.

»In dem Motel brauchst du in Nullkommanix deine Ersparnisse auf«, sagte er und rollte seine Flasche Fat Tire zwischen den Handflächen.

»Sicher, aber es ist nur wenige Stolperschritte von der Bar hier entfernt. Das nenne ich gut angelegtes Geld.«

»In meinen Augen ist das keine vernünftige Entscheidung.«

»Wenn du meinst.«

»Steht morgen nicht deine Prüfung an?«

Mist.

Gil Gasko hatte keine Gelegenheit ausgelassen, die Wichtigkeit dieses Beurteilungsgesprächs zu betonen. Ohne eine offizielle Freigabe konnte ich nicht an meinen Arbeitsplatz zurückkehren. Nachdem ich bei meinem letzten Fall einen Zeugen angeschossen hatte, konnte ich von Glück sagen, wenn sie mich überhaupt wieder einsetzten. Bei meiner Abschlussbesprechung über den

Sinclair-Fall vor ein paar Wochen in Oneida hatte Lieutenant Henderson darauf bestanden, dass ich mich erst einmal auf meine psychische Gesundheit konzentriere. Stattdessen hatte ich mich ungefragt nicht nur in einen, sondern gleich in zwei neue Fälle eingemischt.

Wenn ich irgendetwas in meiner Zeit mit Carson gelernt hatte, dann dass ich meiner beruflichen Arbeit wie einer Droge verfallen war. Ich musste wieder ans Revier zurück, mich durch den Papierkram neuer Fälle wühlen und dazu so starken Kaffee trinken, dass ich Tim im Armdrücken schlagen konnte. Was, wenn Gil und Lieutenant Henderson mich für unfähig hielten, überhaupt je wieder in den Dienst zurückzukehren? Den letzten Wochen nach zu urteilen, war es fraglich, ob ich eine verlängerte Suspendierung überleben würde. Bei dem morgigen Termin ging es darum, Zuverlässigkeit und Festigkeit unter Beweis zu stellen. Ich musste ihnen zeigen, dass ich voll zurechnungsfähig und diensttauglich war, selbst unter den schwierigsten Umständen. Wie zum Teufel sollte ich das schaffen?

Ich war es nicht.

»Ich habe wirklich gedacht, dieses Mal kriegen wir ihn, Tim«, sagte ich.

»Ich weiß.«

Ich fischte die Zitronenscheibe aus meinem Drink und quetschte jeden Tropfen Saft heraus. »Ich könnte woanders hingehen, aber dann kommt er nach.«

»Mag sein. Aber was ist mit Trey?«

»Bram will mich treffen oder mich bestrafen oder was auch immer, und das heißt, solange ich da bin, ist niemand vor ihm sicher. Was soll ich also machen?«

»Konzentrier dich auf diese beiden Fälle«, sagte Tim. »Hol ihn ein, bevor er weiteren Schaden anrichten kann.«

Ich dachte darüber nach. »Jedes Mal, wenn wir Trey näher

gekommen sind, dann lediglich, weil Bram uns einen Hinweis gegeben hat. Wenn wir ihn immer noch nicht gefunden haben, dann vielleicht nur, weil ich etwas übersehen habe.«

»Also gut«, sagte Tim, »dann lass uns noch mal durchgehen, was du bis jetzt hast.«

Ich schob meinen Drink weg und bestellte bei Matt ein Glas Wasser. »Wir haben Treys Kappe mit der blutigen Botschaft in der Nähe der Swan Hollow Road gefunden. Das Boot hatte er aus Swan Bay gestohlen. Mein T-Shirt von der Polizeiakademie – auf die ich gegangen bin, als ich Swanton verließ – war auf Deer Island. Er zieht Parallelen zwischen Alexandria Bay und Swanton, meiner neuen Stadt und unserer alten. Verbindet die Gegenwart mit der Vergangenheit.«

»Wenn das stimmt, gebe ich dir recht. Dann muss da noch mehr sein«, sagte Tim. »Euch verbinden Jahre an gemeinsamen Erfahrungen.«

Ich durchforstete meine Erinnerungen aus den letzten Tagen nach einer stichhaltigen Antwort. »Da war der Vermisstenaushang im Smuggler's Cargo. Er hing in A-Bay, bezog sich aber auf Brett.«

»Richtig. Die Spur haben wir abgehakt. Was noch?«

»Seine Nachricht, die er zusammen mit dem Zahn hinterlassen hat. *Die Wahrheit ist irgendwo da draußen,* wie in *Akte X – die unheimlichen Fälle des FBI.* Das war der Film, der in der Nacht, in der Brett zum letzten Mal gesehen wurde, im Autokino lief.«

»Gut. Weiter.«

Die Luft im Pub war schlecht, und bei mir kündigten sich Kopfschmerzen an. Ich schloss die Augen. *Was noch?*

»Wir kriegen das raus«, redete mir Tim gut zu. »Wir werden Trey lebendig finden und Bram hinter Gitter bringen. Du wirst in den Dienst zurückkehren, und ich habe wieder jemand Interessanten zum Reden. So wie sich Sol und Bogle ständig in die Wolle kriegen, würde ich lieber ein Büro mit Tweedledee und Tweedledum teilen.«

»Freu dich nicht zu früh«, sagte ich. »Erst mal muss ich die da oben dazu bringen, meine Suspendierung aufzuheben.«

»Da mach ich mir keine Sorgen. Ich kenn dich, Shane. Auch wenn du ab und zu neben der Spur bist, spielst du deine Karte am Ende immer richtig aus.«

Karte. Das Stichwort schlug bei mir ein wie der Blitz. Die Karte war immer noch in meinem Sportbeutel. Ich hatte sie nach meinem Training mit Sensei Sam gefunden. Auf der Vorderseite war die Herz-Drei, auf der Rückseite ein Bild von Boldt Castle.

»Die Karte, Tim«, sagte ich, »vielleicht war Bram an dem Tag nicht zum ersten Mal in meinem Karatestudio. Am Samstag fand ich nach dem Unterricht eine Spielkarte in meinem Sportbeutel. Von einem Spiel mit Thousand Islands auf der Rückseite – wie sie hier in der Stadt überall in den Souvenirläden verkauft werden. Es war Boldt Castle drauf. Der Ort der Entführung.«

Tim legte den Kopf in den Nacken und starrte an die getäfelte Decke. »Und wo wäre in dem Fall die Verbindung zu Swanton?«

Ich wusste die Antwort, bevor er die Frage ganz ausgesprochen hatte, und fasste nicht, dass ich dafür so lange gebraucht hatte. »Brett war Spieler. Er fuhr eine Zeit lang nach Montreal und haute seinen Lohn im Casino drauf. Alle wussten Bescheid – die Familie, Arbeitskollegen –, nur dass er laut Russell Loming damit aufhörte, als die beiden da oben ein paar zwielichtige Typen kennenlernten und sich auf Drogenhandel vor der eigenen Haustür einließen.« Ich schüttelte den Kopf. »Abe muss gewusst haben, was da lief, dass das Glücksspiel von da an nur noch den Drogenhandel kaschieren sollte.« Mir kam eine Idee. »Die Drogen. Vielleicht stand der Mörder durch die Drogen mit Brett in Verbindung.«

»Und wer käme damit als Verdächtiger infrage?«, hakte Tim nach.

»Loming. Der steht auf der Liste ganz oben«, antwortete ich, doch in einer gedanklichen Kehrtwende musste ich plötzlich an Felicia denken. »Andererseits hattest du recht, als du meintest, meine Tante könnten wir vorerst auch noch nicht streichen. Ich wüsste allerdings nicht, was sie mit Bretts Drogenhandel zu tun haben sollte. Und Brett war in der fraglichen Nacht mit zwei weiteren Personen zusammen, die ich bis jetzt noch nicht identifizieren konnte. Zum einen wurde er in seinem Wagen mit einem minderjährigen Mädchen gesehen, zum anderen hat Loming am Autokino direkt vor Bretts und Crissys Verschwinden einem Jungen Drogen vertickt.« Ich bekam einen Kloß im Hals, während ich das sagte.

Tim knibbelte am Etikett seiner Bierflasche herum. »Hör zu, das wird dir jetzt nicht gefallen, aber bist du sicher, dass wir Doug ausschließen können?«

Ich hatte mit aller Macht dagegen angekämpft, doch jetzt drängte sich mir das Gesicht meines Bruders auf, die Aggression, die er gegenüber Abe – und damit indirekt auch gegen Brett – an den Tag gelegt hatte, erschreckend und real. Auch wenn ich bei der Rekonstruktion der Ereignisse in jener Nacht, in der Brett und Crissy verschwunden waren, schon ein gutes Stück vorangekommen war, klafften da immer noch große Lücken. Was war passiert, nachdem Doug zu Mom heimgefahren war? Wo kam das Meth her, das in Crissys Blutprobe nachgewiesen wurde? Wusste Doug wirklich nicht, was in der Nacht aus meiner Cousine und meinem Onkel wurde?

»Er hat wichtige Informationen zurückgehalten«, sagte Tim behutsam. »Nicht nur damals, sondern auch jetzt. Vor dir.«

»Er hat versucht, Crissy zu helfen.«

»Er hat etwas Entscheidendes bei diesem Fall verschwiegen. Wie wir beide wissen, kann das ein Zeichen dafür sein, dass er schuldig ist.«

»Er wusste nicht, wie wichtig das ist. Dafür kann er nichts.«

Darauf hatte Tim keine Antwort. *Frag Doug* war mein lebenslanger Refrain gewesen. Er war ein Meister darin, meinem Gedächtnis auf die Sprünge zu helfen, und für mich grenzte seine Fähigkeit, sich unsere gesammelten Erinnerungen einzuprägen, an Zauberei. Jetzt konnte ich nicht mehr auf seine Hilfe zählen. Er hatte so viel verborgen; seine Geheimniskrämerei fühlte sich an wie Verrat und machte mir Angst.

Tim hatte recht; es gab keine Entschuldigung für Dougs Verhalten. Ich hatte die Abfolge der Ereignisse in jener Nacht verstörend klar vor Augen, und es war nicht zu übersehen, dass er in ein Verbrechen verwickelt war, sei es auch nur durch Unterlassung. Ob er sich gegenüber Brett oder Crissy schuldig gemacht hatte und wenn ja, in welcher Rolle, wusste ich nicht. Doch ich war es unserem Opfer schuldig, es herauszufinden und eine Möglichkeit ins Auge zu fassen, die mir unerträglich war.

Zum Motel waren es nur zwei Minuten, doch Tim bestand darauf mitzukommen. Die Zimmer in dem kleinen Motel lagen am Otter Creek, wo das Dorf Alexandria Bay an den St. Lawrence River grenzt. In der Hochsaison herrscht auf diesem Abschnitt des Gewässers so viel Verkehr wie in der Church Street; von Dutzenden Anlegestellen tuckern hier die Boote auf den offenen See. An diesem Abend war das Wasser schwarz und still.

Am Empfang händigte ich meine Kreditkarte aus, und wir karrten mein Gepäck über den Parkplatz, auf dem ich den SUV abgestellt hatte, und den Außengang entlang zu meinem Zimmer. An der Tür blieben wir stehen. Das war der Moment, in dem Tim, stets der fürsorgliche, umsichtige Freund, mich fragen würde, ob ich klarkäme, und mir versichern würde, ich könne ihn jederzeit anrufen. Sein Cottage lag keine zehn Autominuten entfernt, auch das hatte er erwähnt, vielleicht sogar das Vorhandensein eines

Gästebetts und einer Auswahl an beruhigenden Kräutertees, auch wenn er wusste, dass ich sein Angebot, bei ihm zu übernachten, ausschlagen würde. Er hatte die Hände tief in den Taschen vergraben und den Kopf nach rechts geneigt. Ein wenig beschämt, aber immer noch beschwipst und etwas fröstelnd schlang ich mir die Arme um den Leib und wartete auf eine mitfühlende Bemerkung.

Tim beugte sich zu mir vor.

Sein Atem war ruhig, aber etwas in den harten Linien seines Körpers zeugte von Eindringlichkeit. Eins weiß ich über Tim: Wenn er nervös ist, schluckt er zweimal hintereinander. Das tat er jetzt.

Ich kann nicht mit Sicherheit sagen, wer von uns den ersten Schritt machte, doch plötzlich herrschte zwischen uns eine solche Energie, dass sie uns mit unbezwinglicher Kraft zueinander zog. Mit einem Mal hatte er die Hände nicht mehr in den Taschen, sondern um meine Taille gelegt, und unsere Lippen drückten sich aneinander.

Tim trat einen Schritt näher. Ich spürte seine Hüftknochen und die Motelwand im Rücken. Er roch noch ein wenig nach den Benzinausdünstungen vom Boot, aber auch würzig nach Pfeffer und Zucker. In all den Monaten, in denen wir Seite an Seite gearbeitet hatten, hatte ich es nicht bemerkt, nicht bis ich die Nase in seinen warmen Hals grub.

»Nein. Tim, *nein.*«

Ich musste alle Willenskraft zusammennehmen, um mich aus der Umarmung zu lösen. Als ich wieder Luft bekam, sagte ich: »Das geht nicht. Er beobachtet mich. Er ist *überall.*«

Tim wich einen Schritt von mir zurück. Ich sah ihm an, wie verzweifelt er nach irgendeinem Winkel suchte, in den wir uns vor Brams grausamem Spiel flüchten konnten. Er machte ein paarmal den Mund auf und wieder zu, bevor er etwas herausbrachte. »Verdammt, Shana«, war alles, was er sagte, bevor er kehrtmachte und ging.

Nachdem er weg war, starrte ich über den dunklen Parkplatz, das Moorgras und die Rohrkolben am Ufer dahinter und die klobigen Bootshäuser aus Aluminium, die im Wind schepperten und ächzten. Irgendwo da draußen lachte sich Bram darüber ins Fäustchen, dass er in mein Leben eine Schneise der Verwüstung schlug, indem er mich zwang, sein früheres Leben wieder aufzurollen.

ZWEIUNDDREISSIG

ICH WAR MEILENWEIT von Swanton entfernt, aber als ich am nächsten Morgen die Augen aufschlug, war ich so benebelt, dass ich für einen kurzen Moment glaubte, wieder ein Teenager zu sein. Wie oft war ich morgens mit einem Kater aufgewacht und mit der abstoßenden Erinnerung an einen unfreiwilligen Kuss oder eine ungewollte Knutscherei auf einer Party im Wald, an den Geruch nach Schweiß und Rauch an einem Jungen, der seine Hände nicht bei sich behalten konnte.

Bei dem Gedanken an das, was mit Tim passiert war, empfand ich keine Reue, jedenfalls nicht so. *Tim.* Sein Name hatte auf einmal einen anderen Klang. Er war nicht mehr nur mein Kollege. Tim war der Mann, dem ich mich anvertraut hatte und dessen Rücken ich warm und fest unter meinen Händen gefühlt hatte. Ich strich mir mit den Fingerspitzen über die Stelle am Hals, an der ich sein Gesicht gespürt hatte, als auf meinem Nachttisch mein Handy klingelte. Auf dem Display erschien Suzes Name.

»Robbie sagt, du hättest Cheryl befragt.« Im Hintergrund war peppige Popmusik zu hören, und mir brummte der Schädel dazu im Takt. Suze war im Studio. »Aber glaub mir, Cheryl könnte keiner Fliege was zuleide tun.«

Durch den Spalt zwischen den Motelgardinen konnte ich die Dächer und Türme von Boldt Castle am Horizont sehen. Dahinter verschmolz Heart Island mit dem Festland, als sei es ein Teil davon und nicht eine eigenständige Insel. Die optische Täuschung war irritierend. »Du hast wahrscheinlich recht«, antwortete ich, konnte andererseits aber nicht außer Acht lassen, was Felicia über Brett mit einem jungen Mädchen in seinem Wagen erzählt hatte. Das würde jede Frau wütend machen, und Cheryl hatte immerhin darauf gezählt, mit Brett wieder eine vollständige Familie zu bekommen. »Du und Cheryl, ihr steht euch nahe, oder?«

»In puncto Schwiegermutter habe ich das große Los gezogen«, erwiderte Suze.

»Und sie hat nie etwas von ihrem Verhältnis mit Brett erwähnt? Du hast sie nie danach gefragt?«

»Zweimal nein. Würdest du denn die Mom deines Mannes nach ihren Liebhabern von vor zwanzig Jahren ausfragen?« Sie überlegte einen Moment. »Hatten sie also ein Verhältnis? Ich habe Robbie gefragt, aber er will nicht darüber sprechen, und ich will nicht in ihn dringen.«

»Sie hatten. Einige Monate lang, bevor Brett beschloss wegzuziehen. Die Sache ist nur die, möglicherweise hatte er gleichzeitig noch was mit einer anderen laufen.«

»Für einen Kerl in seinem Alter ist bei Brett mit Sicherheit eine Menge abgegangen – hey, schon verstanden«, sagte sie. »Er war sexy, Owen-Wilson-sexy, wenn du weißt, was ich meine. Liebenswürdig, aber auch ein bisschen derb. Woher weißt du, dass es noch eine gab?«

Bisher hatte ich es nicht bemerkt, doch Suze sprach von meinem Onkel, als hätte sie eine Schwäche für ihn – schon merkwürdig, wenn man bedachte, dass sie sich nur wenige Male über den Weg gelaufen waren. »Meine Tante hat mir davon erzählt«, sagte ich. »Sie hat die beiden an dem Wochenende, an dem Brett verschwand, zusammen im Autokino gesehen. Und es kommt noch schlimmer. Offenbar war sein Seitensprung minderjährig.«

»Ach du Schande!«, sagte Suze mit wenig Überzeugungskraft. Sie wirkte abgelenkt. Die Geräuschkulisse bei ihr im Hintergrund wurde lauter.

»Ja. Jedenfalls muss ich jetzt dieses frühreife Kind aufspüren. Falls du mich brauchst, ich habe vor, jede Schülerin, die 1998 an unserer Schule war, zu befragen.«

»Na dann viel Spaß.«

»Hey, du warst damals in der Nacht doch auch im Kino.« Suze hatte uns bei der Suche nach Brett geholfen, wenn auch eher halbherzig. »Wen hast du da gesehen?«

»Gott, keine Ahnung, ist ja eine Ewigkeit her. Crissy und Abe natürlich. Ach so, ja, und die Boisselle-Zwillinge.«

»Igelfrisur, richtig?«

»Schlechte Erinnerung«, sagte sie lachend. »Gott, der Kleinere, mit diesen schleimigen Küssen. Dann habe ich noch Robbie gesehen und diesen Freund von ihm, die Bohnenstange – Mitch, oder? Soll ich dir was verraten?« Sie senkte die Stimme. »Ich fand Robbie schon damals ziemlich süß. Er hat mich überhaupt nicht zur Kenntnis genommen, aber ich hatte ihn schon fest im Blick. Und nicht nur das eine Mal. Schon seltsam, aber manchmal erzählt er Geschichten, ich sag dir, als kämen sie aus meinem eigenen Kopf.«

»Ich weiß, wie das ist.« Ich hoffte, dass sie mir das Unbehagen nicht anhörte. Suze hatte haargenau meine Erfahrung mit Bram beschrieben. »Sonst noch jemand?«

»Na ja, Brett natürlich.«

»Du hast Brett in der Nacht gesehen?«

»Klar. Er hat mir vor einem Schwarm Killer-Mücken das Leben gerettet. Die Viecher waren echt schlimm. Deshalb haben wir uns eine Weile in seinen Wagen gesetzt.«

Jetzt war ich hellwach. »Suze«, sagte ich zögernd. »Habt ihr beide euch geküsst?«

»*Er* hat *mich* geküsst – aber nur auf die Wange. Im Nachhinein denke ich, damit wollte er mir Lebewohl sagen. Ich habe ihn immer gemocht«, sagte sie. »Vielleicht, weil ich ihn mit Crissy assoziiert habe. Crissy war absolut mein Idol. Heute findet sie das übrigens zum Brüllen, wie ich immer versucht habe, mich wie sie anzuziehen. Sie war einfach so umwerfend cool.«

»Meine Güte, Suze«, sagte ich. »Du bist das. Du bist Bretts Seitensprung.«

Sie stieß ein trällerndes Lachen aus. »Sehr witzig. Er hat mich auf die Wange geküsst, weiter nichts! Ach, Mist, tut mir leid, aber ich muss Schluss machen. Diese Tanzstunde kann ich nicht überziehen; ich bin direkt hinterher mit Crissy verabredet.«

Ich legte mein Handy weg und sank auf mein dünnes Motelkissen zurück. Der Druck, den ich schon seit Tagen in der Brust spürte, ließ ein wenig nach. Suze hatte mit Bretts Tod nichts zu tun. Es gab keine andere Frau; Felicia hatte meine Freundin gesehen, ein Mädchen, das älter aussah als dreizehn, in einem harmlosen Moment.

Erst im Rückblick auf meine Jugend, mit dem Abstand einer halben Lebenszeit, konnte ich die Situation richtig einordnen. Suze hatte tatsächlich Crissy nachgeeifert. Sie war in die Fußstapfen meiner Cousine getreten, selbst wenn sie sie auf Abwege führten. Suze hatte mir nie zuhören wollen, wenn ich mich über Crissys Verhalten beklagte, und sich genervt gezeigt, wenn ich keine Lust hatte, etwas mit meiner Cousine zu unternehmen. Ich hatte es deutlich vor Augen gehabt, ohne die Zusammenhänge zu sehen. Das erklärte auch, wieso sie und Crissy sich als Erwachsene angefreundet hatten. Schon als Kinder verband sie mehr miteinander als Crissy und mich.

Im Bad riss ich die dünne Folie von einem Plastikbecher ab und trank zwei Glas lauwarmes Wasser aus dem Hahn, bevor ich mich im Spiegel betrachtete. Die dunklen Ringe unter den verquollenen Augen interessierten mich nicht. Mir war gerade eingefallen, dass es Donnerstag war. Der Tag meiner psychologischen Prüfung.

Wenn ich in den letzten Wochen an diesen Tag gedacht hatte, der über meine Zukunft bei der Truppe entscheiden würde, hatte ich mir vorgestellt, wie ich mich auf Macs Sofa ausruhe und mir dank Gil Gaskos geliebter App eine Stunde geführte Meditation gönne. Stattdessen war ich dehydriert und verkatert, mit einem dröhnenden Schädel. Nach Oneida waren es zwei Stunden Fahrt, mein Termin war um zehn. Ich musste mich beeilen, um pünktlich zu sein, doch als ich aus der Dusche kam, klingelte mein Handy wieder.

»Wie geht's ihm?« Ich hatte Angst vor McIntyres Antwort.

Sie seufzte. »Er kommt durch. Sie haben ihn über Nacht dabehalten. Ich hole ihn im Lauf des Tages ab.«

»Gott sei Dank!« Aber wieso klang Mac dann nicht erleichtert?

»Keine Geheimnisse mehr«, sagte sie in einem Ton, den ich bei ihr nicht kannte, beinhart. »Damit ist auf der Stelle Schluss. Was Bram da draußen getan hat, war etwas Persönliches. Ein Angriff auf mich ist ein Angriff auf dich. Was bringt ihn dazu, dich anzugreifen, Shana? Was für eine Geschichte verbindet dich mit dem Kerl?«

Es war ein Wunder, dass Whiskey überlebt hatte, was Bram ihm angetan hatte, und der einzige Grund für seine Attacke war ich. Somit schuldete ich es Mac, reinen Tisch zu machen, ich schuldete ihr weit mehr als das.

Und so erzählte ich es ihr, alles, was ich Tim gestanden hatte und mehr. Als ich ihr erklärte, welche Angst ich davor hatte, was es mit meiner Familie machen würde, wenn sie die Wahrheit über Bram erführe, reagierte Mac pragmatisch wie immer. Das alles habe einzig und allein Bram verschuldet, sagte sie. Es vor ihnen zu verbergen würde nichts daran ändern.

Es war von Anfang an aussichtslos gewesen, Bram für mich behalten zu wollen. Das Spiel, das er mit mir zu spielen versuchte, war so unvorhersehbar, dass ich für niemandes Sicherheit garantieren konnte. Das war mir jetzt klar – und irgendwie machte es mir alles ein wenig leichter. Ich konnte aufhören, mein Verhalten gegen seins abzuwägen oder mich mit der irrigen Annahme zu quälen, meine Entscheidungen könnten an denen eines Verrückten irgendetwas ändern. Er wollte mich nicht gewinnen lassen. Er hatte das Spiel so geplant, dass ich nur verlieren konnte. Aus Brams Sicht hatte ich nicht die geringste Chance.

Und vielleicht hat er damit ja auch recht, dachte ich, während ich Bluse und Hose anzog, dasselbe Outfit, das ich vor einem Monat bei meinem Gespräch mit dem Lieutenant des *Bureau of Criminal Investigation* getragen hatte. Einer gegen einen konnte er mich schlagen. Doch Blake Bram hatte nicht begriffen, dass ich, indem ich endlich Tim und Mac ins Vertrauen zog, eine Armee gegen ihn aufstellte.

DREIUNDDREISSIG

DAS FRÜHSTÜCK BESTAND aus zwei Kopfschmerztabletten, einer Tasse schwarzem Instantkaffee und ein paar tiefen Zügen kalte Novemberluft. Ich stieg in meinen SUV und war im Nullkommanichts auf dem Highway Richtung Süden.

Ich fuhr bei halb geöffnetem Fenster und föhnte mein feuchtes Haar im Fahrtwind. Die hügelige Landschaft war mit trockenem Schnee gesprenkelt, und es lag ein rauchiger Geschmack in der Luft. Er kratzte mir in der Kehle. Ich lechzte nach Wasser, setzte aber alles daran, möglichst ein paar Minuten früher da zu sein. Ich schaffte es bis Adams, bevor Fraser Harmisons Name auf dem Dashboard vor mir erschien.

»Wollte mich nur mal wieder melden«, sagte der Polizeichef, doch ein Anruf verhieß Neuigkeiten, vielleicht sogar neue Erkenntnisse zum Fall Brett. »Ich wollte es Ihnen persönlich sagen. Wir haben Russell Loming verhaftet.«

Normalerweise war ich gut im Multitasking und sehr wohl in der Lage, mich in wohlgeordneten Sätzen auszudrücken und dabei fehlerfrei die Straßenordnung einzuhalten, doch bei dieser Auskunft war es mit meiner Konzentration augenblicklich vorbei. »Was ist passiert?«, fragte ich, während ich durch die Windschutzscheibe starrte. »Hat er gestanden, dass er Brett umgebracht hat?«

»Bis jetzt noch nicht, aber es hat sich eine Zeugin gemeldet.

Sagt Ihnen der Name Ronnie Rockwell was?« Meine Gedanken überschlugen sich, aber es kam nichts dabei heraus. »Glaube nicht. Wer ist das?«

»Eine ehemalige Kollegin von Loming. Inzwischen in Rente, aber sie war in der Fabrik, in der Loming gearbeitet hat, am Empfang, bis die Firma dichtgemacht hat. Ihre Dienstzeit überschneidet sich fünf Jahre lang mit seiner.«

Die Frau am Empfang. »Nicht Ihr Ernst«, sagte ich, »und was weiß sie?«

»Offenbar hat die ganze Berichterstattung über Ihren Onkel bei der Frau Erinnerungen an Loming geweckt, und sie hatte eine Offenbarung. Wie's aussieht, waren die beiden Männer Aufreißer, haben ständig mit den Damen geflirtet – einschließlich ihr –, und nachdem Brett weg war und sich dann auch noch Loming verduftete, fiel das in der Fabrik auf.«

»Was?« Ich strich mir die Haare aus der Stirn und blinzelte auf die Straße. »Wo? Wann?«

»Nach Bretts vermeintlichem Umzug erschien er ein paar Tage lang nicht zur Arbeit. Als er wiederkam, erklärte er Miss Rockwell, er sei zu einem Besuch bei Freunden in Kanada gewesen.« Mit einem Räuspern gab Harmison zu erkennen, was er von dieser Behauptung hielt. »Und von diesem Ausflug brachte Loming offenbar eine neue, teuer aussehende Armbanduhr mit. Dabei erinnert sich die Dame ganz genau an sein notorisches Gejammer, knapp bei Kasse zu sein.«

Vor mir fuhr ein Subaru, als wäre es ein Sonntag im Sommer. Ich gab Gas und zuckte beim Überholen unter seiner schrillen Hupe zusammen. »Und was glauben Sie?«, fragte ich. »Hat Loming die Tage darauf verwendet, seine Spuren zu verwischen?«

»Wir glauben, dass er Brett in der Nacht zur Hook Road gefolgt ist, das Bargeld und den Stoff geklaut und seinen Wagen irgendwo entsorgt hat. Loming gehörte zu den wenigen Personen, die wussten, dass Brett an dem Wochenende wegziehen wollte, und er lag mit Brett wegen Geld im Clinch. Nachdem die Drogengeschäfte gerade so gut liefen und Brett der Typ war, der sie organisiert hatte, passte es Loming nicht in den Kram, dass er abhauen wollte. Deckt sich diese Version mit dem, was Sie so weit wissen?«

Ich brauchte nicht lange nachzudenken. Russell Loming hatte zugegeben, dass er im Autokino mit Brett unter vier Augen geredet hatte. Ich konnte mir durchaus vorstellen, dass er bei dieser Gelegenheit auch noch einmal einen letzten Versuch unternommen hatte, seine Schulden einzutreiben, und sauer geworden war, als er damit scheiterte. Das in etwa erklärte ich Harmison.

»Gut«, antwortete er, »das hilft. Loming hat schon zugegeben, dass er gedealt hat; ist wohl nur eine Frage der Zeit, dass er auch den Mord an Brett gesteht. Ist sowieso zwecklos, noch irgendwas zurückzuhalten – die ganze Stadt redet schon über ihn. So was spricht sich schnell herum.«

»Können Sie laut sagen«, erwiderte ich.

Ich dankte dem Polizeichef dafür, dass er mich unterrichtet hatte, und lockerte die Finger am Lenkrad. Meine Nägel waren kurz, die Häutchen eingerissen. *Russell Loming.* Ich hätte erleichtert sein müssen. Ich brauchte mir keine Sorgen mehr darum zu machen, inwieweit Felicia vielleicht in den Mord an meinem Onkel verwickelt war, oder mich gar mit der Frage zu quälen, was mein Bruder noch alles verschwieg.

Die Aussagen der Empfangsdame waren ein starkes Indiz und Lomings Verhalten zweifellos verdächtig. Doch während ich mir Harmisons Theorie durch den Kopf gehen ließ und mir Lomings Gesicht vor Augen führte, sah ich nicht mehr einen in die Jahre gekommenen Frauenheld, sondern einen Mann an einem Küchentisch, der mit buntem Plastikgeschirr für seine Enkelkinder gedeckt war. Ich verbannte das Bild aus meinem Kopf. *Sei doch froh, verdammt noch mal.* Bretts Mörder war gefunden, und meine Familie hatte mit dem Verbrechen nichts zu tun – zumindest nicht mit diesem.

Bis zu meinem Termin hatte ich noch eine Stunde. Meine grauen Zellen sprühten Funken, und ich beschloss, meine Mutter anzurufen. Sie meldete sich sofort.

»Hi, Schatz«, sagte sie. Im Hintergrund klapperte Geschirr. Sie machte die Küche. »Ich hatte gehofft, dich noch mal zu sehen, bevor du wieder fährst. Du fehlst Blink und mir in diesen Tagen.«

»Es tut mir leid«, sagte ich und meinte es auch so. Seit dieser verkrampften Unterhaltung mit Felicia hatten meine Mutter und ich uns nicht mehr alleine gesprochen, und ich war mir nicht sicher, ob sie mir die Verdächtigungen gegen ihre Schwester verziehen hatte. »Wir hatten einen Notfall oben am Fluss.«

»Am Fluss? Aber ist heute nicht dein Beurteilungstermin?«

»Bin unterwegs.«

»Gut. Das ist gut.« Ich wartete darauf, dass sie mich fragte, wie ich mich fühle, ob ich mich selbst für diensttauglich halte, aber es kam nichts. »Ich muss mich bei dir entschuldigen«, sagte sie stattdessen. »Ich hätte nicht sauer auf dich sein sollen, als du Fee neulich diese Fragen gestellt hast. Ich bin es nur ein Leben lang gewohnt, sie zu verteidigen. Manchmal gehe ich damit zu weit.«

Das sah sie vermutlich richtig. Ich würde vielleicht nie begreifen, wie sehr meine Mutter damals die Augen vor Felicias Geistesverfassung verschlossen hatte. Vielleicht hatte sie – so wie ich bei Abe – die hässlichen Dinge, die wir instinktiv ahnten, nicht so genau sehen wollen.

»Versteh schon«, erwiderte ich, »da bin ich zu weit gegangen – und ich lag wohl auch völlig daneben. Du hast sicher das von Russell Loming gehört?«

Sie schnalzte mit der Zunge. »Ist das zu fassen? Russell hatte es zwar faustdick hinter den Ohren, aber er und Brett waren immerhin Freunde. Unzertrennlich.«

»Das ist das Blöde am Geld«, antwortete ich. »Da hört die Freundschaft auf. Und wie hält sich Felicia so?«

Ihr Seufzer kam aus vollem Herzen. »Ich denke, sie ist dankbar. Sie ist einfach froh, das alles hinter sich zu lassen. Geht uns allen so. Dein Vater und ich helfen ihr dabei, eine Trauerfeier für Brett zu organisieren. Du kommst doch, oder?«

Die Frage war nur, wie zu dem Zeitpunkt die Dinge mit Bram stehen würden. Sobald meine Familie erführe, was für ein Mensch er war, gäbe es keine öffentliche Versammlung mehr, um Bretts Leben zu feiern. Vor Scham und Angst würden sie sich vor ihren Freunden und Nachbarn verkriechen. Vor ihm. Ich wusste nicht, was ich meiner Mutter antworten sollte. Es war egal. In diesem Moment waren am Handy im Hintergrund leise Stimmen zu hören, in eindringlichem Ton. »Warte mal«, sagte Mom. »Hier ist gerade was los.«

Es wurde still in der Leitung. Vor mir stieg die Straße so steil an, dass ich die andere Seite nicht sehen konnte. In der Leitung stieß meine Mutter einen Laut aus wie ein Hund, der vor Schmerz aufjault.

»Mom?«

Als würde eine Kamera scharfgestellt, hatte ich glasklar die Küche meiner Eltern vor mir, und was ich sah, rieselte mir eiskalt den Rücken herunter. Bram hatte Treys Zahn im Briefkasten meiner Eltern hinterlassen. In A-Bay war er einen Schritt weitergegangen und in Macs Cottage eingebrochen, um Whiskey zu holen. Was, wenn sein Drang, den mir am nächsten stehenden Menschen wehzutun, ihn erneut zum Haus meiner Eltern geführt hätte?

Was, wenn er in diesem Moment bei ihnen war?

»Mom?«

Zitternd drosselte ich das Tempo und hielt auf dem Seitenstreifen an. Doug und mein Vater waren bei ihr, ich erkannte sie an ihrer Stimmlage und Sprechweise, aber ihr Tonfall war anders als sonst. Bei beiden hörte ich Besorgnis und Schrecken heraus. Ich war mehrere Autostunden von Swanton entfernt. Falls Bram tatsächlich dort war, käme ich zu spät. *Nicht sie. Nicht meine Familie.* Ich war in heller Panik. Ich war drauf und dran, die Verbindung zu trennen und Harmison um Hilfe anzuflehen, als sich Doug in der Leitung meldete.

»Felicia hat eben angerufen«, sagte er. »Es geht um Crissy.«

Mir blieb das Herz stehen. Crissy. Ich sah sie vor mir, das volle Gesicht, das bauchfreie T-Shirt, die zerplatzende Kaugummiblase zwischen den bonbonfarbenen Lippen. Aber nein, das war die knapp siebzehnjährige Crissy. Das Mädchen von damals überlagerte in meinem Kopf immer noch die Gegenwart.

Im Hintergrund unterdrücktes Schluchzen. »Was ist los?«, fragte ich. »Was ist passiert?«

»Sie ist im Krankenhaus.« Dougs brüchige Stimme klang bestürzt. »Sie wurde vor einer halben Stunde bewusstlos in ihrem Wohnzimmer aufgefunden. Es sieht nach einer Überdosis aus.«

VIERUNDDREISSIG

ALS ICH IN ST. ALBANS ankam, war es früher Nachmittag. In den letzten Tagen war ich so oft nach Vermont und zurück gefahren, dass ich die Route im Schlaf kannte und alle Zeit der Welt hatte, mir Sorgen zu machen.

Manchmal hasste ich meine grauen Zellen dafür, nicht abschalten zu können, und dies war ein solcher Moment. Der Termin für meine Prüfung war seit drei Stunden verstrichen, und ich hatte drei Anrufe von meinem Therapeuten weggedrückt. Ich würde einen neuen Termin vereinbaren oder … irgendwas. Falls sie mich nicht wieder einsetzten …

Lass diese Gedanken.

Konzentrier dich auf Crissy.

So eilig ich es hatte, zum Northwestern Medical Center zu kommen, nahm ich mir fünf Minuten Zeit für eine Meditationssitzung mit Gaskos App, bevor ich ausstieg. Nach meiner Entführung war ich auch erst einmal ins Krankenhaus eingeliefert worden. Während sie mich auf physische Verletzungen untersuchten, fanden sie das Benzodiazepin in meinem Blut und hielten es in meiner Patientenakte fest; wenn ich an den Kontrast zwischen der sauberen weißen Bettwäsche und dem unvorstellbaren Blutbad, das ich gesehen hatte, denke, rebelliert bis heute mein ganzer Körper. Auf dem Weg zur Rezeption hielt ich gegen den Gestank nach

Desinfektionsspray und Cafeteria-Fraß die Luft an. Es half nichts; binnen Minuten hatte ich wieder Watte im Kopf und weiche Knie.

Mit einem Klingelton öffnete sich der Fahrstuhl zum Wartebereich, und ich entdeckte meine Eltern neben Doug. Felicia starrte mit ausdruckslosem Gesicht auf den Fernseher an der Wand. Eine Kochsendung lief auf stumm. Als sie mich sahen, rappelten sich meine Eltern hoch und umarmten mich so fest, dass es wehtat. Als Doug es ihnen gleichtat, musste er wohl spüren, wie ich mich in seinen Armen anspannte. Als ich zurücktrat, blickte ich in seine verzweifelten Augen.

Ich wendete mich an Felicia. »Wie geht es ihr?«

Meine Tante hielt die Hand meiner Mutter.

»Wir haben noch nichts gehört«, sagte mein Vater, »die Ärzte wissen noch nicht, was sie genommen hat und wie lange sie bewusstlos war.«

Ungebeten marschierten in meinem Kopf die möglichen Folgen auf. *Atemversagen. Hirnschaden. Tod.* »Bei wem sind die Jungen?«

Moms Blick wanderte zu ihrer Schwester, und ich bereute meine Frage. »Nach der Schule gehen sie zu einer Nachbarin«, erklärte Dad. »Können Gott sei Dank jederzeit zum Spielen rüber.« Das Übrige entnahm ich seinem Gesichtsausdruck. *Nicht zu ihrer Großmutter. Das würde Crissy nie erlauben.*

Hinter mir hörte ich den Aufzug. Diesmal traten Suze und Robbie heraus. Die Tüte, die Robbie in der Hand hielt, war unter dem Gewicht mehrerer Kaffeebecher zerknittert. Er zeigte ein mitfühlendes Lächeln.

»Suze hat sie gefunden«, flüsterte mein Dad. »Sie sind schon seit Stunden hier.«

Arme Suze. Sie hatte erwähnt, dass sie zu Crissy wollte; sie muss ins Haus gegangen sein und sie unansprechbar vorgefunden haben. Meine Freundin war bleich und sichtlich mitgenommen; sie legte eine Hand auf ihren Babybauch und kam zusammen mit ihrem Mann zu uns herüber.

»Es war lieb von euch zu kommen«, sagte ich und begrüßte die beiden mit einer Umarmung. Angesichts meiner eher oberflächlichen Beziehung zu Crissy war es eigentlich nicht an mir, so etwas zu sagen, aber ich wollte es Felicia ersparen, Artigkeiten auszuteilen.

»Was Neues?«, fragte Robbie, während er einem nach dem anderen Kaffee reichte und alle bat, sich wieder zu setzen. Als er zu Felicia kam, drückte er ihr kurz die knöcherne Schulter.

»Noch nicht«, sagte Dad.

»Was ist denn passiert?«, fragte ich.

»Das weiß keiner«, antwortete Doug. Aber sie wussten es. Ich sah es ihnen an den zusammengebissenen Lippen und den Falten um die Augen an.

Nach den letzten beiden Diskussionen mit ihr war ich bereits zu dem Schluss gekommen, dass Crissys blasierte Reaktion auf Bretts Ermordung gespielt war. So enttäuscht sie von ihrem Vater war, hatte sie seinen Tod schnell abgetan und kategorisch geleugnet, irgendetwas über die Ereignisse in der fraglichen Nacht zu wissen, während sie in Wahrheit über mehr Informationen verfügte als jeder andere, ausgenommen vielleicht sein Mörder. Die letzten Tage hatten ihr Geheimnis ans Licht gebracht, und möglicherweise hatte sie sich vor Schuldgefühlen nicht mehr anders zu helfen gewusst. Ich hätte es merken müssen. Mit Schuldgefühlen kannte ich mich schließlich aus. »Felicia«, sagte ich und schreckte meine Tante aus ihrer Erstarrung auf. »Ich weiß, dass du Crissy nur noch selten siehst, aber gab es irgendwelche Anzeichen dafür, dass sie wieder Drogen nimmt?«

»Nein«, sagte sie in überraschtem Ton. »Crissy war clean, schon seit Jahren.«

»Das stimmt«, bestätigte Suze und strich sich eine dunkle Haarsträhne von der Wange. »Sie geht jede Woche zu einer Suchtselbsthilfegruppe – o nein, nicht doch, alles wird gut.« Suze glitt von ihrem Stuhl und kniete sich vor Felicia hin, deren Schultern plötzlich heftig bebten. Mom strich Felicia in kreisenden Bewegungen über den gekrümmten Rücken.

»Sie trinkt nicht mal Wein, oder, Suze?«, warf Robbie ein. »Aber ist das nicht typisch bei Sucht? Dass selbst mit einem umfassenden Rehabilitationsprogramm, mit ambulanter Behandlung und Verhaltenstherapie, Stress die alte Sucht wieder triggern kann? Wie heißt es noch gleich? Man ist nie ehemaliger Suchtkranker, sondern immer nur ein Suchtkranker, der schon längere Zeit nichts mehr genommen hat.«

Ein Rückfall also. So was kam vor, selbst bei Leuten mit den besten Absichten. »Ist ihr das früher schon mal passiert?«, fragte ich.

»Nein, nie«, sagte Felicia. »Als sie erst einmal den Entschluss fasste aufzuhören, schwor sie, dass es das gewesen war. Wie konnte sie sich das nur antun? Und den Jungs?«

Ein um die sechzig Jahre alter Arzt kam mit großen, entschlossenen Schritten auf unsere Gruppe zu. Wie auf Kommando sprangen wir alle auf.

»Ich wünschte, ich hätte mehr Neuigkeiten.« Auf seinem Namensschild stand Dr. Richard Klingemann, und auf dem Foto unter der Schrift grinste er. »Wir haben die Toxine aus ihrem Blut gespült, aber welche Beeinträchtigungen sie möglicherweise hinterlassen haben, können wir erst feststellen, wenn sie wieder zu Bewusstsein kommt. Sie könnte bleibende Schäden am Gehirn davontragen. Wir haben das Blutbild vom Labor bekommen, und ich kann Ihnen sagen, dass es sich um eine Überdosis an Opioiden handelt. Höchstwahrscheinlich um ein verschreibungspflichtiges Medikament.«

»Hat Crissy denn Medikamente genommen, Suze?«, fragte ich.

Wenn überhaupt, würde sie am ehesten wissen, was Crissy gegenwärtig nahm. »Irgendwelche Verletzungen in letzter Zeit, für die sie Schmerzmittel brauchte?«

Suze schüttelte den Kopf. »Nicht, dass ich wüsste.«

»Ich versteh das nicht«, sagte ich. »Jahrelang clean und dann das? Mit Opioiden hatte Crissy doch nie ein Problem, oder?«

Bevor Felicia oder Suze antworten konnten, sagte Robbie: »Drogen sind Drogen. In einem kritischen emotionalen Zustand nimmt ein Süchtiger in seiner Verzweiflung alles, was er gerade kriegen kann. Sie hat ihren Vater zum zweiten Mal verloren. Wenn einen das nicht aus der Bahn werfen kann.«

Ich sah ihm in die traurigen Augen und hielt den Blick. »Da hast du sicher recht«, sagte ich. »Hör mal, ist deine Mutter zu Hause?«

»Klar. Sie passt auf Erynn auf, damit wir hier sein können.« Robbie griff nach der Hand seiner Frau.

»Ich fahr nach Swanton«, sagte ich. »Bin bald wieder da.«

»Im Ernst?«, fragte Doug. »Jetzt?«

Sämtliche Blicke richteten sich auf mich. Wenn ich jetzt ging, mussten sie mich für herzlos halten, ein eiskalter Brocken von einer Ermittlerin, für die es bei einem Fall nur um die Lösung geht und nicht um ein Menschenleben. Schon jetzt spürte ich ihre Enttäuschung. *Nicht mehr zu ändern.* »Loming ist in Untersuchungshaft, aber es wurde noch keine Anklage erhoben. Nach so vielen Jahren wird es nicht leicht sein, genügend Beweise gegen ihn zusammenzutragen. Falls Crissy das hier tatsächlich getan hat, weil sie Bretts Tod und dieser Fall zu sehr mitgenommen haben, kann ich nicht einfach dasitzen und abwarten. Ich möchte der hiesigen Polizei helfen, so gut ich kann.«

»Bei meiner Mutter ist aber nichts zu holen«, sagte Robbie in abwiegelndem Ton. »Sie weiß weniger über die Nacht, in der Brett verschwunden ist, als irgendjemand sonst.«

»Kann schon sein, aber ich muss es wenigstens versuchen.« Ich schüttelte den Kopf. »Ich kann einfach nicht glauben, dass Crissy so was tun würde.«

»Tja«, sagte mein Dad, »hat sie aber nun mal, *Puppet.*«

Felicia und ich tauschten einen langen Blick, und ihr traten Tränen in die Augen.

Vielleicht, dachte ich.

Vielleicht aber auch nicht.

FÜNFUNDDREISSIG

»DU REISST JA ECHT Meilen runter«, sagte Tim mit unverhohlener Ehrfurcht, als ich ihn vom Krankenhausparkplatz aus anrief. »Ist das nicht ein Leihwagen?«

»Hör zu«, sagte ich und erklärte ihm, worum ich ihn bitten wollte. Er verlor kein Wort über letzte Nacht und nahm mich auch nicht wegen des verpassten Prüfungstermins ins Kreuzverhör, wofür ich ihm dankbar war.

Als ich bei Cheryl Copely eintraf, hielt Erynn gerade ein Nickerchen. Ich störte Cheryl beim Mittagessen, aber sie schien nichts gegen ein bisschen Gesellschaft zu haben, und so setzte ich mich zu ihr, während sie einen Spinatsalat aß und dazu die Reste von Erynns Makkaroni mit Käse aus einem neonorangefarbenen Plastikbehälter verzehrte.

»Das mit Ihrer Cousine tut mir leid«, sagte Cheryl. Sie hatte von Suze erfahren, was passiert war, als die sie darum bat, die Kleine zu übernehmen. Ich erzählte ihr, wie es mit Crissy weiterginge, könnten die Ärzte noch nicht sagen. Zwar hätten sie ihr den Magen ausgepumpt, doch es bestünde immer noch die Gefahr nachhaltiger Nebenwirkungen. Bei dieser Auskunft senkte Cheryl den Blick, und ich wusste, dass sie an Crissys Söhne dachte, nur wenige Jahre älter als Erynn.

»Ich muss Ihnen noch ein paar Fragen zu Brett stellen.«

Cheryl spießte mit der Gabel eine Cherrytomate auf und sah zu, wie der Saft herauslief. »Tun Sie sich keinen Zwang an. Auch wenn ich nicht weiß, womit ich Ihnen noch weiterhelfen könnte.«

»Sie könnten damit anfangen, mir alles über Bretts Verwicklung in Drogengeschäfte zu erzählen.«

Cheryl legte die Gabel ab. »Davon weiß ich nichts.«

»Das nehme ich Ihnen nicht ab. Sie haben mir erzählt, Sie hätten darauf bestanden, dass er das Glücksspiel aufgibt, was er auch getan hat – nur dass er ein Vergehen gegen ein anderes getauscht hat, was Ihnen kaum entgangen sein kann. Sie waren in einer ernsthaften Beziehung und haben wechselseitig mal bei ihm, mal bei Ihnen zu Hause Zeit verbracht. Seine regelmäßigen Fahrten nach Montreal oder auch seine Ausflüge nach Burlington und St. Albans können Ihnen kaum entgangen sein. Das ist wichtig, Mrs. Copely. Haben Sie jemals bei einer Person, die Sie kennen, Drogen gefunden, von denen Sie annahmen, sie kämen von Brett?«

»O mein Gott.« Mit zitternden Fingern griff Cheryl nach ihrem Glas Wasser. In genau diesem Moment klingelte mein Handy.

»Da muss ich rangehen«, entschuldigte ich mich. »Bitte denken Sie sorgfältig über Ihre Antwort nach. Hätten Sie ein Zimmer, in das ich mich kurz zurückziehen kann?«

Cheryl führte mich in ein Gästezimmer, und ich schloss die Tür hinter mir. Ich hatte Tim gebeten, sich online die Handelskammer anzusehen und sich eine Liste der Angestellten zu besorgen. Er hatte bei der Geschäftsstelle angerufen und mit dem Leiter gesprochen. »Hat das Büro um zehn verlassen und ist erst nach Mittag wiedergekommen«, sagte Tim. »War für ihn offenbar untypisch.«

»Ruf Harmison an. Sag ihm, er soll auf der Stelle Beamte ins Krankenhaus schicken.«

»Mache ich.« Tim schwieg einen Moment. »Und Trey?«

»Ich arbeite weiter daran«, sagte ich und merkte, wie mein

Hochgefühl einen Dämpfer bekam. »Sobald ich mehr weiß, melde ich mich.«

Tim legte auf, und ich saß auf dem Gästebett in einem Zimmer mit Rosentapete und versuchte, mir klarzumachen, was nicht mehr von der Hand zu weisen war.

Einerseits konnte ich mir gut vorstellen, dass Russell Loming schuldig war, andererseits hatte ich mich zu sehr auf die Frage konzentriert, wie er den Mord durchgezogen haben könnte, um zu hinterfragen, ob er es tatsächlich war. Zwischen Brett, Crissy und Doug hatte es an jenem Samstagabend im Autokino viele Aktivitäten gegeben, und diese rege Betriebsamkeit stellte ein enormes Risiko dar. Loming lief Gefahr, von dem einen oder dem anderen gesehen zu werden. Wenn Brett ihm am Autokino tatsächlich anvertraut hatte, dass er mit seinen Kindern nach Philly wollte, musste Loming wissen, dass es an der Angelstelle Zeugen geben würde. Wie hätte er unter solch prekären Umständen ein so perfektes Verbrechen begehen können?

Als ich mit McIntyre über meine Frustration im Fall Brett sprach, versuchte sie, meine Zweifel an meinen Fähigkeiten zu zerstreuen, indem sie mir in Erinnerung rief, dass der Mörder einen Vorsprung vor uns hatte und jede Menge Zeit, sich auf eine etwaige Befragung vorzubereiten. Loming war kein Dummkopf – doch obwohl er genau wusste, dass Harmison und ich diese Spur verfolgen würden, hatte er seinen Drogenhandel mit Brett gestanden. Es war genau so, wie Mac sagte: Wer auch immer für Bretts Tod verantwortlich war, hatte sich seine Antworten fast zwei Jahrzehnte lang zurechtlegen und Fluchtpläne schmieden können. Der Mörder wäre cool. Nicht leicht aus dem Konzept zu bringen. Und die Beschreibung passte haargenau auf denjenigen, den ich für Bretts Mörder hielt.

Die Spielkarte, die Bram mir in Sams Studio zugesteckt hatte, hatte auf den Aspekt in Bretts Leben hingewiesen, den ich unter die Lupe nehmen musste, was mich wiederum auf die Person aufmerksam machte, die von seinem Tod am meisten profitierte. Jemand, der meiner Überzeugung nach in jener Nacht im Autokino war, dem es nicht schwergefallen wäre, Crissy in den Wald zu locken, und der sie hätte überreden können, eine gefährliche, hochgradig suchterzeugende Droge zu nehmen.

In Cheryls Küche lag jetzt ein schwieriges Gespräch vor mir. Ich öffnete die Tür und stapfte durch den Flur. Aber in der Küche fand ich niemanden vor. Der Salat stand noch da, und an der Gabel hingen schlaff die letzten aufgespießten Spinatblätter. Ich fand Cheryl im Wohnzimmer, wo sie kerzengerade aufgerichtet auf dem Sofa saß. Sie war nicht allein.

Bei seinem Anblick blieb ich wie angewurzelt stehen. »Ich hätte wissen müssen, dass du kommst«, sagte ich.

»Wollte nur mal nach Erynn sehen.« Robbie Copelys Lächeln war aufgesetzt. »Worüber unterhalten sich die Damen denn?«

»Ich bin nur dabei, ein paar offene Fragen zu klären.«

Er nickte und strich sich über den blonden Bart. »Arme Crissy. Schlimme Sache. Wer hätte geahnt, dass sie zu so was fähig ist?«

Ich sah ihm geradewegs ins Gesicht. »Du meinst, all diese Pillen zu nehmen?«

»Klar. Was sonst?«

»Du scheinst dich mit Suchtproblemen gut auszukennen. Und mit Entzug. Wann hast du angefangen, Drogen zu nehmen, Robbie?«

Sein Blick wurde frostig. »Was soll die Frage?«

Ich wandte mich an Cheryl. Ihr Gesicht war jetzt weiß wie die Wand. »Sie müssen ehrlich zu mir sein, Mrs. Copely. Ich bin mir sicher, dass das Motiv für Bretts Ermordung mit dem Dope zusammenhing, das er verkaufte. Sein Mörder wusste, dass er dealte, und drohte ihm entweder, ihn zu verpfeifen, oder wollte selbst ein Stück vom Kuchen haben. Wissen Sie etwas darüber?«

»Natürlich nicht.« Cheryl sprach mit zittriger Stimme, hielt aber tapfer den Kopf hoch. »Robbie ist ein angesehener Bürger dieser Stadt, mit Frau und kleinem Kind. Er ist geschäftsführender Direktor der Handelskammer!«

»Das bezweifle ich auch nicht«, antwortete ich. »Aber wie war er früher, als Jugendlicher?«

Cheryls Blick schweifte zu ihrem Sohn.

»Das musst du nicht beantworten, Ma. Das ist lächerlich. Shana, ich denke, du gehst jetzt besser.«

»Sie haben ihn verzogen«, fuhr ich an Cheryl gewandt fort. »Das haben Sie selbst gesagt. Sie haben die Zügel zu locker gelassen, ihm alles erlaubt, ohne zu merken, wie weit er gehen würde. Sie glauben, Crissy hätte ihn zu den Drogen gebracht, aber das hat er ganz allein geschafft. Eine Zeit lang hatte er es unter Kontrolle. Ging es mit ihm bergab, bevor Brett verschwand, oder erst später, als Robbie sich an Bretts Stash bediente? Du wusstest es«, sagte ich zu Robbie. »Du wusstest, dass Brett wegwollte. Und du wusstest auch, wieso.«

Und noch jemand wusste es – Abe. Er musste herausbekommen haben, dass sein Vater im Autokino dealte. Er hatte offenbar in jener Nacht etwas gesehen, was mir entgangen war, und ich glaubte, endlich zu wissen, was.

In einem Kaff wie Swanton bleiben Geheimnisse nicht lange geheim. Robbie hatte – von einem Klassenkameraden oder dem Freund eines Freundes – gehört, dass Crissys Vater Drogen vertickte. Ich fragte mich, ob die Gier Brett leichtsinnig machte oder ob er schon lange geplant hatte, seine Kinder vor dem freien Fall zu bewahren. So oder so musste das Geld zu verlockend gewesen sein, um der Versuchung zu widerstehen.

»Ich kann nur vermuten, dass du im Kino mit Crissy geredet hast«, sagte ich. »Russell Loming sah sie dort mit einem Jungen in deinem Alter, und ich bin mir sicher, dass er dich selbst heute noch wiedererkennen würde, wenn ich ihm ein Schulfoto von dir zeigen würde. Du und Crissy hattet Streit. Vielleicht wolltest du einen Zug am Joint oder umgekehrt sie. Wie auch immer, bei der Gelegenheit rutschte Crissy heraus, dass sie noch in dieser Nacht mit Brett und Abe die Stadt verlassen wollte. Sie hat dir sogar erzählt, wo sich Brett mit ihnen treffen würde. Also bist du dorthin, wohlwissend, dass Brett zusammen mit seinen übrigen Sachen auch seinen gesamten Stash dabeihätte. Als mein Bruder mit Crissy an der Anlegestelle ankam, lag Brett bereits tot im Wald. Jetzt musstest du nur noch seinen Wagen loswerden.«

Cheryl fuhr sich mit der Hand an den Mund. »Tolle Story, die du da auftischst«, sagte Robbie, während er, genau wie im Krankenhaus Felicia, seiner Mutter die Hand auf die Schulter legte. Auch wenn er das Gesicht zu einem herablassenden Lächeln verzog, bildeten sich zwei fuchsienrote runde Flecken an seinen Wangen.

»Du tust so, als wäre es dir egal, dass Suze und Crissy befreundet sind, und das ziemlich überzeugend«, sagte ich.

»Ist es auch. Ist mir doch egal, was Crissy macht.«

»Ich glaube nicht, dass sie das umgekehrt genauso sagen würde. Zuerst kam es mir seltsam vor, wie nahe sich die beiden auf einmal stehen, nachdem sie einander so viele Jahre lang auf Abstand umkreist hatten, aber Suze hat mir erzählt, wie es dazu kam. Sie haben sich angefreundet, kurz nachdem du und Suze ein Paar wurdet. Nach all der Zeit fand Crissy doch noch einen Weg in deinen Kopf. Versteh mich nicht falsch«, sagte ich und hielt ihm die offenen Hände entgegen. »Ich glaube, sie mag Suze wirklich, aber Crissy hat viel mehr über jene Nacht behalten, als sie je irgendwem erzählt hat. Sie weiß, dass du regelmäßig von Loming Drogen gekauft hast und dass du bei ihrem Trip im Wald die Finger im Spiel hattest. Ihr ist auch klar, dass du über die Dealertätigkeit ihres Vaters Bescheid weißt. Falls du dich dann besser fühlst:

Ich glaube nicht, dass Crissy eine klare Vorstellung davon hat, was du ihrem Vater angetan hast, aber als seine sterblichen Überreste nun nicht weit von der Anlegestelle gefunden wurden, an der sie ihn das letzte Mal gesehen hat, konnte sie sich den Rest zusammenreimen. Sie ist viel schlauer, als du denkst.« Robbies Lippen waren teilweise von seinem Bart bedeckt, doch ich brauchte nur in seinen aufgerissenen Augen zu lesen. »Ich schätze mal, das war der Moment, in dem du in Panik geraten bist«, fuhr ich fort. »Crissy konnte sich möglicherweise daran erinnern, dass auch du an der Anlegestelle warst – der Gedanke muss dir gekommen sein. Und falls ja … falls sie sich etwa entschloss, es Suze zu erzählen … nun ja, eine Verzweiflungstat. Ich weiß, dass du heute eine untypisch lange Mittagspause gemacht hast, Robbie, und ich bin mir ziemlich sicher, einen Nachbarn zu finden, der deinen Wagen vor Crissys Haus gesehen hat.«

»Ist dir eigentlich klar, was du da faselst? Das wird ja immer verrückter. Ich bin heute zum Mittagessen hergekommen – nicht wahr, Ma? Ich war hier.«

Cheryl biss sich auf die Lippen. Ich hatte gerade mit eigenen Augen gesehen, wie sie alleine zu Mittag aß. Doch nach einer Minute nickte sie. Ich ließ nicht locker.

»Es nimmt nicht viel Zeit in Anspruch, jemandem heimlich ein paar Pillen in den Kaffee zu geben. Glaub mir«, sagte ich ungerührt, »ich muss es wissen. Aber ein Mord macht dich noch lange nicht zum Experten. Diesmal warst du nachlässig. Suze muss dir davon erzählt haben, dass mein Kollege und ich Crissy im Büro befragt haben, und du wusstest, dass sie und Suze sich für heute verabredet hatten. Ohne die leiseste Ahnung, wie weit wir mit Crissy gediehen waren und was sie uns erzählt hat, bist du wahrscheinlich ausgerastet. Unter keinen Umständen dürfte sie zu Protokoll geben, dass du ihr das Meth gegeben hast und dass du in jener Nacht am Tatort warst. Du hast deine Chance gesehen und sie beim Schopf gepackt. Ich würde sagen, höchstwahrscheinlich wirst du sowohl des Mordes als auch des versuchten Mordes angeklagt.«

»Nein.« Cheryl brachte kaum mehr als ein Piepsen heraus. Sie wurde so aschfahl, dass man sich leicht vorstellen konnte, wie sie als Tote aussehen würde.

»Willst du weiter alles abstreiten, Robbie? Du musst mir nicht antworten«, sagte ich. »Der Polizeichef wird das alles noch mal aus erster Hand hören wollen. Fürs Erste muss ich dich nur belehren, dass du das Recht hast, zu schweigen, und dass alles, was du sagst, gegen dich verwendet ...« In dem Moment machte Robbie einen Satz.

Es heißt, es gehörten siebzig Wiederholungen einer Bewegung dazu, um sie sich ins Muskelgedächtnis einzuprägen. Im Lauf der Jahre habe ich mich schon Hunderte Male im Würgegriff eines Gegners wiedergefunden, doch mir kam in diesem Moment nur meine jämmerliche Reaktion in den Sinn, als mich Sensei Sam im Dojo herausforderte. An dem Tag hatte ich einfach nur dichtgemacht. Und doch wusste mein Körper, als sich Robbie wutschnaubend auf mich stürzte, was zu tun war. Cheryl stieß einen spitzen Schrei aus, als Robbie sie wegschob und mit seinem ganzen Gewicht auf meine Schulter niederging, sodass ich zur Seite taumelte und mir ein glühend heißer Schmerz durch den Oberarm schoss. Aus dem Augenwinkel heraus sah ich, wie Cheryl schreckensbleich aus dem Zimmer stürzte. *Erynn.* Das Kind war im Haus, am anderen Ende des Flurs, während ihr Vater tobte. Kaum hatte ich mich aufgerichtet, drückte mir Robbie die Kehle zu. Für einen Moment versetzte mich der gewaltige Druck auf meine Luftröhre in einen Schockzustand. Mit flatterndem Blick sah ich sein wutentbranntes, zu allem entschlossenes Gesicht und dachte, *ich bin geliefert.* Aber ... ich hatte die Hände frei.

Ohne recht zu wissen, was ich tat, holte ich aus und schlang meinen Arm um Robbies Unterarme. Ich verstärkte meinen Griff, indem ich die Linke um die Fingerknöchel der Rechten schloss, und riss seine Arme mit aller Macht nach oben. Es war ein einfacher Zug bei der Selbstverteidigung, ein todsicherer Befreiungsschlag, den ich vielleicht in meinem zweiten Karatejahr gelernt hatte – eine Sache der Hebelwirkung. Es gelang mir, seine Hände von meinem Hals zu reißen. Ich vergeudete keine Zeit und nutzte das Überraschungsmoment für mich. Als er wieder nach mir ausholte, fing ich seine Hand mit dem Brustbein ab, lehnte mich mit meinem ganzen Gewicht dagegen, packte ihn mit der rechten Hand am Hals und zog. Er jaulte auf, als sich seine Hand nach hinten bog, und binnen Sekunden sackte Robbie auf die Knie.

Hätte ich meine Handschellen und meine Waffe dabeigehabt, wäre dies das Ende unseres Ringkampfs gewesen. Doch stattdessen rappelte sich Robbie mit dem Mut der Verzweiflung eines Menschen wieder auf, der nichts mehr zu verlieren hat. Es war sicher nicht leicht für ihn, nach zwanzig Jahren, in denen er sich dazu beglückwünscht hatte, sein Geheimnis für sich bewahrt zu haben, von einer Frau entlarvt zu werden, die in seinen Augen immer noch ein unbedeutendes kleines Mädchen war. Er war dabei, alles zu verlieren, was in seinem Leben zählte – seinen Ruf, seine Position, seine Familie –, und in seinen Augen war allein ich daran schuld.

Da waren wir also in Cheryls ordentlichem beigem Wohnzimmer und umkreisten einander keuchend und verschwitzt wie Jäger und Beute. Ich hob die Fäuste und ging in die Kampfstellung, die ich in der Geborgenheit des Studios geübt hatte. Robbie lachte nur. Er ließ mit geballten Fäusten die Arme hängen.

»Hast du wirklich geglaubt, niemand käme dir auf die Schliche?«, fragte ich. »Selbst nachdem du Crissy mit Tabletten vergiftet hast? Selbst wenn du es geschafft hättest, sie damit umzubringen?«

Robbie biss nur die Zähne zusammen und sagte nichts.

»Deine Mutter hat gerade dabei zugesehen, wie du mich tätlich angegriffen hast. Ihre Reaktion auf meine Fragen bestätigt mich in meiner Theorie über deine Verwicklung in Bretts Tod. Sie ist Zeugin bei dem allen – und dein Kind schläft nebenan. Komm schon, Robbie, denk die Sache mal zu Ende.«

Aber für vernünftige Argumente war Robbie nicht empfänglich. Er holte zum Schlag aus, verfehlte mich aber, da ich seiner Faust ausweichen konnte und mit der Linken sein Handgelenk packte. Die Finger meiner Rechten zum Schlangenkopf gebündelt, versetzte ich ihm einen Hieb in die Halsgrube und traf ihn gleichzeitig mit dem Knie im Schritt. Er krümmte sich und schnappte nach Luft; ich verzog den Mund zu einem triumphierenden Lächeln. Ich fühlte mich gut, so wach und wendig wie in meinen besten Momenten im Unterricht, an jenen Tagen, an denen perfekte Bedingungen herrschten und alles wie von selber lief. Dabei stellte ich mir vor, gegen Bram zu kämpfen und nur diese eine Chance zu haben. Der Erfolg machte mich euphorisch, ich genoss die schiere Kraft und Beherrschung meiner Glieder in vollen Zügen. *Vielleicht bin ich ja doch wieder in Ordnung,* dachte ich. *Vielleicht sogar besser denn je.*

Der Schlag kam von links, mit der offenen Hand, mit solcher Wucht, dass mir der Kopf davon zur Seite flog und ich das Gleichgewicht verlor. Meine Glieder wickelten sich wie Garnknäuel auf, und ich brach auf dem Teppichboden zusammen. Ich hatte ein schrilles Sirren im Ohr, das mich an die Mücken damals im Autokino erinnerte, und da, wo ich mir die Zunge aufgebissen hatte, schmeckte ich Blut. Robbie ging in die Hocke, beugte sich über mich und lachte, dass mir seine Spucke ins Gesicht flog. »Ich wollte ihn nicht umbringen«, sagte er, »ich wollte nur seinen Stash. Aber es tut mir nicht leid, dass es so gekommen ist.«

Ich rammte ihm zum zweiten Mal das rechte Knie zwischen die

Oberschenkel, rollte mich unter ihm weg und rappelte mich hoch. Ich wandte mich zur Küche – ich brauchte eine Waffe, etwas, mit dem ich die Sache zu Ende bringen konnte –, doch Robbie packte mich im Nacken und riss mich zurück.

»Deine ganze beschissene Familie wäre besser tot.« Er hatte mir den Arm um die Schultern geschlungen, sein Atem blies mir warm ins Ohr. »Schon erbärmlich. Drei von euch waren da draußen, und ihr braucht zwanzig Jahre, um dahinterzukommen.«

»Drei?«, krächzte ich. »Was redest du da?«

»Dieser kleine kranke Irre«, sagte Robbie. »Der tauchte auf einmal mit dem Fahrrad auf, als ich mit Brett im Wald war. Ein paar Minuten früher, und er hätte alles mit angesehen.« Das war es also, deshalb sollte ich in Swanton sein. Abe hatte Crissy und Doug und Robbie in der fraglichen Nacht auf der Hook Road gesehen. Abe wusste, dass Brett ihn und seine Schwester nicht bei Felicia zurücklassen würde, nicht, nachdem sie ihn geschlagen hatte, und Abe brauchte mich, um herauszufinden, was danach passiert war. Da hatte ich tagelang die Mauern der Stadt nach der kleinsten Ritze abgeklopft, und jetzt hatte ich sie endlich gefunden. Ich war hier fertig.

Ich hatte alles so klar vor Augen, dass es nicht schiefgehen konnte. Genauso, wie ich es im Dojo mit Sam hätte machen sollen, ging ich auf ein Knie. Die Bewegung brachte Robbie aus dem Gleichgewicht, und für einen Moment lockerte er seinen Griff, um sich vorzubeugen. Mit dem Rücken zu ihm nahm ich meine ganze Kraft zusammen und stieß ihm die Faust ans Kinn. Mit einem widerwärtig krachenden Geräusch schlugen ihm die Zähne zusammen.

»Robbie.«

Cheryl stand in der Tür, die schlafende Erynn an die Brust gedrückt. »Schluss damit. Auf der Stelle.«

Als Robbies Blick auf seine kleine Tochter fiel, sah ich das

Entsetzen in seinem Gesicht. Cheryls Kinn ruhte zitternd auf dem Scheitel des Kindes.

»Ich habe ihn angerufen«, sagte sie kleinlaut. »Den Polizeichef. Er ist unterwegs.«

Als ich mir Blut und Spucke vom Mund wischte, schlug Erynn die strahlend blauen Augen auf.

Ihr Vater stand am anderen Ende des Wohnzimmers und schloss die Lider.

SECHSUNDDREISSIG

NACHDEM FRASER HARMISON eingetroffen war, Robbie verhaftet und meine Aussage zu Protokoll genommen hatte, fuhr ich nach Hause. Inzwischen fühlte sich mein Elternhaus wieder so an. Es war nicht mein einziges Zuhause, aber meine Wurzeln reichten genauso unter sein Fundament wie die der Ahornbäume im Garten. Wie immer hatte Mac recht behalten. Durch Verschweigen waren Brams Verbrechen nicht wegzuzaubern. Ich konnte versuchen, vor meiner Vergangenheit in Swanton wegzulaufen, wie ich wollte, und würde sie doch nicht zum Verschwinden bringen.

Ich schlief unruhig in dieser Nacht, und als um vier Uhr morgens mein Handywecker klingelte, schlüpfte ich im Dunkeln in meine Jeans und ein Flanellhemd und schlich mich aus dem Haus, um mich einmal wieder auf die vertraute Route nach Westen zu begeben. Vor dem Morgengrauen war es auf dem Highway geradezu unheimlich still, und mit siegessicherer Verve, die ich in vollen Zügen genoss, fuhr ich die ganze Strecke über dem Tempolimit. Bis mir irgendwann dämmerte, dass ich noch lange nicht fertig war. Ich hatte getan, was Bram von mir wollte. Bei diesem Spiel stand noch ein Zug aus.

Tim hatte sein Cottage in der Goose Bay. Auch wenn ich es noch nicht persönlich gesehen hatte, wusste ich, dass er sein Budget mit dem Kauf einer fünfundachtzig Quadratmeter großen Hütte ohne Heizung strapaziert und die Renovierungsarbeiten größtenteils selbst ausgeführt hatte. Als ich eintraf, stand er gerade auf, und wenig später kam Mac dazu. Mit heißem Kaffee versorgt, saßen wir im Wohnzimmer um das Feuer, das Tim im Kanonenofen angeworfen hatte. Er hatte Pancakes gemacht, und das Haus durchströmte ein zuckriger Duft. Mir gefiel alles an seinem Haus, von den Kiefernwänden mit Astlöchern über die Bücherstapel, die nicht mehr auf die prallvollen Regale passten, bis zu den schweren Wolldecken auf dem Sofa. Das kleine Haus war die Quintessenz von Tim.

»Robbie Copely«, sagte er und rollte dabei seinen Becher zwischen den Händen wie zuvor sein Bier. »Ich fass es nicht. Karate, ja?«

»Meinst du, Sensei Sam hat in seinem Kurs noch Platz für eine Person?«, fragte Mac.

Ich grinste. »Vielleicht sogar für zwei.«

Während sie sich den Schlaf aus den Augen rieben, erklärte ich ihnen, wie ich Robbie in die Mangel genommen hatte, bevor ich meinen Abgang machte. »Soweit ich es beurteilen kann, wurde er im Sommer 1998 vom gelegentlichen Drogenkonsumenten zum Junkie.« Die Verwandlung hatte ich auf den Seiten von Dougs altem Jahrbuch gesehen und mit Cheryls Haltung gegenüber Crissy sowie ihren Bemerkungen über Robbies wilde Jahre in seiner Jugend in Zusammenhang gebracht. »Als Brett zu dealen anfing und Robbie ihm dahinterkam, fiel er über Bretts Vorrat her. Zwischen Brett und Cheryl wurde es ernst, und so brauchte sich Robbie keine Sorgen darüber zu machen, wie er künftig an seinen Stoff kam. Doch inzwischen hatten sowohl Brett als auch Russell Loming bemerkt, dass regelmäßig etwas an ihrem Vorrat fehlte. Robbie war jung und dumm, aber er kam nicht auf die Idee, dass seine Quelle eines Tages versiegen könnte. Dann kam die Nacht des 20. Juni, als sich alles schlagartig änderte.« Ich machte eine kurze Pause. »Robbie hat gestanden, dass er im Autokino Brett ansprach. Nachdem er von Crissy erfahren hatte, dass Brett die Stadt verlassen wollte, hat Robbie ihm gedroht, Felicia und Cheryl alles zu sagen, wenn er ihm nicht den Rest seines Drogenvorrats aushändigte. Brett weigerte sich. Er hatte Drogen an Minderjährige verkauft, sogar an Freunde seiner eigenen Kinder, doch es war nur Mittel zum Zweck gewesen, seine Chance, für den Umzug Geld zurückzulegen. Inzwischen wusste Brett von Crissys und Robbies zunehmender Sucht. Laut Cheryl war Brett der Erste, dem Robbies Gewichtsverlust und ungesunde Hautfarbe auffiel, während sie weiterhin die Augen davor verschloss. Brett wollte nicht dafür verantwortlich sein, alles noch schlimmer zu machen. Außerdem verdächtigte er Robbie, ihn laufend bestohlen zu haben, ein weiterer Grund für Brett, Cheryl und Swanton hinter sich zu lassen«, erklärte ich weiter. »Er konnte nicht bleiben und damit riskieren, dass ihn Robbie aus Wut und reiner Bosheit bei Cheryl und der Polizei verpfiff. Es war nun mal nicht zu leugnen, dass Brett einen aktiven Anteil daran hatte, Robbies Sucht zu verschlimmern. Ich bin mir sicher, dass er keine andere Lösung für sich sah, als aus der Stadt zu verschwinden. Auf diese Weise konnte er seine Kinder an einen sicheren Ort bringen, Crissys Drogenmissbrauch einschränken, Robbie vom Nachschub abschneiden und seinen eigenen Arsch retten, alles zusammen.«

»Und wo ging der Plan dann schief?«, fragte Tim und beugte sich vor. Der Raum flimmerte vor Hitze, und Tim hatte ein gerötetes Gesicht.

»Als Brett an der Bootsanlegestelle eintraf, um dort auf Crissy, Abe und Doug zu warten, war Robbie bereits dort. Er lauerte Brett im Wald auf und überraschte ihn. Er schwang den größten Stock, den er tragen konnte, erschlug Brett damit von hinten und zog seine Leiche in den Wald hinein, wo sie nicht zu sehen war. Robbie behauptet, er habe nicht beabsichtigt, ihn zu töten, was für Crissy und Felicia kein besonderer Trost sein dürfte. Angeblich wollte er sich nur genügend Zeit erkaufen, um Bretts Stash aus seinem Wagen zu holen.«

»Dieser Wagen«, warf Tim ein, »was ist damit passiert? Doug hat uns doch erzählt, als er und Crissy am Treffpunkt eintrafen, sei er noch da gewesen, und als er dann später wiederkam, sei er verschwunden gewesen.«

Ich nahm einen Schluck Kaffee und ließ mir die heiße Flüssigkeit die Kehle hinunterrinnen. »Nachdem Doug weggefahren war, um meine Mutter zu holen, und Crissy alleine zurückblieb, ging Robbie zu ihr. Er hatte noch keine Zeit gehabt, Bretts Wagen zu durchsuchen, und war nicht willens aufzugeben. Die Einzelheiten werden wir erfahren, wenn Harmison ihn verhört, aber ich vermute mal, Robbie hat gegenüber Crissy behauptet, er käme in Bretts Auftrag, und ihr versprochen, sie zu ihm zu bringen. Das erklärt, weshalb sowohl Crissy als auch Bretts Wagen verschwunden waren. Robbie musste seinen Wagen irgendwo ein Stück weiter weg geparkt und stattdessen mit Crissy in Bretts Auto weggefahren sein. Was ich mit Sicherheit weiß«, sagte ich und musste ein Gähnen unterdrücken, »ist, dass Robbie Crissy Meth angeboten hat. Schon im Kino war Crissy die ganze Zeit herumgeschlichen, sie wollte unbedingt eine Dröhnung, von was, war ihr egal. Wegen der Umzugspläne war sie aufgeregt, und Doug sagt, sie sei mit den Nerven am Ende gewesen – also hat sie vermutlich nicht lange überlegt. Aber Crissy hatte bis dahin noch nie Meth genommen, und Robbie kannte sich genauso wenig mit der harten Droge aus. Die Dosis war zu hoch. Er hat ihr geraten, es zu sniefen – weil es einfacher ist –, aber ob er es wusste oder nicht, birgt das eine größere Gefahr, Halluzinationen oder eine Psychose auszulösen. Wahrscheinlich hat er sie eine Weile herumgefahren und gewartet, bis sie so richtig hinüber war. Dann hat er sie tiefer in den Wald geführt. Zu dem Zeitpunkt hat Crissy nicht mehr viel mitbekommen, aber immer noch genug, um Gefahr zu wittern.

Sie versuchte, Robbie abzuschütteln, und er hat zugeschlagen, genau wie zuvor bei Brett. Sie waren einmal befreundet gewesen, hatten sogar etwas miteinander gehabt, und er hat sie praktisch liegen gelassen, als wäre sie schon tot. Er ist dann zurück, um Bretts Wagen zu entsorgen.«

Mac zog die Augenbrauen hoch. »Im See?«

»Oder im Fluss«, sagte ich. »Er war ja direkt am Ufer, die einfachste Lösung, ihn loszuwerden. Passiert ja immer mal wieder, dass gestohlene Fahrzeuge vom Grund des Lake Champlain oder des Missisquoi geborgen werden. Nachdem die Sache mit dem Wagen erledigt war, kehrte Robbie zu seinem eigenen zurück und fuhr nach Hause.«

Tim rekelte sich und kratzte sich über die dunklen Bartstoppeln. »Eins verstehe ich immer noch nicht«, sagte er. »Wieso hat Crissy Robbie gedeckt? Selbst wenn sie zu benebelt war, um noch viel mitzubekommen, muss sie sich doch zumindest daran erinnert haben, dass Robbie ihr in der Nacht das Meth gegeben hat. Der Junge hat sie, high, wie sie war, mitten im Wald ihrem Schicksal überlassen, und es hat zwei Tage gedauert, sie da wieder rauszuholen. Wieso hat sie ihn nicht bei der Polizei angezeigt, als der Suchtrupp sie fand?«

»Ich hoffe, dass sie das selber beantworten kann.« Würde ich je die Chance haben, sie danach zu fragen? Bei dem Gedanken an meine Cousine, so wie sie hier und jetzt in ihrem prekären Zustand in einem Krankenhausbett lag, verzog ich grimmig den Mund. Bevor ich Swanton zum dritten Mal in dieser Woche verließ, hatte Harmison einen Beamten zu Robbies Haus geschickt, wo er, wie ich vermutete, ein fast leeres Döschen Oxycodon finden würde. Robbie hatte bereits gestanden, Crissy das Medikament, das ihm Monate zuvor gegen seine Rückenkrämpfe verschrieben worden war, heimlich in den morgendlichen Kaffee geschüttet zu haben.

»Damals hat sie, nehme ich an, den Mund gehalten, um sich nicht selber in Schwierigkeiten zu bringen«, antwortete ich. »Denn wenn sie Robbie verpfiff, würde er sich rächen und sie verpetzen. Eine entführte Jugendliche, die gezwungen wird, illegale Drogen zu nehmen, ist eine Sache, eine jugendliche Drogensüchtige, die loszieht, um sich zuzudröhnen, eine ganz andere. Als alle davon ausgingen, dass sie entführt worden war, spielte sie mit. Wahrscheinlich hat Felicia den Ermittlungen ein Ende gesetzt, weil Crissy sie darum gebeten hat. Bestimmt hatte Crissy Angst davor, was die Cops herausfinden könnten. Und was Robbies Rolle bei Bretts Ermordung betrifft«, führte ich weiter aus, »so stand Crissy, nicht zu vergessen, unter dem Eindruck, Brett sei ohne sie nach Philly gegangen. Dass in dieser Nacht weitaus Schlimmeres passiert war als ihre Überdosis Meth und ihr Verschwinden im Wald, erfuhr sie erst, als Bretts Gebeine geborgen wurden. Aber selbst da hatte sie noch keinen Beweis. Robbie ist in der Stadt hoch angesehen, mit seiner Stellung in der Handelskammer. Wer würde Crissy eher Glauben schenken als ihm? Sicher, sie war schon lange clean, aber so schnell vergessen die Leute nicht, was früher einmal war.«

Damit endete mein langer Bericht, und ich atmete durch. »Ich kann immer noch nicht fassen, dass ich es nicht früher gesehen habe«, sagte ich. »Schließlich hatte ich ihn genau vor meiner Nase. Schließlich hatten Robbie und Crissy mal eine Beziehung. Ich muss blind gewesen sein.«

»Hauptsache, du hast es doch noch rausbekommen«, sagte Tim.

Doch seine aufmunternde Bemerkung tröstete mich nicht. Sicher, Russell Loming hatte sich sehr verdächtig gemacht, und für die Tage, an denen er nicht zur Arbeit gekommen war, und für die neue Uhr war er noch eine Erklärung schuldig, aber ich hätte trotzdem nicht so kurzsichtig sein sollen. Denn Crissys Freundschaft mit Suze hatte mir von Anfang an Unbehagen bereitet. Hätte ich mich mehr auf mein Bauchgefühl verlassen, als mich in meinen Theorien über Loming, Felicia und Abe zu ergehen, hätte ich Bretts Mörder früher entlarvt.

Im Ofen knackte ein brennendes Holzscheit und fiel knisternd in sich zusammen. Auf der Lichtung, die Tim als Vorgarten diente, fielen große Schneeflocken, die Art, die liegen blieb, der erste richtige Schnee auf Thousand Islands in diesem Jahr.

»Und wie geht es jetzt weiter?«, fragte Tim. »Das wäre erledigt. Wir wissen, wer Brams Dad ermordet hat. Was jetzt?«

»Nach allem, was bislang passiert ist, fehlt uns immer noch ein Bindeglied zwischen dem, was Bram hier treibt und was mit Brett geschehen ist«, sagte ich.

Jetzt beugte sich auch Mac vor. Ihre frühere berufliche Laufbahn als Ermittlerin hatte vor fünf Jahren geendet, aber ich wusste, dass sie den Nervenkitzel, sich Zug um Zug durch einen Fall zu wühlen, immer noch vermisste. Ihre Augen blitzten im ersten Morgenlicht.

»Was will Bram?«, fragte sie. »Er hat dich dazu verdonnert, zum Mord an seinem Vater zu ermitteln. Wieso?«

Eine ausgezeichnete Frage. Ich versuchte, mir Bram in jener Nacht vorzustellen, damals, als er noch Abe war. Crissy hatte ihm von dem Plan, mit Brett wegzugehen, erzählt. Er könnte beobachtet haben, wie Russell Loming mit Brett wegen seines Anteils am Geld verhandelt hatte, wie Crissy sich mit Robbie über Drogen stritt, wie sich Brett im Auto von Suze verabschiedete. Er könnte etwas mit angehört haben, was ihn befürchten ließ, dass Brett in Gefahr war, sodass er sich später aus dem Haus schlich und mit dem Fahrrad ins Schutzgebiet hinausfuhr. Wie viel hatte er gesehen?

»Falls Bram den Verdacht hatte, Brett könnte etwas zugestoßen sein, kann er wohl kaum gewusst haben, wer der Täter war«, sagte ich. »Hätte er gewusst, dass Robbie der Mörder seines Vaters war, hätte er sich den Burschen selber vorgeknöpft.«

»Deshalb brauchte er dich, um den Fall zu lösen«, sagte Tim. »Aber warum hat er damit so lange gewartet? Warum erst jetzt?«

Ich massierte mir kreisend die Schläfen. »Keine Ahnung.«

»Vielleicht spielt das ja keine Rolle«, sagte Mac. »Du hast getan, was er von dir wollte, und Bretts Mörder identifiziert. Das sollte genügen, um uns zu Trey zu führen.« Sie klopfte sich mit den flachen Händen auf die Schenkel. »Du hast die Aussagen von einer ganzen Menge Leuten. Worin stimmen sie überein?«

»Mit der Ausnahme von Cheryl hatten alle unsere Zeugen in ein und derselben Nacht miteinander zu tun.«

»Demnach besiegelten die Vorgänge im Kino mehr oder weniger Bretts und Crissys Schicksal«, resümierte Mac.

»Genau. Die Gespräche, das Wechselspiel zwischen den verschiedenen Akteuren – ohne diesen Kinoabend hätten die Dinge nicht diesen Gang genommen.« *Die Wahrheit ist irgendwo da draußen.* »Das Autokino ist der rote Faden«, sagte ich. »Vielleicht ist das die Spur, die uns bis jetzt entgangen ist.«

Tim setzte sich ein wenig auf. »Du sagst, seine Anhaltspunkte verbinden die Vergangenheit mit der Gegenwart, richtig? Es gibt ein Autokino in A-Bay. Direkt an der Route 26.«

Jetzt saß ich kerzengerade. »Sämtliche entscheidenden Örtlichkeiten in diesem Fall ließen sich auf die eine oder andere Weise mit Swanton in Beziehung setzen. Swan Bay. Swan Hollow.« Mein Blick richtete sich auf Mac.

»Wäre einen Versuch wert«, sagte sie. »Das Kino ist um diese Jahreszeit allerdings vermutlich geschlossen.«

»Sehen wir nach«, sagte ich. »Nichts wie hin.«

Ich war auf Widerspruch gefasst, doch Tim und Mac stellten bereits ihre Kaffeebecher weg und liefen zu ihren Schuhen. Sie wussten so gut wie ich, dass wir viel zu lange gebraucht hatten, um an diesen Punkt zu kommen. Trey war jetzt seit vier Tagen verschwunden, und das waren vier Tage zu viel.

An der Tür sagte ich: »Hey, Mac. Herzlichen Glückwunsch zum Geburtstag.«

Mit einem kläglichen Lächeln antwortete sie: »Ich weiß auch schon, was ich mir wünsche.«

Ich fasste es kaum, wieso ich nicht selber an das Autokino gedacht hatte. Carson hatte mich schließlich kreuz und quer durch A-Bay kutschiert, um mich mit meiner neuen Heimatstadt vertraut zu machen, und wir waren die Route NY-26 viele Male hoch und runter gefahren, doch Autokinos waren nicht sein Ding, und hinter der langen, hohen Mauer, welche die Wiese und den Parkplatz von der Straße trennte, war die Leinwand kaum zu sehen. Tatsächlich sah ich sie erst in Gänze, als Mac auf einen Weg abbog, der querfeldein über weites Ackerland führte. Die Kette mit Vorhängeschloss am Eingang zu dem mit Sternenbanner geschmückten Schalterhäuschen lag am Boden. Sie hatte sich nicht sehr tief in den frischen Schnee eingegraben. Auch wenn ich nirgends einen Wagen entdecken konnte, waren auf dem Feldweg deutliche Reifenspuren zu sehen, und sie führten zu einem niedrigen Gebäude, das teils Restaurant, teils Kiosk war. Statt auf den Parkplatz abzubiegen, fuhren wir an der Grundstücksgrenze vorbei. Sobald wir außer Sichtweite der Fenster waren, parkten wir und traten in die Kälte. Über den Bäumen ging die Sonne auf, ein bonbonfarbener Streifen am Himmel. Tim und Mac überprüften ihre Waffen, und wir kehrten zu Fuß zum Eingang zurück.

Von draußen wirkte die saisonale Gaststätte so verwaist, wie ich erwartet hatte. Das Ausgabefenster des Kiosks war für den Winter zugenagelt worden, und die Fenster links und rechts von der Tür waren schwarz. Selbst die Klinken hatte man mit schweren Ketten umwickelt und mit Vorhängeschlössern gesichert. Wir rannten bis zur Ecke des Gebäudes und versuchten, hineinzusehen, doch die Dunkelheit war undurchdringlich. Als Tim nach seiner Taschenlampe griff, legte ich ihm die Hand auf den Arm. Falls Bram dort drinnen war, sollten wir uns nicht bemerkbar machen, bevor wir ihn im Visier hatten.

An der Schmalseite des Restaurants gab McIntyre einen Laut von sich, wie Luft, die aus einem Ballon entweicht. Tim und ich gingen die Wand entlang um die Ecke und ließen dabei die Blicke zwischen den Fenstern und dem Silberahorn-Wäldchen in unserem Rücken hin und her wandern. Hatte sich da draußen gerade etwas bewegt? Starr vor Anspannung, versuchte ich, mir darüber klar zu werden, und schrieb es am Ende der Brise zu.

Bilder von Brams Gesicht in den unterschiedlichsten Altersstufen drängten sich mir auf. Als Sechsjähriger, mit von der Zuckerwatte blau gefärbter Zunge. Mit elf, als seine schiefen Zähne nicht mehr nur drollig aussahen, sondern ihn entstellten. Bram neben meiner Mutter, über das Waschbecken im Bad gebeugt, während sie ihm liebevoll Berge von Seifenschaum ins fettige Haar massierte. Bram, wie er auf mich herunterstarrte, während ich zitternd auf dem Kellerboden lag.

Heute würde sich mir eine weitere Erinnerung eingraben. Was würde ich sehen, wenn ich ihn diesmal vor mir hatte? Im Lauf der Jahre hatte sein Gesicht immer wieder gewechselt, doch die Bösartigkeit, die unter seinem Lächeln schwelte, blieb unverändert.

Schweißperlen traten mir auf die Stirn, und unter meiner Winterjacke fühlten sich die Achseln glitschig an. Tim war so nah, dass ich seinen Atem hören konnte, und ich hielt mich an seinen Rhythmus, um meinen zu beruhigen. Mac stand jetzt neben der Hintertür, die vermutlich in die Küche führte, und als wir zu ihr aufschlossen, sah sie uns mit einer vielsagenden Miene an. Auch diese Klinken waren von außen mit Ketten gesichert, aber das Schloss sah anders aus. Es war funkelnagelneu. Sollte Bram hier gewesen sein, war er inzwischen verschwunden. Was nicht hieß, dass niemand dort drinnen war.

Tim griff zum zweiten Mal nach seiner Taschenlampe, und zusammen umrundeten wir das Gebäude und leuchteten jedes Fenster aus. Als wir wieder bei denen am Vordereingang ankamen, blieb er ruckartig stehen.

»Ich glaube …«, sagte er und fügte hastig hinzu, *»da!«*

Schon vor Tagen, als mir zum ersten Mal dämmerte, dass Bram Trey entführt hatte, hatte ich entschieden, mich lieber meinem Cousin zu ergeben, als ein Kind sterben zu lassen. Wenn ich mich ihm auslieferte, so meine Überlegung, hörte er vielleicht auf, anderen zu schaden, und dieses sinnlose Spiel fände ein Ende. Auch wenn mich die Schuldgefühle wegen der Menschenleben, die es bereits gekostet hatte, für den Rest meiner Tage verfolgen würden, bliebe ihr Schicksal anderen vielleicht erspart. *Wenn schon opfern,* redete ich mir gut zu, während ich zitternd im Schnee verharrte, *dann aus ehrbaren Motiven.* Eines allerdings stand dem im Weg. Oder genauer gesagt, zweierlei.

In diesem Moment, unbewaffnet und dem kalten Wind ausgesetzt, waren Tim und Mac mein einziges Problem. Wie sollte ich sie dazu bringen, mich tatenlos einem psychotischen Kriminellen in die Arme laufen zu lassen? Falls sie sich querstellten, würde ich mich wehren. Eine andere Möglichkeit sah ich nicht.

»Zurücktreten«, sagte Tim und schlug mit dem hinteren Ende der Taschenlampe auf die Fensterscheibe ein, so oft, bis das Glas in tausend Scherben zerbrach. Mit dem Ellbogen stieß er die Reste aus dem Rahmen, und er und Mac zielten mit ihren Waffen. Wir waren drin.

Im Inneren des Gebäudes war es fast so nasskalt wie draußen. Das Restaurant war im Fifties-Diner-Stil eingerichtet, mit roten Retro-Sitznischen und schwarz-weißem Schachbrettboden, mit glänzend schwarzen Resopaltischen und Gewürzsets aus Plastik.

Uns blieb keine Zeit, unsere Augen an das Dämmerlicht zu gewöhnen. Wir folgten dem Strahl von Tims Taschenlampe zu den Gegenständen, die ihn misstrauisch gemacht hatten: leere Limo- und Cola-Dosen sowie Verpackungen von Müsliriegeln auf einem Tisch. Wir stahlen uns an den ersten Nischen vorbei und suchten die Dunkelheit nach etwas ab, das sich bewegte, und den Boden nach Blut.

Die vierte Nische vor uns war leer, ebenso die fünfte. Tim drehte sich halb zu mir um und schüttelte den Kopf.

Mich überkam eine so erdrückende Hoffnungslosigkeit, ein Gefühl des Versagens und des Verlusts, dass mir die Knie weich wurden. Ich musste mich an der nächstbesten Sitzbank abstützen, um mich zu fangen. *Was nun?*

»Shana.«

Alarmiert riss ich den Kopf hoch. Er und Mac hatten die nächste Nische erreicht. Dort kauerte in der hinteren Ecke der Bank wie ein scheues, wildes Tier Trey Hayes.

»Gütiger Himmel«, brachte Mac atemlos heraus. Im Lichtkegel war nur eine Seite seines Gesichts zu sehen, ein rundes Auge und eine von Rotz und Tränen verschmierte Wange. »Ich rufe einen Krankenwagen.«

»Hallo, Trey. Wir sind von der Polizei«, sagte ich, »es wird alles gut.«

Der Junge versuchte, sich noch kleiner zu machen. Er wagte nicht, mich anzusehen.

»Bist du verletzt?« Das Trauma, das dieses Kind durchgemacht hatte … mein Gott. Bram hatte Trey die kindliche Unschuld wie Haut vom Fleisch gezogen. Ich wusste, dass ihm da, wo ihm Bram den Zahn herausgerissen hatte, der Mund wehtat, doch ich spürte, dass da noch mehr war. Ganz langsam näherte ich mich ihm, und nach einer Weile reichte er mir die kleine, kalte Hand. Tims Taschenlampe erfasste sein Gesicht, und als sich der Junge langsam zu mir drehte, schnappte ich nach Luft und musste heftig schlucken, um mich nicht zu übergeben. An seiner anderen Wange klaffte ein langer Schnitt, eine Wunde, von der er eine Narbe ganz genau wie meine zurückbehalten würde.

Erschüttert starrte ich auf Trey. Ich würde seine Entstellung nicht ungestraft lassen. Dieser Junge hatte sich in der Gewalt eines Mörders befunden und so wie ich überlebt. In den letzten Tagen hatte ich eine Menge über Bram gelernt, über das Misstrauen, das er seiner Familie entgegenbrachte, seine Bösartigkeit gegenüber Frauen. Er war ein Schwätzer, schon immer gewesen.

Demnach hielt Trey möglicherweise den Schlüssel zu seiner Verhaftung in der Hand.

»Du musst schrecklich frieren«, sagte ich. Obwohl ich selber zitterte, zog ich meine Jacke aus und hüllte ihn in meine Wärme. »Jetzt wird alles gut. Wir haben dich. Aber ich muss dich etwas fragen. Der Mann, der dich entführt hat. Weißt du, wo der hin ist?«

Trey schüttelte mit Nachdruck den Kopf.

»Wann hast du ihn das letzte Mal gesehen?«

Er grub sich tiefer in meine Jacke und kniff die Augen zu.

»In Ordnung«, sagte ich und nickte. »Schon gut, Trey. Hey, Mac.«

»Ja?«

»Dein Wunsch ist in Erfüllung gegangen.«

SIEBENUNDDREISSIG

AN DEM TAG, an dem Robbie Copely im Gerichtshof von Burlington angeklagt werden soll, komme ich früher aufs Revier. Ich bereite eine Kanne Kaffee für Solomon und Bogle und bewundere ihre Dekorationskünste. Nur wenige Tage vor Thanksgiving waren meine Ermittler das Warten auf die Feiertage leid und haben einen Ausflug zum nächsten Baumarkt gemacht. Girlanden mit blinkenden Lichtern sind kreuz und quer in den Fenstern aufgehängt. Abziehbilder in der Form von Schneeflocken und Stechpalmen pappen an den Fensterscheiben. Ihre Anstrengungen verleihen dem Büro festlichen Glanz, auch wenn sie an eine Kita erinnern, an der die Kinder das Schmücken selbst in die Hand genommen haben.

Mit anderen Worten, ich liebe es.

Es war nicht leicht, wieder hierherzukommen. Vor drei Tagen habe ich endlich den Mut zusammengekratzt, Gil Gasko anzurufen. Ich habe ihm in allen Einzelheiten erklärt, warum ich meine Begutachtung versäumt hatte, was zu einer ausgedehnten Diskussion über meine mentale Verfassung führte. Die Sorge sprach so laut aus seinem Ton wie eine Zirkusparade. Er ließ sich von mir meine »Familienkonstellation« beschreiben, deren psychiatrische Vorgeschichte, die Qualität der jeweiligen Beziehungen, gemeinsame Erfahrungen und wie sie sich zu dem Zeitpunkt und bis heute auf mein Leben ausgewirkt haben. Nachdem er sich am Ende des fast zweistündigen Telefonats davon überzeugt hatte, dass ich die zu vermeidenden Stressfaktoren auswendig herunterrasseln konnte, schickte er mich nach Oneida.

Dort ging das Ganze von vorne los, doch dank Gil wusste ich die Antworten auf die Fragen meiner Vorgesetzten und verstand, worauf der meinem Fall zugeordnete Psychologe hinauswollte. Wahnvorstellungen. Halluzinationen. Gestörte Kommunikation. Einbußen im Kurz- und Langzeitgedächtnis. Ob ich zu obsessiven Verhaltensweisen neige, die meinen Alltag beeinträchtigten? Ob ich Probleme mit der Impulskontrolle oder ob ich immer noch Panikattacken hätte? Wenn ja, wie ich ihre Intensität einordnen würde und was ich unternähme, um sie zu überwinden? Meine Antworten wurden in meiner Akte festgehalten, die bereits von psychometrischen Daten überquoll. Ich war eine Laborratte, doch die Quälerei war nötig, und zu meiner unendlichen Erleichterung brachte ich die Kraft auf, sie durchzustehen.

Dies alles mündete in einen PTSD-Score und in eine Einschätzung meiner mentalen Kompetenz, die meinen Intellekt und meinen psychologischen Funktionsstatus in wenigen Schlüsselbegriffen zusammenfasste, und schlussendlich in einer Diagnose. Sie enthielt die zwei besten Sätze, die ich je gelesen hatte.

Die verbleibenden PTSD-Symptome machen keine medikamentöse Therapie erforderlich. Die PTSD-Symptome beeinträchtigen nicht die Berufsfähigkeit.

Da sitze ich also, vor einem vollen Eingangskorb und, sobald Tim und die anderen da sind, noch mehr Nachholbedarf. Im Moment ist es im Revier noch still, und bevor ich es mir anders überlegen kann, greife ich zum Telefon auf meinem Schreibtisch und wähle Suzes Nummer.

Ich rechne nicht damit, dass sie rangeht, wenn sie sieht, von wem der Anruf kommt, und bin überrascht, als sie sich nach dem ersten Klingeln meldet.

»Hi. Shana hier.« Schon jetzt frage ich mich, ob es klug war, mich so früh bei ihr zu melden. Nachdem wir uns über so viele Jahre aus den Augen verloren hatten, war es uns irgendwie gelungen, unsere Freundschaft wiederzubeleben, und nun wandert ihr Mann ins Gefängnis, und das verdankt sie großenteils mir.

»O«, sagt sie, und ich höre eine Schwerfälligkeit in ihrer Stimme, die ich nur den vielen Stunden zuschreiben kann, die sie geweint hat. Von Mom weiß ich, dass Suze das Tanzstudio geschlossen hat, mindestens bis zu Robbies Prozess. »Ich habe nicht damit gerechnet, von dir zu hören«, sagt sie.

»Klar. Ich wollte nur ... keine Ahnung.« *Du musst* bitte bitte *sagen. Um Vergebung flehen.* »Mich entschuldigen, auch wenn das nicht annähernd beschreibt, was ich empfinde. Aber es tut mir leid, dass es so gekommen ist. Dass es durch mich so gekommen ist.«

»Ach so.«

Im Hintergrund höre ich die Geräusche eines Kindes beim Spielen. Die kleine Erynn, deren Daddy jetzt weg ist. »Wie geht es ihr?«, frage ich.

»Sie hat keine Ahnung. Gehört nicht viel dazu, sie glücklich zu machen.«

Ich nicke. Ein kleiner Trost. »Hör mal«, schiebe ich schnell hinterher, »ich hab ein bisschen recherchiert.«

Ein bisschen war stark untertrieben; ich hatte Stunden um Stunden damit zugebracht, mir die verschiedensten Vorschulintegrationsprogramme anzusehen und da weiterzumachen, wo Robbie aufgehört hatte. »In Burlington gibt es ein Zentrum, das sich auf Autismus spezialisiert. Die bieten ein Programm zur Frühförderung an, das hervorragend sein muss. Das war bestimmt auch auf Robbies Liste.« Plötzlich fühlt sich meine Kehle wie ein

Reibeisen an. Ich schlucke. Bringt nichts. »Ich könnte dir ein paar Informationen dazu schicken.«

Schweigen. »Ähm«, sagt Suze. »Das ist … ja, sicher. Danke.«

»Ich würde gerne mit dir in Verbindung bleiben. Aber mir ist klar, dass dir das vielleicht nicht recht ist.«

»Nein«, sagt sie, und mir sackt der Magen nach unten. »Nein, das fände ich schön, Shana. Ist ja nicht deine Schuld. Was Robbie getan hat, das war schließlich schon geschehen, bevor du herkamst. Irgendwann wäre es so oder so herausgekommen.«

»Das ist ein schwacher Trost.«

»Mag sein, aber wir müssen es uns auch nicht noch schwerer machen, als es ohnehin schon ist. Ich habe nachgedacht.«

»Ja?«

»Wenn du das nächste Mal wieder in der Stadt bist, hättest du da vielleicht Lust auf einen Kaffee? Du, ich und Crissy? Die Ärzte sagen, ihr geht's schon wieder recht gut, sie hätte … Glück gehabt. Ich denke, du würdest sie mögen, wenn du sie erst besser kennenlernst. Sie ist ganz anders als früher.«

Was wohl für die meisten von uns gilt. Ich blicke aus dem Fenster des Reviers auf die Straße nach Alexandria Bay. Meine Familie hat sich geändert. Meine Freundin auch. Und mit der Veränderung bieten sich neue Chancen.

»Ich möchte dir was zeigen«, sagt Suze.

Mein Handy vibriert auf meinem Schreibtisch, und ich sehe, dass sie mir eine Nachricht geschickt hat. Es ist ein Video.

»Das war gestern Abend«, sagt sie, während ich auf *Play* drücke. Das Video beginnt mit einer Ansicht von Crissys und Felicias Straße. Sie erstrahlt in weihnachtlichem Lichterschmuck, der sich in der Maquam Bay spiegelt. Offenbar haben sich alle Hauseigentümer mächtig ins Zeug gelegt und ihre Tannen in Lichternetze gehüllt oder blinkende Ketten um Regenrohre gewunden, doch das Haus von Aunt Fee sticht alle anderen aus.

Als sie mir zum ersten Mal beschrieb, was sie vorhatte, stellte ich mir feiste Plastik-Weihnachtsmänner und kitschige Leuchtkabelsterne auf dem Dach vor, doch wie sich herausstellt, hat meine Tante ein Händchen für eine eindrucksvolle Kulisse. Saftig grüne, mit Hunderten weißen Lichtern übersäte Girlanden rahmen ihre Fenster und die Tür. Ihre kahlen Bäume funkeln in lavendelblauem Lichterglanz, und die Schneeflockendekorationen an ihren Zweigen drehen sich schimmernd im nächtlichen Wind. Ich weiß zwar nicht, wer von der Handelskammer jetzt, da Robbie in U-Haft ist, in der Jury sitzt, aber ich habe das Gefühl, dass Felicia den ersten Preis in der Tasche hat.

Schon jetzt lockt sie Schaulustige an. Autos fahren im Schneckentempo vorbei, kleine Nasen drücken sich an die Scheiben, und Händchen in Fäustlingen klopfen aufgeregt ans Glas. Nachdem die Kamera einen Moment auf der Straße verweilt hat, schwenkt sie zum Bürgersteig hinüber. Da sehe ich Crissy, wie sie, ihre Jungen im Schlepptau, zu Felicias Haus hinübergeht. Die Jungen strahlen übers ganze Gesicht, und die Lichter tanzen in ihren Augen. Jetzt rennen sie voraus. Als sie an der freigeschaufelten Einfahrt ihrer Großmutter ankommen, bleiben sie stehen.

Felicia erscheint an der Haustür. Sie trägt Rosa und einen Schal mit Quasten. Die eine Hand legt sie auf Herzhöhe an die Brust, mit der anderen winkt sie.

Nach langem Zögern winkt Crissy zurück.

»Es ist ein Anfang«, sagt Suze. »Ich weiß, die beiden haben jede Menge schwierigen Gesprächsstoff, aber ich mache Crissy immer wieder klar, was für eine besondere Beziehung Erynn zu Cheryl hat. Vielleicht ist das eines Tages ja auch für ihre Jungen möglich.«

»Ja«, sage ich leise. »Das wäre schön.«

Als wir uns verabschieden, sehe ich, wie Tims Wagen auf den Parkplatz einbiegt. Er steigt aus und klappt die Scheibenwischer hoch. Es ist schon wieder Schnee angesagt. Das könnte uns zugutekommen. Treys Eltern haben sich damit einverstanden erklärt, dass wir ihren Sohn, sobald es ihm wieder besser geht, befragen, und während wir bis dahin im Dunkeln tappen, könnte Neuschnee für Spuren sorgen. Uns verraten, wo sich jemand aufgehalten hat, obwohl um diese Jahreszeit dort niemand etwas zu suchen hat.

Ich berühre die beiden Thermobecher auf meinem Schreibtisch. Noch heiß. Der Kaffee darin ist gut, italienisch, ich habe ihn zu Hause aufgebrüht, und gleich werde ich einen davon Tim überreichen.

Ungeachtet der Hinweise habe ich Trey in Wahrheit nur aus einem einzigen Grund gefunden: Bram hat es zugelassen. Zum zweiten Mal hat mein Cousin eines seiner Opfer am Leben gelassen, aber er läuft immer noch da draußen herum, möglicherweise nicht weit entfernt. Tim und ich haben eine Menge zu besprechen.

Das Telefon auf meinem Schreibtisch klingelt. »State Police«, sage ich. »BCI, leitende Ermittlerin Merchant.«

»Hi, Shay.«

Ein Schauder jagt mir den Rücken herunter. »Bram.«

»Schätze mal, du glaubst, du hättest gewonnen.«

Ich werfe einen kurzen Blick aus dem Fenster. Tim steht mit gesenktem Kopf auf dem Weg, der zum Eingang führt. Er überprüft eine eingehende Nachricht.

»Ich will nicht mehr spielen«, sage ich.

Das amüsiert ihn. Als er wieder das Wort ergreift, klingt Blake Bram zufrieden. »Siehst du, genau das ist das Problem. Hättest du einfach weiter mitgespielt, als wir klein waren, hätte ich nie den Einsatz erhöhen müssen.«

»Was willst du, zum Teufel?« Ich kann mich noch so sehr bemühen, ich schaffe es nicht, meine Frustration und Wut zu verbergen. Mit diesem Spiel überschreitet er alle Grenzen.

»Ich bin dir wahrscheinlich zu Dank verpflichtet«, sagt er, leise und bedächtig. »Du hast ihn gefunden.«

Ihn. Damit meint er weder Trey noch Robbie. Ich zermartere mir das Hirn, um seine Worte zu verstehen. »Du wusstest nicht, was mit Brett passiert ist?«

»Ich habe es vermutet.«

Und er brauchte mich, um das Puzzle zu vervollständigen. »Wieso jetzt?«, stelle ich ihm dieselbe Frage wie zuvor Tim mir. Es ist unlogisch. Wieso lässt er die sterblichen Überreste seines Vaters so lange da draußen verrotten?

»Er hat mich im Stich gelassen«, sagt Bram schlicht und einfach. »Er hat nur gekriegt, was er verdiente.«

Brett hat tatsächlich seine Familie zurückgelassen, aber er hat auch versucht, das Richtige zu tun. Soll ich Bram bescheinigen, wie schlecht er es hatte? Will er sein Zerstörungswerk mit seiner Kindheit entschuldigen? War er schon mit zwölf Jahren unfähig zu verzeihen? Mit einem Schlag begreife ich. Er will mir klarmachen, wozu er imstande ist, mit welcher Brutalität er bestrafen will. Schon damals war er gefühllos und gestört.

»Du musst damit aufhören. Das ist eine Sache zwischen dir und mir. Niemandem sonst.«

»Sieh mal in deine Handtasche«, sagt er.

Ich bin wie versteinert. Meine Handtasche steht unter meinem Schreibtisch. Ich nehme sie hoch. Öffne sie.

Spielkarten. Es ist ein vollständiges Päckchen darin. Wie? In der letzten Stunde hat meine Handtasche zu meinen Füßen gestanden. Davor hatte ich sie in meinem Motelzimmer dabei. Ich ziehe wahllos eine Karte heraus. Auf der Rückseite ist ein Schwarz-Weiß-Bild. Eel Bay. Ich ziehe eine andere. Mit dem Lost Channel.

Die Karte, die ich in meinem Sportbeutel fand, gehört zu diesem Set. Heart Island und Boldt Castle auf der Rückseite, die Herz-Drei auf der Vorderseite.

Herz-Drei. Becca. Lanie. Jess. Drei tote Frauen, drei Herzdamen, die er sich genommen hat, und da liegt nun das übrige Päckchen auf meinem Tisch. Bram ist noch nicht fertig, nicht einmal ansatzweise.

»Was …« Ich verstumme. Die Leitung ist tot. Als ich langsam von meiner Handtasche aufblicke, öffnet Tim die Tür.

»Morgen«, sagt er. »Ich habe gerade die seltsamste Nachricht bekommen.«

DANKSAGUNG

ES WAR MIR EIN VERGNÜGEN, mit dem unglaublichen Team bei Berkley zu arbeiten. Mein besonderer Dank an die brillante Miranda Hill, die sich dieser Geschichte mit vollem Einsatz gewidmet und immer genau gewusst hat, wie man sie verbessern kann; ebenso an Brittanie Black, Elisha Katz, Erin Fitzsimmons und Beth Partin für ihre Hilfe dabei, der Shana-Merchant-Reihe den letzten Schliff zu geben und dafür zu werben. Für den Adlerblick meiner frühen Leser stehe ich bei Leila Wegert, Carol Repsher, Michelle Sowden und Dorinda Bonanno tief in der Schuld. Immer wieder bin ich Colleen O'Neill, Sheriff im Jefferson County, dafür dankbar, dass sie mir geduldig meine Fragen zu den Ermittlern bei der New York State Police und beim BCI beantwortet. Weiterhin Bonnie und James Gombos für ihren Expertenrat zum Karatesport. Für ihren Ansporn, ihr kluges Feedback und ihre Unterstützung ein Dankeschön an Hank Phillippi Ryan und Wendy Walker; für ihre Förderung und Begleitung Dank an die Gemeinschaft Debütautoren 2020, Suzy Leopold, Barrett Bookstore, Finley's Fiction, die Darien Library und an Crime by the Book. Wie immer mein herzliches Dankeschön an meine Agentin der Extraklasse, Marlene Stringer, die sich nun schon seit Jahren für meine Arbeit einsetzt.

An Grant und meine Familie: Ohne euch wäre ich verloren. Danke für alles.